Barbara Kunrath

Töchter wie wir

Roman

Ullstein

Besuchen Sie uns im Internet:
www.ullstein-taschenbuch.de

Musik und Text zu »Wie du wohl wärst« auf Seite 76:
Frank Ramond, Johannes Oerding, Ina Müller
© Edition Ramontik / Edition Johannes Oerding / Ina Müller
Mit freundlicher Genehmigung der Sony/ATV Music
Publishing (Germany) GmbH und der EMI Music
Publishing Germany GmbH.

Originalausgabe im Ullstein Taschenbuch
1. Auflage Januar 2018
© Ullstein Buchverlage GmbH, Berlin 2018
Umschlaggestaltung: zero-media.net, München
Titelabbildung: Getty Images/© Jens Koenig/STOCK4B
Satz: Pinkuin Satz und Datentechnik, Berlin
Gesetzt aus der Sabon
Druck und Bindearbeiten: CPI books GmbH, Leck
ISBN 978-3-548-28923-6

Wer irgendwo ankommen will,
muss sich irgendwann auf den Weg machen.

Prolog

Das schwere Schild neben der Gartentür aus massivem Messing und mit dem vollständigen Namen ihres Vaters war noch da, ebenso die riesigen Trauerweiden und der breite, von Buchsbäumen gesäumte Weg.

Wenn man den Blick von der Gartentür über den Weg schweifen ließ, sah man das Haus, groß und beeindruckend. Es hatte dreimal so viele Räume wie Menschen, die darin wohnten, und jede Menge Fenster und verglaste Flächen. Ihre Mutter wollte *Transparenz*. Als Kind hatte Mona keine Ahnung, was Transparenz bedeutete, aber sie fand es schön, wenn morgens die ersten warmen Sonnenstrahlen in die Zimmer fielen. Es gab sonst nicht viel, was in diesem Haus warm war.

Am Geld hatte es nicht gelegen, es musste andere Gründe gegeben haben, warum ihre Familie keine glückliche war.

1. Kapitel

Dezember 2016

1. Mona

Der Automat gab seltsame Geräusche von sich. Irgendetwas zwischen Zahnarztbohrer und Staubsauger. Der Kaffee, den er ausspuckte, war schwarz wie der Teufel und heiß wie die Hölle. So müsse Kaffee sein, hatte ihr Vater immer gesagt. Obwohl er eigentlich sonst nicht sehr gesprächig war.

Mona hob die Tasse, nippte vorsichtig und verzog das Gesicht. Sie mochte dieses bittere Gebräu nicht, jedenfalls nicht so. Sie trank es nur, weil sie vergessen hatte, Milch einzukaufen. Und weil ihr nichts Besseres einfiel, um die Müdigkeit zu vertreiben, die ihr in den Knochen saß.

Die Tage um ihren Geburtstag und um Weihnachten waren immer die schlimmsten. Es waren die Tage, an denen die Erinnerungen sie auffraßen. An ungefähr 350 Tagen schaffte sie es, irgendwie um sie herumzudenken. An den anderen nicht. Dann schoben sich immer wieder plötzliche Bilder in ihren Kopf, die sie dort nicht haben wollte. Das Bild eines langen Flurs, an dessen schmutziger Wand das Bett stand zum Beispiel. Oder das ihrer nackten Beine auf zwei Stützen. Das Bild der Schwester, die ihr die Spritze gab und

sagte: *So etwas machen wir hier fünfmal am Tag.*
Oder das der Ärztin, die eine Unterschrift von ihr haben wollte, nur zur Sicherheit.

Das Telefon klingelte. Es kam so unerwartet, dass Mona zusammenzuckte und etwas von der dunklen Brühe auf den Tisch schwappte. *Don't cry for me, Argentina*, plärrte es aus dem kleinen Lautsprecher. Mit etwas Phantasie ließ sich die Melodie erkennen.

»Mist!«, murmelte Mona und schnappte sich ein Stück Küchenrolle. Aus den Augenwinkeln erkannte sie Daniels Nummer. Sie wischte die Pfütze auf und sah am Telefon vorbei an die Wand. Ein Teil davon war zugepflastert mit Postkarten und jeder Menge Fotos. Die meisten zeigten sie oder Chester, ihr Pferd. Oder sie *und* Chester. Auf manchen waren Daniels Kinder zu sehen. Konrad, Paul und Sofie. Oder Judith, ihre beste Freundin, mit ihrem Sohn Emil. Links neben den Fotos stand der petrolblau gestrichene Küchenschrank, den sie vor Jahren auf dem Sperrmüll gefunden und aufgemöbelt hatte. Er war ziemlich alt, irgendwann aus der Zeit zwischen dem Ersten und dem Zweiten Weltkrieg, hatte Judiths Mann Henri einmal geschätzt.

Das Klingeln hörte auf, und Monas Blick wanderte weiter zum Fenster. Es war noch dunkel, in der Scheibe spiegelten sich das Licht der Lampe und die vielen Kräutertöpfe, die auf der Fensterbank standen. Eigentlich machte das mit den Kräutern keinen Sinn. Sie ließen jedes Mal spätestens nach ein paar Wochen traurig alles hängen, und sie waren auch völlig überflüssig, da Mona ohnehin nie kochte. Aber die Töpfe sahen immer so nett aus, jedenfalls solange der

Inhalt noch grün und aufrecht war. Und sie dufteten.

Das Telefon begann wieder zu singen. »Verdammt!«, murmelte Mona und sah auf die Uhr. Sie hasste es, frühmorgens zu telefonieren, das wusste Daniel ganz genau, aber ihr Bruder würde nicht so einfach aufgeben.

»Was ist?«

»Guten Morgen, liebe Schwester. Gut geschlafen?«

»Nein. Was willst du?«

»Ich will wissen, warum du Mama nicht zu deinem Geburtstag eingeladen hast?«

»Wieso eingeladen? Das ist doch nicht der Wiener Opernball.«

»Sie geht davon aus, dass du nicht feierst. Das hast du ihr jedenfalls so gesagt.«

»Wollte ich zuerst auch nicht. Aber dann hab ich es mir eben anders überlegt.« Das stimmte. Zuerst wollte sie diesem Tag keine Beachtung schenken, schon gar nicht in Form einer Feier, aber dann erschien ihr plötzlich die Vorstellung, allein in der Wohnung zu sitzen und mit sich selbst auf die vierzig anzustoßen, noch frustrierender. Also hatte sie irgendwann in der letzten Woche doch noch ein paar Leuten Bescheid gesagt. Zuerst nur Judith, ihrer besten Freundin, und ihrem Mann Henri. Natürlich auch Daniel und Anne. Dann ihren Nachbarn, zwei Arbeitskollegen und ein paar Reiterfreunden. Irgendwie waren es immer mehr geworden.

»Du hättest ihr diese Überlegung ruhig mitteilen können.«

»Warum?«

»Was soll die blöde Frage?«

»Sie wird sich nur besaufen und mir die Party versauen.«

»Ich rede mit ihr.«

»Oder im letzten Moment absagen.«

»In dem Fall brauchst du dir wenigstens keine Vorwürfe zu machen.«

»ICH mache mir keine Vorwürfe. Das machst DU.«

Sie hörte Daniel seufzen. »Ich habe ihr gesagt, dass du nur vergessen hast, Bescheid zu geben.«

»Danke.«

»Auch wenn es dir nicht passt: Sie ist auch deine Mutter.«

»Es passt mir nicht, aber mich hat ja keiner gefragt.«

»Aber das Geld, das sie dir regelmäßig zum Geburtstag überweist, das nimmst du schon?

»Ich habe sie nicht darum gebeten.«

»Ach, komm schon.« Jetzt schlug Daniel den versöhnlichen Ton an. Diesen Ton kannte sie, man musste auf der Hut sein, wenn er so klang. »Jetzt sei mal nicht so. Wir sitzen doch im selben Boot.« Das war so ein Lieblingsspruch von ihm.

»Ach? Und wer soll rudern?« Das war ihre Lieblingsantwort darauf.

»Wir haben beide unseren Teil der Verantwortung. Du ebenso wie ich.«

»Was ist denn mit *ihrer* Verantwortung?«

»Also, Mona, wirklich. Du benimmst dich wie ein bockiges Kind. Werde doch endlich mal erwachsen. Ich muss jetzt los. Bis morgen.«

Früher gab es Telefone, bei denen man den Hörer aufknallen und so seiner Wut Luft machen konnte.

Das war vorbei. »Scheiße!«, fluchte Mona. Das Display zeigte die Uhrzeit: 7 Uhr 48. »Scheiße!«, wiederholte sie und goss den Rest Kaffee in die Spüle.

Sie zog Jacke und Schuhe an, schnappte sich Mütze und Schal und verließ die Wohnung.

Draußen schneite es. Die Äste der Bäume und Sträucher in den Vorgärten waren bereits weiß, was aussah, als hätte jemand mit einer großen Dose Puderzucker darauf gestreut. Nur auf den Straßen und Gehsteigen war nicht mehr viel übrig von der weißen Pracht, da gab es nur noch nassen, braunen Schneematsch. Mona blieb unter dem Vordach stehen und schaute ärgerlich auf ihre Füße. Falsches Wetter. Falsche Schuhe. *Kind, du hast so schöne Füße, musst du immer in solchen Tretern herumlaufen?*, hörte sie die Stimme ihrer Mutter.

Das mit ihren Eltern war so eine Sache. Einerseits war sie untrennbar mit ihnen verbunden, andererseits hatte sie mehr als die Hälfte ihres Lebens damit verbracht, sich abzugrenzen, Unterschiede festzustellen und Abstand zu halten. Schon sehr früh hatten die beiden sich ein Bild von ihr zusammengebaut, das zwar nicht grundsätzlich falsch, aber auch nie wirklich richtig war. Sie zog sich unvorteilhaft an – *Viel zu bunt, du bist doch kein Hippie* –, sie hatte die falschen Freunde – *Der Vater ist arbeitslos* –, die falschen Vorlieben – *Du stinkst nach Pferd* –, und sie aß natürlich auch die falschen Sachen – *Ich glaube, du hast schon wieder zugenommen* – (ihre Mutter). Sie nutzte ihren Verstand nicht – *Das waren doch ganz einfache Aufgaben* –, sie war eindimensional – *Die Welt ist nicht nur schwarz und weiß* –, sie handelte so unüberlegt wie ein Kleinkind – *Hast du wirklich dein Taschengeld für diesen Unsinn ausgegeben?* –, und sie strengte sich nicht an – *Vom Singen und Gitarreklimpern kann man sich nichts kaufen* – (ihr Vater). Sie schaffte es nie, so zu sein, wie ihre Eltern sie haben wollten. Also hörte sie irgendwann auf, es zu versuchen.

Mona atmete die kühle, feuchte Schneeluft ein und warf einen Blick auf ihre schönen, neuen Wildlederstiefel. Sie waren an der Seite mit Blumen bestickt und hatten einen langen Reißverschluss am Schaft. Die dicken, klobigen Winterstiefel mit Lammfell und rutschfester Sohle standen oben im Schuhregal. Der Autoschlüssel war auch oben, vermutlich auf der Ablage. Aber vier Stockwerke hoch und wieder runter, das würde sie nicht mehr schaffen, sie war ohnehin schon spät dran. Außerdem war der Stadtverkehr morgens mörderisch; wenn man Pech hatte, stand man an jeder Ecke vor einer roten Ampel.

Entschlossen warf sie die Haustür ins Schloss, zog sich die Mütze tief in die Stirn und stapfte los. Sie musste nur den Pfützen ausweichen, dann würde es schon gehen. Eine schwarze Katze sprang ihr von links direkt vor die Füße. »Du blödes Vieh«, murmelte sie erschrocken. Das hatte ihr gerade noch gefehlt. Schwarze Katze von links, das bedeutete doch irgendetwas. Auf jeden Fall nichts Gutes. *Denk an was Schönes*, dachte sie, aber ihr fiel nichts Schönes ein. Gar nichts. Alles, was ihr einfiel, war ihr Geburtstag. Vierzig. Sie seufzte. Das war wirklich kein Spaß mehr. Schon gar nicht für eine Frau. Und noch weniger für eine Frau, die keinen Mann hatte. Und keine Kinder. Der vierzigste Geburtstag war vielmehr so etwas wie ein Meilenstein. Bis dahin durfte man noch auf der Suche sein, sich finden und entwickeln. Aber ab vierzig sollte diese Phase gefälligst abgeschlossen sein, sonst hatte man etwas falsch gemacht.

Schon als Mona noch ein Kind war, hatte dieser Tag für unerfüllte Erwartungen und für Enttäuschung gestanden. Weil sie nur ein paar Wochen vor Weihnachten geboren war, hieß es immer: *Es ist ja bald Weihnachten,* und an Weihnachten: *Du hattest ja erst Geburtstag.* Das, was sie sich am meisten wünschte, bekam sie sowieso nicht: ein Pferd. Seit Mona mit sieben Jahren zum ersten Mal auf einem Pony gesessen hatte, wollte sie eins haben. Das arme Tier hatte damals zu einem Wanderzirkus gehört, und drei geführte Runden im Schritt kosteten fünf Mark, aber dieses Erlebnis hatte eine Tür geöffnet, die sich nie wieder schließen ließ. Als ihr irgendwann klarwurde, dass das mit dem Pferd nichts werden würde, hatte sie ihren Eltern gesagt, dass sie auch mit einem Hund einverstanden wäre, aber ihre Mutter fand Tiere eklig, ganz besonders welche im Haus.

Ihr Smartphone gab einen kurzen Klingelton von sich. Sie zog das Gerät aus der Tasche und lief um eine große Pfütze. Die Nässe hatte das Leder an einigen Stellen schon ganz dunkel verfärbt. Sie hatte vergessen, die Schuhe zu imprägnieren.

Weißt du, dass Frank wieder hier wohnt? Eine Nachricht von Judith. Sie blieb stehen und schrieb zurück. *Was??* Es war ihr von jeher ein Rätsel, wie Leute es schafften, im Gehen Nachrichten zu tippen.

Habe es gestern erfahren.

Bist du sicher???

Jaha!

Woher weißt du's?

Von Gregor und der von Andrea und die von seinem Bruder.

Danke für die Info. Wir reden morgen. Muss weiter.

Mona steckte das Handy wieder ein und beeilte sich, die verlorene Zeit aufzuholen. Frank. *Ihr* Frank. Der Mann, mit dem sie fünf Jahre verheiratet war. *Gewesen* war. Er war damals direkt nach der Scheidung nach Hamburg gezogen, das war nun schon acht Jahre her. Und sie hatte ihn seither nur noch ein einziges Mal gesehen. Auf der Beerdigung ihres Vaters. Dafür war er extra gekommen. Ob er auch auf *ihre* Beerdigung kommen würde, war ungewiss, aber nicht unwahrscheinlich. Frank war konsequent, aber nicht nachtragend. Ihr Vater hätte sich jedenfalls gefreut, ihn zu sehen, wenn er es noch erlebt hätte. Er hatte ihn gemocht. Alle hatten Frank gemocht, auch Daniel. Und natürlich Hella, obwohl das nichts zu bedeuten hatte. Ihre Mutter mochte alles, was männlich war und ohne Fell. Insgesamt hatte Frank bei ihrer Familie einen besseren Stand gehabt als sie selbst, vor allem bei ihrem Vater. Daran hatte noch nicht einmal die Scheidung etwas geändert. Sie blies ärgerlich Luft durch die Nase und streifte im Vorbeigehen etwas Schnee von einer Mauer. Der Schnee war nass und taute sofort in ihrer Hand. Es hatte auch schon wieder aufgehört zu schneien, dafür nieselte es jetzt leicht. Mona blickte nach oben. Dort war nichts zu sehen, nur tiefe Dunkelheit. Kein Schnee, keine Sterne, kein Mond. Auch keine noch so winzige Spur von

16

ihrem Vater. Ob er irgendwo da oben schwebte und auf sie hinunterblickte? Andererseits hatte er sie nicht gesehen, als er noch lebte, warum sollte sich daran etwas geändert haben, nur weil er tot war. *Im Himmel wie auf Erden.*

Auf dem Neumarkt fand, wie in jedem Jahr, ein Teil des Weihnachtsmarktes statt. Links und rechts, in zwei ordentlichen Reihen, standen die immer gleichen, langweiligen Weihnachtsmarktbuden mit ihren immer gleichen, langweiligen Angeboten und lockten die immer gleichen mehr oder weniger zahlreichen Besucher. Sie selbst eingeschlossen. Sie liebte den Markt, sie liebte die vorweihnachtliche Stimmung, die er verbreitete, und sie liebte das Gefühl einer heilen Welt mit Christkind, Weihnachtsmann, Glühwein, Plätzchen und bunten Lichtern. Auch wenn sie natürlich genau wusste, dass der schöne Schein trog und das Ende nie erfüllte, was der Anfang versprach.

Noch waren die Klappläden geschlossen, noch herrschte gähnende Leere, aber das würde sich bald ändern. Spätestens gegen elf füllte sich der Platz. Dann kamen Menschen, um sich zu treffen, zu reden, zu lachen, zu essen und zu trinken. Und manchmal auch, um zu streiten. Um Weihnachten herum wurde sowieso viel gestritten, das war statistisch belegt. Mit Frank hatte Mona sich nie gestritten, noch nicht einmal an Weihnachten. Jedenfalls konnte sie sich an keinen einzigen Streit erinnern, nur an ihre Trennung, und selbst die war streitlos. Ihre Eltern dagegen hatten sich ständig gestritten. Das heißt, Hella hatte gestritten, während Norbert meistens schwieg. Das Gezeter schien ihm nie etwas auszumachen, es war immer an ihm abgeprallt, als trüge er einen unsichtbaren Panzer. Früher hatte Hella ihr auch noch leidgetan deswegen. Aber später nicht mehr.

Die Tür stand einen winzigen Spalt offen. Mona sah das gelbe, kurze Kleid von Hella, ein Nuttenkleid. Max stand direkt vor ihr, weshalb Mona Hellas Gesicht nicht erkennen konnte. Aber sie sah, wie Max sich vorbeugte, sie erkannte es an den blonden Haaren, die plötzlich genau vor Hellas Busen hingen.

»Hmm. Schöne Aussichten«, murmelte er.

Mona kauerte vor der Tür.

»Hier sind die 120 Mark, das Geld für den letzten Monat.«

Max steckte die Scheine in die Gesäßtasche seiner Hose. Seine blonden Locken tanzten im Sonnenlicht. »Mona macht gute Fortschritte.«

»Das freut mich. Ich schau mal nach, wo sie bleibt. Wir sehen uns nächste Woche?«

»Eigentlich würde ich Sie gerne schon früher wiedersehen.« Max' Stimme wurde plötzlich leise, beinah vertraulich.

Mona hörte das helle Lachen ihrer Mutter. Und etwas, das sich anhörte wie »Dummer Junge«.

»Wenn ich Sie frage, ob Sie mit mir essen gehen, würden Sie ›ja‹ sagen?«

»Nein«, sagte Hella. Aber sie sagte es so weich, dass es wie »ja« klang.

»Warum nicht?«

Hella antwortete nicht.

»Und wenn ich Sie frage …?« Die Stimme wurde

noch leiser, Mona konnte nicht mehr verstehen, was Max noch fragte. Sie strich sich über ihr eigenes kurzes Kleid, ohne ihre Hände zu spüren, und schloss die Augen. Wieder hörte sie Hellas helles Lachen. Ihr Herz klopfte wild, als sie die Tür aufstieß.

»Können wir jetzt anfangen?«, fragte sie und schlug den Deckel des Klaviers auf.

Damals hätte sie sich gerne auf die Seite ihres Vaters geschlagen, aber der ignorierte die Bemühungen seiner Tochter, ihm zu gefallen, genauso wie die Tobsuchtsanfälle seiner Frau. Also hatte sie irgendwann damit aufgehört, überhaupt für jemanden Partei zu ergreifen. Was es gleichzeitig leichter und schwerer machte.

Eine Frau und ein Kind standen mitten auf dem Gehweg. Mona war so in Gedanken versunken, dass sie die beiden erst bemerkte, als sie fast auf einer Höhe waren. Etwas stimmte nicht mit ihnen, sie schienen irgendein Problem zu haben, das ließ sich unschwer erkennen. Das Kind, ein Mädchen, vielleicht zwölf oder dreizehn Jahre alt, trug einen quietschgelben Anorak und hatte bockig die Arme vor dem Körper verschränkt. Seine auffallend dunklen Haare waren zu einem dicken Zopf geflochten, der unter einer grünen Strickmütze hervorquoll. Es stand mitten auf dem Weg, wie festgewachsen, und sträubte sich gegen was auch immer. Die Mutter, falls es die Mutter war, hatte braune Haare und wirkte gegen das Kind eher blass. Und irgendwie hilflos. Statt auf den sinnbildlichen Tisch zu hauen und dem Theater ein Ende zu setzen, redete sie auf das Mädchen ein wie auf ein krankes Pferd.

»Jetzt komm doch. Wir müssen uns beeilen, der Termin ist um acht.« Es klang beinah verzweifelt, aber das Mädchen ließ sich nicht aus seiner sturen Ruhe bringen. Es schüttelte nur den Kopf und reagierte mit nichts. Außer mit Verweigerung.

»Lass dich doch nicht so bitten«, sagte die Frau und zerrte an einem der gelben Ärmel. Danach sagte sie noch etwas, es klang wie *schreien*, obwohl das eigentlich keinen Sinn ergab. Ihre Stimme wirkte auch überhaupt nicht böse, höchstens resigniert.

Mona musste um beide herumlaufen. In stummem Unverständnis schüttelte sie den Kopf. Dabei kreuzte sich für einen Bruchteil von Sekunden ihr Blick mit dem des Mädchens. Sie stockte. Es waren die Augen eines Kindes, aber es lag nichts Kindliches darin.

»Na gut. Was sollen wir denn jetzt deiner Meinung nach tun?«, hörte sie die Frau noch fragen. Doch der Abstand war bereits zu groß, sie konnte nicht mehr verstehen, was sie nach Meinung des Kindes tun sollten, obwohl sie es gerne gewusst hätte.

Der Weihnachtsmarkt ging jetzt in die weitaus malerischere Altstadt über. Mona tauchte mit allen Sinnen in die märchenhafte Kulisse ein und vergaß darüber die gerade erlebte Szene. Diesen Teil der Stadt liebte sie ganz besonders. Die vielen verwinkelten Gassen und Plätze mit ihren kleinen Geschäften, in denen es so viel Schönes und so wenig Nützliches zu entdecken und zu kaufen gab. Die schiefen Fachwerkhäuschen, die vermutlich nur deshalb noch standen, weil sie sich gegenseitig stützten, was ein Umfallen faktisch unmöglich machte. Und natürlich den Dom. Auch wenn man ihn von hier aus nicht sehen konnte, wusste sie, dass er dort oben stand. Seit mehr als tausend Jahren war er da, wahrscheinlich würde er auch noch die nächsten tausend Jahre dort sein, und aus irgendeinem Grund beruhigte sie dieses Wissen.

Die Limburger liebten ihren Dom, sie waren stolz auf ihn, er war ihnen heilig. Limburg war nämlich nicht nur sehr schön, sondern auch sehr katholisch. So wie ihr Vater. Mit ihm war Mona früher oft im Gottesdienst gewesen. Erst seit sie erwachsen war, ging sie nicht mehr beichten. Im Dom war sie das letzte Mal vor dreizehn Jahren gewesen. Am Tag ihrer Hochzeit.

Ihr Vater kam und nahm ihre Hand. Er führte sie zum Altar. Mona konnte sich nicht erinnern, jemals von der Hand ihres Vaters irgendwohin geführt worden zu sein.

»Er ist ein guter Mann«, sagte er leise.

»Ja.«

»Ein sehr guter.«

»Das weiß ich.«

»Verdirb es nicht.«

2. Hella

Beinah unbewusst tastete Hella nach dem kleinen Knoten, den sie vor ein paar Tagen in ihrer Brust erspürt hatte. Sie zog die Hand schnell wieder zurück, als ihre Finger ihn fanden. *Hochmut kommt vor dem Fall*, hatte ihre Mutter sie immer gewarnt. Und ihr

Stiefvater hatte noch sein *Du glaubst wohl, du bist etwas Besseres* hinterhergeschoben.

Sie nahm die Bürste und fuhr sich mit energischen Strichen über die halblangen Haare. Sie hatten einen sanften kastanienfarbigen Schimmer, fast so wie früher. Sie konnte sich diese Frisur ohne weiteres noch erlauben, das fand auch ihr Friseur. Mona hatte die gleichen kräftigen, stets glänzenden Haare, und auch im Profil glichen sie sich etwas, aber sonst hatte sie nichts von ihr. Sie dachte an die aufsässige Kratzbürstigkeit ihrer Tochter, die in der Teenagerzeit begonnen und die sie nie wieder abgelegt hatte. Nein. Gar nichts hatte Mona sonst von ihr.

Hella schob die Frisur mit beiden Händen in Form und drehte den Kopf, mal nach links und mal nach rechts. Ob sie selbst die dichten braunroten Haare von ihrem richtigen Vater geerbt hatte? Und die grünen Augen? Von ihrer Mutter waren sie jedenfalls nicht, deren Haare waren fusselig, dünn und blond und die Augen bestenfalls grau, jedenfalls ziemlich blass. Hella hätte ihn so gern kennengelernt, ihren *richtigen* Vater. Alles, was sie von ihm wusste, war, dass er Amerikaner war und mit Vornamen Gregory hieß. Sie hatte kein Bild von ihm, obwohl es einmal eines gegeben hatte. Ihre Mutter musste es wohl schon vor ihrem eigenen geistigen Verfall entsorgt haben, im Nachlass war jedenfalls nichts mehr zu finden. Auch kein Nachname und keine Adresse. Sie hatte nichts, er war der blinde Fleck in ihrem Leben. Helmut, ihr Stiefvater, erzog sie nach seinen eigenen Regeln, ihre Mutter hielt sich meistens raus. Ab und zu, wenn er schlechte Laune hatte, schlug er sie, das gehörte dazu.

Ansonsten war er nicht wirklich böse zu ihr. Aber es war klar, dass er sie nicht liebte, sie war nicht sein Kind. Norbert, ihr Mann, war auch nicht böse zu seinen Kindern, die ohne Zweifel seine eigenen waren. Zumindest hatte sie nie erlebt, dass er sie schlug. Aber hatte er sie geliebt? Doch, dachte sie. Auf seine verquere Art hatte er das wohl. Vor allem Daniel. Der Junge war immer sein ganzer Stolz gewesen.

Hella seufzte. Der Knoten war noch da. Seit Tagen war er in ihrer Brust, keine Ahnung wie er dort hingekommen war und wann. Die Angst schnürte ihr die Kehle zu.

Sie legte die Bürste zurück und ging nach unten. Dabei fiel ihr Blick automatisch auf eines der bodentiefen Fenster. Es war noch dunkel, sie erkannte nichts, außer ein paar Lichtern und ihrem gespiegelten Bild. Abends wurde der Dom beleuchtet, das sah majestätisch aus. Morgens nicht, wahrscheinlich aus Gründen der Sparsamkeit. Sie mochte diesen erhabenen Blick, den man von hier auf die Stadt und den Dom hatte, auch wenn es sonst nicht viel gab, was sie an diesem Haus mochte. Dabei war sie so stolz gewesen, als es gebaut wurde. Weil Norbert sie damals gefragt hatte und weil er ihre Vorschläge ernst nahm. Eine Zeitlang hatte sie die Arbeit mit dem Haus sogar darüber hinweggetröstet, Wiesbaden verlassen zu müssen. Sie hatte ständig neue Ideen und einen Architekten, der sie ermutigte und anbetete. Aber irgendwie wurde mit jeder Idee der Abstand zwischen ihr und dem Haus immer größer, und als sie es bemerkte, war es zu spät.

Jetzt wollte sie es nicht mehr. Sie würde es verkaufen. Eigentlich stand das schon seit Norberts Tod für sie fest, aber erst in den letzten Wochen hatte sich der Wunsch zur unumstößlichen Gewissheit manifestiert. Das Haus tat ihr nicht gut. Es hatte ihr nie gutgetan.

Einfach würde es nicht werden, denn sie brauchte Daniels Einwilligung dazu. Ihm gehörte die Hälfte. Sie hatte in den vergangenen Tagen auch schon mehrfach versucht, ihn deswegen zu erreichen, meistens im Büro, aber entweder war er in einer Besprechung oder bei einem Termin. Seine Sekretärin war genauso gut in ihrem Job, wie es Norberts Sekretärinnen gewesen waren. *Ich richte ihm aus, dass Sie angerufen haben.* Als er gestern dann endlich zurückrief, ging es nur um Monas Geburtstag, und bevor sie auf das Haus zu sprechen kommen konnte, wartete schon wieder ein *ganz wichtiger Kunde.*

Sie griff nach dem Telefon und wählte seine Mobilnummer. Mailbox. Sie sagte nichts, seufzte nur und legte das Gerät wieder zurück auf die Station. Hella telefonierte nicht gerne mit ihren Kindern, sie tat es nur aus Pflichtgefühl oder wenn es einen wichtigen Grund dafür gab. Daniels Geduld fühlte sich nie echt an, sein Interesse an ihr oder ihren Problemen noch weniger. Sie sah ihn dabei jedes Mal vor sich, wie er ungeduldig mit den Fingern auf die Schreibtischplatte klopfte. Die gleiche Schreibtischplatte übrigens, auf die bereits sein Vater getrommelt hatte.

Mona dagegen war meistens ganz unverstellt und unfreundlich. Mit ihr über was auch immer zu reden, war jedes Mal eine Herausforderung. Ihre Tochter war auf Rebellion aus. Hella verstand sie nicht, hatte sie nie verstanden. Mona hätte alles haben und alles erreichen können. Und was hatte sie aus ihrem Leben gemacht? Die besten Partien ausgeschlagen, das Studium abgebrochen, die Ehe in den Sand gesetzt. Außerdem ließ sie sich gehen. Sie ging monatelang nicht zum Friseur, sie zog sich unvorteilhaft an, manchmal stank sie sogar nach Pferd. Nein, Hella verstand sie nicht. Sie selbst hatte sich nie gehenlassen. Jedenfalls nicht so. Sie achtete auf sich. Sobald sie das Haus verließ, war alles tadellos.

Darin war Daniel ihr ähnlich. Er sah auch immer sehr gepflegt aus. Das hatte für seinen Vater allerdings auch gegolten; was das anging, konnte man ihm nichts nachsagen.

Sie sah zu, wie der zischende Dampf aus dem Kaffeeautomat sich langsam im Raum verteilte. Ihre Glieder schmerzten. Sie fühlte sich sehr alt.

Ein aufgeschlagenes Buch auf dem Schoß, saß Hella wenig später in einem der schweren Sessel vor einem der großen Fenster im Wohnzimmer und las. Die Geschichte im Buch nahm sie mit. Es ging um eine Frau, die eine falsche Entscheidung getroffen hatte, was eine Kette fataler Ereignisse nach sich zog. Paula, so hieß die Protagonistin, hatte sich für diesen Kerl entschieden, diesen aufgeblasenen Arzt, und ihn geheiratet, anstatt ihrer Passion zu folgen und als Entwicklungshelferin ins Ausland zu gehen.

Diese Geschichte erinnerte Hella an ihr eigenes Leben. Als sie ein junges Mädchen war, hatte sie von einer Karriere beim Film geträumt. Sie hatte sich erkundigt und von Schulen erfahren, in denen man die Schauspielerei richtig erlernen konnte, aber ihre Eltern wollten nichts davon wissen. Und ihr Vater hatte wie immer sehr schlagkräftige Argumente, die dagegen sprachen. Am Ende hatte sie die erste angebotene Stelle angenommen und als Verkäuferin in einer kleinen Bäckerei gearbeitet.

Sie schlug das Buch zu. Monas Nummer war im Telefon eingespeichert. Sie drückte die Taste und wartete. Sie zählte das Läuten. Genau siebenmal. Wie immer.

3. Mona

Um zwei Minuten nach acht betrat Mona das Bürogebäude. Kein besonders schönes Gebäude, auch wenn man versucht hatte, der Fassade mit Naturschiefer und roten Fenstern etwas Charakter zu geben.

Ihr erster Gang führte – wie jeden Morgen – zur Kaffeemaschine im ersten Stockwerk. Die Kollegen, die ihr im Vorbeigehen begegneten, grüßte sie leise, damit Christian sie nicht hörte. Sie wollte ihm auch nicht begegnen, jedenfalls nicht jetzt, um zwei Minuten nach acht, mit Mantel und in nassen Stiefeln.

Als Mona in ihrem Büro ankam, fuhr sie sofort den PC hoch, hängte den Mantel an die Garderobe und zog die Stiefel aus. Sie betrachtete besorgt die Ränder, die sich jetzt weiß zu färben begannen, und stellte die Schuhe unter die Heizung. Dann schob sie den Bürostuhl vor die Heizung, legte ihre kalten, feuchten Füße auf die Abdeckung und schloss die Augen. Ihr Büro war zwar ziemlich klein und weiß Gott nicht komfortabel, aber dafür hatte sie es ganz für sich allein.

Ihre Gedanken kreisten um die bevorstehende Geburtstagsparty. Sie versuchte es mit einem Plan. Es war doch eigentlich ganz einfach. Sie brauchte Getränke und etwas zu essen. Aber die Sache mit dem Essen war nicht einfach, das war das Problem. Sie konnte nicht kochen, jedenfalls nicht besonders gut, und ein Caterer würde eine Stange Geld kosten, da nutzten auch die besten Beziehungen nichts. Sie hatte in letzter Zeit ein paar unvorhergesehene Ausgaben gehabt. Allein die Reparatur ihres Autos, ein Kombi, der eigentlich viel zu groß für sie war und den sie nur wegen der Anhängerkupplung behielt, hatte fast tausend Euro gekostet. Ihr Vater hatte früher immer behauptet, sie könne nicht mit Geld umgehen. Im Gegensatz zu ihrem Bruder. Während Daniel fast sein ganzes Taschengeld auf einem Sparkonto einzahlte, war ihres meistens nach zwei Wochen weg, weil sie den Versprechen der Werbung mehr glaubte als den Warnungen ihres Vaters. Es hatte sich nicht viel geändert.

Mona trank den letzten Rest des lauwarmen Milchkaffees und schob sich zurück an den Schreibtisch. Sie begann zu googeln. Unter *chefkoch.de* gab es eine große Auswahl an Partyrezepten, das wusste sie von Anne. *Hirtensalat, italienischer Nudelsalat, Schnitzeltopf.* Es klang nicht sehr kompliziert. Weder die Zutaten noch die Rezepte.

Hella war auch eine ziemlich miserable Köchin, das hatte sie wohl von ihr geerbt. Obwohl sich ihre Mutter eine Zeitlang wirklich Mühe gegeben hatte, das musste Mona zugeben. Einmal, sie war vielleicht sieben oder acht Jahre alt, wollte Hella Coq au Vin machen. Weder Mona noch Daniel wussten damals, was Coq au Vin war, wahrscheinlich hatte Hella das Rezept in irgendeiner Koch-Show im Fernsehen gesehen, nachmittags schaute sie oft stundenlang fern. Es war jedenfalls ein Riesentamtam. Die Küche wurde den ganzen Vormittag für alle gesperrt. Außer für Wally. Die war für die Suppe zuständig, und sie ließ sich sowieso nicht aussperren. Der Gedanke an Wally, die seit dem Tod ihres Vaters alleine in Wetzlar hockte, ließ Mona kurz innehalten. Wally war alles Mögliche gewesen im Hause Lorentz: Haushälterin, Kindermädchen, Köchin, Krankenpflegerin, je nachdem was gerade gebraucht wurde. Sie war immer zur Stelle, streng, aber zuverlässig. Man wusste immer, woran man bei ihr war.

Mit Hella hatte Wally sich nie vertragen, vielleicht war es auch umgekehrt. Die beiden waren wie Feuer und Wasser. Wahrscheinlich rührte es daher, dass Monas Vater sehr oft nach Wallys, aber niemals nach Hellas Meinung fragte.

Auf jeden Fall ging die Sache damals schief, das Huhn landete im Müll, und Wally musste es mal wieder ausbügeln.

Sie saßen alle gemeinsam am großen Tisch im Esszimmer. Außer dem leichten Klirren der Löffel, die gegen den Tellerrand stießen, und ab und zu ein paar fast geflüsterten Worten, war es still. Die Kinder redeten immer leise während des Essens und nie ohne Aufforderung. Nur Hella tat wieder einmal so, als würden diese Regeln für sie nicht gelten.

»Schmeckt's euch?«, fragte sie laut in die Stille und schaute aufmunternd in die Runde. Ihr Sohn nickte, nur Mona senkte den Blick.

»Wir sehen dich kaum noch«, sagte Hella zu ihrem Mann.

Er warf ihr einen Blick zu, der so eisig war wie sein Schweigen. »Ihr seht mich in diesem Moment«, antwortete er.

»Wir könnten etwas unternehmen.« Ihre Stimme hatte diesen bemüht heiteren, fast schrillen Klang, den Mona so sehr fürchtete.

»Das könnt ihr. Du musst deshalb nicht schreien.«

»Ich schreie nicht, ich rede nur laut, um sicher zu sein, dass du mich auch hörst.«

»Ich höre dich sehr gut, aber mir wäre lieber, wenn du uns eine ruhigere Mahlzeit gestatten könntest.«

»Mir wäre lieber, wenn du uns eine ruhigere Mahlzeit gestatten könntest«, äffte sie ihn nach. »Versuchst du mir Benehmen beizubringen?« Sie nahm einen Löffel Suppe und sah ihn an. »Hoffnungslos. Das solltest gerade du doch wissen.«

Er sagte jetzt nichts mehr, und sie kam wieder auf ihre ursprüngliche Frage zurück.

»Unternehmen wir etwas nach dem Essen?«

»Es hindert euch niemand.«

»Ich meine wir. Du und ich.«

»Ich muss noch ins Büro.«

»Es ist Sonntag.«

Er ignorierte seine Frau und ermahnte stattdessen mit ruhiger Stimme seinen Sohn. »Stütz den Ellbogen nicht auf.« Daniel hob sofort den Arm, während Hella demonstrativ beide Ellbogen auf die Tischkante setzte, den Löffel anhob und aus dieser Höhe in die Suppe fallen ließ. Sie spritzte nach allen Seiten. Hella nahm die Serviette und tupfte sich mit ruhigen Bewe-

29

*gungen den Mund ab. Dann stand sie auf und verließ
den Raum.*

»*Esst eure Suppe*«, *sagte Herr Lorentz und rief
nach Wally. Mona hatte einen dicken Kloß im Hals.
Ihr Vater sah sie an, sein Blick war streng.*

»*Du auch.*«

Wally war gekommen und hatte die Suppe auf-
gewischt, die ihnen irgendwer irgendwann einmal
eingebrockt haben musste. Danach hatte sie wahrscheinlich einen Braten mit Klößen serviert, so etwas
hatte sie immer in petto.

Mona seufzte. Etwas regte sich in ihrem Gemüt,
wahrscheinlich das schlechte Gewissen. Seit Wally in
Wetzlar wohnte, hatte Mona sie nur selten besucht,
das letzte Mal vor mehr als einem Jahr. Sie ordnete
die Rezeptblätter und heftete sie mit einer Büroklam-
mer zusammen. Atmete tief ein und aus, atmete das
schlechte Gewissen weg. Sie war Wally nichts schuldig, schon lange nicht mehr.

Auf dem Flur war irgendein Tumult, sie hörte Stimmen. Schnell steckte sie die Rezepte in ihre Tasche und
druckte noch ein paar Tabellen aus. Wenn Christian
kam, würde er ihr wieder die Hölle heißmachen. »*Du
bist zu langsam. Geht das nicht schneller?*«

Sie beugte sich über die Tabellen, gerade noch recht-
zeitig, bevor Christian den Raum betrat.

»Morgen.«

»Guten Morgen.« Sie lächelte und fuhr mit einem
Stift die Kolonnen ab, während er hinter sie trat und
ihr über die Schulter schaute. Er hatte rote Haare
und viele Sommersprossen, ein bisschen erinnerte er

sie an Prinz Harry, aber davon durfte man sich nicht täuschen lassen. Sein Humorpegel lag an schlechten Tagen bei 0 und an guten bei 0,1, mehr war nicht drin.

»Das gibt's doch nicht. Bist du immer noch nicht fertig damit? Du bist zu langsam, jetzt leg mal einen Zahn zu!«

»Ich hab's bald«, sagte sie leise zu dem Blatt Papier, das vor ihr lag.

»Was glaubst du, was das hier ist? Ein Ponyhof?«

»Ich steh eher auf Großpferde, wie du weißt.«

Er lachte nicht. »Die Frage ist, wie lange du dir die noch leisten kannst. Mensch, Mona, so geht das nicht. Das ist schon die zweite Woche. Bis Ende dieser Woche will ich das haben. Ist das klar?«

»Klar. Kein Problem.« Er drehte sich um und marschierte zur Tür, sie nickte ihm wortlos hinterher. Irgendwie erinnerte Christian sie auch an ihren Vater, das mit Prinz Harry war nur äußerlich. Norbert Lorentz hatte auch immer dieses selbstbewusste Auftreten gehabt. Diese leicht federnden Schritte, jedenfalls, wenn er das Haus verließ, und dieses erhobene Haupt. Nie hatte irgendjemand an seinen Fähigkeiten gezweifelt, am allerwenigsten er selbst. Und nie hatte sie erlebt, dass er mit etwas haderte. Er hatte wenig gesprochen, aber wenn, dann waren es klare Ansagen.

Das Handy klingelte. Es war Hellas Nummer. Mona stellte den Klingelton aus, ließ das Gerät in ihrer Handtasche verschwinden und holte ein paar Textmarker aus der Schublade. Sie versuchte, die einzelnen Kostengruppen zu erkennen und sie farbig zu markieren, aber immer wieder schweiften ihre Gedanken ab. Sie waren überall, bei den Vorbereitungen zur Party, bei Chester, bei ihrer Familie, nur nicht bei diesen Zahlen, auf die sie unentwegt starrte, minutenlang, bis sie seltsame Konturen annahmen und sich zu bewegen schienen. Sie legte den Marker zur Seite und beschloss, noch einen Kaffee zu holen. Im gleichen Augenblick spürte sie durch ihre Handtasche eine leichte Vibration am Bein. Ein kurzer Blick auf das Display bestätigte ihre Ahnung: schon wieder Hella. Sie seufzte. Wenn sie Pech hatte, würde die Stimme ihrer Mutter verwaschen und undeutlich klingen, dann wäre der Tag erst recht gelaufen. Aber es half nichts. Es war wie mit diesen Tabellen. Irgendwann musste sie sich stellen.

4. Hella

Hallo konnte man auf verschiedene Arten sagen. Interessiert und freundlich, überrascht, froh oder auch so, dass es wie eine Frage klang. Monas *Hallo* war immer kurz und knapp. Es klang nicht nach *Wer ist da?, Was kann ich für dich tun?* oder *Schön, dass du anrufst*, es klang nach *Was fällt dir ein, mich zu stören*. Es klang wie eine Anklage.

»Oh, hallo, Monique. Wie schön, dass ich dich erreiche. Wie geht es dir?«, fragte Hella, trotzdem bemüht, ihrer Tochter nichts als Freundlichkeit entgegenzusetzen. Mona schien immer wütend, sie hatte so eine Art von latenter Wut, die keinen Grund brauchte.

»Gut. Warum rufst du an?«

Vielleicht lag es am Namen, Hella war die Einzige, die sie noch *Monique* nannte. Ihre Tochter hasste es, alle mussten Mona sagen, aber Hella hatte diesen Namen ausgesucht, damals vor vierzig Jahren, und sie mochte ihn noch immer. Also blieb sie dabei. Monique von Monika, ursprünglich aus dem griechischen. Er bedeutete die Einzige.

»Wegen morgen … Daniel hat gesagt, du gibst eine kleine Party? Bei dir zu Hause?«

Daniel dagegen hatte den Namen seinem Vater zu verdanken. Gott ist mein Richter. Ein hebräischer Name, soweit sie sich erinnerte. Sie hätte ihn gern Florian genannt. Der Blühende.

»Ja.«

»Hast du Urlaub?«

»Nein. Ich arbeite.«

Ihr eigener Name war eine Kurzform von Helene, die Leuchtende, das gefiel ihr, er war das Einzige, wofür sie ihrer Mutter je dankbar gewesen war. Es war nun einmal so, dass Namen den Menschen eine Identität gaben, obwohl der Mensch selbst nichts dafür konnte, er hatte ihn ja nicht ausgesucht. Es waren die Eltern, die versuchten, mit Hilfe von Namen ihre eigenen Vorstellungen und Assoziationen auf die Kinder zu übertragen. Dieses System funktionierte im Übrigen auch bei Haustieren. Sogar bei Gegenständen. Alles wurde benannt: Schiffe, Autos, Züge, Länder, Straßen, Plätze. Alles hatte einen Namen.

»Sonst noch was?«, fragte Mona.

»Nein. Oder …«

»Ich muss jetzt weiterarbeiten. Wir sehen uns dann morgen.«

»Warte«, sagte Hella schnell. »Ich will dich nicht lange aufhalten, es ist nur ...«

»Was?«

»Ich habe mir überlegt, das Haus zu verkaufen«, sagte sie schnell.

»Das Haus in Wetzlar?«, fragte Mona.

»Nein. Das Haus hier.«

»Was? Warum denn?« Ihre Tochter klang überrascht. »Ist Daniel denn damit einverstanden?«

»Ich habe ihn noch nicht gefragt.«

»Warum?«

»Ich hab ihn nicht erreicht.«

»Ich meine, warum willst du es verkaufen?«

»Es ist zu groß für mich.«

»Es war immer zu groß. Auch als wir alle darin gewohnt haben, war es zu groß. Das hat dir noch nie etwas ausgemacht.« Da war er wieder. Der aggressive Ton, den sie so gut kannte.

»Aber jetzt macht es mir etwas aus.«

»Hast du schon einen Immobilienmakler eingeschaltet?«

»Ich habe es schätzen lassen. Der Sachverständige meinte, dass es schwer sein würde, einen Käufer zu finden. Weil es so ... speziell ist.«

»Was ist mit dem Haus in Wetzlar?«

»Das Haus in Wetzlar?«

»Ja. Papas Elternhaus. Wenn es um Geld geht, könnten wir doch auch das verkaufen.«

»Es geht doch nicht um Geld.«

»Was willst du eigentlich von mir?«, fragte Mona. »Das ist eine Sache zwischen dir und Daniel.«

»Es ist auch dein Elternhaus, ich dachte ...«

»Mir ist das Haus völlig egal.«

»Ach? Ist es das?« Hella hatte mit Widerstand gerechnet. Sie rechnete eigentlich immer mit Widerstand.

»Ja«, sagte Mona. »Es ist mir sogar scheißegal!«

5. Mona

Mona stand an der roten Ampel und wartete. Dabei trat sie von einem Bein auf das andere. Ihre von der Kälte starren Finger schlossen sich zur Faust. In ihr war ein dumpfes Gefühl der Enttäuschung. Vielleicht war es auch Wut. Das Haus war wahrscheinlich eine Million Euro wert, vielleicht sogar noch mehr. Aber es gehörte ihr nicht. Nichts davon gehörte ihr, nicht ein einziger Stein.

Nachdem sie ihr Studium der Betriebswirtschaft geschmissen hatte, war Mona endgültig unten durch bei ihrem Vater. Nur wenige Wochen später hatte er sein Testament geändert. Daniel bekam die Firma. Den größeren Teil seines nicht unerheblichen Vermögens und das Haus mit parkähnlichem Gelände vermachte er je zur Hälfte seinem Sohn und seiner Frau. Sie selbst bekam nur den Pflichtteil. Und ein Drittel des Elternhauses ihres Vaters. Mehr nicht. *Wenn du schon nicht mit Geld umgehen kannst, dann nimm dazu bitte das von dir selbst verdiente.*

Sie hatte sich eingeredet, dass es ihr egal war, dass sie ohnehin längst mit ihm abgeschlossen hatte, aber das stimmte natürlich nur halb, so wie so vieles in ihrem Leben nur halb stimmte. Irgendwo tief in sich drin hatte sie immer auf die große Aussöhnung gehofft. Sie hatte sich ausgemalt, wie er ihr auf dem Sterbebett mit tränenerstickter Stimme sagen würde, dass er sie immer geliebt habe, und wie sie ihm großzügig verzeihen würde. Sie sah sich selbst tränenumflort an seinem Bett sitzen, seine Hand in ihrer, die andere auf seinem Mund, um seine Kräfte zu schonen.

Die Ampel schaltete auf Grün, und die Plastiktüte in Monas Hand, die beim Gehen leise gegen ihr Bein schlug, holte sie wieder zurück auf den Boden der Tatsachen. In Wahrheit hatte er den Kopf zur Seite gedreht, jedes Mal, wenn sie ihn am Krankenbett besucht hatte. Und war wortlos gestorben. Das Leben war nun mal kein amerikanischer Spielfilm. Und auch kein Ponyhof.

Die Werkstadt war ein großes und beliebtes Einkaufszentrum mitten in Limburg. Hier war immer viel los, heute ganz besonders. Ein wirres Durcheinander von Stimmen, Gerüchen und Geräuschen, dazu eine unbeschreibliche Hektik, die so gar nicht zu der vielgepriesenen besinnlichen Vorweihnachtszeit passen wollte. Mona schob sich durch die Menge und fluchte leise. Nicht nur wegen des Betriebs, sondern auch, weil nichts so lief, wie sie es sich vorgestellt hatte. In ihrer Tüte waren Duftkerzen und ein paar unnötige Rollen Klopapier mit Weihnachtsmännern drauf, sonst nichts. Die Rezepte mit den Zutatenlisten steckten dagegen noch unangetastet in ihrer Handtasche. Sie seufzte müde. Am liebsten würde sie einfach alles auf Morgen verschieben. Oder die Party wieder abblasen. Aber erstens waren die Einladungen nun mal ausgesprochen, und zweitens würde sie morgen keine Zeit mehr für irgendetwas haben. Weil sie drittens die Zeit dann für sämtliche Vorbereitungen brauchte.

Mona kam an dem hellerleuchteten Schaufenster einer Drogerie vorbei und blieb aus irgendeiner Eingebung heraus plötzlich stehen. Das Gesicht von Jane Fonda lächelte ihr entgegen, faltenfrei und glücklich. Sie warb auf einem Plakat im Schaufenster für eine teure Pflegeproduktserie. *Weil wir es uns wert sind.* Mona warf einen kurzen kritischen Blick auf ihr eigenes unscharfes Spiegelbild im Fensterglas. Es gab sehr viele prominente und schöne Frauen, die seit Jahren aussahen, als wären sie keinen Tag älter als dreißig, nur weil sie genug schliefen, viel Wasser tranken und auf ihre Ernährung achteten. Sie selbst achtete auf nichts.

Erst unlängst hatte Mona in einer Apotheken-Umschau gelesen, dass es dem Körper im Winter vor allem an Vitamin D fehlte, weil das nur über die Einwirkung von Sonnenlicht auf der Haut im Körper produziert wurde. Vielleicht würde es ihr auf der Stelle bessergehen, wenn sie ihrem Körper dieses notwendige Vitamin zukommen ließe? Und ihrer Haut eine Creme gegen Falten? Mit dreißig war das noch kein Thema, mit vierzig schon. *Weil wir es uns wert sind.* Aber wonach ließ sich der eigene Wert eigentlich bemessen? Nach einem gesunden Selbstwertgefühl? Oder nach einem faltenfreien Gesicht? Oder danach, alles im Leben, einschließlich der Vitaminversorgung, im Griff zu haben?

Mona betrat den Laden und folgte dem großen Hinweisschild. Die Gesichtscremes befanden sich in der zweiten Reihe. Ganz links die Produkte für die *junge Haut*, ganz rechts die für die *reife Haut*. Die Auswahl war riesig. Es gab Cremes für trockene oder für normale Haut, manche warben mit Bio auf der Verpackung, andere mit einem Aufdruck, der golden glänzte. Dazwischen fanden sich spezielle Cremes für die Augen oder für die Lippen oder das Dekolleté. Das günstigste Produkt war für 2,45 zu haben, das teuerste kostete knapp 90 Euro. Alle versprachen sie auf jeden Fall eine sichtbare Wirkung gegen Falten und Alterungsprozesse. Sie las die Produktbeschreibungen, auch das Kleingedruckte, und weil niemand auf sie zu achten schien, roch sie an der 90-Euro-Creme. Dabei veränderte sie den Blickwinkel und entdeckte am gegenüberliegenden Regal ein Kind. Mona stutzte. Es war das bockige Kind von heute Morgen. Sie erkannte es an der gelben Jacke, der grünen Mütze und dem schwarzen Zopf. Auch an den Augen, die ganz dunkel waren, selbst hier in diesem hellen Neonlicht.

Das Mädchen öffnete gerade den Verschluss einer kleinen Parfümflasche und hielt sich den kugeligen Flakon an die Nase. Mona kannte das Parfüm. *Trevor. Eigentlich kein Duft für ein Kind*, dachte sie. Sie sah, wie das Mädchen unauffällig nach links und nach rechts schaute und das Parfüm plötzlich mit einer sehr schnellen Bewegung in seiner Jackentasche verschwinden ließ, bevor es die leere Verpackung wieder zurück an seinen Platz stellte. Im gleichen Augenblick begegneten sich ihre Blicke im Spiegel.

Mona blinzelte verwirrt und schloss die Augen. Die Geräusche um sie herum vermischten sich zu einem sanften Brummen. Als sie sie wieder öffnete, waren andere Menschen in ihrem Blickfeld, und das Mädchen war verschwunden. Vom Regal prangte ihr auf einem 50-Milliliter-Tiegel für 38 Euro das Wort *anti-aging* entgegen. Sie fühlte sich von einer Verkäuferin beobachtet und nahm den Tiegel in die Hand. Die Verkäuferin kam.

»Kann ich Ihnen helfen?«

»Ich, ähm, ich suche etwas für mein Gesicht.«

»Das ist ein sehr gutes Produkt. Rein pflanzlich. Es hat eine regenerierende Wirkung, wir haben aber auch Hyaluron-Produkte, wenn Sie …«

»Danke. Ich nehme diese Creme. Und ein Vitamin-D-Präparat. Wo …?«

»Das finden Sie im nächsten Gang.«

Schon von der Kasse aus konnte sie den kleinen Tumult erkennen, der vor dem Geschäft entstanden war. »41,90«, sagte die Kassiererin. »Sammeln Sie Treuepunkte?«

»Nein, danke.« Mona wühlte in ihrem Portemonnaie nach einem passenden Schein.

»Tüte?«

Sie schüttelte den Kopf, ohne den Blick von dem abzuwenden, was da draußen geschah. Sie wusste nicht, was der Grund war, aber sie ahnte es.

6. Hella

Hella war kein kreativer Mensch. Sie konnte nicht basteln, nähen oder singen, so wie ihre Tochter. Sie war auch nicht besonders gut im Rechnen, so wie Daniel. Aber sie wusste, dass ihr die Hälfte des Verkaufswertes von dem Haus zustand und dass die Hälfte der

Hälfte immer noch sehr viel Geld war. Mehr, als sie brauchte.

Sie seufzte. Es konnte doch nicht so schwer sein, Geld in einem kreativen Rahmen zu verschenken. Als Gutschein oder verpackt in einem Reim oder als Collage, warum fiel ihr nur nichts dazu ein.

Am besten schrieb sie einfach einen Scheck. Den Betrag einsetzen und die Stelle für Unterschrift und Datum freilassen. Das Ganze in einen Umschlag und ein Geschenkband darum, fertig.

Hella stand auf und quälte sich zum Schreibtisch. Das rechte Knie tat ihr weh. Frau Vonderschmidt von nebenan hatte vor sechs Jahren ein neues Hüftgelenk bekommen, seitdem gehe es ihr besser, meinte sie. Dabei war die Frau noch gar nicht alt, auf jeden Fall um einiges jünger als Hella. Wenn nichts mehr half, würde sie auch ein neues Gelenk bekommen, das hatte der Orthopäde gesagt, aber wie sollte sie erkennen, dass nichts mehr half? Sie schluckte eine Tablette und spülte sie mit viel Wasser runter.

Wo waren die Schecks? Sie suchte den ganzen Schreibtisch nach dem Etui mit den Bankunterlagen ab und fluchte leise, weil sie nichts fand. Heutzutage wurde ja fast alles über Computer erledigt, aber sie war kein Freund von diesem modernen Kram, sie brauchte richtiges Papier, egal ob beim Lesen oder beim Schreiben. Sie suchte weiter, und am Ende fand sie das Etui in der obersten Schublade, genau dort, wo es hingehörte, irgendwer hatte eine Briefmappe darauf gelegt, wahrscheinlich sie selbst. Ihre größte Angst war von jeher, im Alter dement zu werden. Das war einfach zu würdelos.

Die Briefmappe war schon alt, aber das Papier immer noch brauchbar. Schönes echtes Büttenpapier mit Wasserzeichen, so etwas wurde heute kaum noch nachgefragt. Die Leute twitterten, simsten, mailten, aber sie schrieben keine Briefe mehr. Sie redeten noch nicht einmal mehr miteinander. Auch mit ihr redete niemand, manchmal könnte man fast denken, es gäbe sie gar nicht. Mit Mona hatte es einmal einen Versuch gegeben, vor einigen Jahren in einem Restaurant. Aber dann war ihre Tochter wegen irgendetwas beleidigt gewesen. Sie konnte sich beim besten Willen nicht mehr erinnern, was es war.

Hella nahm einen der Schecks und strich sanft mit dem Handrücken darüber. Sie, die kleine Hella Lorentz, geborene Gehrke, schrieb einen Scheck, es war ein erhebendes Gefühl, immer wieder und weit mehr, als das Ausfüllen eines Überweisungsträgers oder das Hantieren mit Bargeld. Aber eigentlich war sie gar keine geborene Gehrke. Sie war vielleicht eine geborene Brown oder Miller oder Baker, wer wusste das schon. Auf keinen Fall war sie eine *geborene* Gehrke.

7. Mona

Aus dem Tumult war ein Menschenauflauf geworden. Mittendrin stand ein Mann in Jeans und weißem Hemd. Ein Kaufhausdetektiv, für so etwas hatte Mona einen Blick. Mit einer Hand hielt er das Mädchen am Arm, in der anderen hielt er sein Telefon und sprach hinein.

Wieder kreuzten sich ihre Blicke. Die dunklen Augen blitzten trotzig. Mona bahnte sich einen Weg.

»Lisa! Was ist denn?«, fragte sie schnell, bevor sie weiter darüber nachdenken konnte. Sie wandte sich an den Mann: »Was ist denn hier los?«

»Ist das Ihre Tochter?«

»Was wollen Sie von ihr? Lisa, hast du das Parfüm gefunden?« Das Mädchen erwiderte ihren Blick und nickte langsam.

»Entschuldigen Sie. Das Kind hat leicht autistische Züge, aber wir sind auf einem guten Weg.«

Der Mann ließ das Mädchen los.

»Kann ich mal Ihren Ausweis sehen?«, fragte er unfreundlich.

»Aber natürlich.« Sie stöberte fast blind in ihrer Handtasche, das Herz klopfte ihr bis hinter die Schläfen.

Der Mann warf einen kurzen Blick auf ihren Pass. Er runzelte die Stirn. »Monique Baumann?«, fragte er, als würde er ihrem Ausweis nicht glauben.

»Ja. Das bin ich.«

»Sie wohnen hier in Limburg, in der Parkstraße?«

Sie nickte.

Er zog das Parfüm aus seiner Hosentasche. »Die Kasse ist da«, sagte er und zeigte mit dem Kopf die Richtung.

»Ich weiß«, sagte sie mit fester Stimme. »Da stand ich gerade und habe das hier bezahlt.« Sie zeigte ihm ihre Tüte. »Und auf Lisa gewartet. Sie hat mich wahrscheinlich gesucht.« Sie nahm die Hand des Kindes. »Komm, Lisa«, sagte sie. »Wir bezahlen und dann ab nach Hause.«

Sie schwiegen beide. Das Kind folgte ihr wie ein kleiner Hund, was Mona einerseits irgendwie rührend fand, andererseits auch etwas beunruhigend. Vielleicht war es ja so etwas wie ein herrenloser Hund. Die blieben manchmal an einem kleben, wenn man nicht aufpasste. Mona bog ab und steuerte den Supermarkt an, das Kind blieb an ihrer Seite. Abgesehen von der etwas schmuddeligen Jacke sah es nicht unbedingt vernachlässigt aus. Aber vielleicht war die Vernachlässigung ja gar nicht äußerlich. Mona war zwar keine Mutter, aber die Instinkte waren angelegt.

»Ist dir nicht kalt? Mach doch die Jacke zu«, sagte sie.

Das Mädchen reagierte nicht.

»Du könntest übrigens ruhig mal danke sagen.«

»Danke.«

Sie konnte also reden. »Wie heißt du eigentlich? Lisa ja wahrscheinlich nicht.«

»Shirin.«

»Schirien? Was ist das denn für ein seltsamer Name?«

»S.H.I.R.I.N.«

»Ach so. Okay.« Shirin, natürlich, das hatte sie heute Morgen gehört. Nicht *schreien*. »Und warum hast du das gemacht?«

Shirin zuckte mit den Schultern.

»Okay. Was willst du denn mit dem Parfüm? Willst du es verschenken?«

Keine Antwort.

»Deiner Mutter?«

Mona sah, wie Shirin die Hände zu Fäusten ballte und tief in die Taschen ihrer Jacke grub.

43

»Okay.« Sie seufzte. Es war typisch. Immer, wenn überhaupt nichts *okay* war, schien *okay* das einzige Wort zu sein, das ihr zur Situation einfiel. Sie blieb stehen und überlegte. Dann hielt sie Shirin die kleine Flasche entgegen. »Hier«, sagte sie.

Shirin war ebenfalls stehen geblieben. Mona sah ihr Zögern und den langen, dunklen Zopf, der unter ihrer grünen Strickmütze hervorquoll.

»Nimm es! Ich schenke es dir.«

Vorsichtig nahm Shirin ihr das Parfüm aus der Hand und sah sie an. Dann drehte sie sich um und rannte weg.

»Hey«, rief Mona. »Das war ein ganz legales Angebot.« *Ein ganz legales Angebot. Was für ein bescheuerter Satz*, dachte sie im gleichen Moment. So etwas verstand doch kein Kind. Sie sah den gelben Anorak um die Ecke verschwinden und nahm ihren Fußmarsch wieder auf. Dreißig Euro hatte das Parfüm gekostet. War es das wert gewesen?

Im Supermarkt herrschte ein Wahnsinnsbetrieb. Mona schob den Wagen in Richtung Gemüseabteilung und versuchte den Überblick zu behalten. *Hirtensalat: Paprika, Eisbergsalat, Tomaten, Champignons, Gurken*, stand auf einem ihrer Zettel. Eine ältere Frau mit einem Stück eingeschweißtem Gouda in der Hand sprach sie an: »Entschuldigen Sie, wissen Sie, wo der Brokkoli liegt?«

Mona schüttelte den Kopf. »Tut mir leid«, sagte sie, aber die Frau hatte gar nicht sie gemeint, sondern eine Mitarbeiterin, die hinter Mona stand und faule Bioapfelsinen aussortierte. »Beim Salat.« Die Verkäuferin

zeigte mit dem Finger die Richtung an und sortierte
weiter.

Dort waren auch die Paprika. Gelbe, rote und grüne, farblich sortiert oder alle Farben in einem Netz.
Grüne Paprika mochte sie eigentlich nicht. Andererseits hatten die drei Farben auf dem Rezeptfoto sehr
schön ausgesehen. Nachdenklich schob Mona die
Unterlippe vor und überlegte einen Moment. Dann
gab sie sich einen Ruck. Egal, sie würde jetzt das einkaufen, was auf der Liste stand, wenn sie schon beim
ersten Rezept anfing zu zweifeln, würde sie nie fertig
werden. Sie griff sich ein Netz mit Paprika und warf es
in den Wagen. Und noch eins. Doch sie war mit ihren
Gedanken nicht bei der Sache.

Irgendetwas war mit diesem Kind, irgendetwas
stimmte nicht mit ihm. Vielleicht war es ja wirklich
autistisch. Mona hatte keine Ahnung von den Um-
ständen seines Lebens, aber es hatte so etwas an sich
gehabt, so eine Aura der Verlassenheit, irgendetwas
Trauriges jedenfalls, das hatte Mona gespürt. Schon
heute Morgen, bei der ersten Begegnung. Da hatte
Shirin sich gegen irgendetwas gesträubt. *Der Termin
ist um acht, wir müssen uns beeilen.* Die Mutter hatte
resigniert geklungen. Aber nicht sauer. Eher überfordert. Vielleicht ein Polizeitermin. Und vielleicht nicht
zum ersten Mal. Ein kleptomanisches Kind, so etwas
konnte jede Mutter überfordern.

Sie brauchte noch Zwiebeln und eine Salatgur-
ke oder besser zwei. Die Gedanken stahlen sich in
ihren Kopf, ehe sie sie verhindern konnte, und einen
Moment gestattete Mona sich die Vorstellung: Kind,
Ehemann, ein ganz normales Leben. Dann würde sie

jetzt für ihre Familie einkaufen, und morgen würden ihr Mann und ihr Kind sie mit einem Geburtstagslied wecken oder mit einem Geburtstagsfrühstück oder mit beidem. Und dann würde die Polizei klingeln und sie verhaften, wegen Verletzung der Aufsichtspflicht, und sie würde …

Plötzlich spürte sie, dass jemand sehr dicht hinter ihr stand. »Hallo, Mona«, hörte sie im gleichen Augenblick eine dunkle, vertraute Stimme. Sie wirbelte erschrocken herum. Gerade eben hatte sie noch an Frank gedacht, vielleicht nicht so direkt, aber bei dem Gedanken an eine Familie, war es Franks Gesicht gewesen, das vor ihrem inneren Auge geschwebt hatte. Und jetzt stand er leibhaftig vor ihr.

»Alles Gute zum Geburtstag!«, sagte er.

»Frank! Ich … eh, ich hab doch erst morgen Geburtstag«, sagte sie wenig schlagfertig. Nachher würden ihr wieder die besten Sätze einfallen.

»Ach, stimmt. Ist ja erst der zweite heute, ich hab das Datum verwechselt.«

»Ist ja auch nicht so wichtig«, sagte Mona und versuchte, das Netz zurückzulegen. Es hatte sich irgendwie in ihrem Zeigefinger verhakt.

»Warte«, sagte Frank. Er half ihr und hielt auch darüber hinaus ihre Hand noch fest. »Was willst du denn damit? Da sind auch grüne drin, die schmecken dir doch gar nicht.«

Sie sagte jetzt gar nichts mehr. Zum einen, weil ihr immer noch keine geistreiche Antwort einfiel, und zum anderen, weil ihr die ganze Situation irgendwie surreal erschien. Alles fühlte sich seltsam an. Erst die Sache mit Shirin und jetzt Frank. Ihre Hand war noch immer in seiner. Er sah sie aus 1,96 Meter Höhe an. Er hatte sie natürlich schon viele tausend Male von da oben angesehen, und er hatte auch ihre Hand schon tausende Male festgehalten. Aus den unterschiedlichsten Gründen. Jahrelang hatten sie Bett und Tisch miteinander geteilt. Sie hatten sogar noch den gleichen Nachnamen, Baumann, es war sein Nachname. Den hatte sie auch nach der Scheidung behalten, weil sie auf keinen Fall wieder Lorentz heißen wollte.

Frank ließ sie los. Sofort fühlte ihre Hand sich seltsam leer an und kalt. Er bückte sich und hob ein Blatt Papier auf. Es war das Hirtensalat-Rezept. »Da hast du ja allerhand vor«, meinte er.

»Ja, ich … eh, ich hab ein paar Rezepte gegoogelt und …« Sie stotterte fast.

»Aha.«

»Gibst du mir bitte das Blatt?«, fragte sie steif.

Er hielt ihr das Papier hin. »Ich wohne übrigens wieder hier.«

»Das, eh, habe ich schon gehört.«

»Ach? So schnell spricht sich das herum. Dabei sind es erst drei Tage.«

»Hm.« Sie nickte leicht.

»Und was macht deine Familie?«

»Ach, nichts Besonderes. Alles beim Alten.« Allmählich legte sich ihre konfuse Aufregung. Diese Wirkung hatte er auch am Anfang ihrer Bekanntschaft immer auf sie gehabt. Sie faltete den Zettel zusammen und sah ihn an. Er hatte sich kaum verändert in diesen acht, fast neun Jahren. Seine Haare waren immer noch dunkel, ohne das geringste Grau. Sein Gesicht war vielleicht noch eine Spur hagerer, was seine große

Nase noch größer erscheinen ließ. Einen Moment war Mona versucht, mit dem Zeigefinger über seinen Nasenrücken zu fahren. Das hatte sie früher oft gemacht. Aber sie traute sich nicht.

»Tja dann. Es war wirklich schön, dich mal wieder zu treffen«, sagte er.

»Ja. Fand ich auch.«

»Ich wünsche dir noch einen schönen Geburtstag.«

»Danke!«

Er wandte sich ab. »Mach's gut!«

»Frank?«, rief sie ihm schwach hinterher. Er drehte sich um. »Ja?«

»Komm doch morgen einfach vorbei«, sagte sie schnell, bevor sie Zeit hatte, darüber nachzudenken. »Ich meine natürlich nur, wenn du Lust und Zeit hast, du musst nichts mitbringen oder so«, schob sie sofort hinterher, bevor *er* Zeit hatte, darüber nachzudenken.

Er sah sie überrascht an. Einen Moment schien er zu überlegen, aber dann schüttelte er den Kopf. »Besser nicht.«

Sie nickte, obwohl sie nicht genau wusste, was er mit *Besser nicht* meinte. *Besser nicht an alten Wunden rühren?* oder *Besser nichts aufwärmen, was seinen Geschmack sowieso längst verloren hatte?*

Er winkte ihr im Weitergehen noch einmal zu, und Mona sah ihm nach. Er war wirklich groß. Und in seinem Anzug sah er ziemlich wichtig aus. Sie hatte ihn auch in Unterwäsche und sogar nackt gesehen, aber nur in einem Anzug hatte er immer diese ganz besondere Anziehung auf sie gehabt. *Wenn er sich noch mal zu mir umdreht, ist es ein gutes Zeichen*, dachte sie, ohne zu wissen, wofür das *gute Zeichen* am Ende

48

stehen sollte. Im gleichen Augenblick schaute er über die Schulter zurück und winkte wieder. Konnte man *über die Schulter zurückschauen* als *Umdrehen* gelten lassen? Sie winkte zurück, aber da war er bereits in den Gang mit Waschmitteln und Putzzeug abgebogen, und sie war sich nicht sicher, ob er es noch gesehen hatte.

»Darf ich?«, fragte eine junge Frau.

Mona löste sich aus ihrer Erstarrung und trat einen Schritt zur Seite. »Entschuldigung«, murmelte sie.

Die Frau griff nach einem Netz mit nur grünen Paprika. »Da ist das meiste Vitamin C drin«, sagte sie. »Das habe ich mal gelesen.«

Mona nickte stumm und starrte in ihren Einkaufswagen. Dann zum Regal. *Paprika, Herkunftsland Holland*, stand auf einem Schild. Das Wort Paprika wanderte durch ihren Kopf und verstopfte irgendetwas, irgendeine Synapse oder so. Sie konnte einen Moment nichts anderes denken als Paprika. *Paprika, Paprika, Paprika.*

Sie hätte ihm sagen sollen, dass ihr Bruder da sein würde, sie hatten sich doch immer gemocht. Und dass es nur *einen* neuen Mann in ihrem Leben gab, nämlich Chester. Frederic konnte in diesem Zusammenhang jedenfalls nicht gezählt werden. Oder auch einfach, dass es ihr sehr leidtat. Bis heute. Das hatte sie ihm nie gesagt.

Frank hatte sich damals nicht so spontan in sie verliebt wie sie sich in ihn. Es hatte Wochen gedauert, bis er sie zum ersten Mal küsste, und auch da hatte eigentlich *sie ihn* geküsst und nicht umgekehrt. Es sollte ein Dankeschön-Kuss auf die Wange sein, aber er hatte genau in diesem Moment den Kopf gedreht, und so landete der Kuss auf seinem Mund. Sie roch sein Rasierwasser, und seine Lippen waren warm und weich, daran erinnerte sie sich. Auch an seinen Heiratsantrag, nicht sehr lange nach diesem Kuss. Eher unromantisch, keine große Sache, nur eine einfache Frage: »Hast du Lust, mich zu heiraten?«

Nie könnte sie dieses überwältigende Gefühl vergessen. Diese alles überschwemmenden Emotionen. Er hatte sich für sie entschieden, ganz und gar. Sie musste nicht kämpfen, nichts leisten, nicht toller sein, als sie war.

Monatelang schwebte sie damals im siebten Himmel. Leider hielt der Schwebezustand nicht an, natürlich nicht, niemand konnte auf Dauer schweben. Irgendwann näherte man sich wieder dem Boden, es ging gar nicht anders, das war ein physikalisches Grundgesetz, schon wegen der Erdanziehung. Als sie den Boden erreichte, fielen ihr plötzlich seine großen Hände und Füße auf, seine ungleichmäßigen Zähne, seine schmalen Lippen. Sie konnte nichts dagegen tun. Wenn sich sein Mund ihrem näherte, begann sie den Kopf wegzudrehen, wenn er am Abend im Bett seine große Hand auf ihre Brust legte, stellte sie sich schlafend. Er redete von gemeinsamen Kindern, und sie dachte an getrennte Schlafzimmer. Zwei Jahre lang lebte sie an seiner Seite im Zölibat. Jedenfalls beinah. Denn zwischendurch lernte sie Mike kennen, einen erfolglosen, sehr charmanten Musiker. Es dauerte einige Wochen, und sie gab seinen Avancen nach. Und dann, nach Mike, der seine Zuneigung nur sehr temporär, dafür großzügig an mehrere Frauen gleichzeitig verteilte, kam Oliver, ein Kollege, dem sie nicht widerstehen konnte. Sie dachte, es würde Frank nicht weh tun, er würde es ja nicht erfahren, aber sie täuschte sich. In beiden Fällen. Es war Wallys Schuld. Sie hatte damals etwas mitbekommen und ihr ins Gewissen geredet und ihr den Kopf gewaschen, sie war von jeher gnadenlos im Überschreiten von Grenzen. Frank war gerade nach Hause gekommen, er stand hinter der Tür. Es war das Ende.

Der Trennungsschmerz war groß, viel größer, als Mona vermutet hätte, trotzdem war sie anfangs noch einigermaßen optimistisch. Sie war ja erst einunddreißig, da war noch alles drin. Ein neuer Partner, ein neuer Ehemann, mit schönen Händen, geraden Zähnen und ohne Kinderwunsch.

Es kamen viele, geblieben ist keiner. Vielleicht war auch sie es, die nicht blieb, sie war schlecht im Bleiben. Sie hatte es natürlich auch keinem leichtgemacht, das wusste sie. Ihre Zickigkeit, ihre kränkenden Belehrungen, ihre ständigen Vergleiche mit Frank, der plötzlich zum unerreichbaren Traummann mutierte – das konnte auf Dauer keiner ertragen. Und wenn es einer ertragen konnte, dann ertrug sie irgendetwas nicht. Den Beruf, die politische Ausrichtung oder schlicht die Tatsache, dass es NICHT Frank war, der neben ihr aufwachte.

Zurzeit war es Frederic, den sie nicht ertrug. Frederic war erst achtundzwanzig. Er war zu jung und zu unreif, und sie hatte den Verdacht, dass sie so etwas wie ein Mutterersatz für ihn war. Trotzdem ließ sie die Sache laufen. Erstens, weil sie im Moment kein

51

besseres Angebot hatte, genaugenommen gar keins, zweitens, weil er sie irgendwie rührte in seiner jugendlichen Unbekümmertheit, und drittens, weil die Sache mit ihm trotz allem immer noch besser war, als allein zu sein. Vor allem drittens.

Mona war an ihrem Lieblings-Café angekommen, das eigentlich eher so etwas wie eine italienische Bar war. Schon durch das Fenster konnte sie erkennen, dass es sehr voll war. Draußen standen ein paar unverdrossene Raucher an einem Stehtisch und sahen sie einladend an, aber sie rauchte nicht, und außerdem war es viel zu kalt. Drinnen war natürlich jeder Platz besetzt. Überall saßen oder standen Menschen dicht zusammen mit anderen Menschen. Sie kannten sich und teilten den knappen Platz und ihre Zeit miteinander. Mona ließ den Blick über die Köpfe gleiten. Außer Maria, die sich mit einem vollen Tablett von Tisch zu Tisch hangelte, konnte sie kein bekanntes Gesicht entdecken.

»Sie können sich hier noch dazuquetschen, wenn Sie möchten, wir rücken zusammen«, sagte eine junge Frau auf einer Bank, die ihr Suchen bemerkt hatte. Mona nickte dankbar.

»Hast du schon was ausgesucht?«, fragte Maria im Vorbeigehen. »Einen Cappuccino. Wie immer«, sagte sie. Wie immer bedeutete italienisch, also mit Milch, aber ohne Kakao. Sie mochte den Geschmack des Kakaopulvers nicht, jedenfalls nicht in dieser Verbindung.

Während sie wartete, machte sie so etwas wie eine Bestandsaufnahme: Es war jetzt Viertel vor sechs, und

52

sie hatte nichts, überhaupt nichts, von dem erledigt, was zu erledigen gewesen wäre.

Frustriert nahm sie das Handy und tippte mit schnellen Fingern eine Nachricht: *Hallo, Henning, bitte Chester longieren, schaff es heute nicht.* Dann wählte sie Judiths Nummer.

»Matthiesen?«

»Judith, ich bin's. Kannst du mir einen Gefallen tun?«

»Hallo, Mona. Um was geht's denn?«

»Ich brauche für morgen Abend was zu essen.«

»Ich versteh dich kaum, da ist so ein Krach. Wo bist du denn?«

»Ich bin im Café, und ich brauche für morgen Abend etwas zu essen.«

»Wie jetzt? Von Masters?«

»Ja. Wenn's geht.«

Masters war ein bekannter und auch guter Caterer. Allerdings nicht ganz billig. Judith kannte den Besitzer. Sie half manchmal dort aus.

»Bisschen knapp. Du wolltest doch selbst …«

»Ich hab's mir anders überlegt«, sagte Mona schnell.

»Okay. Wie wäre es mit ein paar Finger-Food-Platten? Die sind nicht so aufwendig und bezahlbar.«

»Klingt gut.«

»Mit wie vielen Leuten rechnest du?«

»Etwa zwanzig.«

»Gut. Ich schau, was ich machen kann, und ruf dich zurück, wenn ich einen Preis habe.«

»Danke! Du bist ein Engel. Der Preis ist mir egal. Bring die Platten einfach mit!«

»Was??«

»Bring die Platten mit, egal, was sie kosten«, schrie sie.

»Okay. Dann bis morgen!«

»Bis morgen!« Da fiel ihr noch etwas ein. »Ach, Judith? Ich habe heute ... Judith?« Aufgelegt. Mona seufzte. Sie hätte gern noch mit Judith über Shirin gesprochen. Und über Frank. Auch über ihren Geburtstag und darüber, was es bedeutete, vierzig zu werden. Und einsam zu sein, selbst dann, wenn man unter lauter Menschen saß. *Einsamkeit muss man können*, hatte Hella einmal zu ihr gesagt.

Eins war klar: Seit ihrer Trennung von Frank war alles irgendwie immer nur schlimmer geworden. Nicht klar war, was *alles* genau beinhaltete. Als sie damals Hals über Kopf aus der gemeinsamen Wohnung ausgezogen war, weil sie nicht an einem Ort bleiben wollte, an dem Frank geatmet, geschlafen und gelebt hatte, hatte sie sogar noch gedacht, es würde alles besser werden. Wenn sie nur in eine Wohnung ziehen würde, in der es keine Gerüche von ihm gab, keine von ihm angeklebten Tapeten und keine Erinnerungen. Wenn sie nur anfangen würde, ein neues Leben zu leben. Aber so war es nicht.

»Ein Cappuccino.« Maria stellte das milchschaumige Getränk vor ihr ab.

»Danke! Kann ich sofort bezahlen?«

»Ich komme gleich.« Maria war keine Italienerin, auch wenn der Name etwas anderes vermuten ließ, sie sah auch kein bisschen südländisch aus. Sie war groß, sehr dünn und irgendwie war alles an ihr blass. Die langen hellbraunen Haare, die leicht knittrige Haut, die grauen Augen, sogar das cremefarbene Shirt.

»Zwei fuffzisch«, sagte sie, als sie wieder an ihrem Tisch vorbeikam. Mona reichte ihr drei Euro. »Stimmt so.« Sie stand auf. Im gleichen Augenblick wurde die Tür geöffnet, und ein Schwall kalter, feuchter Winterluft traf ihr Gesicht. Zwei Männer betraten das Café. Der eine war ein sportlicher Typ mit sehr gerader Haltung und hübschen Grübchen. Der andere war Frank.

8. Hella

Frisch geduscht und nur mit Unterwäsche bekleidet, stand Hella vor dem Kleiderschrank und griff nach der hellen mintgrünen Leinenbluse. Die Bluse hatte einen leicht angedeuteten taillierten Schnitt und abgesetzte Taschen. Sie stand ihr gut. »Verdammt!«, murmelte sie, als sie die offene Nahtstelle direkt unterhalb des Kragens entdeckte. Die Stelle war nicht groß, gerade mal einen Zentimeter, aber so konnte sie sich nicht blicken lassen. Vielleicht doch die rosa gestreifte Bluse? Oder eine von den weißen? Was Farben anging, konnte sie eigentlich beinah alles tragen. Sie lächelte ihrem Spiegelbild zu. Ihre Zähne waren hell und gleichmäßig, sie war sehr zufrieden mit dem Ergebnis, ihr Zahnarzt hatte wirklich gute Arbeit geleistet, auch wenn es sie eine Stange Geld gekostet hatte. Fast achttausend Euro.

Sie öffnete eine weitere Schranktür und überlegte. Vielleicht doch ein Kleid? Nein, dazu war es zu kalt. Der graue Hosenanzug? Zu schick. *Es ist so gemein, dir steht einfach alles*, hatte Liane sich früher immer beklagt. Die leicht moppelige Liane mit ihren Kuh-

augen. Was mag nur aus ihr geworden sein? Irgendwann hatten sie sich aus den Augen verloren. Hella
seufzte. Sie hatte so viele Menschen aus den Augen
verloren.

Sie prüfte ihr Spiegelbild genauer. Das Augen-
Make-up war leicht verschmiert, etwas vom Mascara
hatte sich in die Krähenfüße gesetzt. *Ich sehe aus wie
ein alter, ramponierter Schrank, an dem die Farbe blät-
tert*, dachte sie. Früher war sie so schön gewesen. Sie
hätte jeden haben können. Jeden. Elvis Presley hatte
sie angelächelt, damals in Wiesbaden, er war hingerissen von ihr, das hatte sie genau gespürt. Leider war sie
damals erst elf gewesen. Aber es war ein Anfang. Und
es hatte ihr schon früh gezeigt, wo ihre Stärke lag.

Sie warf die unbrauchbare Bluse auf einen großen
Kleiderhaufen in der Ecke und zog eine Jeans und den
hellblauen Cashmere-Pullover aus dem Fach. Dabei
funkelte sie sich im Spiegel an. Sie hatte schöne Augen, auch heute noch. Und auch ihr Haar war noch
füllig. Es glänzte in einem warmen Kastanienbraun,
fast wie früher, auch wenn dafür mittlerweile lange
Sitzungen beim Friseur nötig waren. Und sogar ihre
Figur war immer noch sehr passabel, selbst wenn die
Haut jetzt weich war und faltig. Sie schlüpfte in Jeans
und Pullover, lief mit nackten Füßen ins Bad und tupfte sich mit einem weichen Pad die Mascara-Spuren
ab. Schon besser. Es gab Schäden, die ließen sich ganz
leicht beheben.

Unten in der Küche war alles aufgeräumt und blitz-
sauber, was sie Azra zu verdanken hatte. Die junge
Türkin kam an jedem Montag- und Mittwoch- und
Freitagvormittag und brachte in vier Stunden das in

Ordnung, was Hella ohne Schwierigkeiten in nicht einmal zwei Stunden wieder ins Chaos verwandeln konnte. Aber Azra kam gern, was sicher auch an Hellas großzügiger Bezahlung lag. Fünfzehn Euro die Stunde, und zwar netto. Trotzdem tat sie Hella leid. Arme Azra. Sie hatte bestimmt nicht viel zu lachen, mit ihren sechs Kindern und dem arbeitsscheuen Mann. *Schlimmer geht immer.* Hella stellte den Kaffeeautomaten an und schielte dabei unabsichtlich zur Cognacflasche auf der Anrichte.

Alt werden ist nichts für Feiglinge. Wer hatte das gesagt? Sie wusste es nicht mehr, in letzter Zeit vergaß sie ständig irgendetwas. Namen, Termine, Abmachungen. Nur wenn sie an früher dachte, dann funktionierte ihr Gedächtnis wie ein Uhrwerk. Ab etwa sechzig hatte ihre Kindheit wieder an Bedeutung gewonnen. Davor hatte sie frühe Erinnerungen daran immer weggedrückt oder nur an der Oberfläche zugelassen, aber plötzlich konnte sie das nicht mehr. Die Erinnerungen drängten sich immer wieder in ihren Kopf, als wollten sie ihr irgendetwas erklären. Den entsetzten Blick ihrer Mutter zum Beispiel, als sie das Foto gefunden hatte. Die verwaschene Schwarz-Weiß-Fotografie eines gutaussehenden jungen Mannes in Uniform. Es war auf die Unterseite der Nachttischschublade geklebt, und die Schublade war herausgerutscht, als Hella heimlich nach Hustenbonbons gesucht hatte. Ihre Mutter versteckte manchmal welche dort. Wie alt mochte sie da gewesen sein? Vielleicht sechs, höchstens sieben. Ihre Mutter hatte das Foto sofort an sich genommen und es in ihrer Schürzentasche verschwinden lassen. *Sei bloß still!*

Auch an Monas Geburt erinnerte sie sich genau, obwohl die natürlich nichts mehr mit ihrer Kindheit zu tun hatte. Vierzig Jahre war das her. Norbert hatte sie ganz früh morgens ins Krankenhaus gebracht und war sofort wieder gefahren. Er musste ins Büro und sie das Kind zur Welt bringen, es half ja nichts. Es hatte fast zwanzig schmerzhafte Stunden gedauert, aber Mona war ein sehr niedliches Baby, das musste sogar Hella zugeben. Fast noch niedlicher als ihr Bruder. Die Kopfform war perfekt, die kleinen Ohren, die kleinen Hände, alles war perfekt. Für einen Moment war sie beinahe stolz auf dieses kleine Wesen, das sie auf die Welt gebracht hatte. Nie würde sie Norberts enttäuschten Blick vergessen, als er seine Tochter zum ersten Mal sah. Der gleiche Blick, mit dem er auch sie immer ansah.

Der Kaffee war stark und schwarz, genauso mochte sie ihn. Norbert hatte ihn auch so gemocht. Ganz früher, am Anfang ihrer Ehe, war sie jeden Morgen mit ihm aufgestanden, um ihm den Kaffee genauso zuzubereiten. Sie hatten zusammen in der Küche gesessen, und sie erzählte ihm lustige Anekdoten von ihrer früheren Arbeit in der Bäckerei, oder sie nahm seine Hand und legte sie auf ihren Bauch, weil das Baby sich bewegte. Dann lächelte er.

Am Ende war der Kaffee noch ihre einzige Gemeinsamkeit. Sie war sicher eine Enttäuschung für ihren Mann gewesen. Aber er war auch eine Enttäuschung für sie. Irgendwann ließen sie sich gegenseitig für ihren Irrtum büßen. Trotzdem blieb sie bei ihm, auch als es ihm schlecht ging. Sie kümmerte sich um alles, um eine Pflegerin und solche Dinge, aber er hatte sich nie bei ihr bedankt, kein einziges Mal. Seine Schmerzen und Qualen waren ihr egal, sie hatte keine Träne vergossen deswegen, nur an seiner Beerdigung, da weinte sie. Nicht um ihn, es war ihr eigenes Leben, um das sie weinte.

Sie schlang sich die Oberarme um den Körper und seufzte. Ihr war kalt, aber es nutzte nichts, die Heizung noch höher zu stellen, das Thermostat zeigte bereits vierundzwanzig Grad. Vielleicht sollte sie sich einen kleinen Hund zulegen? Dann würde sie öfter an die frische Luft kommen, und sie hätte etwas Warmes an ihrer Seite. Etwas zum Streicheln. Aber eigentlich mochte sie keine Hunde. Sie griff nach der Kaffeetasse. Die Hand, die die Tasse hielt, war wie immer gebräunt, mit perfekt manikürten Nägeln und ringgeschmückten Fingern. Zitterte sie? Sie setzte die Tasse ab und nahm die Hand wieder hoch. Sie zitterte wirklich. Wahrscheinlich weil sie in den letzten drei Nächten kaum geschlafen hatte. Manchmal war das so, wenn die Erinnerungen sie nicht in Ruhe ließen.

Sie schaute aus dem Fenster und in den dämmrigen Garten. Er lag in seiner ganzen grauen Traurigkeit vor ihr, wie ein vergessener Gast. Das Grundstück war riesig und mit Sträuchern und einer hohen Mauer eingefasst. Auf dem Rasen ließen sich im dämmrigen Licht die unregelmäßig angelegten Beete ausmachen. Im Sommer blühten dort Sonnenhut, Phlox und Rittersporn, aber jetzt waren es nur braune, öde Flächen. Links vom Fenster, nicht weit von der Einfahrt, standen zwei Trauerweiden. Sie liebte diese Bäume, weil sie mit ihren weichen hängenden Ästen nicht nur Schatten spendeten, sondern auch Schutz. Jetzt wirkten sie allerdings etwas matt. Wie zwei düstere, traurige Gesellen. Weiter rechts, mitten im Garten, konnte sie den großen Swimmingpool erkennen. Er war abgedeckt, auf der Folie sammelten sich kleine Wasserpfützen, in denen verwelktes Laub schwamm und sich wellenartige Kreise bildeten. Es hatte schon wieder zu regnen begonnen.

Hella wandte sich ab und dachte an den Scheck. Sie hatte ihn in einen Umschlag gesteckt und *Monique* darauf geschrieben, sonst nichts. Sie versuchte sich die Übergabe vorzustellen. Das Gesicht ihrer Tochter, ihre Überraschung, die Freude. Vielleicht würde sie *Mama* sagen oder *Das ist doch viel zu viel*. Hella nippte am Kaffee. Vielleicht würde Mona sie sogar umarmen, ihre Tochter hatte solche Momente, auch wenn sie selten waren.

Sie suchte sich ein neues Fenster zum Hinausschauen. Es war erst halb sechs. Viel zu früh. Sie kam nie zu früh, zu früh zu kommen hatte etwas Unanständiges. Sie nippte am Kaffee und verzog das Gesicht. Er war kalt geworden.

Draußen war es jetzt bereits völlig dunkel, man konnte nichts mehr erkennen, nur die Lichter der Stadt und den Dom. Im Fenster sah sie ihr Spiegelbild.

Hella ging zurück in die Küche, schüttete den kalten Kaffee in die Spüle und griff, als sie an der Anrichte vorbeikam, ohne nachzudenken, zur Flasche. Schnell schüttete sie etwas Cognac in ein Glas. Sie schwenkte die hellbraune Flüssigkeit. Es war ein guter Cognac, alt und weich, mit genau dem richtigen Grad an Milde und Schärfe, das wusste sie. Sie schloss die Augen und schnupperte den vertrauten Duft: Holz, Schokolade,

60

mit einem Hauch Vanille. Der erste Schluck lief angenehm die Kehle hinunter, er verbreitete die wohlbekannte Wärme. Sie leerte das Glas, das ungleichmäßige Zittern ließ nach, die dunklen Gedanken, die an der Peripherie ihres Bewusstseins schwebten und nur drauf warteten, sie zu quälen, verloren an Wirkung.

Hella wusste natürlich, dass der Cognac nur dämpfte, was sie plagte, und dass er ihr die Angst nicht nehmen konnte, aber er machte sie kleiner, weniger wichtig. Es war auch nicht mehr die Angst vor dem *Älterwerden*, die lag bereits hinter ihr. Was sie jetzt quälte, war die Angst vor dem *Altsein*. Und das Bewusstsein, dass es nur eine Möglichkeit gab, das zu verhindern. Aber dazu müsste sie sterben, und das wollte sie auch nicht. Noch nicht. Außerdem waren da noch so viele andere Ängste, die ihr zu schaffen machten, auch die vor dem Tod. Und davor, dass er vielleicht nicht schmerzfrei zu ihr kommen würde.

Als ihre Eltern alt waren und krank, gab sie die beiden in ein Pflegeheim. Man konnte Norbert vieles nachsagen, aber geizig war er nicht. Sie suchte ein sehr schönes Heim aus, Stadtrand, mit hellen, freundlichen Zimmern.

Die Cognacflasche wog schwer in ihrer Hand. Sie füllte das Glas. Ein letztes Mal, nahm sie sich vor. Wie sie es sich schon so oft in ihrem Leben vorgenommen hatte.

Solange sie dort waren, hatte Hella ihre Eltern jeden ersten Sonntag im Monat besucht. Und mit jedem Mal kamen ihr die beiden noch etwas hinfälliger und elender vor als beim Besuch davor, weshalb es auch eher Erleichterung als Grund zur Traurigkeit war, als sie schließlich mit einem Abstand von nur wenigen Wochen starben. Ihre Mutter starb zuerst, ihr Stiefvater blieb verstört zurück und wollte nach all den Jahren plötzlich, dass sie *Papa* zu ihm sagte. Solange sie denken konnte, hatte sie ihn *Vater* genannt. Ob sie am Ende Schmerzen hatten? Hella wusste es nicht, sie hatte sie nie danach gefragt.

Das mit dem Trinken hatte irgendwann nach Monas Geburt angefangen. Am Anfang, weil Norbert sie sowieso verachtete. Dann, weil sie so oft alleine war mit den Kindern. Und natürlich wegen Wally. Sie trank nicht jeden Tag, noch nicht einmal jede Woche, es gab ganze Wochen der Abstinenz, aber es gab auch Wochen, in denen der Cognac ihr einziger Begleiter war.

Seit sie Witwe war, trank sie weniger, viel weniger, aber wenn sie einmal damit anfing, dann konnte sie nur sehr schlecht wieder aufhören, daran hatte auch Norberts Tod nichts geändert.

Wie er sie immer angesehen hatte, damals. Er hatte selten etwas gesagt, er hatte überhaupt irgendwann aufgehört, mit ihr zu reden, und wenn er etwas sagte, dann troffen seine Sätze vor Sarkasmus. Dabei war sie doch auch für ihn schön. Und er war schon so alt. Er hatte kein Recht, sie so zu behandeln. Warum war er nicht wenigstens stolz auf sie?

Sie nahm einen Schluck und ließ ihn langsam die Kehle herunterlaufen. Als Daniel etwa zwei Jahre alt war, hatte sie Vincenzo kennengelernt. Vincenzo war ein feuriger Italiener, der das beste Eis in ganz Limburg herstellte. Hella seufzte. Dieser Mann war damals ganz verrückt nach ihr gewesen.

Sie leerte ihr Glas und schenkte nach. Noch war sie nicht betrunken. Noch war sie in dem Stadium, in dem nur sehr geübte Ohren den Unterschied hören würden. Aber bald, das wusste sie, würde sie Mona nicht mehr täuschen können.

Vincenzo hatte eigens einen Hella-Eisbecher mit all ihren Lieblingssorten kreiert und ihr jeden Eiswunsch von den Lippen abgelesen. Und er war so kinderlieb. Eine Zeitlang fühlte sie sich durch seine Aufmerksamkeit getröstet. Aber dann hatte er versucht, sie zu küssen, und natürlich hatte es seine männliche Ehre getroffen, dass sie ihn nicht ließ.

Hella stellte das Glas ab und griff zum Telefon. Vielleicht war es ein Fehler gewesen. Das Küssen, das Heiraten, die Kinder. Aber es ließ sich nicht mehr ändern.

»Hallo?«

»Monique. Mein Engel. Alles Liebe zum Geburtstag!«

»Warum rufst du an? Das kannst du mir doch nachher auch persönlich sagen.«

»Nein, leider nicht.« Ihre Stimme schwankte ganz leicht.

»Ach?«

»Ich bin auf dem Weg ins Elsass. Mit einem Freund, er heißt Peter. Eine ganz spontane Einladung. Er wollte mich überraschen, und er wusste doch nicht, dass du Geburtstag …«

»Aha.«

»Monique …?«

»Du … du hättest ihn auch mitbringen können.«

»Er hatte schon gebucht. Ich konnte ihm das nicht abschlagen. Das verstehst du doch.«

»Ja. Na klar.« Hella hörte ein lautes Geräusch. So etwas wie ein Schnauben.

»Du, ich habe mir etwas überlegt ...«

»Was?« Jetzt klang Monas Stimme noch unfreundlicher.

»Ach, nichts.« Es war der falsche Zeitpunkt. Ihre Tochter war enttäuscht, das war verständlich. »Ich melde mich, wenn ich zurück bin.«

»Viel Spaß.«

»Danke. Den werden wir haben. Dass du schon vierzig wirst, mein Gott, Kind, ich kann das kaum glauben. Peter, kannst du dir vorstellen, dass ich eine so große Tochter habe.« Sie lachte in den leeren Raum. »Beinah zwanzig Stunden Qual, und dann kommt sie genau eine Minute vor Mitternacht. Und auch noch mit dem Hintern zuerst.«

»Ich muss jetzt Schluss machen. Ich hab noch viel zu tun.«

»Natürlich. Wir holen das mit dem Feiern nach. Nur wir beide. Wir können ...«

»Hella, ich habe wirklich keine Zeit mehr.«

»Schon gut, ich will dich nicht aufhalten. Ich wünsche dir eine schöne Feier, bis dann, mein ...«

»Danke. Bis dann.«

Hella lauschte noch einen Augenblick, dann legte sie auf. Der Scheck lag auf der Anrichte, gleich neben dem Cognac. Sie hatte es sich so schön ausgemalt.

Als Mutter und Tochter hatte es nie gut funktioniert mit ihnen. Aber sie könnte ihrer Tochter eine wunderbare Freundin sein.

9. Mona

Ihre Gäste aßen und tranken und unterhielten sich. Mona flitzte hierhin und dorthin, sie schenkte Wein nach oder reichte Platten mit kleinen, niedlichen Häppchen. Judith und das Masters-Team hatten gute Arbeit geleistet. Für vierhundertfünfzig Euro netto. »Was hetzt du denn so? Entspann dich mal! Das ist dein Geburtstag«, sagte ihre Freundin irgendwann. Mona zuckte nur die Schultern und lief mit den Käsecrackern zu der kleinen Gruppe von Reitern, die meistens unter sich blieben, weil es für sie ohnehin nur ein Thema gab. Sie drückte Daniela die Käsecracker in die Hand und ging, um Wein-Nachschub zu besorgen.

Mit zwanzig Gästen hatte sie gerechnet, aber es waren mehr gekommen. Nur Frank nicht, obwohl sie die Hoffnung noch nicht ganz aufgegeben hatte. Gestern Abend hatte sie ihre Einladung noch einmal wiederholt, seinen Freund mit eingeschlossen, und Frank hatte gesagt: »Mal sehen. Ich überleg's mir.« Sie hatten zusammen einen Glühwein auf dem völlig überfüllten Markt getrunken, und dabei hatte Mona erfahren, dass Frank in Hamburg sechs Jahre mit einer Frau zusammengelebt hatte. Aber hier schien er allein zu wohnen.

»Siehst du. Ist doch alles super«, sagte Daniel mit diesem typischen, selbstgefälligen Grinsen. Er stand in der Tür zur Küche, und sie musste sich auf dem Weg zum Weinlager an ihm vorbeidrücken. »Deine ganze Aufregung wegen Mama war mal wieder völlig umsonst.« Aber als sie ihm dann von Peter erzählte und davon, dass sie das Haus verkaufen wollte, hörte er schlagartig auf zu grinsen. Dafür begann sein Augenlid zu zucken. Es zuckte immer, wenn Daniel sich aufregte, egal über was.

»Peter? Welcher Peter?«, wollte er wissen.

»Keine Ahnung. Sie hat ihn mir nicht vorgestellt.«

Er zog seine Augenbrauen hoch, ein weiteres äußeres Zeichen seiner Aufregung. Seine ganze Stirn warf Falten, was sie immer an einen Kampfhund denken ließ. Sie wandte sich ab und ging zum Kühlschrank.

»Und warum will sie auf einmal das Haus verkaufen? Darüber müssen wir noch reden«, rief er ihr hinterher. »Anne? Wo ist denn Anne?«

»Singst du noch was für uns?«, fragte Lena, als Mona mit den Weinflaschen in der Hand wieder ins Wohnzimmer kam. Lena war Anfang dreißig, hübsch und stupsnasig. Sie wohnte seit ein paar Wochen bei Bernd, in der Wohnung unten drunter.

Mona hob die Flaschen hoch. »Jetzt bring ich der Reiterfront erst einmal Nachschub«, wich sie aus. Lena war genau wie Frank: der Typ Mensch, den alle mochten.

Frederic kam vorbei. »Ja. Sing doch was«, sagte er.

»Singen, singen, singen«, riefen ein paar Leute im Chor.

»Okay, okay«, sagte Mona und drückte Judith den Wein in die Hand. Sie nickte zu der Gruppe von Reitern. »Kümmerst du dich drum?«

Eigentlich sang sie gern, am liebsten alte Schlager. Solche wie *Willst du mit mir gehen* oder *Im Wagen vor mir fährt ein junges Mädchen*. Aber heute fehlte ihr irgendwie die Lust. Sie holte die Gitarre und setzte sich auf einen Stuhl. Sie wollte die Gitarre gerade stimmen, da übertönte ein schriller Klang alle anderen Geräusche.

»Es hat geklingelt«, schrie Judith.

»Ich hab's gehört. Ich mach schon auf«, schrie sie zurück. Mit der Gitarre in der Hand lief sie zur Tür. Ihre Finger schlossen sich um den kalten Griff, ein schöner Türgriff, alt und aus Messing, sie hatte ihn nach ihrem Einzug poliert, einfach weil sie ihn so schön fand, seitdem glänzte er. Ihr Herz klopfte.

Vor der Tür stand Franks Freund. Er lächelte sie verlegen an.

»Hallo, Mona! Herzlichen Glückwunsch zum Geburtstag!« In der Hand hatte er eine CD, nicht eingepackt, *Ina Müller – Ich bin die.* »Hier. Ich kenne deinen Musikgeschmack nicht, aber ich hoffe, sie gefällt dir.«

Mona war nicht gut im So-tun-als-ob. Und im Moment wusste sie auch gar nicht, *ob* sie sich freute oder *ob* sie enttäuscht war, oder einfach nur überfordert. »Oh. Eh … danke! Das ist echt … toll. Komm doch rein!«

Sie stellte die Gitarre an die Wand, legte die CD auf die Kommode und führte ihn in ihre Küche.

»Was möchtest du trinken? Bier? Wein?«

»Ein Bier wäre super.«

»Brauchst du ein Glas?«

»Danke. Nein.«

Die lässige Haltung, der spöttische Blick. Er erinnerte sie an jemanden, sie kam nur nicht drauf, an wen. Außerdem hatte sie seinen Namen wieder vergessen. Jonas? Simon? Sie wusste auch nicht, was sie sagen sollte, sie kannte ihn ja kaum, sie hatte ihn gestern Abend zum ersten Mal gesehen und ihn nur aus Höflichkeit in die Einladung mit eingeschlossen. Also drückte sie ihm eine Flasche Bier in die Hand und sah ihn einfach an. Sollte er sich doch um die Konversation kümmern.

Er lächelte nur und prostete ihr zu. Er war nicht groß, aber auch nicht klein, mit einem Dreitagebart und kurzen braunen Haaren. Seine Nase war gerade und etwas langweilig. Dafür waren die Wangengrübchen ganz hübsch. Und auch seine Augen. Etwas zwischen braun und grün, mit kleinen goldenen Sprenkeln.

»Kommt Frank auch noch?«, fragte sie schließlich.

»Ich weiß es nicht.«

Anne kam mit einer Flasche Sekt vorbei, und Mona stellte ihren neuen Besuch vor.

»Das ist … Entschuldigung, ich hab deinen Namen vergessen.«

»Patrick.«

»Das ist Patrick.«

»Hallo! Ich bin Anne, Monas …«

»Anne? Wo bleibt der Sekt?«, rief Daniel dazwischen.

»Kommt gleich.« Zu Mona sagte sie: »Ich fahre gleich mit den Kindern. Morgen ist ja Schule.«

»Okay.«

»Ich hab schon ein paar leere Platten gespült, wenn du morgen Hilfe brauchst …«

»Nein, nein. Das krieg ich schon hin. Vielen Dank!«

»Anne!«, schrie Daniel.

»Jaa! Ich komme.« Sie lächelte Patrick zu und verschwand mit der Sektflasche.

68

»Anne ist meine Schwägerin. Die Frau von Daniel, meinem Bruder. Das ist der, der da drüben steht und so laut schreit.« Mona zeigte mit dem Daumen in die Richtung.

Patricks Augen folgten ihrem Daumen. »Ihr seht euch ähnlich.«

»Glaub mir, das ist nur äußerlich.«

»Ach ja?« Er lachte und prostete ihr zu. »Du hast übrigens einen Rotweinfleck auf deiner Bluse.«

»Oh«, sagte Mona. Ihre Augen suchten den Fleck.

»Hier.« Patrick deutete auf eine Stelle direkt neben der Knopfleiste.

»Dabei trinke ich nur Weißwein.«

»Tja, das Leben ist ein Mysterium.«

»Woher, ... ehm, woher kennst du Frank eigentlich?«

»Wir kennen uns eigentlich kaum. Wir wohnen nur im gleichen Haus und sind zufällig am gleichen Tag eingezogen. Ich kenne überhaupt noch nicht viele Leute in Limburg.«

»Ach. Und wo wohnt ihr?«

»In der Nähe vom Schwimmbad. Ist im Sommer sicher ganz praktisch.«

»Hmm. Hast du Hunger?«

»Ich glaube schon.«

»Du glaubst?«

»Ich habe Hunger.«

»Warte!« Sie ging los und suchte alle Häppchen-Reste zusammen. Sie passten mühelos auf eine Platte.

»Hier«, sagte sie und hielt ihm die Platte und eine Serviette hin. »Das ist Finger-Food, deshalb gibt's kein Besteck.«

Er schnappte sich einen Mozzarella-Tomaten-Spieß. »Was machen die da?«, fragte er kauend und zeigte mit seinen goldgesprenkelten Augen auf drei Männer, die vor einer Reihe leerer Sektflaschen standen und laut debattierten.

»Ach«, sagte Mona. »Der ganz links ist Henning, ein guter Freund. Er ist Reiter und versucht mal wieder irgendeine seiner Theorien zu erklären. Ich habe den Anfang noch mitbekommen, aber ehrlich gesagt nicht kapiert, worum es ging. Das geht mir meistens so bei ihm. Er hat eine Gabe, die einfachsten Dinge unglaublich kompliziert zu machen.«

»Und wer sind die anderen beiden?«

»Das sind Bernd und Frederic. Bernd ist mein Nachbar.« *Und Frederic mein So-was-wie-ein-Freund.*

Ihr Glas war leer. Judith kam dazu.

»Henri hat angerufen, Emil geht's schlechter.«

»Oh.«

»Er hat ihm noch mal ein Zäpfchen verpasst.«

»Das ist Judith, meine Freundin. Henri ist ihr Mann und Emil ihr Sohn, und Emil hat Windpocken«, erklärte Mona in Patricks Richtung. Dass Henri außerdem seit ein paar Monaten arbeitslos war, was ziemlich an seinem Selbstwertgefühl kratzte und weshalb er keine Lust auf Partys hatte, sagte sie nicht.

»Hallo«, sagte Judith.

»Hallo, ich bin Patrick.«

Judith warf Mona einen Blick zu. *Wer ist das, woher kennt ihr euch, was macht er auf deiner Geburtstagsfeier, wie GUT kennst du ihn?*, fragte der Blick.

»Hey, Mona«, rief Lena in diesem Moment. »Du wolltest doch noch was singen!«

»Ach so. Ja. Wo habe ich meine …?«

»Im Flur«, sagte Patrick. »An der Wand.«

Mona lächelte ihm zu. »Okay«, sagte sie und ließ ihn mit Judith allein.

»Kommst du auch aus Limburg?«, hörte sie ihre Freundin noch fragen und spürte so etwas wie Neid. Judith fielen solche Gespräche immer leicht. Sie konnte aus dem Stegreif anfangen, mit irgendjemandem über irgendetwas zu reden, und sie wirkte dabei jedes Mal beinah tiefenentspannt, während ihr selbst immer nur im Nachhinein einfiel, was sie vielleicht hätte sagen können.

»Ich wohne erst seit kurzem hier, eigentlich komme ich aus Köln. Aber meine Schwester lebt hier mit ihrer Familie. Außerdem ist es näher an meinem … Job.«

Bei Judith schien immer alles so wunderbar unkompliziert. Sie war ihre beste Freundin, sie stritten sich selten, aber es gab Momente, da war sie ihr fremd. Die schwerste Krise hatten sie, als Judith vor acht Jahren schwanger war. Da hatte sie in ihrem hormongeschwängerten Haushalt geschwelgt, ihren akuten Nestbautrieb ausgelebt und dabei permanent behauptet, es hätte nichts mit ihnen zu tun und würde auch nichts, gar nichts an ihrer Freundschaft ändern.

Das Handy in ihrer Hosentasche piepte. Das Zeichen für eine Textnachricht. Sie nahm die Gitarre, suchte sich einen freien Stuhl und zog das Telefon hervor. Sie kannte die Nummer nicht, aber unten drunter stand *Frank* und darüber: *Herzlichen Glückwunsch und alles Liebe zum 40sten! Schaffe es heute nicht mehr, aber ich wünsch dir eine schöne Party.*

Sie steckte das Gerät wieder ein, spielte ein paar

Akkorde und schluckte die Enttäuschung hinunter. Es war keine große Überraschung, sie kannte Frank gut genug. Er war ein konsequenter, gradliniger Mensch, er war genau das, was sie nicht war. Er würde auf keine ihrer Geburtstagsfeiern mehr kommen. Oder ihr in welcher Form auch immer Hoffnungen auf einen Neuanfang machen. Sie begann zu singen.

Es war Franks Lied, er hatte es immer besonders gemocht.

Ein paar Gäste sangen den Refrain mit. Sie fing Patricks Blick auf und senkte den Kopf. Ihr Brustkorb wurde eng, die Töne verloren an Kraft.

Ihre Stimme hatte einen etwas rauchigen Ton, obwohl sie nur ein einziges Mal in ihrem Leben geraucht hatte, und das lag mehr als ein halbes Leben zurück. Normalerweise war es so, dass sie ruhig und friedlich wurde, wenn sie sang, etwas mit ihren Händen werkelte oder auch wenn sie auf dem Pferd saß. Dann war die Welt draußen, und sie war drin, vielleicht auch umgekehrt, doch heute funktionierte es nicht. Heute tat ihr die friedliche Ruhe weh. Sie ließ die letzte Strophe weg und stellte die Gitarre zur Seite, obwohl ein paar der Gäste protestierten und Zugabe riefen. Mona schüttelte den Kopf. »Für heute reicht's«, sagte sie und versuchte die Unruhe zu ignorieren, die in ihr tobte. Sämtliche Zweifel begannen wieder einmal an ihr zu nagen, unerwünschte Erinnerungen drängten sich in ihren Kopf. Sie wollte nicht schon wieder ihr ganzes Leben in Frage stellen, nicht heute, nicht an ihrem vierzigsten Geburtstag. Aber sie tat es natürlich trotzdem. Sie stand auf und ging zum Kühlschrank. Dort stand noch eine einzige Flasche Weißwein.

Los, sagte ihr Alter Ego. *Besauf dich!*

Bloß nicht, sagte ihre Vernunft, *denk an Hella!*

Sie pfiff auf die Vernunft und wanderte mit einem Glas in der einen und der Flasche in der anderen Hand etwas ziellos durch die Wohnung. Im Wohnzimmer wurde getanzt, jemand hatte *Keane* aufgelegt. *Hopes and Fears*. Sie stellte die Flasche auf den Boden, lehnte sich an die Wand und sah kurz den Tänzern zu. Der Weißwein war gut, er hatte eine leichte Säure, nicht zu viel, und er war kalt. Während der Geschmack sich auf ihrer Zunge entfaltete, schloss sie die Augen und lauschte den Stimmen ihrer Gäste, die sich zu einem lauten Summen vermischten. Sie ließ sich von der Musik und der Wirkung des Alkohols tragen, bis ihr Patricks Geschenk einfiel. Frank hatte auf Vinyl gestanden, auf nervöses Geknistere, wenn die Nadel sich langsam auf die Rillen senkte, das hatte sie nie gemocht. Sie ging in den Flur, um die CD zu holen. Das Cover zeigte das Bild der Sängerin. »Hey«, murrten ein paar Tänzer, als sie die laufende Musik unterbrach. »Geht gleich weiter«, sagte Mona und legte die CD ein.

Halt mich doch einfach mal fest, die Erinnerung ist das, was mich hier bei dir bleiben lässt.

Sie ging zurück zu dem Platz an der Wand und rutschte, das Weinglas in der Hand, langsam auf den Boden. Sah zu Anne, die ihre Kinder einsammelte, und zu Lena, die sich mit ein paar Reiterfrauen unterhielt und ihr winkte. Beim Reden unterstrich sie jedes Wort mit einer Geste, manchmal lachte sie laut. Es war ein merkwürdiges Lachen, wie das vorsichtige Blubbern von Blasen.

Frederic kam zur Tür und zeigte auf die Uhr, was

so viel bedeutete wie *Ich muss gleich gehen*. Sie nickte. Zum Aufstehen fehlte ihr die Kraft. Warum hieß
Frederic nur ausgerechnet *Frederic*? Sie mochte keine
französischen Namen. Als sie geboren wurde, waren
solche Namen gerade ziemlich in Mode, aber außer
Hella traute sich schon lange niemand mehr, sie Monique zu nennen.

Eine kleine Reise mit Peter. Ins Elsass. *Ich kann ihm
das nicht abschlagen*. Who the fuck is Peter?

»Hast du keinen Schnaps?«, schrie Henning von
irgendwoher.

Sie rappelte sich jetzt doch hoch. »Guck mal in der
Küche. Ich hab ihn oben auf dem Regal vor dir versteckt«, schrie sie zurück.

Frederic kam auf sie zu. »Du, ich geh jetzt. Ich hab
morgen Frühdienst.« Er küsste sie auf den Mund. »Ich
ruf dich an.« Frederic war Steward bei der Bahn, also
Zugbegleiter, und er nahm seinen Job ziemlich ernst.
Sie winkte ihm nach.

Die Flasche war leer. Mona stellte die Musik lauter
und ging in die Küche. Sie goss sich Rotwein ein. Sie
mochte eigentlich keinen Rotwein, davon bekam sie
immer Kopfweh, aber Bier mochte sie noch weniger,
und Wein war schließlich Wein. Sie setzte sich mit dem
Glas an den Tisch und fuhr mit den Fingern über die
deutlich spürbaren Furchen. Sie liebte diesen Tisch. Er
war aus alten Bohlen, nicht ganz glatt, sondern mit ril-
liger Oberfläche. Überhaupt mochte sie alles, was alt
war. Weil alles, was alt war, eine Geschichte hatte. So
wie das Holz von diesem Tisch. Sie hatte die Bohlen
in einem alten Haus entdeckt, das abgerissen werden
sollte, und als sie nachfragte, hatte der Besitzer sie ihr

geschenkt. Wochenlang hatte sie zusammen mit einem Freund in dessen Werkstatt daran gearbeitet, und irgendwann war ein Tisch daraus geworden. So etwas machte ihr Spaß. Alten Dingen ein neues Gesicht geben.

Wenn an jedem ersten Septemberwochenende der große Limburger Flohmarkt stattfand, gehörte sie immer zu den Ersten, die sehr früh morgens auf der Matte standen. Von dort hatte sie den großen Spiegel in der Diele. Und den schweren Tiger aus Stein, der oben auf der Fensterbank im Schlafzimmer lag. Der Tiger war alt, 120 Jahre hatte sein Vorbesitzer gesagt. Wer hatte ihn gemacht und warum? Und wo würde er in 120 Jahren sein?

Ihr Blick fiel auf Patrick und Judith. Sie standen immer noch am selben Platz, er erzählte irgendetwas, und Judith hörte ihm zu, den Kopf leicht gesenkt, ab und zu nickte sie.

Letztes Jahr hatten sie zusammen gefeiert, nur Judith und sie. Früher hatte Frank sie immer zum Essen eingeladen. Mit Judith war es schön, aber nicht dasselbe. Sie rechnete nach. Sie hatte in ihrem Leben seit der Trennung bereits mehr Geburtstage ohne Frank verbracht als vorher mit ihm. In zwei Jahren würden es doppelt so viele sein.

Das Glas war schon wieder leer. Sie hätte etwas essen sollen, aber zuerst hatte sie keine Zeit dazu gehabt, und dann hatte sie es irgendwie vergessen. Sie legte den Kopf auf die Arme, schloss die Augen und lauschte der Musik. Irgendwann begannen die Wörter in Monas Kopf zu dringen, und sie begann den Text zu verstehen. Er bohrte sich mitten in ihr Herz.

Wärst du groß oder klein, wie sähst du wohl aus, auf jeden Fall wärst du längst aus dem Gröbsten raus, wärst du 'n Mädchen oder 'n Sohn

Wie du wohl wärst

Wärst du gut in Latein oder könntest du singen, kämst du ab und zu her, um die Wäsche zu bringen, wärst du leise oder laut

Wie du wohl wärst

Plötzlich stand Judith neben ihr. »Hey, was ist denn?« Ihre Freundin hatte immer schon besondere Antennen für ihre Stimmungen. Mona schaute hoch. Die Wand, an der Patrick noch immer stand, entfernte sich. Er nickte ihr aus der Ferne zu und hob die Flasche.

»Nix. Schon gut. Ich glaub, ich hab zu viel getrunken«, murmelte sie undeutlich. Plötzlich begann ihr Magen zu rebellieren. Sie presste sich eine Hand vor den Mund. »Oh. Und ich glaube mir wird schlecht.« Sie stand auf und rannte zum Klo.

Die Übelkeit breitete sich in Wellen in ihrem ganzen Körper aus. Sie schöpfte kaltes Wasser, ihre Hände zitterten. *Wie du wohl wärst.*

Sie klatschte sich Wasser ins Gesicht und atmete tief ein und aus, stützte sich auf den Rand des Waschbeckens und wartete, bis die Übelkeit nachließ. Ihr nasses Gesicht blickte ihr aus dem Spiegel entgegen. Es sah irgendwie verschwommen aus. Aus dem Magen drückte sich Luft nach oben, sie rülpste tief. Erschrocken presste sie sich eine Hand vor den Mund. Sie atmete weiter und versuchte an nichts zu denken oder wenigstens nicht *daran. Wie du wohl wärst.*

Hella hatte zwei Kinder. Warum ausgerechnet Hella? Hatte sie die überhaupt gewollt? Wahrscheinlich nicht. Mona konnte sich noch gut an Hellas vierzigsten Geburtstag erinnern, damals war sie zwölf und Hella so betrunken, dass sie am Ende pöbelte und die Gäste beschimpfte. Davor hatte sie jeden Mann angeflirtet, sogar Benedikt, einen Freund von Daniel, was für alle ziemlich peinlich war. Irgendwann hatte sie dann angefangen, zu heulen und von dem Schönheitswettbewerb zu erzählen. Das tat sie oft, wenn sie in dieser Verfassung war. Ihr Foto war damals im Wiesbadener Kurier gewesen, Großaufnahme, jetzt hing es gerahmt in ihrem Zimmer. *Die schönste Frau der Stadt.* Da war sie neunzehn. Und mit zwanzig schwanger. Sie war so wütend. Und ihr Mann so gleichgültig. Am Ende war sie der Länge nach hingefallen, mitten hinein in ihre schöne Party. Norbert Lorentz hatte danach tagelang nicht mehr mit seiner Frau gesprochen. Aber das tat er ohnehin nur selten.

Eins war klar: Irgendwann war irgendetwas in ihrer Familie schiefgelaufen. Und wenn man Hella kannte, dann brauchte es nicht viel Phantasie, um sich vorzustellen, was *irgendetwas* war. Dass Hella so war, wie sie war, war für Mona jedenfalls die einzige Erklärung dafür, warum ihr Vater so war, wie er war. Für ihn war es Rache. Deshalb hatte er die inoffizielle Scheidung eingereicht und sich eine neue Lebensgefährtin gesucht: Seine Arbeit. Und als es die nicht mehr gab, hatte er sich schließlich ganz aus dem Staub gemacht. Sein letzter Fluchtweg. Jetzt lag er auf dem Friedhof. Im Familiengrab. Und irgendwann in ferner oder nicht so ferner Zukunft würde er neben seiner Frau liegen. Dann konnte er ihr nicht mehr entkommen. Vielleicht war er dann endlich da, wo sie ihn haben wollte.

Plötzlich breitete sich ein bekannter Schmerz in ihrem Unterleib aus. Mona setzte sich auf die Toilette und schaute unter sich. Etwas Dunkles, Rotes tropfte ins Klo. Der kleine Tod. Sie nahm einen Tampon aus dem Schrank und stopfte ihm das Maul.

Es klopfte.

»Ich bin's«, hörte sie Judith sagen. »Ist alles in Ordnung?«

»Ich komme gleich.«

»Mach auf!«

Mona wusch sich die Hände und ging zur Tür. Sie legte ihre Stirn an die glatte, kühle Fläche, spürte die kleinen Erschütterungen der Schritte im Flur und das Pulsieren der lauten Musik. Die Klinke wurde hinuntergedrückt. »Mona, mach auf!«

Sie drehte den Schlüssel im Schloss und machte einen Schritt zur Seite. Die Tür ging nach innen auf.

Ihre Freundin sah sie prüfend an. »Was ist los?«

Mona überlegte einen Moment, welche Worte dem Schmerz in ihrem Inneren am besten gerecht werden konnten.

»Hella hat einfach abgesagt. Und Frank wohnt wieder in Limburg. Außerdem hab ich meine Tage«, heulte sie.

10. Hella

Der Tag danach war immer der schlimmste. Dann fühlte Hella sich jedes Mal wie ein Patient, der ge-

rade aus dem Koma erwacht war. Sie nahm die leere
Flasche, die neben ihrem Bett stand und ließ sie unter
ihr Bett rollen. Früher hatte Wally sich um das Weg-
räumen gekümmert. Und ihr Vorhaltungen gemacht.
Als hätte sie das Recht dazu. Später hatte Mona das
übernommen. Jetzt gab es niemanden mehr.

Sie zog sich die Bettdecke bis unters Kinn. Um sie
herum war alles grau, draußen regnete es, und hier
drinnen war sie, Hella Lorentz, ganz allein und unsichtbar.

Hella versuchte sich zu erinnern. Was war gestern
für ein Tag? Was war passiert? Ihr Kopf brummte, jeder Knochen im Leib schmerzte. Dann fiel ihr Monas
Geburtstag ein.

Sie seufzte tief, quälte sich aus dem Bett bis ins
Bad, stützte sich schwer auf den Waschbeckenrand
und schaute in den Spiegel. Zwei rotgeränderte grüne
Augen schauten zurück. Das schlechte Gewissen stand
ihr auf die faltige Stirn geschrieben. Achtundsechzig
schlecht gelebte Jahre. Sie alle hatten etwas mit ihr
zu tun, sie alle hatten ihren Stempel aufgedrückt, ihre
Spuren hinterlassen und sie zu dem gemacht, was sie
heute war.

Und niemand, dem sie die Schuld geben konnte.
Jetzt, wo sie ihn am meisten gebraucht hätte, war
Norbert nicht mehr da.

Sie zog sich aus und stellte sich unter die Dusche,
den Hahn bis zum Anschlag aufgedreht. Das Wasser
war eiskalt. Es tat weh, aber sie hielt den Schmerz aus.
Sie kannte das. Irgendwann gewöhnte man sich daran.

11. Mona

Der Wecker klingelte. Verschlafen, die Augen noch geschlossen, tastete Mona blind zur Seite und fand den Alarmknopf. Es war bei ihr nie so, dass sie aufwachte und sofort hellwach und munter war, das Wachwerden war vielmehr immer so eine Art Prozess. Dabei versuchte sie ihren Körper so lange wie möglich in diesem rosaroten Schwebezustand zu halten, einem schwerelosen Gefühl zwischen Traum und Wirklichkeit, aber noch während sie den Traum atmete, den sie jetzt schon nicht mehr zu fassen bekam, begann ihr Körper sich zu regen und ihr Kopf zu denken, und schon lösten sich die wattigen Empfindungen auf, und sie öffnete die Augen.

Die Wohnung war still und dunkel. Nur das matte Licht der Straßenlaterne drückte sich am Vorhangstoff vorbei bis ins Zimmer. Ein schweres Fahrzeug fuhr unter ihrem Fenster, der Boden vibrierte leise. Vorsichtig bewegte Mona den Kopf hin und her. Er tat weh. Ihre Stirn fühlte sich fiebrig an, die Zunge klebte am Gaumen, und der Nacken war so verspannt wie ein falsch gegossenes Betonfundament. Das blaue LED-Licht ihres Weckers schimmerte ihr weich entgegen, aber sie erfasste nicht, was sie dort sah. Den Wecker hatte sie einmal von Frank bekommen, weil sie immer so unpünktlich war. Blau war ihre Lieblingsfarbe.

Frank. Er war nicht gekommen. Sie wollte ihn nicht schon wieder in ihrem Kopf haben, aber er war da und ließ sich nicht vertreiben. Sie hatte natürlich auch vorher manchmal an ihn gedacht, aber seit zwei Tagen geisterte er durch sie hindurch, wie Patrick Swayze durch den Film *Ghost – Nachricht von Sam*. Wenn sie sich konzentrierte, konnte sie seine Hand noch spüren. Auch Rosa war da, unbeirrt präsent. Sie hatte eine grüne Strickmütze auf dem Kopf. Mona legte sich die Hände auf den Bauch. Er war ganz warm. Sie verlor wahrscheinlich gerade den Verstand. Wenn sie ihn nicht schon längst verloren hatte.

Irgendwann erreichte die digitale blaue Uhrzeit ihr Gehirn. 7 Uhr 17. Erschrocken setzte sie sich auf und hielt sich stöhnend den Kopf. Spätestens um acht musste sie im Büro sein, sie konnte nicht schon wieder zu spät kommen oder fehlen. Schnell schlug sie die Decke zurück, taumelte durch die Tür ins Bad und tastete blind, bis ihre Hände den Schalter fanden. Grelles Licht ließ sie die Augen sofort wieder zusammenkneifen. Sie beugte ihren schmerzenden Kopf unter den Wasserhahn. Dabei versuchte sie nachzurechnen, was sie gestern Abend getrunken hatte. Ab etwa dem sechsten Glas Weißwein, das war so gegen 23 Uhr, setzte ihr Gehirn aus. Sie war auf dem Klo, das wusste sie noch, und ihr war übel. Wenn sie sich richtig erinnerte, hatte Judith sie nach oben gebracht. Mona sah sich auf der Galerie stehen und *Der Letzte macht das Licht aus* rufen.

In ihrem Mund hatte sich ein schaler Geschmack breitgemacht. Mona griff zur Zahnbürste und polierte kräftig Zähne und Zahnfleisch. Sie sah schrecklich aus. Die Haare standen ihr wirr vom Kopf. Ihr Blick wanderte weiter zum Dekolleté. Lauter kleine Knitterfältchen. Hatte sie die auch schon mit neununddreißig gehabt? Sie war sich nicht sicher.

Du wirst ihr immer ähnlicher, hatte Daniel gestern gesagt. Es war beleidigend, und so war es auch gemeint. »Du unserem Vater auch«, hatte sie erwidert. Daniel war ihr großer Bruder, er war einige Jahre älter als sie. Irgendwann hatte er aufgehört, der wichtigste Mensch in ihrem Leben zu sein, aber irgendwann in grauer Vorzeit hatte er auch einmal damit angefangen. Und auch wenn sie mittlerweile viel an ihm auszusetzen hatte, in ihrer Kindheit war er einer der wenigen Menschen gewesen, auf die sie sich verlassen konnte, jedenfalls meistens, und das vergaß sie nicht. Aber je älter sie beide wurden, desto mehr trennte sie. Das Leben hatte sie in verschiedene Sonnensysteme katapultiert.

Sie sahen sich vielleicht ähnlich, aber sie waren es nicht. Daniel war ein Glücksmensch, einer, dem alles gelang. Und er war ein Kämpfer. So wie ihr Vater. Bei Mona dagegen hatte es schon bei der Geburt angefangen schiefzulaufen. Sie war eine Steißgeburt. Vielleicht hatte es sogar schon bei ihrer Zeugung begonnen, sie war ganz sicher nicht geplant und als Tochter für ihren auf Söhne gepolten Vater wahrscheinlich eine einzige Enttäuschung. Dabei hatte sie wirklich versucht, eine *gute* Tochter zu sein. Immer wieder. Auch wenn Norbert Lorentz kein warmherziger oder liebevoller Vater war, so war er doch berechenbar und stabil. Sogar in seiner Unnahbarkeit. Ein mit guten Noten abgeschlossenes Studium der Betriebswirtschaft hätte ihre Beziehung vielleicht noch retten können.

Mit schnellen, schmerzhaften Strichen fuhr Mona sich mit der Bürste über den Kopf und band sich die Haare zu einem dicken Zopf.

Hella war anders. Sie war nicht berechenbar. Sie war auch nicht wie andere Mütter. Besonders dann nicht, wenn sie es versuchte. Aber sie hatten ja Wally gehabt. Wally war mittelalt, mittelschwer, mittelgeeignet. Organisation sehr gut, Mütterlichkeit mangelhaft. Wie ein General ließ sie ihre kleine Truppe antreten und kontrollierte, was ihr zum Kontrollieren einfiel. Fingernägel, Hausaufgaben, Zustand der Kinderzimmer. Ihre Methoden waren einfach, aber wirkungsvoll. Wenigstens wusste man bei ihr, woran man war. Und sie kochte Tee und das Lieblingsessen, wenn man krank war.

Hella dagegen konnte sich nie entscheiden. Entweder lief das Mutterfass komplett über, was ziemlich anstrengend war, denn dann gab es Shopping-Touren bis zur Erschöpfung, Eisbecher bis zum Erbrechen und Umarmungen bis kurz vor dem Erstickungstod. Oder sie hatte ein längeres Rendezvous mit ein paar Cognacflaschen, und dann vergaß sie für eine Weile alles andere. Auch, dass sie Kinder hatte.

Mona drehte sich um und schloss die Tür. Mit den Erinnerungen war es so eine Sache. Entweder sie kamen ungefragt, wenn man sie gerade überhaupt nicht brauchte. Oder man brauchte sie, und dann ließen sie einen gnadenlos im Stich. »Beinah zwanzig Stunden Qual, und dann kommt sie genau eine Minute vor Mitternacht«, äffte sie die Stimme ihrer Mutter nach. In ihr regten sich altbekannte Gefühle.

Es hatte lange gedauert, bis Mona begriffen hatte, was mit Hella los war. Für ein Kind war es wohl auch nicht zu begreifen. Die Großeltern, ihr Vater, Wally, alle hatten es gewusst und gesehen, dass die Kinder

darunter litten. Aber niemand hatte ihnen irgendetwas erklärt, alle hatten sich in ihrer vorgeschobenen
Unwissenheit eingerichtet, in der es nichts zu sagen
gab.

Als Mona dann älter wurde und erkannt hatte,
was los war, brach sie häufig einen Streit vom Zaun,
nur um Hella zu provozieren. Aber es war schwierig
mit jemandem zu streiten, der mitten im Streit einen
Friseurtermin hatte. Oder der den Anlass des Streits
nach zwei Minuten schon wieder vergaß, weil er zu
betrunken war, um ihn sich zu merken. Oder der einfach vergessen hatte, dass es die eigene Tochter war,
mit der er stritt.

Mona tappte zurück ins Schlafzimmer und öffnete den Kleiderschrank. Hier herrschte ein heilloses
Durcheinander. Bei ihrer Schwägerin hingen alle Kleider, Jacken, Blusen und Hosen ordentlich aufgereiht
und farblich sortiert auf Bügeln. Bei ihr nicht. Sie ent-
schied sich für die blaue, lange Kapuzenstrickjacke,
das einzige Kleidungsstück ohne Flecken und fehlende
Knöpfe, das sie auf die Schnelle finden konnte.

Sie ging nach unten und setzte den Kaffeeautomaten
in Gang. Ihre Wohnung war eine Maisonette-Woh-
nung, das bedeutete, sie ging über zwei Etagen. Oben
waren ein Bad, ihr Schlafzimmer und ein Gästezimmer, das eher als Bastel- und Nähzimmer diente, und
unten das Wohnzimmer, ein Gästeklo und die große
Küche.

»Am besten trinkst du erst mal einen Kaffee«, sagte
sie laut. »Damit du wieder klar denken kannst.« Mit
dieser Art von Selbstgesprächen hatte sie zwei oder
drei Jahre nach der Trennung von Frank angefangen.

Um sich weniger einsam zu fühlen. Manchmal half es. »Essen wäre auch nicht schlecht«, fuhr sie fort. Aber meistens half es nicht.

Sie strich sich ein Marmeladenbrot und sah sich um. In der Küche hatte Anne gestern schon einiges weggespült, aber im Wohnzimmer sah es noch schlimm aus. Ein Heer leerer Flaschen, Gläser und Platten, es stank, und Frau Schmidt würde erst morgen kommen. Frau Schmidt war das alljährliche Geburtstagsgeschenk von Daniel und Anne. Ein Frau-Schmidt-Gutschein über sechsundzwanzig Besuche im Jahr, jeden zweiten Samstag, jeweils drei Stunden, der Stundenlohn dürfte bei ungefähr zwölf Euro liegen. Ein großzügiges Geschenk, wenn man sich die Mühe machte, den Jahreslohn auszurechnen. In den letzten Jahren hätte Mona die Summe meistens lieber in bar gehabt, aber heute war sie ganz froh über dieses sehr praktische Geschenk. Schließlich gab es ja auch noch Chester, um den sie sich kümmern musste, sie konnte nicht schon wieder Henning bitten. Das letzte Mal hatte er für einmal Reiten fünfundvierzig Euro verlangt. Korrekturreiten, nannte er das. Als wäre ihr Pferd eine Aufgabe, die sie falsch gelöst hatte.

Das Handy piepte. Eine Textnachricht von Frederic.

– Bist du heute Abend daheim? Soll ich kommen?
– Muss mich um Chester kümmern. Und danach aufräumen. Wenn du kommst, musst du mir helfen.
– Dann bis morgen.
– Morgen kann ich nicht.
– Dann bis übermorgen.
– Da kann ich auch nicht.

– Dann bis wenn du wieder kannst. Sag einfach Bescheid.

So ging das nicht. Es war auch unfair Frederic gegenüber. Er war noch so jung, er brauchte eine junge Frau. Eine, mit der er eine Zukunft haben würde. Und Kinder. Sie wählte seine Nummer.

»Hey. Soll ich doch kommen und dir helfen?«

»Frederic …?«

»Ja?«

»Es geht nicht. Das mit uns. Sei mir nicht böse, aber es geht einfach nicht.«

»Was? Ich meine … es ging doch die ganze Zeit.«

»Nein. Wir haben nur so getan, als ob.«

»Ich habe nie so getan, als ob …«

»Frederic?«

»Was?« Jetzt klang er ärgerlich.

»Es ist ,wie ich sage. Es geht nicht. Es tut mir leid. Sei mir nicht böse. Und … mach's gut!« Sie legte schnell auf. Es tat ihr wirklich leid, Frederic war kein schlechter Kerl, er war nur der falsche. Einer von vielen. Aber das Ganze hatte nur ein paar Wochen gedauert, er würde darüber hinwegkommen.

Das Handy piepte wieder. *Lust auf einen Glühwein? Morgen Abend, 19 Uhr, oberer Neumarkt? Würde mich freuen.*

Es war nicht die Nummer von gestern Abend, aber es war Franks Nummer. Die alte Nummer, die, die sie noch eingespeichert hatte. Sie zog Stiefel und Mantel an. *Werde da sein*, schrieb sie zurück.

12. Hella

Hella öffnete die Tür und stellte die schwere Tasche ab. Alles in diesem Haus war hell und weit, und auch wenn die Helligkeit kalt und die Weite unfreundlich war, hatte sie sich daran gewöhnt. Woran sie sich nicht gewöhnen konnte, war dieser staubige Geruch von Einsamkeit, der sich im Laufe der Jahre immer mehr hier eingenistet hatte. Überhaupt hatte nicht nur das Haus, sondern diese ganze Stadt etwas Muffiges, Verstaubtes. Sie dachte immer öfter darüber nach, wieder nach Wiesbaden zu ziehen. Zurück in die Stadt, in der sie nicht nur aufgewachsen war, sondern auch ihre beste Zeit gehabt hatte.

Es war Norbert, der damals unbedingt nach Limburg wollte, und natürlich setzte er sich durch. Von hier aus sei er in nur einer Dreiviertelstunde in Wetzlar, meinte er. Aber auch wenn er stets behauptet hatte, seine Mutter zu lieben, wusste Hella, dass es nur sein Pflichtgefühl war, das ihn trieb, und keine Liebe. Limburg, das bedeutete für ihn erträgliche Nähe und vertretbare Distanz. Außerdem war die Stadt sehr katholisch, es gab sogar einen Dom, und Norbert war ein *guter* Katholik. Einer, der ständig in die Kirche rannte, zum Beten und zum Beichten. Sie hatte nie verstanden, warum. Obwohl es bestimmt genug zum Beichten gegeben hatte.

Am Ende hockte Hella jedenfalls in Limburg und seine Mutter in Wetzlar, und sie warteten beide, die meiste Zeit vergebens. Aber wenigstens war sie selbst damals noch jung und schön, während Elfriede alt war und im Rollstuhl saß. Eigentlich hätte sie Hella leidtun können, aber das tat sie nicht.

Als Hella Norbert Lorentz zum ersten Mal traf, war sie neunzehn und er mehr als zwölf Jahre älter. Er war ein schöner Mann, mit blonden Haaren, grauen Augen und einem interessanten, kantigen Gesicht. Er hatte die Neigung, die Augenbrauen auf eine spöttisch wirkende Art und Weise hochzuziehen, was sie anfangs ausgesprochen anziehend fand. Später nicht mehr. Er erinnerte sie an diesen amerikanischen Schauspieler, Paul Newman, der gerade sehr in Mode war. Außerdem strahlte Norbert eine Mischung aus Ehrgeiz, Macht und Erfahrung aus, die sie sofort faszinierte. Sein Onkel, kinderloser Inhaber der Loser-Werke, hatte seine Qualitäten jedenfalls schon früh erkannt und ihn bereits zum zweiten Geschäftsführer gemacht. Und seine verwitwete Mutter vergötterte ihn.

Elfriede Lorentz hatte zu diesem Zeitpunkt gerade ihren ersten Schlaganfall hinter sich, weshalb sie in einer privaten Klinik in Wiesbaden behandelt wurde. Ihr Sohn besuchte sie dort regelmäßig, immer dienstags, donnerstags und an den Wochenenden. Bei schönem Wetter schob er ihren Rollstuhl eine Stunde durch den Kurpark, bei Regen setzte er sich eineinhalb Stunden mit ihr in die Cafeteria. Dabei berichtete er von Onkel Hubert, der große Stücke auf seinen Neffen hielt und von seinen beruflichen Erfolgen. Schon jetzt, das war klar, hatte er der Firma neuen Schwung verliehen. Elfriede konnte nach dem Schlaganfall nicht mehr reden, aber sie saugte jedes seiner Worte auf. Voller Stolz und hingerissen.

Es war also an einem Donnerstag, als Hella ihm zum ersten Mal begegnete. Oder war es ein Dienstag? Sie wusste es nicht mehr genau. Auf jeden Fall war das Wetter schön, es war warm und sonnig. Sie arbeitete damals als Verkäuferin in einer Bäckerei und war auf dem Weg zur Arbeit. Vielleicht kam sie auch von der Arbeit, auch das wusste sie nicht mehr. Woran sie sich jedoch noch genau erinnerte, waren die dicken, schweren Wolken, die sich plötzlich vor die Sonne geschoben hatten, und der schwere Platzregen, der ebenso plötzlich niederprasselte. Die Menschen suchten Schutz unter den Laubkronen der großen Bäume oder rannten zum Pavillon am Kurhaus. Er rückte mit dem Rollstuhl seiner Mutter höflich zur Seite, um ihr Platz zu machen und lächelte. Ja, damals lächelte er noch. Der schiefe Mund seiner Mutter dagegen lächelte nicht. Die Frauen sahen sich an, und beide ahnten, es würde kein gutes Ende nehmen. Es würde auch kein stilles Einvernehmen geben zwischen ihnen.

Die Enttäuschung von Frau Lorentz über die Wahl ihres Sohnes sollte sich in den kommenden Wochen und Monaten in stummer, hilfloser Wut äußern. Wenn ihr der Speichel übers Kinn laufen wollte, dann ließ sie ihn jetzt laufen. Wenn ihre Blase und ihr Darm sich leeren wollten, dann tat sie, als hätte sie es nicht bemerkt.

Ihr einziger Sohn, ihr einziges Kind. Hatte sie ihm, nachdem ihr Mann nicht aus dem Krieg zurückgekommen war, nicht alles gegeben? Hatte sie sich nicht jeden Bissen vom Mund abgespart, um ihm das Studium und seinen ersten Anzug zu ermöglichen? Und war sie sich in der Vergangenheit nicht für keine Arbeit zu schade gewesen, damit er eine Zukunft hatte?

Es hatte ihr nichts genutzt. Noch bevor sie aus dem Krankenhaus entlassen wurde, war ihr Sohn verheiratet und Hella schwanger. Es musste gleich beim ersten Mal passiert sein. Wenn Hella daran dachte, wurde sie noch heute zornig. Zum einen, weil der eher lieblose Akt sich so gar nicht mit dem vergleichen ließ, was sie in ihren netten, kleinen Liebesromanen gelesen hatte. Zum anderen, weil sie nicht schwanger sein wollte, jedenfalls nicht sofort. Das ganze Leben lag doch noch vor ihr, was sollte sie da mit einem Kind, das ihr erst die Taille und dann den Schlaf rauben würde? Aber dann freute Norbert sich so sehr, er machte ihr einen Heiratsantrag, und er trug sie auf Händen, neun Monate lang. Wie hätte sie da ahnen können, dass sich ihr Leben an seiner Seite so ganz anders entwickelte, als sie es sich vorgestellt hatte?

Elfriede freute sich natürlich nicht, sie schäumte, wahrscheinlich vor Wut. Es nutzte ihr nichts. Und kaum wieder zu Hause in Wetzlar, wartete bereits die nächste böse Überraschung: Wally. Dem gefühlten Martyrium von Wallys Pflege war Elfriede noch fünf lange Jahre ausgesetzt, bevor sie der nächste Schlaganfall ereilte. Aber wenigstens war ihr das Schicksal dieses Mal gnädig, und sie überlebte ihn nicht.

Hellas Schicksal meinte es dagegen weniger gut. Nachdem Daniel geboren war, verlor Norbert jedes Interesse an ihr. Ein paar Jahre kämpfte sie noch, doch irgendwann gab sie auf. Bis mehrere Dinge beinah gleichzeitig passierten: Elfriede starb, und Wally kam nach Limburg. Und dann, nur kurze Zeit später, wurde Daniel krank. Und sie wieder schwanger.

Hella und ihre Schwiegermutter waren sich niemals

in irgendetwas einig gewesen, außer in Bezug auf Hellas Schwangerschaft und der kompromisslosen Ablehnung von Walburga Hausser, genannt Wally. Diese herbe Frau mit ihrem seltsamen Dialekt war zwar durchaus tüchtig, aber eine starke Persönlichkeit mit Führungsanspruch. Menschen, die es wagten, sich ihr in den Weg zu stellen, walzte sie gnadenlos nieder. Auch Hella.

Als Frau war Wally keine Konkurrenz, das wusste sie. Ihre Stimme war zu tief und zu dunkel, ihr Gesicht zu grob und ihre Gestalt zu groß und zu wuchtig. Und doch schaffte sie es im Laufe von weniger als einem Jahr, Hella alles zu nehmen: den Haushalt, die Kinder und den Rest an Respekt, den ihr Mann damals noch für sie übrig hatte. Norbert ergriff immer und in allem Wallys Partei, es war wie ein ungeschriebenes Gesetz. Jahrelang ertrug sie diese demütigende Situation, erst als Norbert zu krank und zu schwach war, um noch etwas dagegen tun zu können, setzte Hella Wally vor die Tür. Daniel hatte ihr damals Vorwürfe deswegen gemacht, aber sie hatte nicht nachgegeben, dieses Mal nicht, und schließlich war er es, der nachgab. Er kümmerte sich um alles, um die Wohnung, um den Umzug und auch um Geld. Dabei bekam Wally ohnehin mehr, als ihr zustand, sogar im Testament hatte Norbert sie bedacht. Aber es war ihr egal. Hauptsache, diese Frau verschwand endlich aus ihrem Leben.

Es war ihre letzte Schlacht. Und die einzige, bei der Hella das Feld nicht als Verliererin verlassen hatte. Dafür hatte sie auch in Kauf genommen, dass ihr Sohn danach wochenlang kaum noch mit ihr sprach. Daran war sie ohnehin gewöhnt.

2. Kapitel
Immer noch Dezember 2016

13. Mona

Im Büro war es mollig warm, das Thermostat zeigte sechsundzwanzig Grad. Sie hatte gestern Abend vergessen, die Heizung zu drosseln, und jetzt klebte ein fetter gelber Post-it-Zettel mit einem flüchtig hingeworfenen Ausrufezeichen am Regler. Irgendwer war schon hier gewesen.

Das Telefon blinkte. Jemand hatte versucht, sie zu erreichen. Sie beugte sich vor. Es war Christians Nummer, kein gutes Zeichen. Sie hob das Kästchen mit den Ausschreibungen hoch, dorthin hatte sie die Tabellen gestern kurz vor Feierabend noch schnell geschoben, aber da waren sie nicht. Sie ließ den Blick über den Schreibtisch gleiten, schaute in der Ablage nach und untersuchte sämtliche Schreibtischschubladen. Nichts. Dafür fand sie die Angebotsliste für ein anderes Projekt, die sie schon seit zwei Wochen suchte. Sie nahm sich die frei verteilten Papierstapel auf der Fensterbank vor und schaute auf dem Boden und sogar unter dem Schreibtisch nach. Es blieb beim Nichts.

»Mist!«, murmelte sie.

»Kannst du mir einmal verraten, was das hier sein

soll?« Christian betrat das Büro, die Tabellenblätter in der Hand.

»Ach, du hast sie. Gott sei Dank, ich hab schon alles abgesucht.«

»Mona, was ist das hier?«, fragte er ungehalten.

Sein Ton vertrug sich nicht gut mit ihrem schmerzenden Kopf. »Das äh, das sind die Zahlen, die du mir gegeben hast.«

»Richtig. Und die solltest du nach Kostengruppen aufteilen. Du erinnerst dich?«

»Ja, natürlich. Ich bin ja auch dabei, wie du siehst. Gelb steht für Kostengruppe 300, blau für 400 und …«

»Sag mal, spinnst du? Wir sind hier doch nicht im Kindergarten. Und mal abgesehen davon ist beinahe die Hälfte der Zahlen noch nicht einmal markiert.«

»Na ja, manche Positionen sind ja auch noch ziemlich unklar. Ich meine, welche Kostengruppe steht denn für die Module? Oder für …«

»Mona, wir sind hier nicht in der Schule, hier gibt es auch keine Nachhilfe in Sachen Kostengruppen. Das ist alles hier drin geregelt.« Er hielt ihr ein gelbes Fachbuch unter die Nase, *Kostengruppen nach DIN 276* stand auf dem Deckblatt. »Dann schlag halt nach, wenn du was nicht weißt.«

»Das ist eben kein Einfamilienhaus, sondern ein Millionenprojekt. So was lässt sich nicht einfach aus dem Ärmel schütteln.«

»Ich denke, davon kann auch keine Rede mehr sein.«

Sie griff nach der Kaffeetasse und versteckte ihr sich rötendes Gesicht. »Es gibt vielleicht auch noch andere

Sachen, um die ich mich kümmern muss«, murmelte sie.

Er seufzte und legte die Blätter auf ihren Schreibtisch. Dann stützte er sich mit den Händen ab und sah sie an. Er hatte die Stirn gefurcht und räusperte sich, ein schlechtes Zeichen.

»Mona, hast du dir schon einmal überlegt, ob das hier der richtige Job für dich ist? Die Probleme, die wir gerade diskutieren, sind ja nicht neu.«

Mona senkte den Blick. Er hatte recht, natürlich hatte er recht. Trotzdem. Sie war älter als er und schon lange dabei. Länger als er. Er brauchte sie also nicht zu behandeln wie ein dummes Schulkind.

Christian sah sie an und schüttelte den Kopf. Ein komischer Zischlaut kam aus seinem Mund. Es klang wie *zsssss*.

Vielleicht war er aber auch nur sauer, weil sie ihn nicht zu ihrer Party eingeladen hatte. In Mona regte sich Wut. Unwirsch nahm sie ihm die Blätter aus der Hand. »Immer nur Zeitdruck und immer nur Sparen sind auch keine Lösung. Ich finde, wir könnten sogar aus so einem Quadratisch-praktisch-gut-Kasten noch was rausholen, wenn wir mehr auf Naturmaterialien setzen würden.«

»So? Findest du?«

»Ja. Finde ich. Holz in Verbindung mit Sichtbeton zum Beispiel. Das würde dem Ganzen etwas von der langweiligen Atmosphäre nehmen und …«

»Holz und Sichtbeton? Bist du von allen guten Geistern verlassen? Wer soll das denn bezahlen?«

»Na ja, wir könnten für den Anfang auch …«

»Mona, hör auf! Die Vorgaben sind längst geklärt.

Was ich brauche, sind Ergebnisse.« Er sah sie an, sein Blick war nicht freundlich. »Bis heute Abend bist du damit durch. Klar? Letztes Ultimatum!«

Letztes Ultimatum! Etwas in ihrem Kopf machte *pling.* Wahrscheinlich die letzte Sicherung, die gerade durchgebrannt war. »Sagtest du: Letztes Ultimatum?«

»Ich sagte: Letztes Ultimatum.«

»Weißt du was? Schieb dir deine beschissenen Kosten, deinen beschissenen Scheißzeitdruck, dein beschissenes Projekt und dein noch beschisseneres Ultimatum doch sonst wohin.« Sie griff nach ihrer Tasche und der Jacke.

Christian war blass, aber ruhig. Beides hatte nichts mit ihr zu tun, er war immer blass und ruhig. »Du kannst natürlich tun und lassen, was du willst, aber wenn du jetzt gehst, dann …«

»Was dann?«

»Dann war's das. Dann bist du draußen.«

Sie zog ihre Jacke an und nickte ihm zu. An der Tür drehte sie sich noch einmal um.

»Schreibst du mir bitte ein Zeugnis?«

»Ich hoffe, du weißt, was du tust.«

»Natürlich«, log sie.

Am Fuß der Treppe, die zur Haustür führte, hing ein Namensschild. Es war neu und aus Ton und zeigte, jedenfalls, wenn man die nötige Phantasie dazu hatte, außer ein paar wackligen Buchstaben, die sich als *FRITSCH* entziffern ließen, noch drei Personen: ein Kind, eine Frau und einen Mann.

Mona klingelte. Während sie auf das obligatorische »Hallo?« wartete, legte sie sich in Gedanken zurecht, wie sie Judith erklären sollte, dass sie den Job geschmissen hatte. Im Schmeißen war sie eine Wucht: Studium, Beziehungen, Job.

Der Fußmarsch durch die halbe Stadt, bei für die Jahreszeit viel zu milden Temperaturen und dem Geruch nach Frühling, hatte ihr den Kopf durchgepustet. Ihre Wut hatte sich aufgelöst, die Realität roch nach faulen Eiern. Sie wusste selbst, wie ihre Chancen auf dem Arbeitsmarkt aussahen. Ihre Qualifikationen hielten sich in Grenzen. Könnte sie davon leben, wenn sie morgens um sechs in einer Bäckerei Brötchen verkaufte? Oder in einer Fabrik Schrauben sortierte? Sie sah ihren Vater mit grimmigem Gesicht vom Himmel auf sie herunterblicken und den Kopf schütteln. *Ja, ja, schüttel du nur den Kopf*, dachte sie. Obwohl er andererseits doch auch zufrieden sein musste mit dem Ergebnis. Es bestätigte doch nur das, was er sowieso schon immer gewusst hatte.

Mona lauschte in die Stille und warf einen Blick in den Hof. Judiths Auto stand auf seinem Platz. Sie drückte den Daumen noch einmal auf die Klingel und brach sich den Fingernagel ab. »Scheiße!«

»Hallo?«

»Judith? Gott sei Dank! Machst du auf?«

Der Türöffner klang wie ein batteriebetriebener Spielzeugbohrer.

»Was ist los? Warum bist du nicht auf der Arbeit?«, hörte sie von irgendwo Judiths Stimme.

»Wo bist du?«

»Oben. Im Bad. Komm einfach rauf! Aber sei leise. Emil schläft. Bis jetzt hast du es nicht geschafft, ihn zu wecken, wäre schön, wenn es dabei bleibt.«

Heute Morgen, als sie im Büro ankam, hatte Mona an Frank gedacht und zwei Stufen auf einmal genommen. Jetzt dachte sie an Chester, die Miete und ihr Bankkonto.

Die Tür zum Bad stand auf und Judith eingeschäumt unter der Dusche.

»Hey, wie geht's dir im Club der Vierziger?«, begrüßte sie die Freundin.

»Geht so.«

»Du siehst ehrlich gesagt auch ziemlich scheiße aus. Wie war denn die Nacht?«

»Die war okay. Aber der Morgen nicht.«

»Na ja, so ein Kater ist nicht schön, aber er vergeht.«

»Das meine ich nicht. Ich hab gekündigt«, sagte Mona und legte damit die Karten gleich auf den Tisch. Judith hörte auf, sich Shampoo in die Haare zu massieren, und starrte sie an.

»Was?«

»Es ging nicht anders.«

»Es ging nicht anders?«, echote ihre Freundin. »Sag mal, spinnst du?«

»Weil ich diesen ganzen verlogenen Mist nicht mehr ertrage.«

»Du hast sie doch nicht mehr alle!« Judith griff zur Dusche und brauste sich den Schaum vom Kopf. Sie blinzelte sich das Wasser aus den Augen. »Oder ist das ein schlechter Scherz?«

»Nein. Ich … es ging wirklich nicht anders«, sagte Mona.

»Ach, Mona.« Judith stellte das Wasser ab. »Gib mir mal das blaue Handtuch!« Sie zeigte auf das Ba-

97

detuch und stieg aus der Dusche. »Kannst du's denn rückgängig machen?«

Mona zuckte mit den Schultern und setzte sich auf den Wannenrand.

»Mona? Kannst du das rückgängig machen?«

»Ich glaub nicht«, murmelte sie.

Judith schüttelte in stummem Unverständnis den Kopf. »Mona, Mona. Weißt du überhaupt, was das heißt?«

»Der Job war einfach nix für mich.«

»Der ist seit zwölf Jahren nix für dich. Du hättest dir schon längst was anderes suchen können. Aber stattdessen moserst du nur jahrelang rum. Und dann kündigst du plötzlich aus heiterem Himmel und Hals über Kopf. Das ist doch bescheuert. Ich meine, kündigen kann man, wenn man was anderes in Aussicht hat. Oder wenn man in der Komfortsituation ist, nicht auf das Gehalt angewiesen zu sein. Oder wenn ...« Sie unterbrach sich und schaute Mona ins Gesicht. »Hast du denn was anderes?«

»Nein. Aber ich hab noch Geld von meinem Vater. Und in drei Monaten bekomme ich Arbeitslosengeld. Nur falls ich bis dahin noch keine andere Arbeit gefunden habe. Und außerdem ...«

»Und außerdem?«

»Ach nix.« Mona dachte an das Haus in Wetzlar. Vielleicht könnte sie ihren Anteil an Daniel verkaufen. Aber das Haus war alt und sanierungsbedürftig, es war sicher nicht viel wert. Bisher war es so, dass die Miete auf ein gemeinsames Konto floss und davon alle nötigen Maßnahmen bezahlt wurden. Meistens reichte es trotzdem nicht, dann musste Daniel noch etwas nachschieben. »Gibt's eigentlich bei euch was Neues? Wegen Henri?«, fragte sie.

»Nee. Ihr könnt ja zusammen eine Arbeitslosen-WG gründen«, sagte Judith, aber es klang nicht lustig.

Henri, der eigentlich den unmöglichen Namen Heinrich hatte, war seit drei Monaten zu Hause. Seine Firma hatte ihn freigestellt, insgesamt ein halbes Jahr, aus Gründen der Umstrukturierung, und jetzt musste er dringend einen neuen Job finden, sonst würde es eng werden. Haus, Pferd, Kind und zwei Autos, das kostete.

»Noch keine Antwort auf die letzten Bewerbungen?«, fragte Mona mit innerem Blick auf ihre eigene neue Berufslage.

»Doch. Drei Absagen. Zwei stehen noch aus.«

»Na ja, er hat ja noch drei Monate und er …«

»Mona, bitte. Lass uns jetzt nicht drüber reden, sonst fange ich an zu heulen. Wir haben uns heute Morgen schon schrecklich gestritten, und meine Nerven liegen gerade blank. Das Letzte, was ich brauchen kann, ist noch so ein Arbeitslosenprojekt in meiner Familie.«

»Danke für die *Familie*«, sagte Mona.

Judith ließ sich neben ihr auf dem Badewannenrand nieder. »Ich weiß bald nicht mehr weiter«, sagte sie resigniert.

»Ach komm.« Mona strich ihrer Freundin über die nasse Schulter. So mutlos kannte sie Judith eigentlich nicht. Die Judith, die sie kannte, war manchmal frech, oft vorlaut, aber immer optimistisch und nie verzagt. Die Judith, die sie kannte, kompensierte mit Schlagfertigkeit und Witz das, was ihr an Größe und Gewicht fehlte. Die Judith, die sie kannte, kannte sie schon so lange, dass sie sich ein Leben ohne sie gar nicht mehr vorstellen konnte.

Judith stand auf und wickelte sich ein zweites Handtuch so um den Kopf, dass nicht nur ihre kurzen, dunklen Haare, sondern auch ihre braunen Augen beinahe darunter verschwanden.

»Warst du schon auf dem Arbeitsamt?«

»Nein.«

»Das musst du sofort machen. Sonst kriegst du kein Geld.«

»Die ersten drei Monate krieg ich eh keins, weil ich selbst gekündigt hab.«

»Du hast Unkosten. Und ein Pferd. Und du musst ja auch von irgendwas leben.«

»Ich weiß. Aber wie gesagt, ich hab noch Geld von meinem Vater. Hauptsache, ich bin erst einmal da raus. Und ich finde bestimmt bald etwas anderes.« Die Erleichterung überwog.

»Das hat Henri am Anfang auch gesagt. Mittlerweile hält er die Klappe.« Judith zog Slip und BH an. »Aber gut. Du bist alt genug. Du musst schließlich selbst wissen, was du tust.«

»Judith! Rede nicht so mit mir!«

»Wie soll ich denn mit dir reden.«

»Ich weiß nicht. Nicht so jedenfalls.«

»Dann hättest *du mit mir* reden sollen, bevor du dich entschieden hast zu kündigen.«

»Jetzt ist es halt passiert.«

»Nein. Es ist nicht *passiert*. Du hast diese Entscheidung getroffen. Du ganz allein. Du hättest erst einmal darüber nachdenken müssen.«

»Ich hab ja gedacht.«

»Ach?«

»Ja.« Mona lächelte schief. »Ich hab gedacht, dass ich den blöden Job nicht mehr machen will und dass Christian mich mal kann.«

Judith seufzte und griff zum Fön. »Ich glaube, ich könnte noch einen Kaffee brauchen.«

Mona seufzte auch. »Gut. Ich geh schon mal runter und kümmere mich drum.«

»Okay. Ich komm gleich nach.«

Als Mona schon an der Tür war, drehte sie sich noch einmal um. »Es gibt übrigens auch gute Nachrichten.«

»Ja?«

»Ich bin morgen Abend mit Frank verabredet.«

»Aha. Und was sind die guten Nachrichten?«

14. Hella

»Machen Sie sich keine Sorgen, es ist wahrscheinlich ganz harmlos.«

Dr. Scheiber war ein sehr junger Arzt, bestimmt nicht älter als Mitte dreißig, schätzte Hella. Er hatte sehr helle Haare und Sommersprossen und wirkte sympathisch. Trotzdem fühlte sie sich unwohl. Sie war jahrelang bei einer Ärztin in Behandlung gewesen, bis diese ihre Praxis aus Altersgründen an den jungen Kollegen verkauft hatte. Früher hatte es ihr nichts ausgemacht, sich von Ärzten untersuchen zu lassen. Früher, als sie und ihr Körper noch jung waren.

»Wahrscheinlich?«

»Neun von zehn Knoten dieser Art sind gutartig.«

101

»Und wenn mein Knoten der zehnte ist?«

»Das werden wir dann entscheiden.«

Er erklärte ihr die OP-Prozedur und dass sie am nächsten Montag früh um acht Uhr in der Klinik sein sollte. »Nüchtern«, sagte er, und sie sah ihn irritiert an. Aber im nächsten Moment wurde ihr klar, was er damit meinte, und sie senkte verlegen den Blick.

Sie verabschiedete sich, drehte sich aber auf dem Weg zur Tür noch einmal um. »Was kann schlimmstenfalls passieren?«

Er nahm seine Brille ab und sah sie mit verschwommenem Blick an. »Im schlimmen Fall verlieren Sie Ihre Brust«, sagte er und wischte sich über die Stirn. »Im allerschlimmsten Ihr Leben.« Er setzte die Brille wieder auf und lächelte ihr ermutigend zu. »Aber der allerschlimmste Fall ist auch der unwahrscheinlichste.«

Sie konnte den Knoten fühlen, sogar durch die Bluse. Er tat nicht weh, er war einfach nur da. Hella stellte sich vor, wie er in ihr wuchs, jeden Tag ein bisschen mehr. Wie er sich breitmachte, in alle Richtungen, und sie von innen vergiftete.

Auch bei Daniel hatten die Ärzte damals Krebs diagnostiziert. Und sich geirrt.

Er lag auf dem Boden im Badezimmer, sein kleiner Körper war verkrümmt, und die dunklen, verschwitzten Haare verliehen seinem viel zu blassen Gesicht einen fast gespenstischen Ausdruck. Norbert war nicht zu erreichen, und so fuhr sie allein mit ihrem Sohn ins Krankenhaus. Er wurde stundenlang untersucht und auf den Kopf gestellt. »Es könnte sein, dass ihr Sohn an einer akuten lymphatischen Leukämie leidet«, sag-

te der Arzt. »Aber um sicher zu sein, müssen wir sein Knochenmark punktieren.«

An diesem Abend schlief Norbert mit ihr.

Hella verließ die Praxis und wurde von kalter, nasser Dunkelheit empfangen. Es hatte wieder angefangen zu regnen.

Sie spannte ihren Schirm auf und setzte mechanisch einen Fuß vor den anderen. Schritt, Schritt, Schritt.

Ihre Probleme hatten nicht mit Limburg oder mit Wally begonnen. Ihre Probleme hatten schon viel früher begonnen. Mit Daniels Geburt. Sie konnte das Baby nicht stillen, manchmal konnte sie es noch nicht einmal anfassen. Einmal, als Norbert von der Arbeit kam und das Baby weinend in der Wiege lag, hatte er sie gepackt und geschüttelt. *Du taugst nicht zur Mutter. Du taugst zu gar nichts.*

Und dann dieser Schreck. Es war wie eine Strafe.

Das Handy klingelte. Sie kannte die Nummer nicht und stellte das Gerät stumm. Eine Zeitlang war sie häufig angerufen worden. Von fremden Männern, solchen wie Peter oder Manfred. Es war, nachdem sie das Internetportal *Du & Ich* entdeckt und sich kurz entschlossen angemeldet hatte. Und kurz hatte es auch wirklich so ausgesehen, als könnte es ihr helfen, weniger einsam zu sein. Aber am Ende hatte es sie nur noch einsamer gemacht. Sie schnaubte, ein verächtlicher kurzer Ton. Die einsamsten Momente in ihrem Leben lagen schon lange hinter ihr.

Er löschte das Licht und kam ins Bett. Sie hatte eine Kerze angezündet, aber auch die löschte er. Er legte seine Hände auf ihre Brüste und drückte zu. Es tat weh. Er ignorierte alles, was sie tat: ihre erhobenen Arme, die ihm zeigen sollten, dass sie bereit war, ihre zarten Küsse in seine Richtung, die nie seinen Mund trafen, weil er immer den Kopf wegdrehte, und auch ihre streichelnden Hände, die er irgendwann einfach packte und festhielt. Seine Augen waren geschlossen, seine Lippen zusammengepresst.

Daniel hatte keinen Krebs, sondern das Pfeiffersche Drüsenfieber. Sie war erleichtert, aber Norbert gab sich damit nicht zufrieden. Er war außer sich und wollte den Arzt verklagen. Sein Anwalt konnte ihn nur mit Mühe davon abbringen.

15. Mona

Der Schnee von vorgestern war Schnee von gestern, das Thermostat zeigte neun Grad, es regnete in Strömen, und natürlich hatte sie keinen Schirm dabei. Ein übers andere Mal schob Mona sich die Jackenkapuze über den Kopf, ein übers andere Mal blies der Wind sie wieder zurück.

Sie kam am Bahnhof vorbei, dessen Vorplatz wie ausgestorben vor ihr lag, und legte einen Zahn zu. Es war eine Minute nach sieben. Dabei sah sie abwechselnd auf den Boden unter sich und den Weg vor sich, um nicht in einen Hundehaufen oder in eine der zahlreichen Pfützen zu treten, und fischte zwischendurch mit der freien Hand das Handy aus der Jackentasche. Zwei Anrufe in Abwesenheit. Sie erkannte Hellas

Nummer, natürlich die von ihrem Festnetzanschluss, von wegen Elsass, einschließlich Sprachnachricht, aber kein Zeichen von Frank. Erleichtert steckte sie das Gerät wieder ein.

Als sie dann aber am vereinbarten Treffpunkt ankam, war weit und breit nichts von ihm zu sehen. Es gab überhaupt nicht viel zu sehen. Der Regen hatte zwar wieder nachgelassen und nieselte jetzt nur noch leicht vor sich hin, aber er hatte den meisten potentiellen Glühweintrinkern und Lebkuchenessern bereits einen feuchten Strich durch die Rechnung gemacht. Auch den Budenbetreibern.

Mona suchte sich einen Platz neben der großen Weihnachtspyramide, von wo aus sie das Geschehen gut im Blick hatte. Sie beobachtete ein Pärchen, das sich eng umschlungen von Stand zu Stand hangelte und ein paar genervte Eltern, die ihre nörgelnden Kinder mit einer Karussellfahrt zu bestechen versuchten. Noch immer keine Spur von Frank. Ein Dunst von Bratwurst und Glühwein wehte ihr in die Nase, aus irgendwelchen Boxen tönte *Morgen kommt der Weihnachtsmann*. Sie grub die Hände tief in die Taschen und zog die Schultern hoch. Es war nass, ihr war kalt, sie hatte Hunger, sie hasste es zu warten, und eigentlich war auch sonst alles wie immer: Auf der einen Seite ihre nostalgischen Vorstellungen von Weihnachten und allem, was dazugehörte. Auf der anderen die Realität.

Von links kam ein Mann mit überdimensionalem Regenschirm und dunkler Kleidung auf sie zu. Sie sah ihm entgegen, aber ihm fehlten Franks hagere Größe und sein leicht schleudernder Gang. Hatte ihr Exmann es sich vielleicht doch anders überlegt? Aber dann hätte er bestimmt Bescheid gesagt. Oder hatte er sich über ihre Verspätung geärgert? Aber es waren doch nur drei Minuten, da war er anderes von ihr gewöhnt. Oder war er es, der zu spät war? Frank war immer pünktlich.

Der Mann war noch etwa dreißig Meter entfernt, und jetzt winkte er. Meinte er sie? Und dann erkannte sie ihn. Es war Patrick. Schon wieder Patrick.

»Hey«, sagte er, als er vor ihr stand und den Schirm über ihre Köpfe hielt. »Schön, dass du da bist.«

Sie war irritiert. »Hat Frank dich geschickt?«

»Nein. Sollte er?«

»Ich wollte mich hier mit ihm treffen.«

»Ich glaube, du irrst dich.«

»Nein, wieso? Wir wollten uns hier treffen, vor fünf Minuten.«

»Du wolltest dich mit mir treffen.«

»Mit dir? Aber Frank hat mir geschrieben, er hat …«

»Ich habe dir geschrieben. Mit Franks Handy. Das hat er mir geliehen, weil er noch eins vom Geschäft hat und meins seit dem Umzug irgendwie verschwunden ist.«

Mona zog ihr Handy aus der Tasche und las die Nachricht. Da war kein Name, nur die Nummer.

»Ja Mensch, dann hättest du wenigsten deinen Namen druntersetzen können.« Es hatte aufgehört zu regnen.

»Das ist echt ärgerlich, das mit dem Handy«, sagte Patrick und ignorierte ihren Ärger. »Ich hoffe ja immer noch auf ein Wunder, schon wegen der vielen Telefon-

nummern. Obwohl: Frank hat ja auch ein paar ganz
brauchbare.« Er lächelte, und seine Wangengrübchen
vertieften sich.

»Ich kann ja schließlich nicht hellsehen«, sagte
Mona und ignorierte seine Ignoranz.

»Wärst du denn dann gekommen?«

Mona sah an ihm vorbei. Dieser Teil des Weih-
nachtsmarkts lag noch außerhalb der Altstadt und sah
gerade jetzt alles andere als einladend aus. Die großen
in je eine Reihe gepflanzten Platanen links und rechts
der Buden streckten ihre kahlen, kurzgestutzten Äste
in den dunklen, nachtgrauen Himmel, und die Buden-
verkäufer standen gelangweilt hinter ihren immer gleichen Auslagen. Sie kickte mit der Stiefelspitze gegen
einen kleinen Stein. »Ehrlich gesagt habe ich überhaupt keine Lust auf Glühwein. Oder auf Weihnachtsmarkt«, sagte sie, ohne auf seine Frage einzugehen.

»Ehrlich gesagt: ich auch nicht. Komm, lass uns
etwas essen gehen. Das ist wahrscheinlich gemütlicher
bei dem Wetter.« Er nahm ihren Arm, ohne ihr Einverständnis abzuwarten. »Was magst du denn am
liebsten? Italienisch? Chinesisch? Oder zum Spanier?«

Sie lächelte. »Italiener wäre schön. Ich glaube, ich
habe Hunger.«

»Du glaubst?«

Jetzt lachte sie. »Okay. Ich *habe* Hunger.«

Bei Antonio bekamen sie gerade noch zwei Plätze,
ganz hinten und direkt neben der Tür zum Klo. Das
Lokal war klein und einfach ausgestattet, aber trotzdem gemütlich. Patrick zündete die Kerze an, und sie
bestellten eine Flasche Frascati, eine Flasche Wasser,

eine Pizza mit Pilzen und einen großen Haussalat. Antonio brachte den Wein und das Wasser und für jeden ein halbes Stück Bruschetta. »Iste Gruß von Kusche.«

Sie prosteten sich zu.

»Geht's dir wieder gut?«

Mona hob überrascht den Kopf. Was meinte er? Ihre Enttäuschung wegen Frank? Oder ihre Arbeitssituation? Das konnte er unmöglich wissen.

»Was meinst du?«, fragte sie unsicher.

»Na, gestern Abend hast du etwas angeschlagen gewirkt.«

»Ach so. Ja, nein, also, es geht schon wieder.«

»Und wie fühlst du dich jetzt? So im gesetzten Alter?«

Sie lachte. »Genauso ungesetzt wie vorher, wenn ich ehrlich bin.«

Er lachte auch. Die Pizza und der Salat wurden gebracht, und während er alles auf zwei Teller aufteilte, betrachtete Mona den Mann, der ihr gegenübersaß. Sie hatte keine Ahnung wie alt er war, sie schätzte ihn ein paar Jahre jünger als Frank. Etwa in ihrem Alter. Seine Hände gefielen ihr. Sie waren kräftig, aber nicht grob. Auch sonst gefiel ihr, was sie sah. Sein ungebügeltes Hemd, das leicht zerzauste Aussehen, die Grübchen. Sogar sein etwas vernarbtes Gesicht.

Patrick schob ihren Teller über den Tisch und nahm das Weinglas. »Salute!« Seine Augen blitzten. Er hatte nicht nur schöne Hände und Augen, er hatte auch sehr lange Wimpern.

Sie prostete zurück, und eine Weile aßen sie schweigend. »Ich hab heute Morgen meinen Job geschmissen«, sagte sie irgendwann, nur um überhaupt etwas

108

zu sagen. Sie sah ihn an. »Ich neige nämlich zu unüberlegten Handlungen, weißt du?«

»Und? Bereust du es?«

Sie nahm noch einen Schluck Wein und überlegte.
Dann schüttelte sie den Kopf. »Eigentlich nicht. Ich
habe Angst, das schon. Aber wohl nicht genug. Und
ich wünsche mir vielleicht etwas mehr Stabilität in
meinem Leben, aber nicht um jeden Preis.«

»Ich denke, dann hast du nichts falsch gemacht.«

»Wenn da nur diese Sache nicht wäre.«

»Welche Sache?«

»Die Sache mit dem Geld.«

Er ließ die Hände mit dem Besteck sinken und sah
sie an. Erst jetzt fiel ihr auf, dass er keinen Ring trug.

»Ich war bis vor zwei Monaten Leiter eines Altenheims. Ich habe auch gekündigt.«

»Ach? Und warum?«

»Tja, das war keine einfache Entscheidung. Ich mag
die alten Menschen, weißt du. Irgendwann werde
ich selbst mal einer sein. Jedenfalls wenn nichts dazwischenkommt. Aber dieses ewige Sparen und diese
blöden festgesetzten Zeitlimits. Das hat mich fertiggemacht.«

»Hm.« Sie nickte.

»Alles wird dokumentiert, die Zeiten, die Arbeiten,
jeder Handgriff. Und dann wird die Dokumentation
bewertet, aber nicht die Pflege. Niemand schaut sich
die Menschen an, verstehst du? Nicht die, die pflegen,
und nicht die, die gepflegt werden.«

»Und jetzt?«

»Jetzt mache ich eine Umschulung mit pädagogischem Schwerpunkt. Danach kann ich als Quereinsteiger in Pflegeschulen unterrichten, das ist jedenfalls der Plan. Und nebenbei arbeite ich in einem Altenheim. Allerdings nur Teilzeit.«

»Das heißt, du hast deinen Job als Manager in einem Altenheim aufgegeben, um jetzt als Teilzeit-Pfleger in einem anderen Altenheim zu arbeiten?«

»Na ja, dort bin ich wenigstens nicht mehr verantwortlich. Ich bin jetzt nur noch ein kleines Rädchen im Getriebe und muss mich nicht mehr permanent dafür rechtfertigen, dass es zu wenig Personal, zu wenig Zeit und zu wenig Geld gibt.« Patrick zeigte auf das letzte Pizzastück auf ihrem Teller. »Isst du das noch?«

Sie schüttelte den Kopf.

»Was ist denn mit dir?« Er nahm sich die Pizza und sah sie interessiert an.

»Was meinst du?«

»Na, was hat dich an deinem Job gestört? Und was hast du für Pläne?«

»Gestört haben mich der Zeitdruck und der Gelddruck, also so ähnlich wie bei dir. Und Pläne? Na ja. Eigentlich habe ich noch gar keine.«

»Was würde dir denn Spaß machen?«

Sie überlegte lange und gründlich. Dann zuckte sie mit den Schultern. »Ich habe überhaupt keine Ahnung. Ich muss arbeiten, um Geld zu verdienen, was hat das mit Spaß zu tun?«

»Na, dann hättest du auch nicht kündigen müssen.«

»Das war eher so spontan. Weil ich mich geärgert habe. Ich bin nicht klug in so was.«

Wieder sah er sie an. »Hast du eigentlich Kinder?«

Sie wurde rot, hielt aber seinem Blick stand. »Nein«, sagte sie.

110

»Wolltest du keine?«

»Hast du denn welche?«

»Nein. Mir fehlte immer die richtige Frau dazu.« Er lächelte. »Jedenfalls bis jetzt.«

Sie griff nach ihrem leeren Weinglas und er nach ihrer Hand. »Sollen wir noch eine Flasche Wein bestellen? Oder gehen wir gleich zu dir?«

Sie sah ihn überrascht an. »Glaubst du, das ist eine gute Idee?«

»Das weiß ich noch nicht.«

Das Haus, in dem Mona wohnte, war über zweihundert Jahre alt. Die Treppe war aus grauem Stein und sehr breit, man konnte mühelos zu zweit nebeneinandergehen. An den Seiten war ein geschmiedetes Geländer mit einem schönen, alten Handlauf aus Holz. Das Holz war nicht ganz eben, aber sehr glatt. Viele Hände hatten im Laufe der Jahre darübergestrichen, die meisten Menschen, zu denen die Hände gehört hatten, lebten längst nicht mehr. Vor dem Haus waren zwei Stolpersteine in den Bürgersteig eingelassen. Das waren kleine Gedenktafeln aus Messing, auf denen die Namen der jüdischen Mitbürger standen, die einmal in diesem Haus gewohnt hatten. Bis der Krieg allem ein Ende setzte.

Mona und Patrick stiegen nebeneinander die Stufen hoch. In der Pizzeria hatten sie sich doch noch für eine Flasche Wein entschieden und viel geredet. Jetzt fühlte Mona sich leicht. Vielleicht auch etwas *leicht*sinnig. Sie sah ihn von der Seite an. Seine Wimpern waren nicht nur lang, sie waren auch gebogen. Wie bei einem Mädchen. Oben schloss sie die Tür auf. Im Dämmerlicht der Sparlampe standen sie sich im Flur gegenüber. Er legte seine warme Hand an ihre kalte Wange. Sein Daumen streichelte ihr Ohr. Die Wirkung des Alkohols verflog. Plötzlich wusste sie nicht mehr, was sie wollte.

»Möchtest du noch etwas trinken? Rotwein und Bier habe ich noch da«, murmelte sie in seine Hand.

»Ich will dich«, sagte er leise.

Da war fast kein Abstand zwischen ihren Körpern. Sie spürte seine Wärme, sein Atem streichelte ihr Gesicht.

»Eh, ich weiß nicht, ob das eine so gute Idee …«

»Das hatten wir schon.«

Seine Hand, gerade noch an ihrer Wange, wanderte jetzt sanft abwärts, seine Finger streiften über ihren Hals, und plötzlich waren seine Lippen in ihren Haaren. »Du bist klug, und du riechst gut.«

Patrick küsste sie, auf den Kopf und auf die Stirn, warm und trocken. Sie schlang ihre Arme um seine Taille. Dabei blickte sie gegen eine Stelle etwas unterhalb seines Ohrs. Er hatte dort ein kleines Muttermal. Er hörte nicht auf, sie zu küssen, aber erst als seine Lippen ihren Mund trafen, hörten seine Küsse auf, trocken zu sein, und sie auf zu denken.

Patricks Küsse waren leicht, und so schmeckten sie auch. Sie schmeckten nach Sommer, Weißwein und blauem Himmel. Franks Küsse hatten sie eher an dunkle Winterabende denken lassen. Plötzlich trat er einen Schritt zurück und sah sie an. Jetzt lächelte er nicht mehr.

»Du bist klug. Du riechst gut. Und du bist sehr schön«, sagte er mit ungewohntem Ernst in der Stimme.

Sie rettete sich in einen Scherz. »Ich heiße eigentlich Arielle. Da ist nur dieses Problem mit meinen Beinen.«

»Lass mal sehen.« Er öffnete behutsam Knopf und Reißverschluss ihrer Jeans und schob sie nach unten. »Hm, alles in Ordnung, soweit ich das beurteilen kann.«

Sie schloss die Augen und hob die Arme. Er verstand die Geste und streifte ihr nacheinander Pullover und T-Shirt über den Kopf. Wieder betrachtete er sie.

»Wirklich schön. Sehr, sehr schön.«

Die Jeans war am Boden, ihre Füße waren Gefangene. Ihre Finger fanden wie von selbst den Verschluss ihres BHs auf dem Rücken, und wie von selbst zog sie mit beiden Händen den Slip nach unten.

»Wo ist dein Schlafzimmer?«, fragte Patrick. Seine Stimme klang heiser.

»Oben.«

»Komm!« Er nahm ihre Hand, und sie ließ Jeans und Slip und alles andere zurück und folgte ihm.

Sie küssten sich, Arme und Beine ineinander verschlungen, und kippten aufs Bett. »Hmmm. Duriechstsogut«, hörte sie ihn murmeln, während seine Finger sich ohne falsche Scham tastend zu ihren Schlüsselbeinen und weiter zu ihren Brüsten bewegten.

Sie lag ganz ruhig, halb unter und halb neben ihm. Erst als Patrick mit der Zunge ihren Nabel umkreiste, hörte sie auf, ganz ruhig zu liegen. Die nackte Haut ihrer Brüste und ihres Bauches fühlte sich kühl an unter seinen Händen, obwohl sie gleichzeitig das Gefühl hatte zu verbrennen.

Irgendwann hob er den Kopf und sah sie an. Sie

erkannte die Frage in seinen Augen. Sie strich mit den Fingerspitzen über sein Gesicht. »Ich fühle mich sehr nackt neben dir«, sagte sie und zog an seinem Gürtel. Sein Kopf näherte sich ihrer linken Brust.

»Ja. Ich will«, murmelte Mona. Und in diesem Moment meinte sie es auch so.

Sie wurde wach, und dieses Mal war es ein schlagartiges Aufwachen. Das Bett neben ihr war leer. Sie strich über den hellblauen Bettbezug. Er war kalt, Patrick musste schon vor längerer Zeit gegangen sein. Vielleicht irgendwann heute Nacht, sie hatte es nicht mitbekommen. Der Wecker zeigte blaue 9 Uhr 37. Mona dreht sich auf die Seite. Sie fühlte sich irgendwie schäbig, und sie hatte auch schon wieder Kopfweh. Ein paar Tage Alkohol-Abstinenz wären nicht schlecht. Stöhnend schloss sie die Augen. Bis ihr im nächsten Moment Frau Schmidt einfiel. Sie riss die Augen wieder auf. Frau Schmidt kam immer um zehn Uhr, also in dreiundzwanzig Minuten. Bis dahin sollte sie unbedingt ein paar Sachen weggeräumt haben und selbst verschwunden sein. Weil sie erstens auf keinen Fall wollte, dass Frau Schmidt ihre Unterwäsche im Wohnzimmer sah und falsche – oder richtige – Schlüsse zog, genau genommen wollte Mona nicht, dass Frau Schmidt überhaupt irgendwelche Schlüsse zog, und weil sie zweitens überhaupt einfach nicht hier sein wollte, wenn Frau Schmidt hier war.

Mona sprang aus dem Bett und flitzte ins Bad. Mit der Zahnbürste in der Hand setzte sie sich aufs Bidet. Sie fand, so ein Bidet war ein Segen. Man konnte mehrere Sachen gleichzeitig darauf erledigen. Und wenn man ziemlich viel gleichzeitig erledigte, war man abgelenkt und konnte nicht so gut nachdenken. Über gestern Abend zum Beispiel. Sie dachte natürlich trotzdem nach. Und auch an Frank. Und fühlte sich noch ein bisschen schäbiger.

Bevor Mona die Wohnung verließ, schrieb sie *Bitte Bett frisch beziehen* auf einen Zettel, legte ihn gut sichtbar aufs Kopfkissen und stopfte in Windeseile die verstreut liegenden Kleider in die Wäschebox. Noch auf der Treppe hörte sie das leise Summen ihres Handys. Sie hatte Mühe, das Gerät in ihrer überrümpelten Handtasche zu finden, und legte sich schon während der Suche zurecht, was sie sagen würde. Besser sie spielte gleich mit offenen Karten. *Die Nacht war sehr schön, aber es wird keine Wiederholung geben.* Nein. Das hier war ja kein Film. Und so würde sie auch nicht reden. Vielleicht: *Ich vertrage keinen Alkohol.* Oder sollte sie gar nichts sagen? Sich einfach nicht auf neue Verabredungsversuche einlassen? Patrick vertrösten, bis er begriff, was los war? *Los* war nämlich Folgendes: Sie hatte gerade erst Frederic den Laufpass gegeben, weil Frank ihren Weg wieder gekreuzt hatte und weil sie jetzt vierzig war. Sie würde jetzt endlich damit aufhören, sich in haltlose Affären zu stürzen und Beziehungen zu führen, die zu nichts führten. Und damit anfangen, sich auf das *Wesentliche* im Leben zu konzentrieren. Auf den *Richtigen* zu warten. Blieb nur die Frage, wie sich das Wesentliche vom Unwesentlichen unterscheiden ließ? Und woran sie den Richtigen erkennen sollte?

Endlich hatte sie etwas in der Hand, was sich nach Handy anfühlte. Und auch wie ein Handy vibrierte.

»Hallo?«, sagte sie. Sie hörte selbst, wie kurz angebunden und gehetzt ihre Stimme klang.

»Endlich, ich versuche seit gestern, dich zu erreichen«, sagte Hella. Sie weinte. »Hast du denn meine Nachricht nicht erhalten?«

»Nein.«

»Monique, ich habe Krebs. Ich werde am Montag früh operiert.«

»Krebs? Bist du sicher?«

»Natürlich bin ich sicher. Ich war beim Arzt. Ich habe einen Knoten in der Brust.«

»Aber der muss doch nicht zwangsläufig bösartig sein?«

»Das weiß man erst nach der OP.« Sie weinte wieder.

»Mein Gott! Jetzt reiß dich doch mal zusammen!«

»Entschuldige. Ich bin so durcheinander. Kannst du dir vielleicht freinehmen und mich ins Krankenhaus begleiten?«

Mona sagte: »Ja, natürlich.« Aber alles, was sie dachte, war: *Auch das noch!*

16. Hella

Der Arzt war noch jung. Er lächelte und strahlte ruhige Zuversicht aus. »Wir haben Glück. Es ist nicht bösartig«, sagte er.

Hella lächelte nicht, sie verstand auch nicht, was ihre Diagnose mit dem Glück des Arztes zu tun haben sollte. »Wann kann ich nach Hause?«

»Sobald der Oberarzt da war, die Narkosewirkungen abgeklungen sind und wir die Drainage gezogen haben. Ein bisschen Geduld müssen wir schon noch haben.«

Er setzte sich auf das Bett, legte ihr eine Manschette um den Oberarm und pumpte sie mit einem kleinen Ballon auf. Die Luft entwich stockend. »Ihr Blutdruck ist etwas erhöht.«

Der Schreck saß ihr in sämtlichen Gliedern, die Nachricht, dass sie doch nicht sterben würde – jedenfalls nicht sofort –, war gerade erst dabei in ihrem Kopf anzukommen. »Ich muss zur Toilette«, sagte sie leise. Es war ihr peinlich.

Der Arzt wandte seinen Kopf zur Seite und schaute Mona an »Sind Sie die Tochter?«

»Ja.«

»Können Sie Ihre Mutter begleiten.«

Mona nickte steif. »Natürlich«, sagte sie.

»Vielen Dank, aber ich schaffe das.«

»Frau Lorentz, Sie hatten vor wenigen Stunden eine Vollnarkose. Ihr Kreislauf ist noch nicht stabil.« Es klang unfreundlich.

Hella sagte nichts mehr. Sie fühlte sich immer noch hundeelend, Narkosen bekamen ihr nicht. Der Arzt verabschiedete sich, jetzt war seine Stimme wieder belanglos nett, und eine Krankenschwester betrat das Zimmer. Sie zog die Kanüle. »Das tut jetzt kurz weh, aber es ist gleich vorbei«, sagte sie. Ihr Lächeln war ein Arbeitslächeln. Einschalten, ausschalten. Hella kannte diese Art von Lächeln.

Die Schwester verschwand wieder, und Hella setzte sich auf. »Kannst du mir bitte meine Schuhe geben.« Sie zeigte zur anderen Wandseite. »Sie stehen da unter dem Stuhl.«

117

»Warte, ich helfe dir«, sagte Mona. Sie bückte sich, um ihr die Schuhe über die Füße zu streifen.

»Das brauchst du nicht. Mir geht's gut.«

»Der Arzt hat aber gesagt …«

»Mir geht's gut. Ich schaff das allein. Lass mich einfach …«

Mona stand auf. »Hella!« Sie hatte vor langer Zeit aufgehört, sie *Mama* zu nennen. »Meinst du, mir macht das hier Spaß? Jetzt hör auf mit deinem Theater, und lass dir helfen.«

Hella lenkte ihre Füße ungeschickt in die offenen Pantoffeln und nickte in Richtung Bad. »Du kannst mich bis zur Tür bringen, das reicht.«

Im Auto kreuzte Hella die Arme vor ihrem Körper. Ihre Hände strichen in langsamen Bewegungen von den Schultern zu den Ellbogen, dabei spreizte sie die Finger.

»Tut es noch weh?«

»Nein.« Ihr war immer noch etwas übel, aber die Schmerztabletten dämpften den Rest.

»Hast du Hunger?«

»Nein.«

»Durst?«

»Nein.«

Hella spürte, dass ihre Tochter sie von der Seite ansah, aber sie hatte keine Kraft, den Blick zu erwidern.

»Bist du eigentlich glücklich?«, fragte Mona plötzlich.

Jetzt wandte Hella doch überrascht den Kopf. »Warum willst du das wissen?«

»Ich weiß nicht. Ich weiß noch nicht einmal, ob ich es wirklich wissen will.«

118

»Dann frag mich nicht.«

»Ich hab heute nicht freigenommen. Ich hab am Freitag gekündigt.«

Hella seufzte. Sie war enttäuscht. Aber nicht überrascht. »Du hattest alle Möglichkeiten. Mit deinem Aussehen und deinen Fähigkeiten. Du hast nichts daraus gemacht.«

»Was hätte ich denn machen sollen? Einen reichen Mann heiraten, ihn betrügen und unglückliche Kinder in die Welt setzen?«

Hella sah sie an. Sie lächelte, aber jetzt war wieder Wut in ihren Augen. Das war vertrautes Terrain. »Das musst gerade du sagen.« Die Scheibenwischer kämpften quietschend mit dem Regen. »Außerdem bist du unverschämt. Ich habe nie …«

»Ach? Und was war mit Max?«

Das kam unerwartet. Nicht der Angriff, aber wie er erfolgte. Überrascht wandte Hella sich ihrer Tochter zu. »Was meinst du?«

»Da war doch was zwischen euch.«

»Ich habe wirklich keine Ahnung, wovon du redest«, sagte Hella.

»Ach nein?«

»Nein.«

»Na ja, vielleicht war es ja nur Zufall, dass du damals immer ausgerechnet dienstags zur Stelle warst, wenn er auftauchte. Und zwar immer im kürzesten Kleid und mit dem größtmöglichen Ausschnitt.«

Hella lachte kurz auf. »Du bist wirklich paranoid.« Sie versuchte sich zu erinnern. Sie hatte ihre Beine und ihr Dekolleté nie versteckt, warum auch? Das hatte nichts mit Max zu tun gehabt. Oder doch? Natürlich hatte sie sein Interesse bemerkt und Monas Schwärmerei, und vielleicht war es der Versuch gewesen, den jungen Max von der noch viel jüngeren Mona abzulenken. »Du spinnst dir wirklich etwas zusammen«, startete sie einen neuen Versuch. »Außerdem warst du damals noch ein Kind. Was wusstest du schon. Wahrscheinlich hast du irgendetwas aufgeschnappt und falsch verstanden oder …«

Mona schnaubte verächtlich. »Ich war kein Kind. Ich war vierzehn«, sagte sie, als sei damit alles geklärt.

»Genau. Du warst vierzehn, als du uns eröffnet hast, dass du keinen Klavierunterricht mehr möchtest. Und du warst zwölf, als du keine Lust mehr auf Ballett hattest. Und wie alt warst du noch mal, als du dein Studium geschmissen hast? Du hast alles angefangen und nichts zu Ende gebracht. Du hattest so viel Talent, aber nie hast du irgendetwas auch nur einmal konsequent bis zum Ende …«

Mona drehte am Lautstärkenregler des Radios. *Hotel California* von den *Eagles*.

»… durchgehalten«, ergänzte Hella laut. Sie öffnete ihre Handtasche, zog die kleine Dose mit Schmerztabletten heraus, steckte eine in den Mund und warf den Kopf beim Schlucken ruckartig nach hinten. Eine Weile schwiegen sie beide. Bis das Lied zu Ende war. Hella drosselte die Lautstärke. »Wegen deinem Geburtstag«, sagte sie und versuchte ihrer Stimme einen versöhnlichen Klang zu geben. »Ich habe noch ein Geschenk für dich.«

Mona kuppelte und verwechselte den Gang. Der Motor jaulte empört. »Weißt du was? Das kannst du mir ja an Weihnachten geben. Falls du da nicht gerade im Elsass bist.«

Die Wut meldete sich zurück. »Mir reicht's. Halt an«, sagte Hella böse. »Die letzten Meter gehe ich zu Fuß.«

Mona gab Gas und kreuzte eine gelbe Ampel.

»Hast du gehört, was ich gesagt habe?«

»Du bist leider nicht zu überhören.«

»Dann halte jetzt an!«

Ihre Tochter scherte sich nicht darum.

»Monique! Halte sofort an!«

»Nein«, sagte Mona ruhig. Es klang sehr zufrieden.

17. Mona

Mona versuchte zu kochen. Sie schaute auf die Uhr. Waren die acht Minuten, die als Kochzeit auf der Packung angegeben waren, schon vorbei? Sie fischte eine Nudel aus dem heißen Wasser und probierte sie. Das Ergebnis war eher semiprofessionell. Warum gelang es ihr nicht einmal, Spaghetti so zu kochen, dass sie noch Biss hatten, aber nicht mehr zwischen den Zähnen knackten.

Es war Dienstag, außer Chester gab es keine Verpflichtungen, und sie hatte schlechte Laune. Sie machte sich Sorgen wegen Hella. Nachdem Mona ihrer Mutter zuerst die Wahrheit ins Gesicht geschleudert und dann auch noch darauf bestanden hatte, sie bis vor die Haustür zu bringen, hatte die wieder einmal aufgehört, mit ihr zu reden. Das war die neue Masche. Früher war Hella stinkbeleidigt, weil ihr Mann nicht mit ihr redete, heute machte sie das Gleiche mit ihrer Tochter.

»Kaum hört der eine auf, fängt der Nächste an«, murmelte Mona. Den Spaghetti konnte man getrost noch zwei Minuten geben. Sie schaute auf die Uhr und erhöhte die Temperatur.

Auf ihre Art liebte Hella ihre Kinder, so wie jede Mutter ihre Kinder liebt. Es war nur zu viel geschehen, daran konnte auch ein plötzlich auftretender Knoten in der Brust nichts mehr ändern.

Mit sieben war Mona von der Schaukel gefallen und hatte sich einen Arm gebrochen. Es tat höllisch weh. Sie hatte geschrien wie am Spieß, aber Wally hatte ihren freien Tag und Hella war betrunken. Zum Glück war Daniel da. Er war es, der den Notarzt verständigte, und er war es auch, der sie ins Krankenhaus begleitete. Am Abend lag sie mit Schmerzen im Bett und hörte, wie ihre Eltern sich stritten. Ihr Vater machte Hella Vorwürfe, und Mona hatte intuitiv begriffen, dass sie sich auf ihre Mutter nicht verlassen konnte. Was sie aber noch mehr beschäftigte, war der Streit ihrer Eltern. Seit diesem Unfall fragte Mona sich, was wann schiefgegangen war, denn irgendwann in grauer Vorzeit mussten sie sich doch einmal geliebt haben, sonst hätten sie wohl nicht geheiratet. Bis heute war diese Frage ungeklärt, auch wenn sie mittlerweile aufgehört hatte, sie sich zu stellen.

Sie schmeckte die Soße ab. Ein Fertigprodukt, aber nicht schlecht. Noch eine Minute. Sie hätte sich gern ein Glas Wein genehmigt, aber nachdem sie an ihrem Geburtstag das Ende verpasst hatte und einen Tag später mit Patrick im Bett gelandet war – daran wollte sie jetzt lieber nicht denken –, würde sie erst einmal auf Abstinenz setzen.

Die Nudeln waren gerade fertig, als es klingelte. Sie rannte zur Tür. Es war Patrick. Vier Tage hatte sie nichts von ihm gehört, keine Nachricht, kein Anruf, nichts. Und jetzt stand er hier vor ihrer Tür und sah sie an, als hätte er das Recht dazu.

»Hallo«, sagte sie unfreundlich.

»Hallo, Mona.«

Sie wusste nicht, was er von ihr wollte. Noch weniger wusste sie, was sie von ihm wollte. Oder ob. Ein Altenpfleger, um die vierzig, der noch mal die Schulbank drückte. Was sollte sie mit so einem?

»Hast du Hunger?«, fragte sie schließlich, um die immer peinlicher werdende Stille zu unterbrechen.

Er lächelte. »Ich glaub schon«, sagte er.

Der Insider fing an sie zu langweilen. »Ich hab Spaghetti gemacht. Das heißt, ich versuche es gerade.«

Sie zuckte zusammen. »Oh Gott! Die Spaghetti!«

Sie rannte in die Küche. Da war alles voller Dampf, der Herd stand unter Wasser. »Mist!« Mona griff sich ein Küchentuch und den Topf. Heißes Nudelwasser schwappte ihr auf den Arm.

»Aua! So eine Scheiße!«

»Lass kaltes Wasser drüberlaufen«, sagte Patrick. Er schaltete den Herd aus und nahm ihr den Topf ab. Den Inhalt kippte er in ein Sieb. Die Spaghetti sahen jetzt nicht mehr so aus, als würden sie noch zwischen den Zähnen knacken. Eher so, als würde man gar keine Zähne mehr dafür brauchen.

»Mach mal Platz«, sagte Mona und hielt ihren Arm unter den Wasserstrahl. Sie vermied es, ihn anzusehen.

Nach einer halben Minute drehte Patrick das Wasser ab, nahm ihren Arm und trocknete ihn vorsichtig ab. Er besah sich den roten Fleck. »Tut's weh?«

»Nein.«

»Hast du Käse?«

»Im Kühlschrank.«

»Und Teller und Besteck?«

Sie zeigte mit dem Kopf auf das Küchenboard. Er deckte den Tisch. Sie setzte sich wortlos auf einen Stuhl, er verteilte Nudeln, Soße und Käse.

»Ich komme aus der Schule. Ich hatte heute Morgen Unterricht«, erklärte er, als gäbe es nichts Wichtigeres zwischen ihnen zu klären.

Sie drehte mit der Gabel zwei matschige Nudeln auf und tunkte sie konzentriert in die Soße, als würde sie nichts mehr interessieren als ein gleichmäßiges Soßenergebnis. »Und? Was gelernt?«

»Jeden Tag. Eigentlich sogar jede Minute. Auch ohne Unterricht.«

»So? Und was lernst du gerade?«

»Dass Kochen nicht zu deinen Stärken zählt. Aber das macht nichts. Dafür koche ich ganz passabel.«

Sie sagte nichts. Ihr fiel einfach nichts Passendes ein. Eine Weile aß sie schweigend, den Kopf verlegen über ihren Teller gebeugt. Irgendwann begann die Stille sie zu irritieren.

»Warum bist du hier?«, fragte sie.

»Weil ich dich sehen wollte.«

»Du wolltest mich die letzten drei Tage nicht sehen.«

»Doch. Ich war mir nur nicht sicher.«

»Womit?«

124

»Ob du mich sehen wollen würdest.«

»Ach? Und jetzt bist du's?«

»Nein. Aber ich wollte der Unsicherheit ein Ende bereiten.«

»Warum warst du dir nicht sicher?«

»Du hast im Schlaf *Frank* gemurmelt. Du hast so einiges im Schlaf gebrabbelt, aber außer *Frank* konnte ich leider nichts verstehen.«

»Und jetzt?«

»Jetzt essen wir.«

»Ich hab nicht so viel Zeit. Ich muss mich noch um mein Pferd kümmern.«

»Hm«, murmelte er mit vollem Mund und ließ den Blick über die vielen Fotos an der Wand schweifen. »Frank hatte schon so etwas gesagt.«

»Ach? Ihr habt über mich gesprochen?«

»Soll ich mitkommen?«, fragte er, ohne auf ihre Frage einzugehen. Sein Gesicht war sehr ernst. Mona zuckte mit den Schultern.

»Okay. Ich komme mit.« Er legte das Besteck auf die Seite.

Mona begann das schmutzige Geschirr zusammenzustellen. »Ich weiß zwar nicht, was du dir davon versprichst, aber ...«

Patrick ließ sie nicht ausreden. »Hast du's sehr eilig?«, fragte er.

Wieder zuckte sie mit den Schultern. Er stand auf und kam um den Tisch zu ihr. Er zog sie von ihrem Stuhl, nahm ihr Kinn und zwang sie so, ihn anzusehen. Sein Blick war intensiv, sie sah den goldgelben Schimmer in seinen Augen, und jetzt wusste sie, an wen er sie erinnerte. An wen er sie die ganze Zeit erinnert hatte.

Eine Zeitlang kämpfte sie um seine Aufmerksamkeit, aber ihr Vater wollte keinen Kontakt. Sie durfte ihn nicht anfassen, und wenn sie es trotzdem tat, kehrte er ihr den Rücken zu. Er sah nicht, wenn sie ein neues Kleid anhatte. Er sah auch nicht, dass sie hübsch geworden war. Er war in einer Welt, die sie nicht kannte und nicht verstand.

Dann kam Max. Er war alles: Vaterersatz und großer Bruder. Er war für sie da. Er weckte in ihr die Liebe zur Musik, er sagte unglaubliche Dinge, zum Beispiel, dass sie wunderschön und ihre Stimme einzigartig sei. Er beschützte sie vor der Gleichgültigkeit ihres Vaters. Er rettete sie.

Und er ließ sie im Stich.

Sie senkte den Blick und schüttelte den Kopf.

18. Hella

Der Briefkasten war voll mit Werbung und Rechnungen. Die Werbung warf Hella in den Müll, die Rechnungen steckte sie ungeöffnet in die Tasche. Obwohl der Schnitt nicht sehr groß war, hatte sie Schmerzen, besonders, wenn sie sich unvorsichtig bewegte. Sie hob die Arme, lotete die Grenzen aus und ließ sie wieder sinken. Sie war an Schmerzen gewöhnt, und diese waren wenigstens nur körperlicher Natur.

Während sie die Haustür hinter sich schloss, dachte sie an den Termin zur Nachsorge, den sie nicht vergessen durfte. Und an Weihnachten, das vor der Tür stand. Sie dachte auch daran, dass sie Anne Geld geben musste, damit ihre Schwiegertochter Geschenke besorgte, für Paul, für Konrad und für Sofie, ach, sie musste an so vieles denken.

Sie hasste es, Geschenke zu besorgen. Früher hatte sich Wally darum gekümmert. Daniel hatte sich als Kind immer so abwegige Dinge wie Taschenrechner oder seltsame Sachbücher gewünscht, sehr zur Freude seines Vaters, aber Mona wollte immer nur Tiere. Und irgendwann ein Klavier. Damit rannte sie bei ihrem Vater erstmals offene Türen ein. Er konnte nicht viel mit seiner Tochter anfangen, aber er investierte bereitwillig, wenn sie etwas lernen wollte. Zumindest, wenn es etwas in seinen Augen Sinnvolles war.

Sie dachte an den jungen Max, Monas Klavierlehrer, diese blondgelockte Versuchung. Er war so charmant gewesen, vielleicht etwas zu charmant. Anfangs hatte Hella noch gedacht, er würde Mona, die gerade in einer besonders schwierigen und trotzigen Phase steckte, guttun. Bis sie Max' Blicke sah, die nicht nur ihr, sondern auch Mona galten.

Sie hatte damals versucht, mit Norbert darüber zu reden.

»Norbert, wir müssen Max im Auge behalten. Es gefällt mir nicht, wie er Monique ansieht.«

»Aber wie er dich ansieht, das gefällt dir schon«, sagte Norbert und musterte sie mit seinen grauen Augen, nichts als Kälte im Blick. Sie schaute zurück, versuchte diesem Blick standzuhalten, aber sie schaffte es nicht. Sie schaffte es nie.

Immerhin hatte er offenbar reagiert und auf welche Art auch immer dafür gesorgt, dass Max die Stadt verließ. Vielleicht hatte er ihm Geld gegeben. Norbert regelte sehr viele Dinge mit Geld. Ihre Fragen dazu blieben jedenfalls unbeantwortet. So war es immer. Sie konnte ihn nicht erreichen. Dabei wäre alles besser gewesen als diese kalte Zurückweisung. Sie hätte ihm auch alles verziehen, die vielen trostlosen Jahre, seine häufige Abwesenheit, seine Unfähigkeit Gefühle zu zeigen, seine Verletzungen. Wenn er sie nur je darum gebeten hätte. Aber er wollte ihre Vergebung nicht. Und das konnte sie ihm nicht verzeihen.

19. Mona

Als sie die Wohnung verließen, schien die Sonne. Der Wind war trotzdem eisig heute, und sie war froh, ihr Zwiebelschalenprinzip beibehalten zu haben.

»Brauchst du noch etwas?«, fragte sie. Ihre Zurückweisung von eben stand zwischen ihnen.

»Nein.«

»Ich meine, andere Schuhe, eine dickere Jacke …«

»Nein. Schuhe und Jacke sind okay.« Seine Stimme klang entspannt. Patrick war vielleicht enttäuscht, aber er war nicht beleidigt. Sein Telefon klingelte. Er schaute auf das Display und blieb stehen. »Meine Schwester«, sagte er.

»Hast du's wiedergefunden?«, fragte Mona und zeigte auf das Gerät. Er nickte lächelnd. »Ich bin unterwegs …«, hörte sie ihn sagen, als sie langsam weiterging. Sie wollte ihm nicht das Gefühl geben, ihn zu belauschen. Erst als der Abstand groß genug war, blieb sie stehen und schaute zurück. Er erwiderte ihren Blick und hob in einer imaginär verzweifelten Geste die Hand. Nach etwa einer Minute schob er das Handy in seine Jackentasche und kam auf sie zu. Er nickte mit ernster Miene, gleich würde er ihr sagen, dass etwas Wichtiges dazwischengekommen sei und sie den gemeinsamen Besuch bei ihrem Pferd verschieben müssten. Und sie würde nicken, sehr verständnisvoll, und *Kein Problem* sagen.

»Können wir noch jemanden mitnehmen?«, fragte er.

Sie starrte ihn überrascht an. »Jemanden mitnehmen?«

»Ja. Ein Kind. Meine Nichte.«

»Oh!« Sie fühlte sich überrumpelt. »Es ist ziemlich kalt, und so eine Reithalle ist eigentlich nichts für kleine Kinder. Ich weiß nicht, ob …«

»Sie ist elf.«

»Ach so. Tja, dann …« Sie waren an ihrem Auto angekommen.

»Heißt das okay?«

»Das heißt: Von mir aus.«

»Gut. Können wir sie abholen?«

Sie atmete tief durch. »Okay«, sagte sie und ärgerte sich. Er überrumpelte sie permanent.

»Dann halt dich da vorne rechts.«

Die Frau, die ihnen die Tür öffnete, war groß, brünett und sehr schlank. Sie trug Jeans, eine lange schwarze Strickjacke und sah müde aus. Irgendwie kam sie Mona bekannt vor, aber das lag nicht an der Ähnlichkeit mit ihrem Bruder. Die beiden sahen sich nicht im Entferntesten ähnlich.

»Hallo! Ich bin Annette, Patricks Schwester. Nett, dass Sie meine Tochter mitnehmen. Sie liebt Pferde«, sagte sie mit einem Lächeln, das nicht echt wirkte.

»Was ist los?«, fragte Patrick.

»Ach, das Übliche.« Annette strich sich mit einer matten Bewegung die langen Haare zur Seite.

»Wo ist sie?«

»Oben.«

»Streit?«

»Wie kann man sich mit einem Kind streiten, das alles falsch macht, aber scheinbar immer aus den richtigen Gründen?« Annette drehte sich um. »Kommt erst einmal rein. Ich hab gerade Tee gemacht.«

Mona hatte eigentlich keine Lust. Nicht auf Tee und nicht auf Reinkommen, aber Patrick war schon im Begriff, seiner Schwester zu folgen.

»Wo ist denn Thorsten?«, fragte er.

»Er ist die ganze Woche in Lübeck.«

Die Küche war hell, modern und großzügig. Und bis auf einige Scherben am Boden sehr aufgeräumt. Mona sah, wie Patrick fragend die Augenbrauen hochzog.

»Ja«, sagte Annette, als wäre damit alles erklärt. Sie stellte Tassen und Teekanne auf den Tisch und schnappte sich einen Handfeger.

»Es ging um eine Flasche Parfüm, die sie mir schenken wollte. Ich habe sie gefragt, woher sie das Geld hatte.«

Monas Mund war plötzlich ganz trocken. »Kann ich ein Glas Wasser haben?«, fragte sie. Jetzt wusste sie, warum ihr die Frau so bekannt vorkam.

130

Patrick stand auf. »Ich mach das schon«, sagte er mit Blick auf seine Schwester.

Die Scherben waren einmal eine Tasse gewesen. Eine grüne Tasse mit gelben Punkten. An einer der Scherben hing ein unversehrter Henkel. Mit etwas Glück, ließ sich das Ganze wieder zusammenkleben. Aber wozu? Man konnte nicht mehr daraus trinken, und dann wäre sie nur noch ein nutzloser Staubfänger in irgendeinem Regal.

»Heißt Ihre Tochter Shirin?«, fragte Mona vage in Annettes Richtung, mit einem letzten Schimmer Hoffnung in der Stimme. Vielleicht irrte sie sich.

Patrick stellte ein Wasserglas vor sie auf den Tisch und sah sie verwundert an. »Kennst du sie?

»Ehm … ich glaube. Aber nur flüchtig. Ich habe sie vor ein paar Tagen beim Einkaufen … getroffen.«

»Ach?« Annette ging in die Hocke und schob die Scherben mit dem Handfeger auf eine Schaufel aus Blech. »Beim Einkaufen? Wo war das denn?«

»In einer Drogerie.«

»Aha.« Sie hob den Kopf. »Shirin hat gesagt, sie hätte das Parfüm selbst geschenkt bekommen.«

Porzellan auf Fliesen. Die schabenden Kehrgeräusche verursachten bei Mona eine unangenehme Gänsehaut. »Sie hat nicht gelogen. Ich habe ihr das Parfüm wirklich geschenkt.«

Annette ließ den Handfeger sinken.

»Sie haben ihr das Parfüm geschenkt? Warum? Ich meine, wie kommen Sie dazu, meiner Tochter Parfüm zu schenken?«

»Ich habe sie beobachtet. Also, zufällig. Und, na ja, bald ist Weihnachten und … ich dachte …«

Annette kehrte den Rest der Scherben auf die Schaufel und stand auf. »Hören Sie, das mag ja nett gemeint gewesen sein, aber so geht das nicht. Sie können doch nicht einfach einem fremden Kind eine so teure Flasche Parfüm schenken.« Sie schüttete den Schaufelinhalt in den Müll.

Mona fühlte sich unbehaglich. »Sie haben recht. Es tut mir leid.«

Annette sah sie an. »Haben Sie Kinder?«

Mona spürte, wie ihr die Röte ins Gesicht stieg. Sie senkte den Blick. »Nein.«

»Was haben Sie sich denn dabei gedacht?«

»Ich hab doch gesagt, dass es mir leidtut.« Mona stand auf und wandte sich an Patrick. »Ich muss jetzt wirklich los. Wenn ihr noch mitwollt …«

Annette setzte sich an den Tisch und schenkte sich eine Tasse Tee ein. »Sie haben es sicher gut gemeint«, sagte sie vorsichtig. »Ich wollte Sie auch nicht beleidigen oder so, aber ich finde es nicht in Ordnung.« Sie tauschte einen Blick mit ihrem Bruder. »Außerdem ist Shirin … sie ist … bei ihr gelten wahrscheinlich andere Maßstäbe als bei anderen Kindern.«

»Komm. Jetzt setz dich wieder«, sagte Patrick. »Wir fahren gleich. Alle zusammen.«

»Sie ist unsere Pflegetochter«, fuhr Annette fort und seufzte tief. »Es ist nicht immer leicht mit ihr.« Sie trank einen Schluck Tee und strich sich mit einer müden Bewegung die Haare aus der Stirn. »Ihr Vater kommt aus Pakistan, keine Ahnung, wo der jetzt ist. Die Mutter ist Deutsche. Aber die kriegt ihr eigenes Leben nicht geregelt, geschweige denn das ihrer Kinder.«

»Hat Shirin noch Geschwister?«

»Sie hat zwei kleine Zwillingsschwestern. Die sind allerdings sofort nach der Geburt adoptiert worden. Sie selbst hatte leider nicht so viel Glück.«

Mona warf einen verhaltenen Blick auf Patrick. Er kreuzte erst die Beine, dann die Arme und sah sie an. *Setz dich endlich*, sagte sein Blick. Aber sie las auch die Bitte darin, und deshalb setzte sie sich.

»Als sie mit drei Jahren zu uns kam, brachte sie nichts mit außer einer kaputten Seele«, erklärte Annette leise. »Und wir ... na ja, wir wollten ihr helfen. Aber wie soll man einem Kind helfen, das keine Regeln befolgt, und wie soll ein Kind Regeln befolgen können, wenn ihm gegenüber schon die erste Regel gebrochen wurde? Das größte Versprechen überhaupt. Das Versprechen einer Mutter: Du bist mein Kind, ich liebe dich, und ich pass auf dich auf!«

»Aber ihre Mutter hat nicht auf sie aufgepasst?«

»Nein. Sie war ja noch nicht einmal in der Lage, auf sich selbst aufzupassen.«

»Was ist passiert?«, fragte Mona wider Willen berührt von den Worten.

»Shirin wäre beinah verbrannt. In ihrem Kinderbett. Es war ein Zufall, dass der Hund vom Nachbarn weggelaufen war und der deshalb den Rauch gesehen hat.« Sie unterbrach sich kurz und sah ihren Bruder an, als bräuchte sie sein Einverständnis. Patrick lächelte ermutigend. »Weil Shirin im Dunkeln immer so geschrien hat und weil die Glühbirne kaputt war, hatte diese dumme Frau eine Kerze ans Bett gestellt. Eine brennende Kerze. An das Bett einer Dreijährigen.« Sie nippte an der Tasse. »Die Frau war erst siebzehn, als sie Shirin bekam, also selbst fast noch ein Kind. Für sie war alles wie ein Spiel. Manchmal ist sie abends einfach feiern gegangen, und wenn sie ausschlafen wollte, hat sie bei einer Freundin übernachtet und ihr Kind sich selbst überlassen. Und dann wieder hat Shirin bei ihr im Bett geschlafen und sie hat *Mutter-Kind* mit ihr gespielt. Als wäre sie eine Puppe.«

Sie sah Mona an. »Shirin ist jetzt seit acht Jahren bei uns. Ich wusste damals nicht, was mich erwartet. Ich weiß es auch heute oft nicht. Ich dachte, dass sie das Parfüm geklaut hat, verstehen Sie? Es wäre nicht das erste Mal. Wir hatten die Polizei schon ein paarmal im Haus.«

»War das der Termin?«, fragte Mona.

»Welcher Termin?« Annette blinzelte irritiert.

»Ich, na ja, also, ich habe Sie morgens in der Stadt gesehen. Wir sind aneinander vorbeigegangen. Ich wollte nicht lauschen oder so, aber ich habe gehört, wie Sie von einem Termin gesprochen haben. Und Shirin, sie schien nicht sehr … kooperativ.«

»Wann …, ach so, nein. Das war ein Termin in der Schule. Mit dem Klassenlehrer und dem Direktor. Da gibt es auch nur Probleme.« Sie malte unsichtbare Zeichen auf den Tisch. »Shirin ist völlig unkontrolliert. Deshalb hetze ich von einem Krisengespräch zum nächsten. Lehrer, Erzieher, Nachbarn, Eltern, alle reduzieren sie nur auf ihre Zerstörungswut, ihre unkontrollierten Ausbrüche. Und immer klingt der Vorwurf mit, dass wir sie nicht im Griff haben.«

Patrick beugte sich vor und legte eine Hand auf die Schulter seiner Schwester. »Hey«, sagte er. »Ihr macht das ganz wunderbar. Es ist doch auch schon besser geworden. Viel besser sogar.« Er stand auf. »Und jetzt gehe ich nach oben und schau nach, was sie macht.« Mona fing seinen Blick auf. »Vom Vorwurf des Diebstahls ist sie jetzt ja wohl freigesprochen.«

Annette warf ihm einen dankbaren Blick zu. Sie griff zur Teetasse und starrte darauf, als könnte man dort irgendeine Antwort finden, wenn man nur lange genug danach suchte.

»Im Grunde macht Shirin nichts, was andere Kinder nicht auch machen. Sie testet ihre Grenzen, sie rebelliert, sie kämpft. Mal verliert sie, mal gewinnt sie, mal hasst sie, mal liebt sie, mal hat sie die richtigen Freunde, mal die falschen. Aber was immer sie macht, macht sie heftig. Sie ist so … kompromisslos.«

Annette unterbrach sich und nippte an ihrer Tasse. »Noch sieben Jahre, dann ist sie volljährig.« Sie sah Mona an. Ihre Stimme wurde sehr leise. »Manchmal habe ich Angst, dass wir es nicht schaffen.«

Der Hof lag trist und grau im Regen. Die Zweige der Hofpappeln zitterten leise. Die Regentropfen fielen mit gleichmäßigem *plock, plock, plock* in die Pfützen und warfen ungleichmäßige Blasen.

Mona schob die Boxentür zur Seite. Der Geruch von Ammoniak drang ihr in die Nase. Daran war sie gewöhnt. Nicht gewöhnt war sie an Situationen wie diese. Patrick hatte Erwartungen, das spürte sie. Und das Kind verunsicherte sie. Sie fühlte sich beobachtet.

Ohne Eile schob Mona dem Pferd eine Mohrrübe ins Maul und das Halfter über den Kopf. Sie tätschelte seinen Hals und murmelte beruhigende Laute. Dabei war Chester die Ruhe selbst.

»Also«, nuschelte sie undeutlich und wandte sich ihren mitgebrachten Gästen zu. »Das ist Chester.«

»Was?«, fragte Patrick.

»Das. Ist. Chester.«

»Ganz schön groß, was, Shirin?«, meinte er. Seine Fäuste hatte er tief in den Jackentaschen vergraben und den Kragen der Jacke hochgestellt.

»Na ja, er hat 1,62 Meter Stockmaß. Das ist nicht gerade riesig. Jedenfalls nicht für ein Pferd«, dozierte Mona steif. Shirin stand plötzlich neben ihr. Sie schlang ihre gelben Jackenarme um Chesters Hals und küsste sein staubiges braunes Fell. »Keine Sorge«, flüsterte Mona ihr leise zu. »Unser Geheimnis ist bei mir sicher.«

Sie nahm den Gummistriegel und bearbeitete Chesters Fell mit gleichmäßigen Bewegungen. Immer im Kreis, von vorne nach hinten, von oben nach unten, mal fest, mal zart, ein beinah meditatives Ritual. Für einen Moment vergaß sie alles andere um sich herum.

»Kann ich auch mal?«, fragte Shirin.

»Ja. Klar. Siehst du, so«, sagte Mona und drückte ihr mit leichtem Widerstreben den Striegel in die Hand. »An den Beinen musst du vorsichtig sein, da sind nur Knochen und Sehnen, es tut ihm weh, wenn man da zu fest drübergeht.« Sie beobachtete Shirins Bemühungen, hielt den Blick dabei fest auf das Kind und das Pferd gerichtet, um zu sehen, ob Shirin auch wirklich alles richtig machte. Oder vielleicht auch, um Patricks Blick ausweichen. Obwohl sie sich gar nicht sicher war, ob es einen Grund zum Ausweichen gab.

»Kann ich ihn reiten?«, fragte Shirin.

»Kannst du denn reiten?«

»Klar.«

Jetzt schaute Mona doch zu Patrick. Ihr Gesicht spiegelte die Frage.

Er hob die Schultern. »Ich bin mit ihr früher ab und zu auf einen Pferdehof gefahren, wenn sie mich besucht hat. Aber das ist schon ein paar Jahre her. Sie war noch ziemlich klein.«

»Ist er ein Vollblut?«, fragte Shirin völlig unbeeindruckt von diesem Nebendialog.

»Er ist ein Quarter. Das sind Westernpferde, die werden ...«

»Meinst du, wir können es wagen?«, fragte Patrick. Mona schoss das Blut in den Kopf. Sie hob den Sattel auf den Pferderücken und sagte erst einmal nichts mehr.

»Hey, ich meine Shirin und dein Pferd«, meinte er leise.

»Ach so, eh, na ja, also ich denke schon.« Sie kam sich blöd vor, weil sie seine Frage sofort in die falsche Richtung interpretiert hatte. »Am Anfang hatten Chester und ich unsere Probleme miteinander, aber mittlerweile geht's«, sagte sie. »Er verstand manchmal nicht, was ich von ihm wollte, und ich verstand nicht, warum er es nicht verstand. Eine Anhäufung von Missverständnissen, die ab und zu dazu geführt haben, dass sich unsere Wege trennten, aber mittlerweile ...« Mona unterbrach sich. Sie war nervös, und wie immer, wenn sie nervös war, redete sie zu schnell und zu viel.

Verlegen tätschelte sie Chesters Hintern. Ihr Pferd war ein Fall für sich. Sie liebte Chester, aber er war ein teurer Geliebter. Er war oft krank, und kranke Pferde kosteten noch mehr Geld als gesunde. Immerhin hatte

137

dieser Tatbestand ihr vor zwei Jahren eine kurze Affäre mit ihrem Tierarzt beschert. Bis seine Frau dahinterkam. Danach war sie gezwungen, den Tierarzt zu wechseln.

Mona sah zu Patrick. Er legte seine Hand auf Chesters Kruppe. Neben ihre. Die Hände trafen sich. Ihre Blicke auch. Sie lächelte verlegen. Er lächelte ebenfalls, aber keine Spur verlegen. Die feine Ader an seiner Schläfe pulsierte leicht.

»Mittlerweile klappt es eigentlich ganz gut mit uns beiden«, sagte Mona.

Die Halle war bis auf eine Reiterin leer. Um diese Zeit war nicht viel los. Das große Holztor, grau vor Staub, quietschte leise, als Mona es zur Seite schob.

»Tür frei?«, rief sie.

»Tür frei!«, kam es zurück. Die einsame Reiterin am anderen Ende der Halle parierte ihr Pferd und ließ es drei Schritte zurückgehen. Eine Demonstration von *Reiterin dominiert Pferd*.

»Ich reite ihn erst mal ab, dann nehme ich sie an die Longe«, sagte sie zu Patrick und saß auf. Sie nahm die Zügel locker auf und schnalzte kurz mit der Zunge. »Go«, sagte sie. Chester lief los, aber er schüttelte unwillig den Kopf. Er hatte keinen guten Tag. Westernreiten sah immer sehr locker und entspannt aus, was es auch sein sollte, aber ihr Pferd stand lieber locker und entspannt in seiner Box und fraß Heu. Sie baute ein paar einfache Übungen ein, Schulter herein, linke Hand, rechte Hand, kleine Zirkel und Schlangenlinien, erst im Schritt, dann im Trab, zwanzig anstrengende Minuten. Endlich kam das Signal der Kapitulation:

Chesters Bewegungen wurden weicher, er begann zu schnauben und senkte den Hals.

Mona kam in die Mitte der Halle. »So jetzt du«, sagte sie zu Shirin und stieg ab. Sie drückte dem Mädchen die Zügel in die Hand. »Warte hier mit ihm, ich hole dir einen Helm.«

An der Seite war eine Tribüne und auf der Tribüne ein Spind. Darin befand sich ein ganzes Arsenal von Helmen.

»Hier, probier den mal.«

»Den will ich nicht, der ist doof.«

»Die sehen alle so aus, und ohne Helm kommst du nicht aufs Pferd.« Sie zeigte auf die Reiterin. »Siehst du, Anja hat auch einen.«

»Aber du hast einen Hut.«

Der Hut war Mona heilig. »Der passt dir nicht«, sagte sie ärgerlich.

»Komm schon, mir wird kalt«, mischte Patrick sich von der Seite ein.

»Na gut. Aber ohne Longe.«

Mona ärgerte sich wieder. Wieso glaubte dieses Kind eigentlich, hier Bedingungen stellen zu können?

»Na ja, also ich weiß nicht, ob …«

»Ich hab das schon öfter gemacht.«

»Wirklich?«

»Ja. Ganz oft.«

Chester stand gelassen auf seinem Platz und schaute sie mit seinen großen braunen Pferdeaugen an.

»Na schön. Aber ich gehe neben dir.«

Nach einer halben Runde gelangweiltem Tappen wurde Shirin schon wieder zappelig.

»Kann ich jetzt endlich traben?«

»Sei doch nicht so ungeduldig.«

»Ich will aber traben.«

»Weißt du denn überhaupt, wie das geht?«

»Klar.« Shirin drücke Chester die Fersen in die Seite, sagte: »Los. Trab!«, und Chester trabte. Er war einfach nicht berechenbar.

Mona begann nebenherzujoggen. »Gib ihm mehr Zügel, und halt dich am Knauf vorne fest. Und versuch locker sitzen zu bleiben«, keuchte sie. »Eeeaasy, Chester.« Chesters Schritte wurden kürzer, Mona atmete auf.

»Hey, du bist ja ein kleines Naturtalent«, lobte Patrick von der Seite, und Shirin strahlte. Mona sagte nichts. Sie brauchte ihre Puste zum Laufen. Aber er hatte recht, sie saß locker und ohne Anstrengung im Sattel. Irgendwann ging Mona die Puste trotzdem aus. »Ich glaube, es reicht. Chester ist müde und du doch sicher auch«, schnaufte sie.

»Nein. Noch nicht«, sagte Shirin. »Ich will noch Galopp.«

»Ich denke, damit warten wir lieber noch, bis du …«

»ICH WILL GALOPP!«, schrie Shirin, und dann ging alles ganz schnell. Chester stürmte erschrocken los, der Braune von Anja machte einen Bocksprung, und seine Reiterin landete auf dem Boden. »AAAH!«, rief sie und verzog schmerzhaft das Gesicht.

»Setz dich zurück, lehn dich nach hinten«, rief Mona. »Whoa, Chester!« Ihre Stimme zitterte. Zum Glück hatte Chester die Nase schnell wieder voll vom Rennen und blieb vor ihr stehen. Patrick kam in die Bahn, Shirin lachte, Mona war wütend. »Los runter«, sagte sie. »Runter hab ich gesagt.«

Patrick war ganz bleich. Er streckte die Hände nach seiner Nichte aus. »Komm runter«, sagte er, und sie hörte an seiner Stimme, dass er auch wütend war. »Wie kannst du sie allein auf so einem unberechenbaren Pferd reiten lassen?«

Für einen Moment verschlug es ihr die Sprache. Sie drückte ihm die Zügel in die Hand und lief über den Platz zu Anja, die neben ihrem Pferd stand und schmerzhaft das Gesicht verzog. »Ist alles in Ordnung?«, fragte Mona.

»Das nächste Mal warte mit solchen Experimenten bitte, bis du allein in der Halle bist«, schimpfte Anja.

»Es tut mir echt leid.«

»Können wir gehen?«, rief Patrick. Shirin stand neben ihm. Sie hielt Chester am Zügel und streichelte seinen Kopf. Ihre Augen lächelten.

20. Hella

Hella war keine große Spaziergängerin. Am wohlsten fühlte sie sich in geschlossenen Räumen. Straßen mit Bebauungen links und rechts waren akzeptabel, aber weite freie Landschaften waren ihr ein Greuel.

Weshalb sie gerade heute diesen Weg gewählt hatte, konnte sie nicht sagen, sie war einfach losgelaufen, ohne nachzudenken. Vielleicht hatte die Wintersonne sie gelockt oder die Aussicht auf freien Atem. Der Knoten war weg, aber ihr Brustkorb eng, wie zugeschnürt, seit Tagen schon.

Gestern hatte sie eine Art Panikattacke gehabt. Mit Herzrasen, Zittern und Schweißausbrüchen. Ihr Verstand hatte realisiert, dass die Krebsgefahr zunächst gebannt war, aber in dem, was man Unterbewusstsein nannte, war es vielleicht noch nicht angekommen.

Der Weg führte entlang der Lahn. Der Fluss roch brackig, der helle Kies knirschte unter ihren Füßen, jeder Schritt erzeugte ein Geräusch. Obwohl ihr Tempo gemäßigt war, schnelles Laufen war sie ohnehin nicht gewohnt, spürte sie die Anstrengung. Vielleicht war etwas mit ihrem Herzen nicht in Ordnung.

Der Weg war flach und gerade, man musste trotzdem aufpassen und schauen, wohin man trat. Wenn sie den Kopf senkte, sah sie ungezählte Hundehaufen, die meisten lagen an der Seite, manchmal schon eingepackt in schwarzes Plastik, aber dann doch achtlos zurückgelassen. Ein paar Enten paddelten auf dem braunen Lahnwasser flussabwärts, etwas weiter vorn waren zwei Schwäne. Sonst war hier nichts.

An der Stelle, wo die Lahn sich sanft zur Seite neigte, endete der Kiesweg und führte auf eine schmale geteerte Straße, immer weiter geradeaus. Rechts vom Weg, auf der Lahnseite, lag der Campingplatz, links das Schwimmbad. Im Sommer herrschte hier überall Hochbetrieb, aber im Winter waren Plätze wie dieser ganz still. Vergessene Orte.

Hella presste die Hand auf die Stelle, an der sie ihr Herz vermutete, und lief weiter. Bis zur nächsten Kurve. Dahinter öffnete sich ein weites Tal, das seine idyllische Schönheit längst verloren hatte. Das lag an den riesigen Brücken, die das Tal überspannten, und einer ebenso riesigen Baustelle auf beiden Seiten des Flusses. Die neue Autobahnbrücke war gerade erst in Betrieb genommen, die alte noch nicht wieder zurückgebaut.

Weiter vorn gab es noch die Schnellbahn-Trasse. Der Preis der Zivilisation. Sie kehrte um.

Schon von weitem erkannte Hella die Frau, die in ihrem dunklen Wollmantel auf der Bank saß. An den rötlich schimmernden Haaren, die unter einer grauen Häkelmütze hervorquollen, aber mehr noch an ihrer Haltung. Die Art, wie sie auf der Kante der Bank saß, etwas vorgebeugt, beinah, als wäre sie auf dem Sprung. Sie strahlte etwas Wurzelloses aus, etwas Unbeständiges, eigentlich schon immer.

Mona bemerkte sie nicht, sie war damit beschäftigt, zwei Schwänen zuzuschauen, die auf der Lahn vor sich hin dümpelten.

»Hallo, Monique«, sagte Hella, als sie neben ihr stand.

»Oh! Hallo«, erwiderte ihre Tochter und warf ihr einen schrägen Blick zu. »Was machst du hier?«, fragte sie, aber es klang gleichgültig.

»Du solltest bei dieser Kälte nicht auf der Bank sitzen. Da holst du dir ganz schnell eine Blasenentzündung«, sagte Hella, ohne auf Monas Frage einzugehen. Es war ein fürsorglicher Satz von einer besorgten Mutter, Hella hörte selbst, wie falsch er klang.

»Vielen Dank für den Rat«, entgegnete Mona erwartungsgemäß sarkastisch. »Und? Wie geht's dir?«

»Danke, gut.«

»Keine Beschwerden mehr?«

»Wenn du den kleinen Eingriff meinst: Nein.«

Mona sah sie jetzt kritischer an.

»Was tust du hier?«, fragte Hella.

»Ich habe die Schwäne gefüttert. Und du?«

»Ich geh spazieren.«

»Spazieren? Einfach so? Das ist nicht sehr typisch für dich.«

»Es ist auch nicht typisch für dich, hier zu sitzen und Schwäne zu füttern.«

Mona zuckte mit den Schultern. »Heute Morgen war ich auf dem Arbeitsamt.«

»Ach? Hast du denn etwas Neues in Aussicht?«

»Erst einmal ein Bewerbungsgespräch. Morgen Nachmittag.« Sie stierte wieder aufs Wasser und warf einen Brocken trockenes Brot in Richtung der Schwäne. »Wusstest du eigentlich, dass Schwäne monogam sind?«, fragte sie.

»Was ist das für ein Bewerbungsgespräch?«

»Das Männchen kümmert sich um das Revier und das Weibchen um die Küken.«

»Monique!«

»Nichts Besonderes. Es geht um eine Stelle in einer Rechnungsabteilung.«

»Und?«

»Nix und. Ich habe keine Lust dazu.«

»Phhh!« Hella schnaubte verächtlich. Sie schlang die Arme um ihren Oberkörper. Nach all den Wolken und dem Regen der letzten Woche zeigte sich jetzt zwar endlich die Sonne, aber es war auch kälter geworden. »Es geht doch nicht um Lust. Du bist kein …« Sie unterbrach sich. *Du bist kein Kind mehr, dem man noch erklären muss, dass Geld nicht auf Bäumen wächst.*

Mona zerknüllte die leere Papiertüte und steckte sie in die Jackentasche.

»Ich bin kein Schwan. Schon klar.« Sie warf kleine

Steine ins Wasser. »Warum habt ihr euch eigentlich nie getrennt?«

»Was?«

»Du und Papa.«

»Was soll …«, setzte Hella an. Dann besann sie sich. »Es hätte nichts geändert«, sagte sie vage.

»Vielleicht doch.«

»Außerdem hatten wir euch. Dich und Daniel.«

»Hach!«

»Was ist los mit dir?«

»Nichts. Ich finde nur interessant, dass du uns vorschiebst.«

»Ich schiebe euch nicht vor.«

»Ach komm. Wir waren euch doch scheißegal.«

»Das stimmt nicht«, sagte Hella gepresst. *Jedenfalls nicht so.* Sie fühlte sich wirklich schwach. Die Kälte, der Spaziergang, die Operation. Es war wohl doch zu viel.

Sie seufzte. »Außerdem … du weißt doch ganz genau, wie er war.«

»Ja. Klar. Ich weiß, wie er war«, sagte Mona und schielte seitlich zu ihr hoch. »Aber ich weiß auch, wie du bist.«

Der Moment der Schwäche war vorbei. »Einen Scheißdreck weißt du«, sagte Hella und wandte sich ab. »Du kannst dich ja melden, wenn du wieder bessere Laune hast.«

»Es ist fast neun. Wo warst du?«

»Ich glaube kaum, dass du mich vermisst hast.«

»Darum geht es nicht.«

»Ich bin müde. Ich hatte einen langen Arbeitstag.

Einer von uns muss schließlich das Geld verdienen, das du ausgibst.«

»Du warst schon um sechs nicht mehr im Büro, ich habe angerufen. Ich will wissen, wo du warst.«

»Ich habe Cognac für dich gekauft, mein Schatz. Den besten. Für dich ist mir nur das Teuerste gut genug. Auch wenn es mir den Schlaf raubt.«

So war er.

21. Mona

Als sie nach dem Vorstellungsgespräch ins Auto steigen wollte, sah sie durch die Scheibe etwas auf dem Rücksitz liegen. Etwas, das dort nicht hingehörte. Es war schon dämmrig, weshalb es einen Augenblick dauerte, bis Mona erkannte, dass es eine Tasche war. Es waren Bücher darin. *Handlungsorientiertes Lehren und Lernen für pflegende Berufe* stand auf einem.

Mona setzte sich hinters Steuer und steckte unentschlossen den Schlüssel ins Zündschloss. Sie hatte Hunger, und sie war müde. Aber Patrick würde diese Tasche brauchen, wahrscheinlich hatte er deshalb auch versucht, sie anzurufen, und nicht, wie sie geglaubt hatte, um sich bei ihr zu entschuldigen. Sie seufzte. Schon als sie ihn zu Hause absetzte, hatte Patrick versucht, die Wogen wieder zu glätten. *Mona, es tut mir leid.* Aber da war sie schon nicht mehr interessiert. Weder an einer Wogenglättung noch an ihm. Und schon gar nicht an diesem unberechenbaren Kind. Etwas stimmte nicht mit ihm.

146

Aber das änderte nichts an der Tatsache, dass die Tasche in ihrem Auto lag. Und dass sie keine Ruhe haben würde, bevor Tasche und Inhalt nicht wieder bei ihrem rechtmäßigen Besitzer waren. Mona startete den Motor. Schließlich wollte sie nicht auch noch an Patricks schulischem Versagen schuld sein. Es gab weiß Gott schon genug, woran sie schuld war.

Das Haus war ein schlichtes, großes Mehrfamilienhaus, vierstöckig und mit eingelassenen Balkonen zur Straßenseite. Es war schmucklos und wenig einladend, wahrscheinlich hatte irgendjemand es in den Siebziger- oder Achtzigerjahren allein zu dem Zweck gebaut, in jedem Monat mit guten Mieteinnahmen rechnen zu können.

Döblitz, Scherer, Schneider, Maar, Baumann, Unterstab, Michaelis, Sandner. Mona kannte Patricks Nachnamen nicht, und keiner dieser Namen schien zu ihm zu passen. Unentschlossen drückte sie auf die Klingel, die zu *Baumann* gehörte.

»Ja?«

»Frank? Ich bin's.«

»Mona?« Frank klang überrascht.

»Ja. Ich habe hier eine Tasche von Patrick.«

»Ach?«

»Er hat sie bei mir im Auto vergessen.«

»Warum klingelst du dann nicht bei ihm?«

»Na ja, wir waren vorgestern zusammen beim Pferd. Also, Patrick, seine Nichte und ich und …, also, danach habe ich die beiden nach Hause gebracht, deshalb weiß ich ja jetzt auch, wo er wohnt, aber ich … ich kenne seinen Nachnamen nicht, und da dachte ich …« Mona verhedderte sich in ihren Erklärungen. Typisch. Eine kleine unsichere Situation und schon brachte sie keinen einzigen vernünftigen Satz mehr über die Lippen.

»Döblitz. Erster Stock«, hörte sie Frank ruhig sagen. Er kannte sie schließlich schon länger.

»Danke.« *Patrick Döblitz.* Was für ein bescheuerter Name. Sie drückte auf den Klingelknopf und wartete. Die Sprechanlage blieb stumm. Auch nach dem zweiten Versuch tat sich nichts. Die Tasche wog schwer in ihrer Hand, und ihr war kalt. Entschlossen klingelte sie ein weiteres Mal.

»Ja?«

»Frank? Ich bin's noch mal. Patrick scheint nicht zu Hause zu sein. Kann ich die Tasche vielleicht bei dir lassen?«

Der Türöffner summte.

»Dritter Stock«, hörte sie ihn sagen.

Typisch Frank. Dritter Stock, aber kein Aufzug, dachte sie, als sie oben ankam.

»Hallo«, sagte Mona und hielt ihm die Tasche hin. Frank zog fragend die Augenbrauen hoch. Eine Geste, die alle möglichen wortlosen Fragen beinhaltete.

»Patrick hat sie vorgestern bei mir im Auto vergessen, aber ich habe sie jetzt erst …«

»Willst du nicht erst einmal reinkommen?« Er trat einen Schritt zur Seite und gab den Blick auf einen langen, schmalen, sehr aufgeräumten Laminat-Flur frei. Sie zuckte unschlüssig die Schulter und quetschte sich an ihm vorbei. Es roch nach neuen Möbeln. Und nach ihm.

»Möchtest du etwas trinken? Einen Kaffee?«

148

»Nein, danke.«

»Ich mache mir sowieso einen.«

»Trotzdem nicht.«

Sie steuerte auf die Tür am Ende des Flurs zu. Frank war hinter ihr. Er lotste sie nach links in eine weiße, moderne, sehr ungemütliche Einbauküche mit dunkler Arbeitsplatte und zeigte auf einen freien Stuhl. »Setz dich!«

Sie schüttelte den Kopf. »Ich will nicht lange bleiben.«

»Man kann auch sitzen, wenn man nicht lange bleibt. Wie war denn deine Geburtstagsparty?«, fragte er.

»Schön. Wirklich«, fügte sie hinzu, als müsste sie ihn noch einmal überzeugen. »Judith hat Finger-Food-Platten mitgebracht, und die ganzen Pferdeleute waren da. Natürlich auch Daniel und Anne und …«

»Und Hella?«

»Nein. Hella nicht.«

»Es waren sicher auch ohne Hella ziemlich viele Gäste.«

»Ja. Ziemlich viele.«

»Dann hast du mich ja wohl kaum vermisst«, sagte er mit einem leichten Lachen.

Mona sagte nichts.

»Und Patrick war auch da?«

Sie sah ihn überrascht an. »Hat er dir das gesagt?«

»Nein. Aber er hatte mich gefragt, wie er zur Parkstraße kommt.«

»Ach so.« Ihr Ton klang jetzt mürrisch. Sie merkte es selbst und schämte sich dafür.

»Mona …?«

»Ja?«

Er betrachtete sie kritisch. »Was ist eigentlich los mit dir?«

»Was soll denn los sein?«

»Das weiß ich nicht. Deshalb frage ich dich ja.«

»Nichts.«

»Sicher?«

»Ja!« Sie ließ ihn das Ausrufezeichen hören.

»Immer noch keinen Kaffee? Ich habe auch Tee. Allerdings nur Pfefferminz. Oder Wasser.«

Mona schüttelte den Kopf. Auf der Anrichte stand das Foto einer Frau. »Nein. Wirklich nicht.« Sie fühlte sich auf einmal ganz schwach.

»Das ist Katharina«, sagte Frank. Er war ihrem Blick gefolgt.

»Deine Freundin?«, fragte sie, obwohl sie es eigentlich gar nicht wissen wollte.

»Ja. Sie ist noch in Hamburg, aber ab Januar hat sie hier einen Job. Dann kommt sie nach.«

Es war seltsam, ihn das sagen zu hören. Aber es tat nicht weh. Jedenfalls nicht sehr. Das war vielleicht das Seltsamste daran.

»Ich war auch gerade bei einem Vorstellungsgespräch«, wechselte Mona das Thema.

»Ach? Bist du nicht mehr bei *Value Partners*?«

»Nein.«

Er sah sie fragend an.

»Ich bin … ich hatte einen kleinen Disput mit meinem Chef.«

»Und jetzt?«

»Nix. Ich kann im neuen Jahr sofort anfangen. Die brauchen dringend und ganz schnell jemanden, der Rechnungen prüft. Der Chef dort war sehr nett, er hat

150

mich durch den ganzen Betrieb geführt und mir alles erklärt und …«

»Und?«

Mona musste an ihren Vater denken. Der hatte sie auch immer mit seiner wortkargen Art dazu gebracht, Dinge zu erzählen, die sie eigentlich gar nicht erzählen wollte.

»Die brauchen wirklich sehr dringend jemanden.« Die Vorstellung, wieder einen ganzen Tag hinter einem Schreibtisch und vor langweiligen Abrechnungen zu sitzen, erschreckte sie. Aber das Leben war nun mal nicht umsonst, da hatte Judith recht.

»Ist doch gut, dass es so schnell geklappt hat.«

»Ja. Ganz super«, sagte Mona und verzog das Gesicht zu einem wenig überzeugenden Lächeln. »Tja. Ich geh dann mal.« Sie drehte sich zur Tür.

»Übrigens …«, hielt Franks Stimme sie auf.

»Ja?«

Der Schmerz kam unverhofft und traf sie mit voller Wucht. »Katharina ist schwanger. Im dritten Monat.«

Die Wohnung empfing Mona mit dumpfer Trostlosigkeit. Sie hing den Mantel an die Garderobe, zog die Schuhe aus und ging nach oben. Das Schlafzimmer war kalt. Sie war hundemüde und legte sich mit den Kleidern aufs Bett. Frau Schmidt hatte es vor ein paar Tagen frisch bezogen. Mit ihrem Lieblingsbettbezug. Auf dem Küchentisch hatte ein Zettel gelegen. *Habe eineinhalb Stunden länger gebraucht, die zieh ich beim nächsten Mal ab.* Geschrieben wirkte es noch beleidigter.

Es war die Kälte, die sie weckte. Sie hatte vergessen, sich zuzudecken. Ihre Hände strichen über den Wollstoff des Pullovers und versanken an der Stelle im Nichts, an der ihr Bauch sein sollte und an der jetzt ein Loch war. Sie wollte schreien, aber es ging nicht, und dann hörte sie etwas, eine Art Sirene und erschrak ein weiteres Mal. Es dauerte eine Weile, bis sie wirklich wach war und begriff, dass es das Telefon war, das klingelte.

Verschlafen taumelte Mona nach unten. Das Telefon lag nicht auf der Station; als sie es endlich fand, hatte es gerade aufgehört zu klingeln. Die Nummer sagte ihr nichts, aber das war ihr egal. Wenn es etwas Wichtiges war, würde sich der Anrufer wieder melden.

Sie zog die dicke Strickjacke an, die über dem Küchenstuhl hing und schlang die Arme um ihren Körper. In der Stille hörte sie ihre Gedanken. Und Franks Stimme, die wie ein fernes Echo durch ihren Kopf hallte. *Katharina ist schwanger.* Sie hatte etwas geträumt, irgendetwas Schlimmes, sie versuchte sich zu erinnern, aber der Traum ließ sich nicht mehr zurückholen.

Im Fernseher lief das Quizduell. »Welche Augenfarbe hat eine neugeborene Katze? Blau, grün, braun oder schwarz?«, fragte Jörg Pilawa. »Die Zeit läuft.« Hatten nicht alle Katzen grüne Augen?

Ihr Magen knurrte. Außerdem musste sie dringend pinkeln. *Schlafen, essen, trinken, ausscheiden, das ist doch am Ende alles, was zählt*, dachte sie. *Und sich fortpflanzen.* Der Gedanke hatte sich noch hinterhergeschoben, ehe sie ihn verhindern konnte. Sie schüttelte den Kopf, drehte sämtliche Heizkörper auf, schaltete alle Lichter an und setzte sich aufs Klo. Die Fernsehstimmen vermischten sich mit dem Plätschern

152

ihres Urins zu einem undefinierbaren Raunen. Ihre Gedanken vermischten sich auch.

Wieder in der Küche fischte sie eine Pizza aus dem Tiefkühlfach und schob sie in den Backofen. Die Augenfarbe neugeborener Katzen sei blau, klärte Pilawa auf. Und zwar ausnahmslos. Sie drehte die leere Packung um. *15 Minuten bei 180 Grad Umluft*, stand dort. Vorsichtshalber stellte sie die Temperatur auf 200 Grad.

Während sie in den Backofen starrte und weiter Pilawas Stimme lauschte, legte sie die Hände auf ihren Bauch. Sie spürte den Baumwollstoff des T-Shirts unter ihren Händen und die Wärme ihrer Haut. Als Kind hätte Mona so gerne ein Tier gehabt. Nach dem Wunsch nach einem Pferd oder einem Hund kam der Wunsch nach einer Katze. Aber am Ende hatte es noch nicht einmal für einen Hamster gereicht.

Ihr Magen knurrte leise. Sie hatte Hunger, und gleichzeitig fühlte sie sich, als hätte sie einen großen Stein verschluckt. Als wäre da gar kein Platz mehr für Essen. Sie kannte dieses Stein-Gefühl schon lange, seit sie ein Kind war. Vorsichtshalber atmete sie tief ein und aus. Einfach atmen, gegen den Druck, der sich immer weiter in ihr ausdehnte, und gegen die Angst. Vielleicht hatte es etwas mit dem Traum zu tun. Sie konnte ihn nicht mehr greifen, nur noch fühlen. *Wenn dir etwas ganz schwer auf der Seele liegt, dann musst du einen Schritt zurücktreten und versuchen, von außen auf das zu schauen, was dich quält*, hatte ihr einmal ein Therapeut geraten. Sie trat ans Fenster und sah in das beleuchtete Fenster der Wohnung gegenüber. Orchideen auf der Fensterbank, farblich abgestimmte Vorhänge. Sehr langweilig, aber wunderbar aufgeräumt.

Es gab eine ganze Menge, was sie quälte. Da waren das Verhältnis zu ihrer Mutter, der neue Job, die Sache mit Patrick, ihr seit neun Jahren nicht mehr vorhandener Beziehungsstatus, ihr Alter, ihre finanzielle Lage. Franks schwangere Freundin. Die Kinder, die sie nie haben würde.

Einmal, als sie sich auch so gefühlt hatte wie jetzt gerade, hatte sie am Ende die Tapeten mit ihren bloßen Fingernägeln von der Wand gekratzt. Die Tapetenschäden waren nicht das Problem, es war in dieser Wohnung, sie hatte sie gerade gekauft und war sowieso am Renovieren. Aber ihre Fingerkuppen hatten am Ende geblutet. Es hatte noch tagelang weh getan, und sie musste sich die wildesten Geschichten ausdenken, weil sämtliche Finger mit Pflaster zugeklebt waren und jeder sie fragte, was denn passiert sei.

Ein leicht verbrannter Geruch stieg ihr in die Nase. Sie hatte die Pizza vergessen. »Verdammter Mist!« Der heiße Dampf fuhr ihr ins Gesicht, als sie den Backofen öffnete. Sie nahm ein Küchentuch und schob die Pizza auf einen großen Teller. Der Rand war ziemlich dunkel. Sie schnitt ihn ab und den Rest in vier Teile. Noch im Stehen biss sie gierig ein großes Stück aus der Mitte. Ein heißer Schmerz füllte ihren Mundraum. Sie spuckte und fluchte. Das Telefon klingelte.

»Baumann.« Sie schrie fast.

»Hallo, Mona, hier ist Annette. Es tut mir leid, wenn ich Sie so spät noch störe, aber Shirin liegt mir seit Tagen in den Ohren.«

Die Sonne versteckte sich hinter einem diesigen Nebel, der Wind schien eisig, obwohl das Thermostat bereits am Morgen fünf Grad plus gezeigt hatte. Shirin hatte ihre Schweigsamkeit abgelegt, das kindliche Geplapper verhinderte, dass Mona ihren eigenen Gedanken nachhängen konnte.

»Glaubst du, Chester mag mich?«

»Klar. Ganz bestimmt.«

»Er kennt mich jetzt schon, oder?«

»Ja.«

Ihre dichten, dunklen Haare waren auch heute zu einem Zopf geflochten. Sie erinnerten Mona an ihre eigenen, nur die Farbe und die Länge variierten. Sie waren auf dem Weg zum Auto, und Mona ertappte sich dabei, wie sie Shirin anstarrte. Vielleicht, weil sie so ein besonders hübsches Kind war. Sie hatte ein schmales, sehr ebenmäßiges Gesicht, ihre Haut war glatt, ihre Augen groß und ausdrucksvoll. Mona sah genauer hin. Heute schienen die Augen sogar noch ausdrucksvoller als sonst.

»Sag mal, bist du geschminkt?«

Shirin war zwar groß für ihr Alter, aber sie war erst elf.

»Hab ich alles richtig gemacht?«, fragte sie, ohne auf Monas Frage einzugehen.

»Aus dir könnte eine gute Reiterin werden.« Mona schaute noch genauer hin. Sie war sich nicht sicher.

»Wie lange dauert das, bis man gut reiten kann?«

»Unterschiedlich. Manche lernen es nie.«

»Aber ich lerne es.«

»Dazu brauchst du richtigen Unterricht.«

»Du unterrichtest mich doch. Nimmst du mich morgen wieder mit?«

»Ich bin keine Reitlehrerin. Und morgen habe ich keine Zeit. Aber ich nehme dich bald wieder mit.«

»Wann?«

»Bald.«

»Übermorgen?«

»Shirin, ich weiß es noch nicht. Ich sag dir Bescheid.«

»Versprochen?«

»Ja. Versprochen.«

»Heute hat doch alles gut geklappt mit mir.«

»Ja. Alles super.«

Monas Ansage hatte tatsächlich Wirkung gezeigt. »Hör mal zu«, hatte sie gleich zu Beginn klargestellt. »So etwas wie beim letzten Mal will ich nicht wieder erleben. Du bist schließlich nicht doof, also benimm dich auch nicht so. Sonst war das unser letzter gemeinsamer Ausflug.«

Mona öffnete die Autotür und ließ Shirin einsteigen. »Bist du jetzt geschminkt oder nicht?«

Shirin lachte und zuckte die Achseln. »Du kannst mich in der Stadt rauslassen.«

»Nein. Du kommst noch mit zu mir, deine Mutter holt dich später ab«, sagte Mona bestimmt. »Das ist so ausgemacht.«

»Joshua ist in mich verliebt.«

»Wer ist Joshua?«

»Ein Junge von meiner Schule.«

»Hat er das gesagt? Dass er in dich verliebt ist?«

»Nein. Aber ich merke es trotzdem.«

Zu Hause hängte Mona Shirins gelbe Jacke an die Garderobe. »Beim nächsten Mal ziehst du besser eine alte Jacke an. Die Sachen stinken nach Pferd, wenn man sie ein paarmal im Stall anhatte.«

»Pferde stinken doch nicht.«

Mona lachte. »Nein. Aber manche Leute finden das schon. Außerdem macht man sich eben auch schmutzig und so. Zieh die Schuhe aus, und stell sie da unter die Heizung.« Ihr Blick blieb kurz an Shirins vernarbter rechter Hand hängen. Die hatte sie vorher nicht bemerkt. Wegen der Handschuhe. Was hatte Annette gesagt? *Weil Shirin im Dunkeln immer so geschrien hat und weil die Glühbirne kaputt war, hatte diese dumme Frau eine Kerze an ihr Bett gestellt.*

»Was ist mit deiner Hand?«

Shirin versteckte die Hand hinter ihrem Rücken.

»Ich muss mal.«

»Das Klo ist hier.« Mona öffnete die Tür. »Hast du Hunger?«

»Nein.«

»Magst du vielleicht eine heiße Schokolade?« Kakaopulver hatte sie immer im Haus. Shirin nickte.

Mona bereitete Kakao für sie beide zu und stellte die Tassen auf den Tisch. Sie hörte die Klospülung rauschen.

»Setz dich«, sagte sie, als Shirin wieder auftauchte. »Hände gewaschen?« Shirin sagte nichts, sie nahm die Tasse und trank sie in einem Zug leer.

»Was machen wir jetzt?«, wollte sie wissen und wischte sich mit dem Ärmel über ihre Kakao-Lippen.

»Was sollen wir denn machen?«

»Ich kann Schach.«

»Wirklich? Ich kann zwar die Regeln, aber ich bin ziemlich schlecht. Wie wäre es mit Mau-Mau?«

»Och. Langweilig.«

»Mensch ärgere Dich nicht?«

»Noch langweiliger.«

»Ich habe nicht so viele Spiele, nur noch Monopoly, aber …«

»Ich hasse Monopoly.«

Gott sei Dank! »Fernsehen?«

»Na gut.«

Im Wohnzimmer schaltete Mona den Fernseher an und zappte durch die Programme, bis sie auf *Drei Nüsse für Aschenbrödel* stieß. »Magst du das?«

Shirin nickte und setzte sich aufs Sofa. Die Wintersonne schien ins Zimmer und legte sich warm und freundlich auf das hübsche, blasse Gesicht. Es war ein Kindergesicht, daran konnte auch ein Kajalstrich nichts ändern.

Mona räumte die Milch in den Kühlschrank und fragte sich, wieso das Leben ihr dieses Kind vor die Füße gespült hatte. Ein anderes hatte es ihr genommen. Ihr halbes Leben hatte Mona sich nach einer Tochter gesehnt, nach *ihrer* Tochter. Sie hatte sich tausendmal vorgestellt, wie es sein würde. Wie Rosa aussehen, was sie gerne essen, welche Musik sie mögen würde. Sie hatte ungezählte imaginäre Gespräche mit ihr geführt. Erst von Mutter zu Tochter und später von Frau zu Frau. Rosa hatte sich ganz normal entwickelt, vom Baby zum Kleinkind, Kindergartenkind, Schulkind, dann kam die Pubertät. Und jetzt war sie eine junge Frau. Sie sah ihr ähnlich, natürlich, von ihrem Vater hatte sie nichts.

Sie stellte sich ans Fenster und sah hinaus. Der Nebel hatte sich verzogen, der Himmel war jetzt klar und von so strahlendem Blau, wie es nur ein Winterhimmel sein konnte. Die Dächer der gegenüberliegenden Nachbarhäuser glitzerten im Licht der Sonne. Man konnte Shirin nicht mit Rosa vergleichen. Die beiden waren grundverschieden. Und es wäre wahrscheinlich auch unfair.

Lautes Klingeln riss sie aus ihren gefühlten Gedanken. Vor der Tür stand Patrick. »Hallo!« Er wirkte verlegen. »Ich will nur Shirin abholen.« Es klang wie eine Entschuldigung.

»Komm rein«, sagte Mona. »Sie ist im Wohnzimmer.«

Der Fernseher lief, und Shirin lag mit geschlossenen Augen auf der Couch. Während Aschenbrödel sich in den Prinzen verliebt hatte, war sie eingeschlafen.

Patrick und Mona sahen sich an. »Hast du deine Tasche wieder?«, fragte Mona.

»Ja. Danke! Ich war ein bisschen durcheinander ...«

»Kein Problem«, sagte Mona schnell. »Das kenne ich ziemlich gut.« Sie lächelte. Aber als er sie umarmte, versteifte sie sich.

»Mona, Mona. Was machst du mit mir?«, fragte er.

Sie trat einen Schritt zurück. Irgendwie war ihr das alles zu viel, und plötzlich wurde sie beinahe wütend. Patrick, Shirin, Annette. Was fiel ihnen ein, sich in ihr Leben einzuschleichen und dort immer mehr Raum einzunehmen? Sie hatte das Gefühl, als schnürte ihr etwas den Atem ab.

»Am besten, du weckst sie jetzt auf, und ihr geht dann. Ich hab noch jede Menge zu tun«, sagte sie. Sie wich seinem verletzten Blick aus und drehte sich zu Shirin um. Das Kind war bereits wach, es hatte seine dunklen Augen auf Mona gerichtet und die Lippen fest zusammengepresst. Jetzt versteckte sie ihre vernarbte Hand nicht, sie lag neben ihr. Wie eine geöffnete Blüte. *Narben behält man sein Leben lang*, dachte Mona.

Sie ließ die beiden allein und ging in die Küche, um die Spülmaschine auszuräumen. Sie klapperte geschäftig mit dem Geschirr und goss zwischendurch die prächtig blühende Amaryllis auf der Fensterbank. Ein Geburtstagsgeschenk von Anne.

Patrick steckte den Kopf zur Tür rein. »Wir gehen jetzt«, sagte er.

Sie sah ihn nicht an. »Ist gut.«

»Also dann.«

»Tschüss«, murmelte sie. Es klang trotzig. Eine Müslischale glitt ihr aus der Hand. Während sie leise fluchend die Scherben aufsammelte, hörte sie die Wohnungstür ins Schloss fallen.

22. Hella

»Jetzt überstürz mal nichts.« Daniel war aufgebracht. »Das Haus ist doch viel mehr wert.«

Hella hatte geahnt, dass Daniel Probleme machen würde. Deshalb hatte sie das Gespräch mit ihm so lange wie möglich vor sich hergeschoben. Aber jetzt stand eine Entscheidung an.

»Das weiß ich, aber 750 000 Euro sind ein sehr gutes Angebot. Das hat der Makler mir glaubhaft versichert. Wir können froh sein, dass wir überhaupt so schnell einen Interessenten gefunden haben. Es ist schwierig, ein so spezielles Haus zu verkaufen.« Sie hatte auch mit mehr gerechnet, aber am Ende war es nicht so wichtig.

»Es ist nur schwierig, wenn man ein so spezielles Haus im Hauruck-Verfahren verkaufen will«, meinte ihr Sohn.

»Vermieten ist noch schwieriger. Der Makler hat gesagt, dazu müsste es komplett energetisch saniert werden. Und dann wäre es immer noch ungewiss, ob man einen Mieter dafür fände.«

»Ja, ja. Aber das hätte man alles im Vorfeld gemeinsam überlegen und planen können.«

»Ich will nichts mehr überlegen oder planen«, sagte sie wie ein bockiges Kind. »Ich will hier nicht mehr wohnen.«

»Mama! Du wohnst seit vierzig Jahren dort. Warum ist das plötzlich ein Problem?«

»Ich will reisen, ich will dahin fahren, wo die Sonne scheint.«

»Das kannst du.«

»Ich will wenigstens den Rest von meinem Leben noch genießen.«

Er schnaubte leise, sie glaubte eine stille Verachtung darin zu hören. »Ich denke, das hat bisher auch trotz Haus immer sehr gut funktioniert.«

»Ich will hier nicht mehr wohnen!«, wiederholte sie störrisch.

»Mein Gott! Du bist manchmal wie ein Kind. Immer nur *ich will*.«

Jetzt sagte sie nichts mehr.

»Gib mir wenigstens ein paar Wochen Zeit«, bat er, aber es klang nicht wie eine Bitte. »Ich kümmere mich im neuen Jahr darum.«

»Warum kaufst du es nicht? Ich würde dir im Preis entgegenkommen.«

»Hättest du das mal vor acht Jahren gesagt. Bevor ich selbst ein Haus gebaut habe.«

»Vor acht Jahren? Daniel, da hat …«

»Mama, ich muss jetzt Schluss machen. Wir reden noch mal. Ich ruf dich wieder an.«

»… dein Vater noch gelebt«, beendete sie den Satz. Aber Daniel hatte schon aufgelegt.

In solchen Momenten fühlte sie sich wie ein hilfloses Kind. Wie ein abhängiges, hilfloses Kind. Immer noch. Erst ihr Stiefvater, dann Norbert und jetzt Daniel, immer hatte es Männer in ihrem Leben gegeben, die ungefragt Entscheidungen für sie trafen oder ihre Entscheidungen boykottierten.

In hilfloser Wut setzte Hella sich auf einen der teuren antiken Stühle im Esszimmer und strich über die glatte, saubere Tischplatte. Dass der Raum staubfrei war, hatte sie Azra zu verdanken, sie selbst hielt sich nur selten hier auf. Ihre Mahlzeiten waren meistens kalt, und normalerweise nahm sie sie im Stehen zu sich. Hella sah das ordentlich gestapelte Geschirr in der Glasvitrine und blies ärgerlich Luft durch die Nase. Ein Esszimmer, in dem nie gegessen wurde, eine Küche, in der nie gekocht wurde, ein Wohnzimmer, in dem nie gewohnt wurde, und ein Gästezimmer, in dem nie ein Gast untergebracht war. Was sollte sie hier?

Es begann zu dämmern. Vor die staubfreien Möbel hatte sich ein grauer Schleier geschoben. Sie ging zum Fenster und sah zum Dom, der sich majestätisch über seine Stadt erhob. Dort, wo die Sonne jetzt hinter den verwinkelten Dächern verschwand, leuchtete der Himmel. Die Welt schien unendlich. Nur sie war unsichtbar. Als gäbe es sie gar nicht. Früher dachte sie, es läge an Norbert. Aber auch sein Tod hatte nichts daran geändert.

In den ersten Jahren ihrer Ehe hatte Hella noch an ihre Beziehung geglaubt. Sie liebte ihn, und sie war schön. Außerdem hatte sie ihm den Sohn geschenkt, den er sich so sehr gewünscht hatte. Warum war er ihr nicht wenigstens dankbar?

Im Laufe der Jahre hatte Norbert sie immer weniger beachtet. Und je weniger er sie beachtete, desto mehr hatte sie sich danach gesehnt, beachtet zu werden. Dabei hatte sie ihn nie betrogen, nicht ein einziges Mal, auch nicht mit Vincenzo, das hatte sie ihm einmal sogar auf ihren unbekannten Vater geschworen.

Manchmal, wenn er einen guten Tag hatte, war etwas von der alten Vertrautheit zwischen ihnen aufgeflackert. Aber es war nie mehr als ein kurzes Flackern, und seine guten Tage wurden seltener. Bis es sie irgendwann einfach nicht mehr gab.

Vielleicht war es die Geburt ihrer Tochter, die das Blatt endgültig zum Wenden brachte. Oder ihre Zeugung, der letzte intime Kontakt zwischen ihnen. Es war schrecklich, sie hatte geweint in dieser Nacht, weil sie in seinem Gesicht nichts erkennen konnte, außer Widerwillen.

Danach ging es nur noch bergab. Sie zogen nach

Limburg, Elfriede starb, und Wally kam. Damit nahm das Drama seinen endgültigen Lauf.

Am Anfang dachte sie noch, es könnte klappen. Jeder ein eigenes Zimmer, Norbert, sie, Daniel und auch Wally. Norberts Zimmer war das größte von allen und in diesem Haus voller ungemütlicher Zimmer auch das ungemütlichste. In den ersten Monaten saß sie manchmal mit seinem Kind in ihrem Bauch dort an seinem Schreibtisch und versuchte zu verstehen, was für ein Mensch er war. Einmal war er zurückgekommen, er hatte irgendetwas zu Hause vergessen, und überraschte sie dabei. Von diesem Tag an war es abgeschlossen.

Immer war Norbert in gewisser Weise unnahbar gewesen. Am Anfang trennten sie ihr Alter, ihre Herkunft, ihre Ziele. Am Ende trennte sie ein Universum. Sein Leben bestand aus Arbeit und Regeln. Aus Projekten, die erfolgreich zum Abschluss gebracht werden mussten. Ihr Leben dagegen bestand aus leeren Tagen. Aus Warten und aus Hoffen. Darauf, dass er sie sah. Und später darauf, dass er sie nicht sah.

Auch Daniel war eines von Norberts Projekten, das hatte sie irgendwann erkannt. Er erzog ihn nach seinen Regeln und Vorstellungen, und es war Wally, deren Unterstützung er wollte, nicht ihre. Sie selbst hatte nichts zu sagen. Und dann wurde sie wieder schwanger. Und alles begann von vorn.

Sobald klar war, dass Hella ein zweites Kind erwartete, veränderte Norbert sein Verhalten. Von einem Tag zum anderen kam er zeitiger aus dem Büro. Er achtete penibel darauf, dass sie genug aß, genug Vitamine zu sich nahm und genug spazieren ging. Sie hasste Spaziergänge, und sie machte sich nichts aus Obst, aber sie tat alles, was er ihr verordnete. Es war nicht nur das Kind, das in ihr wuchs. Es war auch die Hoffnung.

Aber als Monique dann geboren wurde, kam die alte Gleichgültigkeit zurück. Und dazu noch Verachtung. Eine Tochter, was sollte er mit einer Tochter? Er hätte noch einen Sohn gebraucht. Einen vorsorglichen Ersatz für Daniel. Vielleicht wäre dann alles anders gekommen.

Am Ende blieb ihnen beiden nichts übrig, als endgültig alle Hoffnung zu begraben. Jeder nahm sich etwas: Wally nahm ihr die Kinder, Norbert nahm sich seine Freiheiten, und sie nahm sich den Cognac. Ihrem Mann war es ohnehin egal, Hauptsache, sie betrank sich nicht mit billigem Fusel. Das konnte er nicht ausstehen. So wenig wie die Farbe Rot. Er konnte sehr wütend werden, wenn sie etwas Rotes trug.

Ihr ganzes Leben hatte er geregelt, das meiste davon mit Geld. Er war nicht geizig, aber er schenkte ihr nichts, noch nicht einmal ein Lächeln. Der Preis war ihre Würde. Und die Einsamkeit.

Wie ihr Leben wohl ausgesehen hätte, wenn sie gegangen wäre? Koffer packen, Tür auf, Tür zu. Sie hatte es sich oft vorgestellt, beinah bis zum Schluss. Und dann war es zu spät. Irgendwann war es immer für irgendetwas in ihrem Leben zu spät gewesen.

Jetzt war Norbert tot. Und Wally und die Kinder waren weg. Nur sie saß noch hier, in seinem Haus, auf seinem Stuhl. Hella Einsam. Einsamer denn je. Sie hatte nicht damit gerechnet, ihn zu vermissen. Aber so war es nun einmal zwischen ihnen. Sie konnten es sich einfach nie recht machen.

23. Mona

Mona war auf dem Weg zum Haus ihrer Mutter, das auch das Haus ihrer Kindheit war, und bemüht, sich möglichst weihnachtlich zu fühlen. Aber wie immer hatten sich, pünktlich zum Heiligen Abend, sämtliche weihnachtlichen Gefühle in ihr aufgelöst. In der Vorweihnachtszeit ließ sie sich noch anstecken von der Stimmung in der Stadt, von den vielen Lichtern, dem Duft der Kerzen und Plätzchen, dem Trubel auf dem Weihnachtsmarkt, aber am Ende blieb nichts mehr übrig. Außer Enttäuschung.

Als sie noch Kinder waren, sie und Daniel, fuhren sie über Weihnachten immer in die Schweiz. Es war der Urlaub, den sie in jedem Jahr ganz allein mit ihrem Vater verbrachten. Hellas Skikarriere war nur mittelmäßig, weshalb sie die Winterurlaube irgendwann boykottierte und lieber allein in die Karibik flog. Dort lag sie den ganzen Tag am Strand und sah gut aus, darin war sie eine Koryphäe. Die Kinder hatten keine Wahl zwischen Strand und Skipiste, aber was hätten sie in diesem Fall auch wählen sollen?

Mona und Daniel besuchten teure Skikurse und wurden so immerhin zu ganz passablen Skifahrern. Am Nachmittag holte ihr Vater sie dort ab, und dann überschlug Mona sich jedes Mal vor Eifer, um ihre Fortschritte zu präsentieren. Die waren – jedenfalls in Monas Erinnerung – das Einzige, wofür ihr Vater sie jemals gelobt hatte. Ihr Bruder konnte noch mit guten Schulnoten und später mit einem Einser-Abitur punkten, davon war sie meilenweit entfernt. Mona konnte zwar einigermaßen singen und reiten und nähen und

Schönes aus alten Sachen basteln, aber das beeindruckte ihren Vater nur wenig. Oder gar nicht.

Der Heilige Abend wurde wahrscheinlich in keiner Familie der westlichen Hemisphäre unweihnachtlicher gefeiert als in ihrer. Sie mussten ihre guten Sachen anziehen, und dann ging es ins beste Restaurant, wo sie sich möglichst unauffällig zu verhalten hatten. Darin waren sie geübt. Nach dem Essen bekamen sie beide ein Geschenk, genau eins. Manchmal bekamen sie noch welche von Hella, wenn sie wieder zu Hause waren, aber darauf konnte man sich nicht verlassen. Bei Hella konnte man sich auf nichts verlassen.

Das traurigste Geschenk in einer langen Reihe trauriger Geschenke, an die Mona sich erinnern konnte, war ein Buch von Schiller. *Die Räuber.* Eine Ausgabe von 1896. Sie war damals acht oder neun Jahre alt, vielleicht auch schon zehn. Sie hatte es bis heute nicht gelesen, zum einen wegen der Schrift, aber auch aus Rebellion. Nach der Bescherung teilte ihr Vater ihnen jedes Mal mit, wie viel Geld er für sie beide wo angelegt hatte. *Das wird euch später einmal zugutekommen.* Damit immerhin sollte er recht behalten.

Mona trat gegen einen kleinen Stein, der ihr vor die Füße kam. Vorbei, diese Erinnerungen berührten sie nicht mehr, sie gehörten zu einem anderen Leben. Aber es gab auch andere. Solche, die immer noch weh taten.

Komm doch zu uns, hatte Judith vorgeschlagen, die ihre Geschichte kannte. Es wäre nicht das erste Mal. Aber dann hatte sie sich doch wieder von Daniel überreden lassen, mit der Familie zu feiern. Mit der *Familie*.

Ein letztes Mal. Wir alle zusammen bei Mama. In unserem Haus.

Und jetzt war sie da, stand vor diesem hell erleuchteten Haus, das sich schon so lange nicht mehr nach *unserem Haus* anfühlte. Objektiv gesehen war es ein schönes Haus, nicht ihr Geschmack, aber schön. Sie mochte es trotzdem nicht. Sie wusste noch genau, wie es sich angefühlt hatte, darin zu wohnen.

Mona hob die Hand an die Klingel und zögerte. Am liebsten würde sie nach Hause gehen, sich eine Decke über alles ziehen, über sämtliche Erinnerungen, das Handy leise stellen, das Telefon ausstöpseln, die Klingel, falls sie jemand benutzen sollte, ignorieren. Die Entscheidung lag bei ihr.

Sie klingelte und wartete. Sie hatte natürlich auch noch einen Schlüssel, aber den benutzte sie nicht gern. Drinnen hörte sie Kinderstimmen, dazwischen die tiefe Stimme ihres Bruders, sonst nichts. Sie würde jetzt bis zehn zählen, genau bis zehn, dachte sie. Und dann? Es war wie immer: Sie hatte keinen Plan, und schon bei *drei* summte der Türöffner.

Drinnen wurde Mona sofort von dem trockenen Geruch einer gepflegten, sterilen Atmosphäre empfangen, den sie so gut kannte, und schon verschmolzen Gegenwart und Vergangenheit miteinander. Der Marmorboden, der trotz Fußbodenheizung so kalt war. Die Bilder an der Wand, natürlich Originale, die alle perfekt beleuchtet waren und aussahen, als wären es Leihgaben aus einem Museum. Die teuren, gewebten Teppiche auf dem Boden, die man um Gottes willen nicht mit Straßenschuhen betreten durfte. Alles war wie immer. Und wie immer fühlte sie sich unzulänglich, irgendwie falsch und nicht dazugehörig.

»Mona, wo bleibst du denn?«, rief Daniel.

»Ich komme.« Sie zog die Straßenschuhe aus, warf einen letzten Blick in den Spiegel und eilte Richtung Wohnzimmer, wo die Familie feierlich versammelt war.

»Frohe Weihnachten«, sagte sie in die Runde und versuchte so zu klingen, wie sie glaubte an solch einem Tag klingen zu müssen. Die Erwachsenen, Hella, Daniel und Anne, saßen auf der Couch, mit einem Glas Sekt in der Hand. Oder Cognac, je nachdem. Die Kinder, Paul, Konrad und Sofie, saßen brav gescheitelt auf dem Boden und spielten Monopoly. Nur Wally fehlte, was an Hellas Weigerung lag. *Ich habe diese Frau mehr als dreißig Jahre ertragen. Es reicht.* Daniel und natürlich Anne und die Kinder würden den ersten oder zweiten Weihnachtsfeiertag mit ihr verbringen. *Das sind wir ihr schuldig*, fand Daniel. Aus anderen Gründen wie Hella, aber genauso stur, weigerte Mona sich meistens mitzukommen. Und fühlte sich dann kurioserweise trotzdem ausgeschlossen.

»Viertausend Euro, du hast acht gewürfelt, du kommst auf die Schlossallee«, schrie Konrad.

»Nein, es waren neun, ich komme auf Los«, wehrte sich Sofie. Schon als Kind hatte Mona dieses Spiel gehasst.

Shirin hasste es auch, sie mochte nur Schach oder irgendwelche komplizierten Fantasy-Spiele. Sie hatte das Mädchen seit Tagen nicht mehr gesehen, Annette hatte noch ein paarmal angerufen und versucht etwas zu vereinbaren, aber Mona hatte jedes Mal Zeitmangel vorgeschoben.

»Kinder, hört auf zu streiten, heute ist Weihnachten«, sagte Anne und stand auf, um Mona zu umarmen. »Fröhliche Weihnachten dir auch!«

»Frohe Weihnachten«, sagten auch Daniel und Hella, und da sie nur sehr selten in dieser großen Runde zusammenkamen, waren noch die üblichen Floskeln zu hören: *Wie geht's denn so, Was gibt's Neues, Wie klappt's mit den Kindern in der Schule, Was macht die Firma?* Diesem Ritual folgte das nächste: Anne zog sich in die Küche zurück. Sie war für das Essen zuständig, eine unangefochtene Regel. In anderen Familien gab es Traditionen, in ihrer Familie gab es Regeln. Seit die Skiurlaube gestrichen waren, gehörte auch das Fondue am Heiligen Abend dazu, ebenso wie die Tatsache, dass weder Hella noch Mona je in die Vorbereitungen mit einbezogen wurden. Anne hatte Wallys diesbezügliche Rolle nahtlos übernommen.

Zwischendurch kam die Bescherung. Zwischendurch bedeutete nach den Vorbereitungen in der Küche und vor dem Essen. Monopoly wurde weggepackt, es gab sowieso nur Verlierer bei diesem Spiel, und Mona beobachtete, wie die drei ihre Geschenke auspackten und ihre Eltern sich stolz lächelnd ansahen. Das Bild einer glücklichen Familie. Sofie und Konrad rissen mit der typischen Ungeduld von Noch-Kindern am Papier, während Paul sich Zeit ließ und das bemüht-gelangweilte Interesse eines Teenagers demonstrierte. Zum ersten Mal an diesem Tag lächelte auch Mona. Sie liebte die drei, trotz aller Vorbehalte, die sie sonst gegen ihre Familie hatte. Sie liebte ihre typische unbekümmerte Ehrlichkeit. Und ebenso ihre durchschaubaren kindlichen Strategien. Sie hatte alle drei noch am Tag ihrer Geburt kennengelernt und sie aufwachsen sehen. Sie hatte ihre ersten Laufversuche mitbekommen, ihre Einschulungen und Kommunionen. Und sie würde wahrscheinlich eines schönen Tages auch bei den Hochzeiten dabei sein und in der Kirche sitzen. Auf einem der hinteren Plätze.

»Schau mal, Mona, was ich bekommen habe.« Sofie hielt stolz ein Tablet in die Höhe. Als sie noch klein waren, war ihre Freude lauter, unverstellter und ohne Scham. Warum hörten Menschen irgendwann auf, sich auf diese Weise zu freuen?

Die Erwachsenen gingen wie immer leer aus. Sie schenkten sich nichts, auch das war zu einer Art Regel geworden. Vielleicht um Enttäuschungen zu vermeiden. Vor sieben Jahren hatte Mona einen letzten diesbezüglich gutgemeinten Versuch bei ihrer Mutter gestartet. Ihr Vater war gerade gestorben, und Hella wirkte ohne die tägliche Dosis Ehekrieg irgendwie verloren. Deshalb hatte Mona ihr einen Gutschein für ein Essen in einem ziemlich teuren Restaurant geschenkt. Dahinter stand die Idee eines Mutter-Tochter-Abends. Etwas, das es in dieser Form noch nie gegeben hatte. Endlich einmal *erwachsen* miteinander reden, sich gegenseitig zuhören, sich auf Augenhöhe begegnen, so hatte sie es sich vorgestellt. Die Sache ging natürlich schief. Weil Hella aufgrund ihres Alkoholpegels schon sehr bald Probleme mit der Augenhöhe hatte.

»Essen steht auf dem Tisch«, sagte Anne. Alle setzten sich und begannen zu essen. Außer den üblichen höflichen Floskeln – *Wie schmeckt es euch?* oder *Schenkst du mir noch ein Glas Wein nach?* – wurde nicht viel gesprochen, es war, als würde Norberts Geist noch immer über ihnen schweben. Selbst die Kinder waren ruhig. So ruhig, wie sie selbst früher immer gewesen war. Kinder hatten sehr feine Antennen für Stimmungen, sie waren so etwas wie hochentwickelte Gefühlsseismographen.

Nach dem Essen ging Daniel auf den Balkon, um zu rauchen. Solange ihr Vater noch gelebt hatte, war das ein absolutes Tabu. Mona holte ihre Schuhe und folgte ihm. Sie war für das Aufräumen der Küche zuständig, eine weitere ungeschriebene Regel, aber vorher wollte sie frische Luft schnappen.

»Lass alles liegen, ich kümmere mich gleich darum«, sagte sie, als sie an Anne vorbeiging. Zu Hella musste man nichts in dieser Richtung sagen, die fühlte sich ohnehin nie für irgendetwas zuständig.

Daniel sah sie überrascht an, als sie neben ihm auftauchte. »Hey«, sagte er.

»Hey«, erwiderte Mona.

Sie sogen gemeinsam den Zigarettengeruch ein und starrten unisono auf die Lichter der Stadt. Sie hätte nur den Kopf ganz leicht zur Seite drehen müssen, um die Zigarettenspitze vor Daniels Gesicht glühen zu sehen. Sein zuckendes Augenlid. Sie wusste, dass es zuckte. Dafür hatte sie ein Gespür.

»Alles klar bei dir?«, fragte er und blies den Rauch in die dunkle Luft.

Sie mochte solche rhetorischen Fragen nicht, aber sie antwortete jedes Mal ganz automatisch. »Klar.«

Daniel drückte die Zigarette aus. »Du hast keine Jacke an, ist dir nicht kalt?«

»Nein. Das heißt doch. Aber es ist auszuhalten.«

»Soll ich deine Jacke holen?«

»Nein. Das lohnt sich nicht. Ich geh gleich wieder rein.«

»Okay.« Er zögerte, eine oder zwei Sekunden. »Mona?«

»Ja?«

»Tust du mir bitte einen Gefallen?«

»Kommt drauf an.«

»Versprichst du mir, dass du uns das Fest nicht verdirbst.«

»Warum sagst du das ausgerechnet mir? Und nicht Hella?«

»Weil ich dich kenne. Und weil Weihnachten ist.«

Sie öffnete die Balkontür und wandte sich ab. »Ist wirklich verdammt kalt hier draußen.«

»Versuch es doch wenigstens.«

Sie drehte sich um. »Na gut. Ich versuche es«, sagte sie. »Aber versprechen kann ich es nicht.«

In der Küche befüllte Mona die Spülmaschine. Die Teller schepperten in ihren Händen. Es war wirklich immer das Gleiche. Weihnachten war wie ein Sturm, ein Tornado, in den man hineinfuhr, obwohl man genau wusste, dass man nicht unbeschadet wieder herauskommen würde. Jedes Mal. Und auch wenn bis jetzt noch nichts Besonderes vorgefallen war, brachten die vielen Kleinigkeiten sie bereits auf die Palme. Daniels Bitte, das Fest nicht zu verderben, die eigentlich eine Warnung war. Das Thema Hausverkauf, um das er schon den ganzen Abend herumschlich wie ein hungriger Wolf um ein Stück Fleisch. Anne, die ihrer Rolle als guter Ehefrau, Mutter und Schwiegertochter wie immer perfekt gerecht wurde. Oder vielleicht war es auch einfach die Tatsache, dass alle so taten, als wäre alles in bester Ordnung, während Hella feierlich an ihrem Glas nippte. *Verdirb uns das Fest nicht.* Als läge irgendetwas davon in ihrer Verantwortung.

»Brauchst du noch Hilfe?« Anne stand in der Tür.

»Nein. Ich bin gleich fertig«, sagte sie mürrisch. Anne war eine sehr schöne Frau. Alles an ihr war gerade, die Nase, die Beine, sogar der Charakter. »Entschuldige. War nicht so gemeint. Geh nur wieder zu den anderen, ich komme gleich.«

Anne konnte tatsächlich nichts dafür, und das Geschirr zu malträtieren, brachte auch nichts. Sie schenkte sich ein Glas Wein ein und probierte es mit verschiedenen erprobten Übungen. Atmen, Fäuste ballen, an Chester denken. Es half nichts. Sie stellte den letzten Teller in die Spülmaschine, wischte ein letztes Mal über den Herd und warf in einer letzten entschlossenen Geste das Küchentuch in die Spüle.

Zurück im Wohnzimmer, griff sie nach ihrer Handtasche. »Seid mir nicht böse, aber ich habe schreckliche Kopfschmerzen. Ich glaube, es ist besser, wenn ich nach Hause gehe.«

»Soll ich dir eine Tablette geben?«, fragte Anne fürsorglich. »Ich habe welche dabei.«

»Ach lass mal. Ich bin auch sonst nicht besonders gut drauf.« Sie warf ihrem Bruder einen Blick zu. »Ich würde euch nur den Spaß verderben.«

»Ach komm, Monique«, sagte Hella laut und in

diesem jovialen Ton, den Mona so sehr hasste. »Du verdirbst uns den Spaß, wenn du gehst. Was willst du denn zu Hause? Da hockst du doch nur alleine rum.« Sie lächelte, als wäre alles völlig in Ordnung. Weil ja Weihnachten war.

»Ich bin gerne allein. Es wäre auch nicht das erste Mal«, sagte Mona.

»Du bist wirklich eine Spaßverderberin. Aber wenn es dir dann besser geht …«

Vor Monas Augen formierten sich kleine rote Punkte. Etwas platzte in ihr. Die Wutblase. »Genau. Mir geht es dann besser«, fauchte sie Hella an. »Und weißt du übrigens, wer *mir* den Spaß verdorben hat?«

»Mona, jetzt bleib mal ruhig«, versuchte Daniel die Wogen wieder zu glätten. »Ich hatte dich doch gerade gebeten …«

»Na gut. Sprich es aus«, fiel Hella ihm ins Wort und sah Mona an. Ihre Stimme hatte diesen leicht schleppenden Klang. Das bedeutete, sie war leicht angetrunken, aber nicht völlig betrunken.

Sprich es aus! »Ach, du kannst mich mal«, sagte Mona wütend.

Hella schwenkte ihren Cognac. »Jedes Jahr an Weihnachten das gleiche Theater«, sagte sie. »Monique, niemand konnte etwas dafür. Schließ endlich damit ab.«

Mona spürte ein Ziehen, das vom Bauch in die Herzgegend wanderte. Unerträglich. Dann lieber Wut. Sie lief zu Hella und schleuderte mit einem gezielten Schlag den Schwenker auf den Boden. Glassplitter verteilten sich über das Parkett. »Was fällt dir eigentlich ein?«, schrie sie ihre Mutter an.

»Mona, jetzt beruhige dich. Du solltest vielleicht mal wieder eine Therapie in Erwägung ziehen«, sagte ihr Bruder. Sein Augenlid zuckte jetzt unentwegt. »Anne, holst du bitte den Besen?«

»Wenn hier einer eine Therapie braucht, dann sie. Die Frau säuft uns doch alle um den Verstand, der ihr fehlt.«

»Kinder, passt auf, dass ihr nicht in die Scherben tretet«, sagte Anne auf dem Weg zum Besen.

Monas Beine fühlten sich auf einmal an wie Pudding. Sie setzte sich auf einen Stuhl. »Ich meine, wir alle tun so, als wäre alles in Ordnung. Aber das ist es nicht. Sie sitzt hier und trinkt Schnaps, und keiner sagt etwas.«

»Na dann: Frohe Weihnachten«, sagte Hella.

»Was ist jetzt eigentlich dein Thema?«, fragte Daniel. Es klang nicht böse. Nur resigniert.

»Mein Thema?« Mona stand wieder auf. »Mein Thema ist, dass unsere Mutter säuft. Und dass ich vierzig bin und mit der Familie meines Bruders Weihnachten feiere, weil ich keine eigene habe.«

Anne kam mit dem Besen. »Hey, Mona. Wir finden es sehr schön, mit dir zusammen Weihnachten zu feiern.«

Die gerade Anne mit ihren geraden Beinen, ihrem geraden Gemüt, ihren geraden Kindern.

»Ach, halt doch einfach den Mund«, sagte Mona wider besseres Wissen und mit schlechtem Gewissen. Sie musste ihre Emotionen wieder unter Kontrolle kriegen, sonst würde sie das Feld gleich als Verliererin verlassen.

»Mona! Jetzt reicht's wirklich. Wenn du unbedingt

176

gehen willst, dann geh, aber hör auf, Anne zu beleidigen.«

Daniel hatte recht. Es war schließlich nicht Annes Schuld, dass sie drei gesunde Kinder hatte. Aber Anne ließ sich sowieso nicht provozieren. Sonst wäre sie längst nicht mehr mit ihrem Bruder verheiratet. Stoisch lächelnd kehrte sie die Scherben auf. »So etwas passiert ganz vielen Frauen, da bist du nicht allein«, sagte sie sanft. »Fehlgeburten sind in den ersten zwölf Wochen sogar relativ häufig.«

Mona öffnete ein Fenster. Frische, klare Luft für frische, klare Gedanken. Sie drehte sich zu Anne um. »Nur zur Auffrischung: Es war die neunzehnte Woche. Und ich war siebzehn«, sagte sie.

»Du warst fast achtzehn. Und immerhin alt genug, um dir das Kind machen zu lassen«, sagte Hella. Sie seufzte resigniert und schielte zur Flasche.

»Dann hätte ich eine Cousine gehabt«, sagte Sofie.

»Oder einen Cousin, mein Schatz«, sagte Daniel.

Anne unterbrach ihre Kehrtätigkeit und sah auf. »Kommt«, sagte sie. »Wir wollen uns doch heute nicht streiten.«

Warum eigentlich nicht?, dachte Mona.

»Warum hast du denn später keine Kinder mehr bekommen?«, fragte Sofie.

»Weil ich keine Kinder mehr bekommen kann«, sagte Mona spontan und ohne darüber nachzudenken. Sie erschrak. Sie hatte es ausgesprochen. Nicht zum ersten Mal, aber zum ersten Mal ganz klar und laut und ohne Hintertürchen.

»Nie mehr?«

»Nein.«

177

»Es ist nicht völlig ausgeschlossen. Das hast du selbst einmal gesagt.« Anne bückte sich und schob die Scherben auf die Kehrschaufel.

»Doch. Jetzt schon. Ich bin vierzig. Und ich habe nichts, noch nicht mal einen Mann.«

»Ach Mona«, sagte Anne weich. Sie stand auf und legte ihr die Arme um die Schultern. Mona vergrub ihr Gesicht in Annes duftendem Haar und schluckte. Anne war schön, mindestens so schön wie Hella früher, vielleicht sogar noch schöner. Und doch war sie ganz anders. Sie hatte eine Art von fürsorglicher Mütterlichkeit, die Hella völlig fehlte.

Mona spürte, wie ihr die Tränen in die Augen schossen, und wandte sich schnell ab. Aber es war zu spät. Plötzlich war sie da, die Erinnerung, die sie unbedingt hatte vermeiden wollen. Es war wie bei einem Autounfall. Sie konnte nicht mehr ausweichen.

3. Kapitel
August bis Dezember 1994

24. Mona

Mona lag zu Hause auf ihrem Bett und träumte. Im Hintergrund summten die Crash Test Dummies, *mmmhhhmhhmmhhhh*, *mmmhhhmmmhhhmmhh*, vor ihr lag das aufgeklappte Tagebuch, und an der Wand gegenüber hing ein Poster von Steven Tyler. Sie lächelten sich zu, stumm und einvernehmlich. Er war neben ihrem Tagebuch der Einzige, der Bescheid wusste.

Immer und überall war Mona eine Außenseiterin, zu Hause ebenso wie in der Schule. An der einen Stelle hatte sie nicht die richtigen Kleider, an der anderen nicht die richtigen Worte. Und immer, solange sie denken konnte, hatte sie sich ein Pferd, einen Hund oder überhaupt etwas oder jemanden gewünscht, der sie bedingungslos liebte und den sie bedingungslos wiederlieben konnte. Sie hatte natürlich Judith, ihre beste Freundin, und auch Daniel, aber das war nicht, was sie meinte. Daniel war kaum noch zu Hause, und Judith und sie stammten aus komplett verschiedenen Familien. Was in einigen Bereichen des Lebens verschiedenen Universen gleichkam. Sie hatten zwar ähnliche Interessen, aber völlig verschiedene Probleme.

Und außerdem war Judith auf der Tilemannschule, während sie selbst die Marienschule besuchte. Das eine ein öffentliches Gymnasium, das andere eine private, katholische Mädchenschule mit langer Tradition. Lauter Attribute, die ihrem Vater wichtig waren. Ihr selbst waren sie egal. Sie ging nicht in die Schule, weil sie es wollte. Sie ging in die Schule, weil sie es musste. Sie lernte auch nicht für sich. Sie lernte für ihren Vater.

Sie hatte dort weder Spaß noch Freunde, und lange Zeit war sie ziemlich ahnungslos in allen möglichen wichtigen Bereichen des Lebens. Vor allem in denen, die für die anderen Mädchen so selbstverständlich schienen. Sie traute sich nicht, jemanden zu fragen, noch nicht einmal Judith.

Ich habe meine Tage, sagten ihre Mitschülerinnen, wenn sie bereits mit elf von der Teilnahme des Sportunterrichts befreit waren. Als sie ihre Tage endlich bekam, war sie vierzehn. Und zum ersten Mal verliebt. Was folgte, war der schlimmste Liebeskummer ihres Lebens und eine große, wenig sensible Aufklärungsstunde mit Hella. Ausgerechnet. Hella erklärte Mona den Geschlechtsakt zwischen Mann und Frau im Allgemeinen und den mit Monas Vater im Besonderen, für Monas Geschmack etwas zu ausführlich: *Er war natürlich nicht mein erster Mann, das nicht, aber ... na ja, irgendwie hat es nicht besonders funktioniert mit uns. Und dann wurde ich sofort schwanger. Pass nur auf, dass dir das nicht passiert!*

Pass nur auf, dass dir das nicht passiert! Mona lächelte. Zwei Schwangerschaftstests, zweimal positiv, zweihundert Prozent. Zweifel ausgeschlossen. Sie hatte sich natürlich nicht sofort gefreut, im ersten

Moment war es sogar ein ziemlicher Schreck. Aber nach der anfänglichen Schockstarre hatte sich nicht nur in ihrer Gebärmutter etwas geregt, sondern auch in ihrem Gemüt.

Hella klopfte an die Tür. »Monique? Bist du da?«

»Ja. Was willst du?«

»Judith ist am Telefon.«

»Ich rufe sie später zurück.«

»Kannst du ihr das nicht einfach selbst …?«

Sie legte die Hände auf ihren Bauch. »Nein! Ich kann jetzt nicht.« Ab wann würden die Bewegungen ihres Babys zu spüren sein? Ab dem dritten Monat? Dem vierten? Nach ihrer ungewissen Rechnung würde es im April kommen. Vielleicht in den Osterferien. Sie würde es niemandem sagen, jedenfalls nicht, solange es sich vermeiden ließ. Außer natürlich seinem Vater. Und vielleicht Judith. Es würde einiges zu organisieren geben, sie brauchte Babysachen und so, aber abgesehen von ihrer Familie sah Mona kein Problem. Vor zwei oder drei Jahren hatte es schon einmal ein Mädchen auf der Schule gegeben, das ein Baby bekommen und trotzdem Abitur gemacht hatte, das würde sie auch schaffen. Oder im Zweifel auf das Abitur verzichten. Außerdem war sie ja nicht allein.

Knapp zwei Wochen später weihte Mona ihre Freundin ein. Sie waren im Stall und striegelten ihre Pflegepferde.

»Judith?«

»Hm?«

»Ich muss dir was sagen.«

»Was denn?«

»Ich bin schwanger.«

»MONA! Bist du sicher?«

»Ich hab einen Test gemacht. Sogar zweimal. Positiv.«

»Ach du Scheiße! Von wem?«

Mona sah an Judith vorbei und strich sich einen Staubstreifen von der Reithose.

»Mona? Von wem?«

Sie zuckte mit den Schultern. »Wenn ich es dir sage, versprichst du mir dann, es niemandem zu verraten?«

»Ja, Mann. Ich versprech's.« Judith sah ihr in die Augen. »Also? Von wem?«, wiederholte sie ihre Frage.

Mona war unentschlossen. Sollte sie wirklich auf dieses bescheuerte Schulfest gehen? Wahrscheinlich hing sie sowieso den ganzen Abend allein in irgendeiner Ecke rum. Andererseits würde sich nie etwas an ihrem Status ändern, wenn sie sich selbst immer wieder ausschloss.

Nachdem ihre Entscheidung gefallen war, beschloss Mona, das Beste daraus zu machen. Sie zog sich so an, wie sich Mädchen in ihrem Alter und an ihrer Schule anzogen: ein kurzes Top mit Streifen und großem Ausschnitt und eine Jeans. Keine Blümchenstoffe, keinen weiten Wickelrock, keine Cowboystiefel.

Obwohl sie die meisten in der Schule kannte, traute sie sich nicht, sich irgendjemandem anzuschließen. Wie ein einsamer Wolf schlich sie durch die Gänge, bis sie im Flur vor der Aula auf Max traf. Sie sah, wie Kerstin, ein Mädchen aus ihrem Jahrgang, ihn lächelnd fixierte und auf ihn zuging, aber er drehte sich weg. Und dann stand er plötzlich vor ihr.

»Oh. Hallo, Mona! Wie geht's dir? Schön, dich zu sehen. Alles klar zu Hause?« Er redete mit ihr, als hätte es die vergangenen drei Jahre nicht gegeben. Und auch kein Problem.

Sie nickte und biss sich nervös auf die Unterlippe. Als er ihr damals eröffnet hatte, dass er die Stadt verlassen wollte, war es ein ziemlicher Schock für sie gewesen. Sie hatte getobt, auf Hella geschimpft und gedroht, nie wieder eine Taste anzurühren, aber das hatte natürlich nichts genutzt. Wahrscheinlich dachte er, sie sei irgendwie geistesgestört. Und da es das letzte Mal war, dass sie ihn sah, hatte sie danach auch keine Chance mehr gehabt, ihn vom Gegenteil zu überzeugen. Bis heute.

»Komm, lass uns auf den Schulhof gehen, da ist es nicht so voll«, sagte er.

Sie nickte wieder und lief ihm wortlos hinterher. Auf seinem T-Shirt stand »Don't waste my time«.

Nachdem Mona erfahren hatte, dass Max nicht nur wieder zurück war, sondern ab dem kommenden Schuljahr sogar an ihrer Schule unterrichten würde, hatte sie natürlich damit gerechnet, ihn zu treffen. Vielleicht war sie sogar deshalb heute hier. Aber als sie jetzt hinter ihm herstiefelte und dabei versuchte, ihre Haare mit einem Haargummi zu bändigen, wurde sie wieder von Zweifeln geplagt. Sie fühlte sich unsicher und ungenügend. Zu wenig Busen, zu viele Haare. Immer war irgendetwas an ihr zu wenig oder zu viel, nie war es so, wie es sein sollte. Nie war sie so wie andere Mädchen. Am liebsten würde sie sich in irgendeiner dunklen Ecke verkriechen. Dabei hatte sie sich die erste Begegnung so schön ausgemalt. Die geistrei-

183

chen Gespräche, die sie führen würden. Sie hatte sich
unglaublich kluge Worte zurechtgelegt, die ihr jetzt allerdings absolut nicht mehr einfallen wollten.

Sie kamen an zwei Mädchen vorbei, schon etwas
älter, wahrscheinlich aus der Dreizehn, die kichernd in
der Tür standen. Die beiden sahen Max provozierend
nach, aber er beachtete sie nicht. Er führte Mona in
eine abgelegene Ecke. Dort standen sie sich gegenüber. Sie traute sich nicht, ihn anzusehen, deshalb sah
sie auf den Boden. Eine Weile schwiegen sie beide.

»Magst du?«, fragte Max irgendwann und hielt ihr
eine Zigarette hin. Mona rauchte nicht, aber sie wollte
es nicht schon wieder vermasseln.

»Danke«, sagte sie und versuchte cool zu sein.

»Wie ist es dir ergangen?«

»Gut.«

»Spielst du noch Klavier?«

»Nein. Ich spiel jetzt Gitarre«, murmelte sie.

»Ach? Hast du Unterricht?«

Sie schüttelte den Kopf. Er zog an seiner Zigarette,
was sie daran erinnerte, dass sie auch eine hatte. Ihre
Hand zitterte.

»Irgendwie schade. Du hast Talent.«

Sie zuckte die Achseln.

»Wie alt bist du jetzt eigentlich?«, fragte Max.

»Siebzehn.«

»Siebzehn? Ich dachte, du bist schon ein Jahr älter.«
Er warf die Zigarette auf den Boden und trat sie aus.
»Magst du auch ein Bier?«

Sie nickte und tat es ihm nach. »Gern.«

Als er mit dem Bier zurückkam, prostete er ihr zu
und lächelte. Sie stand dicht vor ihm, der feinherbe

Duft seines Rasierwassers stieg in ihre Nase, und sie sah den leichten Schwung seiner Augenbrauen, seine gebogenen Wimpern, seine kleinen Lachfältchen in den Augenwinkeln.

Am Anfang redete nur er, und sie hörte zu. Aber irgendwann wurde sie mutiger und begann ihm Fragen zu stellen. Über Musik, über die Schule, über die letzten drei Jahre. Er antwortete meist vage, manchmal nickte er oder schüttelte den Kopf oder sagte: »Erzähl ich dir später«, und dann ging er wieder Bier holen.

Das Bier schmeckte ihr nicht, so wie ihr auch die Zigaretten nicht schmeckten, aber sie trank und rauchte trotzdem. Nach dem zweiten Bier fing sie an, von den Mädchen aus ihrer Klasse zu erzählen und Namen zu verwechseln, nach dem dritten lachte sie, obwohl es gar nichts zu lachen gab.

Am nächsten Morgen, es war schon hell, wachte sie in einem fremden Bett auf. In einem fremden Zimmer, in einem fremden Haus. Max lag nackt neben ihr. Mit dem Rücken zur Wand. Seine feuchten Locken kringelten sich im Nacken. Die Decke hatte er ihr überlassen. Sie betrachtete ihn eingehend. Ihr Herz hatte nichts vergessen.

»Ach du heilige Scheiße«, sagte Judith. »Seid ihr denn jetzt richtig zusammen?«

»Natürlich.«

Judith zeigte mit dem Mähnenkamm auf ihren Bauch. »Und? Was sagt er dazu?«

»Er weiß es noch nicht.«

»Weiß er denn wenigstens, dass ihr zusammen seid?«

Mona drehte sich beleidigt um. »Du bist die Erste, der ich es erzählt habe. Und die Einzige.«

»Mensch, Mona, du musst unbedingt mit ihm reden.«

»Ja. Klar. Das werde ich auch. Ich will nur nicht, dass er Schwierigkeiten bekommt.«

»Die bekommt er so oder so. Und du auch.« Judith sah sie prüfend an. »Warst du seitdem denn noch einmal mit ihm zusammen? Ich meine ... so zusammen?«

Mona schüttelte den Kopf.

»Und du bist sicher, dass *ihr zusammen seid*?«

»Wenn ich ihm sage, dass ...«

Ihre Freundin seufzte. »Ach, Mona.« Sie zog dem Pferd das Halfter ab und schickte es in seinen Stall. »Könnte man denn da jetzt noch was machen? Ich meine nur, falls ...«

»Nein«, sagte Mona ärgerlich. »Kann man nicht.«

»Irgendwann wirst du es nicht mehr verheimlichen können«, sagte Judith.

»Ich weiß.«

»Und was willst du dann machen?«

Mona sah sie verständnislos an. »Was meinst du?«

»Na ja, was, wenn deine Eltern es nicht erlauben?«

»Bis zu ihrer Geburt bin ich volljährig. Dann können meine Eltern mir gar nichts mehr vorschreiben.«

»Bis zu *ihrer* Geburt? Du tust ja gerade, als wüsstest du schon, dass es ein Mädchen wird.«

»Es wird ein Mädchen.«

»Es kann genauso gut auch ein Junge werden.«

»Es wird ein Mädchen«, wiederholte Mona.

»Das kannst du doch noch gar nicht wissen.«

186

»Doch.«

»Du musst mit Max reden, Mona. So schnell wie möglich.«

»Ich weiß.« Sie schaute in den Himmel. »Ich werde sie Rosa nennen.«

Wenige Tage später stand Mona im kalten Frühnebel auf dem kleinen Parkplatz vor der Schule, etwas in Deckung zwischen zwei dunkellackierten Autos. Sie tat beschäftigt und wühlte scheinbar abgelenkt in ihrer Schultasche, sobald jemand kam, ansonsten ließ sie die Straße nicht aus den Augen. Sie war extra früh aufgestanden, hatte sich eine halbe Stunde vor ihrer Zeit aus dem Haus geschlichen und vor lauter Aufregung natürlich nichts gefrühstückt. Jetzt war ihr kalt und flau, sie schlang die Arme um ihren Oberkörper und stampfte mit den Füßen. Immer wieder schaute sie ungeduldig auf die Uhr. In drei Minuten würde der Unterricht beginnen.

Seit dem Schulfest, seit diesem unglaublichen, wunderbaren, verrückten Abend, hatte sie schon ein paarmal versucht, mit Max zu reden, aber es war wie verhext, es hatte bis jetzt einfach nie geklappt. Sie tat alles, um ihn zu treffen, ganz zufällig natürlich, aber jedes Mal, wenn sie ihn dann traf, hatte er es eilig, oder er war nicht allein, oder er hatte Angst, dass man sie zusammen sah und vertröstete sie auf später. Auf morgen, auf nächste Woche, auf bald.

Endlich, nach zwei weiteren ungewissen Minuten, sah sie seinen roten Käfer, ein Cabriolet, auf sich zukommen. Dieses Auto würde sie unter allen Autos immer und sofort erkennen. Vor ein paar Wochen hatte sie selbst darin gesessen, sie wusste noch genau, wie es sich anfühlte, das würde sie niemals vergessen, so wenig, wie seine Hände auf ihrer zitternden Haut.

Mona lief ihm mit schnellen Schritten entgegen. »Max«, rief sie. »Max, ich muss unbedingt mit dir reden.«

Er sah sie erschrocken an. »Hey, nicht so laut.«

»Es ist wirklich wichtig.«

»Psst! Es wäre nicht so gut, wenn man dich hört. Oder uns zusammen sieht«, sagte er ärgerlich. Und etwas freundlicher: »Du willst doch nicht, dass ich Schwierigkeiten bekomme, oder?«

»Nein. Natürlich nicht.«

»Ich hab's dir doch erklärt.«

»Ja. Ich weiß, wir müssen vorsichtig sein. Das sind wir ja auch. Aber es ist wichtig.«

Es sah auf die Uhr. »Mist, schon so spät. Mein Unterricht fängt gerade an.«

»Bitte!«

Er seufzte. »Na gut. Nach der sechsten Stunde, Viertel nach eins. Wir treffen uns vor Karstadt. Okay?«

Sie nickte erleichtert und sah ihm nach. Viertel nach eins. Das waren nur noch fünfeinhalb Stunden.

Sie war schon um ein Uhr da und wartete. Sehr lange. Aber er kam nicht.

Am nächsten Morgen verschlief sie und kam zu spät zur Schule. Unmittelbar vor der Tür zu ihrem Klassenzimmer lief ihr Max über den Weg.

»Oh, hallo, Mona«, sagte er. Es klang nicht froh.

»Hallo, Max«, sagte Mona und vergaß augenblicklich alles: den Unterricht, die Tatsache, dass andere

188

sie sehen konnten, seine Verlegenheit. »Warum ... Ich habe gestern auf dich gewartet. Du bist nicht gekommen.«

Er lächelte verlegen. »Tut mir leid. Mir ist was dazwischengekommen.«

»Wann können wir uns sehen?«

»Mona, ich bin Lehrer hier, verstehst du?« Er sah sie an. »Du weißt doch, was das bedeutet?«, sagte er weich.

»Du bist nicht *mein* Lehrer. Und ich bin siebzehn. Sie können uns nicht verbieten, dass wir ...«

Er murmelte etwas von *Schutzbefohlenen* und sah auf die Uhr. »Mona, ich muss jetzt wirklich los. Lass uns ein anderes Mal darüber ...«

Ihre Geduld neigte sich dem Ende zu. »Ich habe nach der siebten Stunde Schluss. Danach warte ich auf dem Neumarkt. An der Uhr.« Sie sah ihm in die Augen. »Und ich rate dir, dieses Mal zu kommen.«

Ihre Worte zeigten Wirkung. Er war schon da, als sie um die Ecke bog, und ging ihr mit schnellen Schritten entgegen. »Komm«, sagte er sofort und führte sie in das kleine Kaufhaus an der Ecke. Im Kaufhaus steuerte er die Rolltreppe an, sie folgte ihm. Zwischen zwei Regalen mit Geschirr drehte er sich um und nahm ihre Hände. »Ach, Mona«, sagte er. Ihre Knie begannen sofort zu zittern bei der Berührung und dem Klang seiner Stimme. Ihr mühsam gesammelter Mut verwandelte sich in eine schwammige Masse und machte sie sprachlos. Er hob ihr Kinn, der letzte Rest aufrechter Würde verwandelte sich in dumme Tränen. Was war sie doch für eine Heulsuse. Es war ihr peinlich, hier, in aller Öffentlichkeit und vor ihm, aber sie hatte keine Kontrolle darüber. Er lächelte, seine Finger strichen zart über ihre Wangen, er küsste sie. Ein Kinderkuss. Ein flüchtiger Kuss auf die Stirn. Danach ließ er sie sofort los und seufzte, als hätte sie ihm eine schwere Bürde auferlegt »Die Sache mit uns … nach dem Schulfest …«, murmelte er.

In diesem Augenblick wusste sie, was er sagen würde. Eigentlich hatte sie es die ganze Zeit gewusst, spätestens seit dem Moment, als sie vor einigen Tagen gesehen hatte, wie er ihre Kunstlehrerin küsste, Frau Schreier. Es war kein Kinderkuss gewesen. Auch kein Freundschaftskuss. Es war so, wie er sie nach dem Schulfest geküsst hatte. Und danach nie wieder.

»Ich mag dich. Sehr sogar, das weißt du. Aber …«

Aber. Alles konnte dieses Wort bedeuten. *Aber ich liebe dich nicht. Aber es gibt da eine andere. Aber du erinnerst mich zu sehr an deine Mutter.* Sie spürte, wie etwas in ihr nach unten sackte. Vielleicht der letzte Rest von dem, was einmal ihr Mut gewesen war.

»Es tut mir leid. Wirklich.«

Sie konnte kaum atmen, seine Worte hatten ihr die Luft genommen. Sie schaffte es nicht mehr, ihm von Rosa zu erzählen. Gleichzeitig wurde ihr Kopf von einer seltsamen Klarheit erfasst. Als sie wieder atmen konnte, schaltete sie ihr Herz aus und den Verstand ein.

Ein paar Wochen später entdeckte Hella ihr Geheimnis. Sie hatte eine *gute* Phase, seit Wochen keinen Tropfen Alkohol, dafür ganz viel Mutterliebe. Mona hatte sich zu sicher gefühlt und war unvorsichtig geworden, sie hatte das Ultraschallbild auf dem Schreibtisch liegen lassen. Hella empfing sie nach der Schule.

»Wie weit?«, fragte sie.

»Vierter Monat«, sagte Mona. Sie nahm Hella das Bild ab. Mit viel Phantasie konnte man den kleinen Kopf und die Wirbelsäule erkennen.

Hella lächelte nicht. Sie zeigte ihre Enttäuschung. »Du machst dir alles kaputt.« Natürlich war es jetzt kein Geheimnis mehr.

Ihr Vater war wütend. »Ich würde mir wünschen, dass du nicht jede negative Erwartung erfüllst«, sagte er.

Ansonsten ließ man sie von nun an in himmlischer Ruhe. Man hatte sie abgeschrieben, endgültig und unwiderruflich, und das war genau das, was Mona wollte. Sie brauchte ihre ganze Kraft jetzt für Rosa. Und dafür, Max zu vergessen. Natürlich tat es weh. Es tat weh, an ihn zu denken. Es tat weh, ihm nichts von Rosa erzählen zu können. Aber in ihr war auch eine tiefe Freude. Sie freute sich auf Rosa, sie freute sich auf das Leben mit ihr.

Doch bevor es dazu kam, fing Hella wieder an zu saufen, und dann, von einem Tag auf den anderen, senkte sich etwas über Mona, eine Art schwarzer Schleier, der sie vollkommen lähmte.

Etwas stimmte nicht mit ihr. Sie hatte aufgehört, glücklich zu sein, aufgehört, sich auf Rosa zu freuen, einfach so. Eine seltsame Traurigkeit hatte sich in ihr eingenistet. Nichts und niemand konnte sie trösten, nicht Judith, nicht Johnny, ihr altes Pflegepferd, noch nicht einmal Rosa.

Und jetzt war auch noch ihre selbstgebastelte Skulptur von der Wand gefallen, ein halber Ball, den sie mit einer Masse aus Mull und Gips überzogen und angemalt und anschließend auf ein Brett genagelt hatte. Es kam ihr vor wie eine schlechte Prophezeiung. Tagelang war Mona nicht fähig, die zerbröselten Reste aufzukehren, tagelang tat sie alles, um dieses Gefühl der Leere zu ignorieren. Sie schaute sich einen Katalog mit Babyartikeln an, suchte einen Kinderwagen aus und eine Babywiege. Sie kaufte einen Strampelanzug mit gelben Sternen und legte ihn auf ihr Kopfkissen. Sie tat, als wäre alles in Ordnung. Aber es war nichts in Ordnung. Denn wenn sie jetzt ihre Hände auf den Bauch legte und mit Rosa redete, fand sie kein Echo mehr. Und irgendwann wurde die Stille in ihr unüberhörbar.

»Was ist los mit dir?«, fragte Judith zum hundertsten Mal.

»Nix.«

»Nix geht anders.«

»Ich weiß nicht. Mir geht's nicht so gut.«

»Warst du endlich noch mal beim Frauenarzt?«

»Nein. Noch nicht.«

»Aber du hast einen Termin?«

»Den hatte ich letzte Woche.«

»Ach?«

»Ich konnte nicht weg. Meine Mutter war … es ging ihr nicht gut. Sie ist hingefallen.«

»Dann mach einen neuen Termin. Ich komm auch mit, wenn du willst.«

Aber Mona machte keinen neuen Termin. Die Traurigkeit nahm ihr alle Kraft, und sie schämte sich dafür. Es war nicht gut für Rosa. Es war auch nicht *normal*.

Den ganzen Tag lag Mona in ihrem Zimmer auf dem Bett, sie ging nicht mehr zur Schule und auch nicht in den Stall, sie ging nirgendwo mehr hin. Nach drei Tagen kam Judith. Hella öffnete der Freundin die Tür.

»Oh, hallo, Judith«, sagte sie aufgekratzt. »Schön, dich zu sehen. Vielleicht kannst du diesen Trauerkloß ja mal wieder aus seinem Zimmer locken. Es gibt Möglichkeiten, weißt du, ich habe mich erkundigt. Sie kann das Kind schon vor der Geburt zur Adoption freigeben, es müsste niemand erfahren. Vielleicht sprichst du noch mal mit ihr.« Ihre Aussprache hatte einen leicht verwaschenen Klang, und Judith roch den Cognac.

»Ich will's versuchen«, sagte Judith.

Mona lag auf dem Bett und stierte zu den melancholischen Klängen von Loreena McKennitt an die Wand. Sie sah schrecklich aus. Judith fackelte nicht lange. Sie ließ sich die Nummer der Frauenarztpraxis geben und erzählte der Sprechstundenhilfe, dass ihre Freundin im fünften Monat sei und es ihr nicht gutgehe. Aber das stimmte nur teilweise. Es ging Mona schlecht. Sehr schlecht.

»Ich will nicht«, sagte Mona.

»Du musst«, sagte Judith.

»Das Baby ist zu klein, ich kann auch keinen Herzschlag mehr sehen«, sagte der Arzt. Damit wurde ihre unausgesprochene Angst Wirklichkeit. Für einen Moment war sie beinah erleichtert, weil es damit einen klar erkennbaren Grund für ihre seltsame Traurigkeit gab. *Es ist ganz normal*, dachte sie.

Erst als der Arzt ihr einen Überweisungsschein für

das Krankenhaus ausstellte und ihr sagte, er müsse ihre Eltern informieren, sie sei ja erst in wenigen Tagen volljährig, wich die Erleichterung der Erkenntnis: Rosa hatte aufgehört zu leben.

25. Hella

»Schämen Sie sich«, sagte Wally.

»Ja, ja, ich schäme mich«, sagte Hella. Ihr Kopf war eine dumpfe Masse dunkler Gedanken. Es war Monas Geburtstag, aber Mona war nicht da. Sie war im Krankenhaus, so viel bekam sie noch zusammen. Es war irgendetwas mit dem Baby.

»Ist Mona …?«

»Sie hat es heute Morgen bekommen. Es war tot. Schon seit Tagen.«

Hella versuchte erst gar nicht, ihre Erleichterung zu verbergen. »Sie ist noch viel zu jung und zu unreif, um ein Kind zu haben.« Selbst sie war damals noch zu jung gewesen. Auch wenn sie ihre Kinder liebte, natürlich tat sie das, sie war ihre Mutter, erinnerte sie sich gut an ihre erste Zeit mit einem Baby. Und es waren keine schönen Erinnerungen. Jede Menge Arbeit, Windeln, verpasste Arzttermine, und später die Wahl zwischen einem permanent schlechten Gewissen und Wally.

Dazu kam, dass der Vater von Monas Kind unbekannt war, ihre Tochter weigerte sich trotz aller Drohungen ihres Vaters, ihn zu verraten. Nein, es war wirklich besser so.

Hella rief im Büro an. Beim dritten Versuch stellte Frau Lambert, Norberts Sekretärin, sie durch. Sie hatte mit fünf Versuchen gerechnet.

»Hella. Was gibt's? Ich hab gleich einen Termin.« Seine Stimme hatte den üblichen ungeduldigen Ton. Manchmal glaubte sie, Hass darin zu hören.

»Das Baby ist tot.«

»Ich weiß. Ich habe heute Morgen bereits mit der Klinik telefoniert. Als du noch im Koma lagst.«

»Ich fahr jetzt zu ihr.«

»Sie kommt morgen nach Hause.«

»Ich fahre trotzdem.«

»Natürlich. Du bist ja schließlich eine fürsorgliche Mutter.«

»Findest du das angemessen?«

Er schnaubte. »Ich muss Schluss machen. Bis später! Soll ich dir was zu trinken mitbringen?«

Sie legte auf, holte sich eine neue Flasche Cognac und schloss sich in ihrem Zimmer ein.

26. Mona

Rosa war tot. Es war ihre Schuld. Sie wusste nicht, warum. Sie wusste auch nicht, was, aber irgendetwas musste sie falsch gemacht haben.

Die Ärztin fuhr mit einem seltsamen Gerät über ihren Bauch und zeigte mit dem Finger auf den Monitor. Sie redete und erklärte. Vieles verstand Mona nicht. Sie starrte auf das wie festgefrorene Bild, auf Rosas Kopf, auf ihre Wirbelsäule und auf die kleinen Beine.

Irgendwann schaltete die Ärztin das Gerät wieder ab, Rosa verschwand, und sie wischte mit einem

Papiertuch die kalte gallertartige Masse von ihrem Bauch. Mona wurde mit dem Bett zurück auf ihr Zimmer geschoben, und schon bald spürte sie nichts mehr, auch keinen Schmerz. Es war spät, man hatte ihr Schlaftabletten gegeben, jetzt wartete sie. Auf das Vergessen. Auf den Schlaf. Er kam, und er war gnädig. Er brachte Rosa mit.

Das Warten füllte auch den nächsten Tag und den übernächsten. Sie wartete, ohne zu wissen, worauf. Dabei streichelte sie unaufhörlich ihren Bauch und redete mit Rosa, sie konnte nicht aufhören damit. Ab und zu schauten Schwestern nach ihr und kontrollierten, ob die Wehen eingesetzt hatten. Aber es kamen keine.

Am Abend des zweiten Tages musste Mona zur Toilette. Die ganze Zeit schon hatte sie so einen seltsamen Druck im Bauch gehabt, und als sie im Bad war, kam das Blut. Es tropfte leise aus ihr heraus. Sie stützte sich am Waschbecken ab und starrte auf den Boden. Lauter kleine rote Blutpunkte, die schnell größer wurden. Mona hoffte, dass es nicht Rosas Blut war. Dann schoss eine schmerzhafte Welle durch ihren Körper, so heftig, dass sie für ein paar Sekunden alles vergaß, das Blut und ihr Baby. Etwas glitt aus ihr heraus. Sie schrie, während das Blut jetzt auch an den Innenseiten ihrer Beine auf den Boden lief.

Rosa war winzig. Und doch hatte sie alles, sogar Fingernägel. Mona hörte auf zu schreien. Sie bückte sich, um ihr Baby aufzuheben. Es war das Letzte, woran sie sich erinnerte.

Als Mona wieder zu sich kam, lag sie im Flur auf einer Liege. Sie hatte nur ein Hemdchen an, ihre Beine ruhten auf einem Gestell, das Blut war abgewischt. Eine Krankenschwester kam vorbei.

»Wo ist mein Baby?«, fragte Mona. Es klang undeutlich, weil ihr so kalt war, dass sie mit den Zähnen klapperte.

»Die Ärztin kommt gleich«, sagte die Schwester und schob Monas Bett vom Flur in ein Zimmer.

»Mir ist so kalt.«

»Wir bringen Sie gleich in den OP.«

Als die Ärztin kam, zitterte Mona am ganzen Körper. Sie hatte Angst, wieder ohnmächtig zu werden.

»Wo ist mein Baby?«

»Wir müssen Sie jetzt ausschaben, danach dürfen Sie es sehen«, sagte die Ärztin. Sie setzte sich auf die Bettkante. »Haben Sie denn vorher nichts bemerkt?«

Sie nahm eine Decke vom Nachbarbett und deckte Mona zu. »Gleich wird es besser«, sagte sie. Dann hielt sie ihr ein Blatt Papier vor die Nase. »Sie müssen hier unterschreiben.« Sie zeigte auf eine Stelle auf dem Blatt.

»Was ist das?«

»Die Bestätigung, dass Sie über die Risiken aufgeklärt wurden.«

Der Stift zitterte in Monas Hand und fiel klackernd auf den Boden. Auch beim zweiten Mal konnte sie ihn nicht halten, er rollte unter das Bett. Die Ärztin schnalzte ärgerlich, als sie sich bückte.

Im Operationssaal setzte man ihr eine Maske auf das Gesicht. Das Letzte, was Mona sah, war Rosa. Sie seufzte erleichtert. Rosa war nicht tot. Ihr Baby lebte.

Es war seltsam, aber als sie wach wurde, dachte sie nicht an Rosa, sondern an Pizza.

»Ich habe Hunger«, sagte sie zu der Schwester, die den Raum betrat. Die war jung, blond und hübsch und lachte.

»Da müssen Sie leider noch ein paar Stunden warten. Abendessen gibt's erst um fünf.«

Eine Ärztin kam, dieses Mal eine kleine, dunkelhaarige, etwas korpulente, die schlecht gelaunt war. Vielleicht war sie auch einfach überarbeitet.

»Wo ist mein Baby?«

»Hat man es Ihnen noch nicht gebracht?«

»Nein.«

Die Ärztin sah die Schwester an. »Schwester Gabriele?«

»Ich frage nach.« Schwester Gabriele verschwand, die Ärztin legte ein Klemmbrett mit mehreren Papieren aufs Bett und schob Monas Decke nach unten.

»Lassen Sie sich für nächste Woche einen Termin bei Ihrem Frauenarzt geben. Zur Kontrolle.«

Mona nickte. Als die Ärztin anfing, ihren Unterbauch abzutasten, drehte sie den Kopf zur Seite. Schwester Gabriele kam zurück.

»Was ist los?«, fragte die Ärztin.

Schwester Gabriele zuckte die Achseln.

Mona stützte sich auf ihre Ellbogen. »Wo ist mein Baby?«

Ärgerlich zog die Ärztin Monas Hemd wieder nach unten und verschwand im Flur. Wenig später kam sie zurück. »Es tut mir sehr leid«, murmelte sie und nahm das Klemmbrett an sich. *Geschlecht: weiblich,*

Gewicht: 270 Gramm, las Mona mit verschwommenem Blick.

In diesem Moment setzte der Schmerz ein.

Am Tag darauf durfte Mona nach Hause. Sie hatte die ganze Nacht Schmerzen gehabt, trotz der Tablette, die ihr eine der freundlichen Krankenschwestern gegeben hatte, aber sie blutete nicht mehr.

»Ich blute ja gar nicht mehr«, sagte sie.

»Das kommt noch«, sagte die Schwester.

Wally holte sie ab.

»Mein Auto steht im Halteverbot«, sagte sie und ließ zu, dass Mona sich auf ihren Arm stützte. Sie bewegten sich im Schneckentempo, aber Wally schimpfte nicht. Trotz Halteverbot.

Zu Hause legte Mona sich ins Bett und schluckte noch zwei Tabletten. Sie versuchte zu schlafen, aber die Schmerzen tobten in ihrem Unterleib. Sie nahm noch mehr Tabletten und trank den Tee, den Wally ihr gebracht hatte und der krampflösend sein sollte. Der Schmerz vertrieb alle Gedanken aus ihrem Kopf, er vertrieb sogar Rosa, sie konnte nichts dagegen tun. Er wohnte in ihr und hatte die Regie übernommen.

Den nächsten Tag überstand Mona, indem sie ihre Dosis auf eine Tablette pro Stunde erhöhte und im Bett blieb.

»Ich habe beim Frauenarzt angerufen«, sagte Wally. »Du sollst morgen um zehn in der Praxis sein. Ich habe die nächsten Tage frei und fahre zu meiner Schwester. Ich kläre das mit deiner Mutter.«

Die Nacht war schlaflos und schmerzvoll. Erst gegen fünf schlief sie kurz ein, und wieder träumte sie von

Rosa. Am Morgen stand sie auf, um auf die Toilette zu gehen und sich zu waschen. Sie konnte nicht aufrecht stehen und kaum laufen. Immer noch kein Blut. Mit gebeugtem Oberkörper suchte sie nach Hella. Sie fand sie in der Küche.

»Mama?«

»Wass?« Hellas Aussprache war undeutlich. Ihre Bewegungen auch. Das Einzige, was eine deutliche Sprache sprach, war die Flasche auf dem Tisch.

»Ich hab schlimme Schmerzen, und ich hab nachher einen Termin beim Arzt.«

Hella starrte mit glasigen Augen an ihr vorbei.

»Mama.«

»Is gut«, sagte Hella.

»Ich kann nicht laufen.«

»Ich fahr dich.«

Mona schüttelte den Kopf und rief ihren Bruder an. Er studierte in Frankfurt und wohnte auch da. »Daniel, kannst du kommen?«

»Was ist?«

»Ich muss zum Arzt, aber ich kann nicht laufen, und Hella kann nicht fahren.«

»Ich hab gleich Vorlesung.«

»Bitte. Ich habe so schreckliche Schmerzen.«

»Okay. Ich beeil mich. In einer Stunde bin ich da.«

Sie erzählte dem Arzt nichts von Rosa, nur von den Schmerzen und von ihrer Angst. »Ich blute nicht«, sagte sie. Der Arzt tätschelte ihren Arm, aber er untersuchte sie nicht. Das sei alles normal nach einem solchen Eingriff, sagte er. Sie solle sich bewegen und etwas Schönes machen. »Lassen Sie los!«

Sie glaubte ihm und beruhigte sich wieder. Sie musste Rosa loslassen. Es tat weh, aber sie tröstete sich damit, dass ihre tote Tochter irgendwann eine gesunde Schwester haben würde.

Nach drei Tagen konnte Mona das Bett nicht mehr verlassen. Jeder Gang zur Toilette wurde zur qualvollen Tortur. Sie schluckte immer noch Tabletten, alles, was sich in der Hausapotheke auftreiben ließ, und als auch das nichts mehr half, rief sie wieder in der gynäkologischen Praxis an. Ihr Anruf lag außerhalb der Sprechzeiten. Sie hinterließ eine Nachricht und bat um Rückruf. Niemand rief an. Wally würde erst am nächsten Tag zurückkommen, ihr Vater war auf Geschäftsreise, Daniel in Frankfurt und Hella betrunken. Sie legte sich wieder ins Bett.

Am vierten Tag hatte sie Fieber. Als Wally nach ihr sah, rümpfte sie die Nase und öffnete das Fenster. Dann setzte sie sich mit Monas Vater in Verbindung.

»Da stimmt etwas nicht«, sagte sie. »Sie hat Fieber.«

»Kann meine Frau …?«

»Nein.«

»Ich rufe Daniel an, er soll …«

»Ich glaube, wir sollten uns beeilen.«

»Gut. Dann rufen Sie ein Taxi, und sorgen Sie dafür, dass meine Tochter ins Krankenhaus kommt«, sagte er.

»Komm schon, Mädchen, wir sind gleich da.« Der Taxifahrer war schon sehr alt, mindestens fünfzig, vielleicht sogar noch älter. Wahrscheinlich hatte er Angst, dass sie in seinem Auto sterben würde. Seine grauen

201

Augen blickten sorgenvoll. Er roch nach Zigaretten und Schweiß, aber er war nett zu ihr, so nett, dass ihr vor Dankbarkeit die Tränen kamen. Zusammen mit Wally brachte er sie zum Aufzug. »Den Rest schafft ihr doch, oder?«, fragte er und drückte auf einen Knopf.

Mona hing in Wallys Arm und atmete heftig. Ihr war kalt, gleichzeitig schwitzte sie. Sie kam sich schäbig vor und roch ihren eigenen Atem. Er roch nicht gut. *Ich schaffe das*, dachte sie. Aber sie schaffte gar nichts mehr.

Als sie aufwachte, wusste sie im ersten Moment nicht, ob sie noch lebte oder schon im Jenseits war. Alles um sie herum war weiß, die Stimmen klangen gedämpft und weit weg, und sie hatte keine Schmerzen mehr. Aber dann sah sie die Kanüle in ihrem Arm und die Infusion und wusste, dass sie im Krankenhaus war. Sie war in Sicherheit. Beruhigt schlief sie wieder ein.

Als sie das nächste Mal die Augen öffnete, war es beinahe dunkel. Ein Arzt stand an ihrem Bett. Mona kannte ihn nicht.

»Wie geht es Ihnen?«

Sie schloss die Augen wieder.

»Ihre Entzündungswerte sind katastrophal«, sagte er. »Sie bekommen jetzt Antibiotika. Sobald sich die Werte verbessert haben, machen wir eine Bauchspiegelung. Haben Sie noch Fragen?«

Sie antwortete nicht, aber als der Arzt seine Frage wiederholte, schüttelte sie den Kopf. Sie konnte keine Fragen stellen, weil sie nichts verstanden hatte.

Die nächsten Tage verbrachte Mona in einer Art Delirium. Sie war vollgepumpt mit Medikamenten, und ihr Kopf baute sich ein Bild von Rosa. Im Bett neben ihr lag eine Frau mittleren Alters, die eine Totaloperation hinter sich hatte. Ihre Haare waren farblich zweigeteilt. Zehn Zentimeter grau, der Rest braun. »Ach, Mädsche, des wird schon widder«, sagte sie.

Irgendwann war Weihnachten vorbei und das Fieber weg. Wieder lag sie in einem Bett auf dem Flur, wieder hatte jemand ihre Beine hochgelegt, nur dass sie dieses Mal zugedeckt war. Sie fror trotzdem. Eine ältere Schwester strich ihr im Vorbeigehen tröstend mit der Hand über die Wange. »Wird schon wieder«, sagte auch sie. Mona dachte an den Taxifahrer und die Frau, mit der sie das Zimmer teilte, und weinte.

Am nächsten Tag bekam sie Besuch. Von Hella und Daniel. »Wie geht's meiner kleinen Schwester«, fragte ihr Bruder und legte seine Hand auf ihre. Mona spürte seine Wärme, sonst spürte sie nichts.

»Du siehst schrecklich aus«, sagte Hella. »Deine Haare müssten dringend gewaschen werden. Und dieses Krankenhaushemd macht dich noch blasser, als du ohnehin schon bist. Ich bring dir beim nächsten Mal etwas Farbenfroheres mit.« Sie war nüchtern und setzte ihre gewohnten Prioritäten.

Der Arzt betrat das Zimmer. Er gab Hella und Daniel die Hand. »Neubauer«, stellte er sich vor und erklärte den Ablauf der Operation.

»Ihre Tochter muss schreckliche Schmerzen gehabt haben. Ich frage mich, warum sie nicht früher gekommen ist?«

»Hattest du Schmerzen, Monique?«, fragte Hella, als hätte sie nichts davon gewusst. Sie griff nach ihrer

Hand. »Mein armes, armes Kind.« Ihre Augen waren voller Tränen.

»Man hätte vielleicht noch etwas machen können«, sagte der Arzt.

»Was meinen Sie?«

»Die Gebärmutter …«

»Habe ich keine Gebärmutter mehr?«, fragte Mona erschrocken.

»Doch, doch«, versicherte Dr. Neubauer schnell. Sie hörte etwas von Keimen und Sepsis, von Verklebungen und geronnenem Blut, aber sie verstand den Sinn nicht.

»Was heißt das?«

»Das heißt, dass Sie wahrscheinlich keine Kinder mehr bekommen können. Aber dafür werden Sie sonst ein ganz normales Leben haben.«

4. Kapitel

Januar bis Februar 2017

27. Hella

Als Hella an diesem Morgen die Augen aufschlug, wusste sie sofort, dass etwas ganz und gar nicht stimmte. Ihr Herz raste, ihre Hände und Füße kribbelten, gleichzeitig war sie schweißgebadet, und über ihr schwappte eine riesige Welle der Bedrohung, die sie unter sich zu begraben drohte. Schnell warf sie die Bettdecke zurück und setzte sich auf. Ihre Hände zitterten, sie faltete sie wie im Gebet, und das war vielleicht auch nicht die schlechteste Idee. *Bitte*, betete sie. *Bittebittebitte!* Das Atmen fiel ihr schwer. Was war mit ihrem Brustkorb los, warum fühlte der sich an, als hätte jemand ein Eisenkorsett darum gelegt? *Bittebittebitte!!* Ihr Herz trommelte, es hörte nicht auf verrücktzuspielen. Sie erhöhte die Intensität: *BITTE-BITTEBITTE!!!*

Sie atmete weiter, ein und aus, bis die gemurmelten Worte und das Atmen einen gemeinsamen Rhythmus fanden. Der Ring um ihre Brust gab endlich nach, und ihr Herz beruhigte sich langsam. Das Ganze hatte wahrscheinlich nicht viel mehr als eine Minute gedauert, aber Hella war es vorgekommen wie eine Ewigkeit.

Sie stand auf. Sie musste sich irgendwie bewegen. Atmen, einen Fuß vor den anderen setzen, zum Fenster und wieder zurück. Am Alkohol konnte es nicht liegen. Sie hatte seit Weihnachten keinen Schluck getrunken und um Mitternacht nur mit einem Glas alkoholfreiem Sekt und mit sich selbst auf das neue Jahr oder auf was auch immer angestoßen.

Nicht denken jetzt, vor allem nicht daran, dass es gar keinen Cognac mehr gab in diesem Haus, sie hatte ihn ausgeschüttet, am ersten Weihnachtstag schon in aller Frühe. Einfach weiteratmen und ein paar Schritte gehen. Ihr Weg führte sie in die Küche, und sie starrte zur Anrichte. Nur um ganz sicherzugehen.

Es war nicht die erste Panikattacke in ihrem Leben. Sie hatte das in den letzten Monaten schon ein paarmal erlebt, aber noch nie in dieser Heftigkeit. Beim ersten Mal hatte sie noch gedacht, es wäre vielleicht ein Herzinfarkt oder so etwas in der Art, und die Anzeichen gegoogelt. Jetzt wusste sie, dass es nur ein Zustand war. Es ging vorüber.

Einatmen und ausatmen. Ihr Atem war immer noch holprig und bemüht. Sie tastete sich vorsichtig von Raum zu Raum, durch das ganze Haus, bis Kopf, Herz und Körper ihr signalisierten, dass sie wieder miteinander kooperierten.

Dann kleidete Hella sich ganz langsam und mit unsicheren Bewegungen an, schöpfte kaltes Wasser und kühlte ihr Gesicht. Sie hob den Kopf und sah in den Spiegel. Der Anblick erschreckte sie. Alles an ihr war grau, vielleicht war sie schon tot.

Sie verwendete viel Zeit darauf, ihrem Gesicht wieder Farbe und ihren Haaren Form zu geben. Dabei arbeitete sie mit allen Mitteln, die ihr zur Verfügung standen. Sie trug Make-up auf, tuschte sich die Wimpern und benutzte den Ondulierstab. Aber egal, wie viel Mühe sie sich auch gab, am Ende war es doch nur diese alte Frau, die ihr entgegenblickte. Wie ein graues Bild, das man mit Farbe übermalt hatte.

Hella wandte den Blick ab und begann erneut durch die Wohnung zu wandern. Von einem Zimmer ins andere und wieder zurück, dabei das immer noch leicht holprige Klopfen ihres Herzens spürend. Als sie nichts mehr spürte, zog sie sich einen Mantel an und feste Schuhe.

Es war kalt und schmutzig, die Straßen und Bürgersteige übersät mit zerfetzten Resten von Feuerwerkskörpern und leeren Flaschen. Zeugnisse einer langen, feierlaunigen Nacht. Hella malte sich aus, wie es gewesen wäre, selbst wieder einmal eine Party zu veranstalten. Eine Silvesterparty, und sie mittendrin als bezaubernde Gastgeberin. Früher war so etwas möglich. Heute nicht mehr. Sie hatte keine Freunde mehr, die sie hätte einladen können, vielleicht hatte sie auch nie welche gehabt. Sie hatte Bekannte, gute und schlechte und sehr viele, aber irgendwann hatte sie einfach aufgehört, sich um all diese vielen losen Verbindungen zu bemühen. Und so hatte sich eine nach der anderen gelöst, ganz leicht, sie hatte es kaum gespürt.

Hella passierte den Brückenturm auf der alten Lahnbrücke und beugte sich über die steinerne Brüstung. Der Wind war schwach, aber eisig, sie spürte seinen kalten Atem in ihrem Gesicht und sah hinab in den Fluss. Dunkel und gelassen und in immer gleicher Geschwindigkeit floss er dahin, unbeeindruckt von allem, was in der Welt geschah. Sie fand ein altes Bonbonpapier in ihrer Manteltasche und warf es hinunter. Das Papier tanzte eine Zeitlang auf den leisen Wellen, bis es vom Fluss verschluckt wurde.

In der Altstadt waren heute alle Geschäfte geschlossen, aber in manchen Fenstern der Wohnungen brannte Licht. Wer wohnte in diesen buckligen alten Häusern? Alte, bucklige Menschen? Menschen, die einsam waren? So einsam wie sie selbst? Früher hatte ihr die Einsamkeit nichts ausgemacht. Früher hatte ihr fast alles nichts ausgemacht, sogar Norberts Attacken waren irgendwann an ihr abgeprallt.

Ob sie Daniel und Anne besuchen sollte? Und ihre drei Enkel, die ihr beinah ebenso fremd waren wie die Kinder der Familie, die ihr gerade entgegenkamen. Ihre überraschten Gesichter, wenn sie plötzlich vor der Tür stünde.

Sie ließ die Altstadt hinter sich, ließ sich treiben wie das Stück Bonbonpapier auf der Lahn. Ohne besondere Absicht holte sie das Handy aus ihrer Tasche und wählte Monas Nummer, aber schon bevor das Freizeichen ertönte, wusste sie, dass auch dieses Mal niemand abheben würde.

Sie ging weiter, immer weiter, und plötzlich wusste sie, wohin. Es gab keine Lebenden, die sie besuchen konnte. Aber es gab die Toten.

28. Mona

Mona rührte in ihrem Cappuccino und bemühte sich um Abstand. Sie wusste nicht, warum sie sich mit Patrick verabredet hatte. Das erste Mal seit drei Wochen. Wahrscheinlich lag es an seiner ruhigen Beharrlichkeit. *Nur eine Tasse Kaffee, komm schon. Da ist doch nichts dabei.* Nein, es war nichts dabei, aber sie spürte, dass er mehr von ihr wollte als ein Kaffee-Date, und es war sicher nicht richtig, ihm Hoffnungen zu machen, indem sie sich mit ihm traf.

Das neue Jahr hatte schlecht angefangen. Und das letzte schlecht aufgehört. Silvester hatte sie allein mit einer Flasche Sekt vor dem Fernseher verbracht. Das war der Höhepunkt ihrer vierzigjährigen Silvester-Karriere. Aber natürlich war es ihre eigene Entscheidung. Sie hätte mit Judith und ihrer Familie feiern können. Oder auch mit Daniel und Anne. Oder sogar mit Hella.

Patrick lächelte ihr zu. Sie lächelte nicht und dachte stattdessen über nonverbale Signale nach, über Gestik und Mimik, wie man sich jemandem zu- oder abwendete. Was war richtig, und was war falsch?

Ihr Handy summte. Hella. Sie nahm nicht ab, das Summen hörte irgendwann wieder auf. Dann meldete ein kurzer Glockenton den Empfang einer neuen Nachricht. Mona legte das Gerät auf den Tisch und stellte den Ton aus.

»Shirin fragt ständig nach dir«, sagte Patrick.

»Nach mir oder nach Chester?«

»Nach euch beiden.«

»Sag ihr schöne Grüße.«

»Melde dich doch mal bei ihr. Du hast ihr versprochen …«

»Ich weiß. Aber ich habe wenig Zeit.«

»Shirin kann nur sehr schlecht damit umgehen, wenn man ihr etwas verspricht und nicht einhält.«

»Okay. Ich schau mal vorbei.«

»Danke!« Er sah sie abwartend an. Sie wich seinem Blick aus und begann wieder in dem zu rühren, was von ihrem Cappuccino noch übrig war.

»Wie war denn deine erste Arbeitswoche?«, fragte er, bemüht um neutralen Boden.

»Erwartungsgemäß.«

»Erwartungsgemäß gut oder erwartungsgemäß schlecht?«

»Schlecht«, sagte sie kurz angebunden, um den nonverbalen Eindruck zu verstärken.

Ihre Ablehnung hing wie eine dunkle Regenwolke zwischen ihnen. Es war Samstag, der Vormittag gerade dabei in den Mittag überzugehen, und der Rest vom Wochenende lag vor ihr wie ein ödes Stück Land. Niemand, der auf sie wartete. Außer Chester.

»Mona, was ist los?«

»Nix.«

»Warum bist du sauer?«

»Ich bin nicht sauer.«

»Aber schlecht gelaunt.«

»Hmmpf«, grummelte sie und mied weiter seinen Blick. Es ging nicht, da konnten sie noch so oft einträchtig Cappuccino miteinander trinken. Er war achtunddreißig und sie vierzig. Er kam aus einer ganz normalen Familie und sie allenfalls aus gutem Haus. Er hatte seine Vorstellungen, sie hatte nichts.

»Habe ich etwas Falsches gesagt oder getan? Bin ich in irgendein imaginäres Fettnäpfchen getreten?«, fragte er.

»Nein. Es liegt nicht an dir.«

Es liegt nicht an dir. Spitzensatz. Den sollte sie sich patentieren lassen. »Ich glaube, ich geh dann mal.« Sie gab Maria ein Zeichen.

»Schon gut. Du bist eingeladen.« Sein Tonfall hatte sich verändert. Er klang beleidigt. Ihr Handy fing wieder an zu vibrieren. Hella war ziemlich hartnäckig heute.

»Wenn du noch eine andere Verabredung hast, kannst du es auch einfach …«

»Quatsch. Ich bin nur müde.« Sie schaute aus dem Fenster. Draußen war es kalt und ungemütlich. Eine junge Mutter zog ihr plärrendes Kind hinter sich her.

Am Anfang, als sie noch sehr jung war und schon wusste, dass sie wahrscheinlich nie eigene Kinder haben würde, hatte es natürlich auch schon weh getan. Aber da hatte sie nur um Rosa getrauert, nicht um spätere imaginäre Kinder. Bei anderen Müttern ließ der Schmerz irgendwann nach, bei ihr wurde er schlimmer. Wie ein Krebsgeschwür hatte er sich in ihrem ganzen Körper ausgebreitet. Er würde immer da sein, und sie konnte nichts tun, um ihn zu besänftigen, außer jung und schön zu sein und auch anderen Männern zu gefallen. Und selbst das würde nicht mehr lange funktionieren.

Draußen hatte sich eine kleine Gruppe von Leuten gebildet, die Raucherequipe. Der große, bärtige Mann in der Mitte, so schien es, war so etwas wie der Wortführer. Wann immer er etwas sagte, lachten alle laut.

Einer nach dem anderen steckte sich eine Zigarette an. Sie lachten miteinander und redeten miteinander, es sah so einfach aus. So *eingeschworen*. Mona sinnierte über das Wort *eingeschworen* und bedauerte für einen Moment, nicht auch zu den Rauchern zu gehören. Sie spürte, dass Patrick sie immer noch ansah, aber sie mied seinen Blick.

»Es gibt da so einen Film, den ich mir gerne ansehen würde. Hättest du vielleicht Lust, mit mir ins Kino …«

»Nein.« Plötzlich tat er ihr leid. Es war ja nicht seine Schuld. »Also, vielleicht. Wann denn?«

»Heute Abend?«

Das Handy fing wieder an zu vibrieren. Sie verfluchte Hella und schielte auf das Display. Aber dieses Mal war es Judith.

»Oh. Entschuldige! Da muss ich ran, das ist Judith«, sagte sie zu Patrick und zog bedauernd die Schultern hoch.

»Mona«, hörte sie die aufgeregte Stimme ihrer Freundin. »Es gibt Neuigkeiten. Hättest du ein Stündchen Zeit?«

Das Haus von Judiths Oma lag mitten in der Stadt und trotzdem versteckt. Es stand in einer winzigen Nebengasse, eingerahmt von zwei größeren, prächtigeren Häusern links und rechts. Zwei Steinstufen vor der Haustür, aber kein Garten. Jedenfalls nicht vor dem Haus. Mona wäre daran vorbeigelaufen, ohne es zu bemerken, wenn sie es nicht schon gekannt hätte.

Judith schloss die Tür auf und rümpfte die Nase. »Hier riecht es immer noch so wie früher«, sagte sie.

Mona roch es auch. Es war ein freundlicher Geruch nach alten Menschen, noch älteren Möbeln und nach Staub.

»Das sieht jetzt alles so anders aus«, flüsterte Judith, als sie im Wohnzimmer standen. Die gute Stube war ganz leer geräumt. Nichts mehr übrig, außer ein paar randbestickten Vorhängen an den beiden Fenstern. Leicht vergilbt, aber sonst noch tadellos.

»Was habt ihr mit den Möbeln gemacht?« Auch Mona flüsterte. Irgendwie fühlte es sich nicht richtig an, was sie hier machten. Es hatte etwas von Störung der Totenruhe. Judiths Oma war vor sechs Wochen gestorben. Mit einundneunzig. »Sie ist ganz friedlich eingeschlafen, haben die Ärzte gesagt.« Wenn sie nicht gestorben wäre, dann hätte sie den Rest ihres Lebens als Vollpflegefall im Heim verbracht. *War auf jeden Fall besser so.* Und jetzt wurde sortiert, was noch zu sortieren war.

»Muss ich mal meine Eltern fragen. Ich glaube, das meiste ist beim Sperrmüll gelandet.«

»Schade!«

»Was mache ich bloß mit dem Haus?«

Es hatte kein Testament gegeben, aber Judiths Vater meinte, es sei der Wunsch seiner Mutter gewesen, ihrer einzigen Enkelin dieses Haus und ein mageres Bankkonto zu hinterlassen. Das Haus war etwas heruntergekommen, aber es lag mitten in der Altstadt. Etwas bucklig und krumm, aber mit Potential.

»Sanierungsstau«, sagte Mona, jetzt wieder mit normaler Stimme. Sie ging zum Fenster und fuhr über die blättrige Farbe des Rahmens. Hier war jede Menge Handarbeit gefragt. Es juckte sie in den Fingern.

Im Flur öffnete Judith eine schmale Tür, und sie warfen einen Blick in einen langen, genauso schmalen Raum, an dessen Ende ein einsames Klo stand. »Hier ist das Klo«, sagte sie überflüssigerweise. »Als Kind fand ich es im Winter ganz schrecklich, wenn wir bei meiner Oma waren und ich aufs Klo musste. Es gibt keine Heizung, und ich hab mir jedes Mal fast den Hintern abgefroren.«

»Arschkalt eben«, sagte Mona und hob den Linoleum-Boden an, der sich an einer Ecke gelöst hatte. »Guck mal. Da sind schöne Holzdielen drunter«, sagte sie.

Judith schlang sich frierend die Arme um den Oberkörper. »Dass meine Oma hier noch gelebt hat. Fast bis zum Schluss. Bis vor ein paar Jahren hat sie sogar noch mit Kohle geheizt. Ich glaube, alte Leute sind einfach nicht so verwöhnt.«

Mona dachte an Hella. »Kommt drauf an«, sagte sie. »Was willst du denn jetzt machen?«

»Keine Ahnung.«

»Hm.«

»Was würdest du denn machen?«

»Wahrscheinlich verkaufen.«

»Eigentlich würde ich es irgendwie auch gerne behalten und renovieren. Aber leider fehlt mir dazu das Geld. Und die Zeit.«

»Na ja, es gehört dir. Ihr könntet euch Zeit lassen und peu à peu …«

»Trotzdem. Wer soll es denn machen? Jetzt, wo Henri wieder arbeitet?« Das war die zweite gute Neuigkeit. Ihr Mann stand ab Februar wieder in Lohn und Brot, wie man so schön sagte. Der Familie

214

war eine ganze Wagenladung an Steinen von der Seele gepurzelt.

»Außerdem haben wir ein Haus. Und ich würde hier auch nicht wohnen wollen. Kein Garten für Emil, und die Zimmer sind ziemlich klein und dunkel. Andererseits … irgendwie hänge ich dran.«

Mona strich versonnen über eine alte Tür. Irgendwann hatte sie jemand einmal weiß lackiert. Das Weiß war längst vergilbt und der Lack sozusagen ab, aber darunter konnte man das Holz sehen, das immer noch lebte.

Judith öffnete ein paar Fenster zum Lüften. »Lass uns mal nach oben gehen«, sagte sie.

»Wie viele Quadratmeter sind das hier?«, fragte Mona.

»Neunzig?«, schätzte Judith. »Oder vielleicht auch hundert.«

Monas Elternhaus hatte mehr als dreihundert. Und wahrscheinlich bald neue Besitzer.

Die Treppe knarzte und knackte, der Wind blies durch die Räume gegen eine Tür, die leise in ihren Angeln quietschte. Das ganze Haus war voller stiller Geräusche.

»Was ist das eigentlich mit dir und Patrick?«, fragte Judith unvermittelt.

»Wieso? Was soll sein?«

»Seid ihr zusammen?«

»Nein.«

Sie betraten ein kleines Zimmer mit zwei winzigen Fenstern, die ganz offensichtlich schon sehr lange nicht mehr geputzt worden waren.

»Aber er würde schon gerne, oder?«

»Vielleicht. Ja.«

Judith kreuzte die Arme hinter dem Rücken und lehnte sich an eine Wand. »Magst du ihn denn nicht?«

»Doch. Schon. Aber … du weißt schon …«

»Ach Mensch. Gib dir doch mal eine Chance.«

»Ich habe mir alleine in den letzten neun Jahren ungefähr dreißig Chancen gegeben.«

»Quatsch. Da hast du dir höchstens kleine Betttröster gesucht. Die waren alle chancenlos.«

Mona ließ sich neben Judith in die Hocke gleiten. Sie schielte zu Judith hoch. »Und was war mit Frank?«

»Eben. Mach doch nicht wieder den gleichen Fehler.«

»Du hast gut reden. Du hast Henri.«

»Ja und?«

»Henri und du, ihr seid eine Einheit. Irgendwie unverwundbar. Genau wie Daniel und Anne. Das hätte ich auch gerne.«

»Das hättest du mit Frank auch haben können. Und du könntest es jetzt vielleicht mit Patrick haben. Obwohl: Eigentlich ist das Quatsch. Eine Beziehung ist keine *unverwundbare Einheit*. Eine Beziehung ist vor allem harte Arbeit.«

»Ja, ja, schon gut. Ich liebe solche lebensklugen Weisheiten.«

»Mona, jedes Mal, wenn sich bei deinen Pseudo-Beziehungen ein Hauch von Alltag eingeschlichen hat, musstest du dir sofort beweisen, dass noch was geht. So wird das nix.«

Mona rappelte sich wieder hoch. »Hey. Jetzt mach hier mal nicht so ein Fass auf. Ich hasse es, wenn du so mit mir redest.«

»Ja, ja. Schon gut. Tabuthema. Nur noch eine Frage: Was willst du eigentlich? Und was erwartest du dabei von einem Partner?«

Mona seufzte »Das sind zwei Fragen.«

»Ja. Und?«

»Ich will nichts, und ich erwarte nichts.«

»Ja klar. Gute Strategie. Wenn man nichts will und nichts erwartet, kann einem auch nichts passieren.«

»So ein Quatsch.«

»Bloß kein Risiko eingehen.«

»Hey! Ich war schließlich verheiratet.«

»Ja. Aber nur auf dem Papier.«

Auf dem Heimweg versuchte Mona grob die Kosten für die Renovierung zu überschlagen. Es lenkte sie ab und verdrängte ihr schlechtes Gewissen. Wegen Judith, aber mehr noch wegen Patrick. Obwohl es in diesem Fall vielleicht weniger das schlechte Gewissen als dieses seltsame Ziehen in der Herzgegend war, das sie zu verdrängen versuchte. Vielleicht hatte Judith ja recht. Vielleicht fehlte ihr wirklich der Mut.

Das Haus gefiel ihr jedenfalls. Es war wahrscheinlich seit Jahren nichts investiert worden, das war klar, aber sie hatte zumindest keine feuchten Wände entdeckt. Und es war auch nicht sehr groß, was den Kostenrahmen einigermaßen überschaubar machte. Natürlich waren die Fenster marode, und die Sanitärobjekte stammten noch aus einer Zeit, in der eine Toilette im Haus Luxus war. Auch das Dach sah renovierungsbedürftig aus, und ganz bestimmt mussten die Elektroleitungen und Wasserrohre komplett erneuert werden, aber einige Arbeiten wie Holzböden abschleifen und neu versiegeln und Malerarbeiten könnte man wahrscheinlich selbst erledigen. Trotzdem müssten bestimmt mindestens 100 000 bis 150 000 Euro investiert werden. Sie seufzte. So viel Geld hatte Judith nicht. Das war klar.

Als Mona durch die großen Glasfronten eines Cafés ihren Bruder erkannte, blieb sie stehen. Daniel saß allein an einem kleinen Tisch an der Wand. Er rührte mit dem Kaffeelöffel in der Tasse und las die Zeitung. Genauso wie ihr Vater früher. Überhaupt war Daniel ihm im Laufe der Jahre immer ähnlicher geworden. Auch wenn seine Haare nicht so brav gescheitelt waren, sondern meistens ziemlich zerzaust in alle Richtungen standen.

Spontan betrat Mona das Café und ging auf ihn zu. Aber dann blieb sie etwa zwei Meter vor ihm stehen. Er hatte sie noch nicht bemerkt, und jetzt zögerte sie wieder. Irgendetwas hinderte sie daran, einfach auf ihn zuzustürmen, so wie früher. Sie waren sich fremd geworden über die Jahre, das hatte sie noch nie in dieser Deutlichkeit gespürt.

Plötzlich, als würde er ihre Anwesenheit ahnen, hob er den Kopf. »Hey«, sagte er, als er sie erkannte.

»Hey! Ich hab dich zufällig gesehen.«

Er legte die Zeitung zusammen. »Setz dich doch! Willst du auch einen Cappuccino?«

»Nein.«

»Etwas anderes?«

Sie hob unschlüssig die Schultern. »Ich wollte eigentlich nur …«

»Ach komm schon. Ein paar Minuten wirst du wohl Zeit haben.«

»Na gut.« Sie zog einen Stuhl zurück. »Dann ein Wasser.«

Er gab der Bedienung ein kurzes Zeichen mit der Hand. Auch das hatte er von seinem Vater: Dieses sichere Auftreten, das sie immer so bewundert hatte. Und das ihr selbst so völlig fehlte. »Für mich noch einen Cappuccino und für die Dame ein Wasser, bitte.«

Mona betrachtete ihn unauffällig. Er sah mitgenommen aus. Sein Gesicht war grau, und die Stirn zeigte tiefe Falten. Mit einer Hand rührte er immer noch in der Tasse, mit der anderen trommelte er merkwürdige Morsezeichen auf den Tisch.

»Was machst du so?«, fragte er.

»Ach. Nichts Besonderes. Zuerst habe ich mich mit einem Freund getroffen und jetzt gerade noch mit Judith. Sie hat das Haus von ihrer Oma geerbt. Es ist ein ziemlich kleines, altes Häuschen, nur ein paar Meter von hier. Die Lage ist ganz gut, aber es müsste einiges investiert werden. Sie ist sich nicht sicher, ob sie das Haus …«

»Ich glaube, ich kenne es.«

»… behalten soll.«

»Ja. Was soll sie auch damit?«

»Und du? Was machst du?«

»Nick und Suse kommen heute Abend zum Essen. Anne ist beim Metzger und hat mich losgeschickt, um noch ein paar Sachen vom Markt zu besorgen. Wir treffen uns gleich hier.«

Nein, revidierte sie ihre eigenen Gedanken. Daniel war nicht wie sein Vater. Er war zwar ebenso fleißig und ehrgeizig, er rieb sich wie der Vater für die Firma auf, er wirkte oft genauso gehetzt, aber er liebte Anne. Und er liebte seine Kinder. Er liebte auch Hella, wahrscheinlich liebte er sogar sie. Außerdem hätte Norbert Lorentz sich niemals *losschicken* lassen, am allerwenigsten von seiner Frau. Und Daniels Auftreten war auch oft gar nicht so lässig und selbstsicher, wie es schien. Das zeigten ihr die unruhigen Hände und das Zucken seines Augenlides ebenso wie die tiefen Sorgenfalten.

Mona nestelte an ihrer Armbanduhr. »Wie geht's den Kindern?«

»Gut.« Der Blick ihres Bruders wurde intensiver. »Mona? Was ist eigentlich los mit dir?«

»Nichts. Warum?« Sie zögerte. »Nur ... äh wegen Weihnachten ... es tut mir leid, ich habe da wohl etwas überreagiert.«

»Das solltest du unserer Mutter sagen. Sie war wirklich gekränkt.«

»Es tut mir leid wegen dir und Anne und den Kindern. Nicht wegen Hella.«

»Es hat sie sehr verletzt.«

Sie beobachtete sein Augenlid. »Warum nimmst du sie eigentlich immer noch in Schutz?«

»Weil es sonst niemand tut.«

Die Bedienung stellte das Wasser und den Cappuccino ab. »Danke«, sagte Daniel. Mona seufzte.

Ihr Bruder fing wieder an zu rühren. »Sie hat übrigens seit Weihnachten keinen Tropfen getrunken.«

»Sagt sie das?«

»Ich habe in den letzten beiden Wochen ein paarmal mit ihr telefoniert. Ich hätte es gemerkt.«

»Das hält sie bestimmt nicht lange durch.«

Daniel schüttelte den Kopf. »Gib ihr doch wenigstens mal eine Chance.«

Plötzlich wurde Mona wütend. Der heilige Daniel. »Du hast wirklich gut reden. Du hast es überall leichter gehabt. Bei Papa, bei Wally, in der Schule. Sogar bei Hella.«

»Ich weiß«, sagte Daniel. »Aber es war nicht meine Schuld.«

»Ach? Meine etwa?«

»Nein. Natürlich nicht. Aber du konntest schon eine ziemliche Nervensäge sein. Du warst ziemlich oft auf Streit aus.«

»Während du immer genauso warst, wie alle dich haben wollten. Braver Daniel, gutes Kind.«

»Tja, so hat jeder seine Talente.« Sein größtes war, Vorwürfe entweder zu ignorieren oder sich einfach schuldig zu bekennen, was einem sofort den Wind wieder aus den Segeln nahm.

»Tut mir leid«, murmelte Mona und ging sich damit selbst auf den Nerv. Immer tat ihr alles leid.

»Übrigens besucht uns Wally nächstes Wochenende. Sie würde sich sicher freuen, wenn du …«

»Ach, lass mal.«

Daniel begann mit dem Löffel den Rest Milchschaum zu verteilen. »Ich finde, du bist hart geworden.«

Mona wühlte in ihrer Tasche und zog ihr Portemonnaie heraus. »Ich muss jetzt gehen. Chester wartet.«

»Ich kann ja verstehen, dass du sauer bist, aber warum auf mich? Oder auf Wally? Wenn sie nicht gewesen wäre …«

Mona schnaubte leise.

»Verdammt, Mona! Was hat die Welt dir eigentlich getan?«

Sie griff nach ihrer Tasche. »Sag Anne einen schönen Gruß!«

»Glaubst du eigentlich, mir wäre alles in den Schoß gefallen?«

Ihm war natürlich nicht alles in den Schoß gefallen. Er hatte nur eine wesentlich bessere Startposition gehabt. Sie zog einen Fünfeuroschein aus ihrer Börse und legte ihn auf den Tisch. »Den Kindern und Wally natürlich auch.«

»Steck das Geld wieder ein! Du bist eingeladen.«

Diese Geste erinnerte sie daran, dass er es nicht nur leichter gehabt, sondern auch sehr viel mehr geerbt hatte. Sie steckte den Schein wieder weg. »Danke«, sagte sie höflich, aber ihre Stimme hatte einen sarkastischen Unterton. »Wenn du das noch ungefähr eine Million Mal wiederholst, sind wir quitt.«

Die Tür ging auf, und Anne betrat das Café. Ihr langer Cashmere-Mantel wehte ihr wie ein Umhang hinterher.

»Mona!« Sie lächelte erfreut. »Das ist ja eine Überraschung.«

»Hallo, Anne! Nur eine kurze, leider.« Mona stand auf. »Ich wollte gerade gehen. Chester wartet.« Sie rückte den Stuhl an seinen Platz. »Ich, eh, ich muss nur noch mal eben zur Toilette.«

»Warte!« Anne hängte ihren Mantel auf. »Ich komme mit.«

222

Anne drehte leicht ihren immer noch so jung aussehenden, blonden Kopf. »Geht's dir wieder gut?«, fragte sie über die Schulter.

»Ja, klar. Warum soll es mir nicht gutgehen?«

»Ich dachte nur. An Weihnachten …«

»Ach, tut mir leid, da hatte ich einen schlechten Tag.«

Anne stieß die Toilettentür auf, und Mona beobachtete, wie sie dabei sorgsam vermied, den Griff zu berühren. Sie mochte ihre Schwägerin, aber sie fühlte sich neben ihr oft unzulänglich. Anne wirkte zart, aber das war sie nicht. Sie war wahrscheinlich robuster und belastbarer als sie selbst. Seit einigen Jahren arbeitete sie, neben allem anderen, auch noch in der Firma mit. Kinder, Mann, Job, Haus, Garten. Sie klagte nie.

Der feine Duft von Annes Parfüm wehte ihr in die Nase, als sie sich am Waschbecken wiedertrafen. Mona warf einen ärgerlichen Blick in den Spiegel und strich sich die wilden Ponyfransen aus der Stirn.

»Hast du eigentlich nie schlechte Tage?«, fragte sie.

»Doch.« Anne sah sie überrascht an. »Natürlich.«

»Na, man merkt es dir jedenfalls nicht an.«

Anne lachte. »Da musst du nur Daniel fragen.«

»Der sieht dafür ziemlich fertig aus.«

»Ja.« Anne seufzte. »Die Firma läuft im Moment nicht so besonders. Er schläft schlecht.«

»Tja.« Mona atmete langsam aus und schluckte hinunter, was ihr noch auf der Zunge lag.

»Er hat es auch wirklich nicht leicht. Die Firma, eure Mutter …«

»Und dann noch das ganze Erbe, das verwaltet werden muss.«

Anne wusch den Seifenschaum ab und schüttelte ihre Hände. »Weißt du, Mona«, sagte sie mit gleichbleibend freundlicher Stimme. »Manchmal kommst du mir vor wie eine einsame Kriegerin. Ich frage mich nur, gegen wen du eigentlich kämpfst.«

Zuerst bemerkte Mona Shirin gar nicht. Sie schloss die Haustür auf, in Gedanken noch bei den Ereignissen und Begegnungen des Vormittags, als das Mädchen plötzlich aus einer schattigen Ecke trat. Das junge Gesicht war halb verdeckt von einer überdimensionalen Kapuze.

»Shirin!« Mona zuckte zusammen. »Mein Gott, hast du mich jetzt erschreckt. Was machst du denn hier?«

»Ich hab auf dich gewartet.«

Mona stöhnte innerlich. Am liebsten würde sie das Kind unter irgendeinem Vorwand wieder wegschicken, aber da war etwas an Shirins Haltung, was sie zögern ließ. Vielleicht lag es an dem leicht gebeugten Kopf oder an den zu Fäusten geballten Händen, die in den Jackentaschen steckten.

»Weiß deine Mutter denn, wo du bist?«

»Annette ist nicht meine Mutter.«

»Shirin! So geht das nicht.«

»Du kannst sie ja anrufen«, sagte Shirin. Es klang trotzig, aber der Trotz war nur vorgeschoben. Dahinter stand die Angst vor Zurückweisung. Damit kannte Mona sich aus.

»Na gut«, sagte sie und seufzte innerlich. »Chester wartet sicher schon.« Sie drückte auf den Öffner ihres Autoschlüssels.

224

»Setz dich schon mal rein! Wir fahren bei dir zu Hause vorbei. Ich zieh mir nur schnell andere Schuhe an und eine Stalljacke.«

Ein sympathisch aussehender Mann, mit wenigen, dafür sehr kurz geschorenen Haaren und vielen kleinen Lachfältchen um die Augen, öffnete die Tür.

»Papa, ich fahr zu Chester. Ich zieh mich nur schnell um«, sprudelte es aus Shirins Mund, und der Mann trat lächelnd zur Seite. »Da brauche ich ja wohl nicht mehr zu fragen, ob du mit mir zum Baumarkt willst?«, fragte er trotzdem, aber Shirin war schon an ihm vorbei und auf dem Weg nach oben.

Er streckte Mona die Hand hin. »Thorsten. Freut mich, dass wir uns mal kennenlernen, ich habe schon viel von Ihnen gehört.«

»Von mir oder von Chester?«

Er lachte. »Sowohl als auch«, sagte er.

Annette trat zu ihnen und machte aus ihrer Dankbarkeit kein Hehl. »Hallo, Mona! Kommen Sie doch rein. Shirin ist bestimmt gleich fertig.«

Sie standen verlegen zu dritt im Flur und warteten. »Ich bin so froh, dass Sie Ihr Versprechen nicht vergessen haben. Shirin liegt mir seit Wochen in den Ohren, aber ich wollte Sie nicht schon wieder belästigen.«

»Tut mir leid, dass es so lange gedauert hat, ich hatte viel um die Ohren«, murmelte Mona. »Ich bringe sie danach wieder nach Hause.«

»Das müssen Sie nicht. Ich hole sie ab.« Sie lächelte verlegen und streckte ihr spontan die Hand hin. »Wollen wir uns nicht duzen?«

Mona konnte ein leichtes Zögern nicht verbergen. »Ja klar«, sagte sie vorsichtig. »Gerne.«

Shirin kam zurück. Jetzt ganz Kind, umarmte sie Annette kurz von hinten und rannte dann aus der Tür zum Auto. »Komm, Mona!«, rief sie. Es war das erste Mal, dass sie ihren Namen aussprach, und es berührte Mona eigenartig. Sie hatte immer noch die gelbe Jacke an, aber ihre Jeansbeine steckten jetzt in Gummireitstiefeln. In der Hand hielt sie eine große Plastiktüte. »Schau mal, Mona. Zu Weihnachten«, sagte sie und streckte ein Bein vor.

»Super.« Mona warf Annette einen letzten Blick zu. Sie lächelten beide.

»Tja dann«, sagte Annette. »Bis nachher also!«

Das Putzen und Satteln schaffte Shirin schon allein, Mona zog am Ende lediglich den Sattelgurt nach und legte die Trense an.

»Das mit dem Halfter mach ich das nächste Mal auch«, sagte Shirin mit übersteigertem Selbstbewusstsein.

Dabei war dieses elfjährige Kind keineswegs selbstbewusst, das hatte Mona längst kapiert. Darüber konnte auch die nach außen so hübsch anzusehende Hülle nicht täuschen. Sie waren vom gleichen Schlag. Nur dass Monas Narben weniger gut sichtbar waren.

»Du meinst die Trense, nicht das Halfter«, verbesserte sie.

»Ja, klar. Mein ich doch.«

Auf dem Weg zur Halle durfte Shirin Chester führen. Sie gab Mona die Plastiktüte.

226

»Ist Chester ein Hengst?«, fragte sie.

Es gab Männer und Frauen, Rüden und Hündinnen, Katzen und Kater. Ein Rüde blieb auch nach der Kastration noch ein Rüde und ein Kater ein Kater. Bei Pferden war es anders. »Chester ist ein Wallach«, sagte Mona.

»Was ist das?«

»Er war ein Hengst, und dann wurde er kastriert.«

»Warum?«

»Damit er keine Fohlen mehr machen kann.«

»Nein. Damit er keinen harten Pimmel mehr kriegt.«

»Das ist das Gleiche.«

»Ist es nicht.«

»Doch, weil Hengste … Mensch, jetzt hör mal auf zu plappern, sonst hast du gleich keine Puste mehr zum Reiten.«

»Ich finde das gemein, es hat ihm bestimmt weh getan.« Shirin tappte mit ihren Gummireitstiefeln in eine halb vereiste Pfütze. Etwas von der braunen Brühe spritzte an Monas Bein.

»Hey! Hör auf damit!«

»Stimmt doch, oder?«

»Er war ja betäubt.«

»Ich war auch schon mal betäubt. Bei meiner Mandeloperation. Danach hat es aber trotzdem noch weh getan.«

»Pferde sind nicht so schmerzempfindlich.«

»Woher willst du das wissen? Das kannst du gar nicht wissen.«

»Shirin, jetzt reicht's. Gib mir Chester, und hol dir einen Helm aus dem Schrank!«

»Ich hab doch jetzt meinen eigenen. Zu Weihnachten.« Sie kramte in der Plastiktüte. »Da schau!«

Der Helm war grau, über die Mitte lief ein lila Streifen.

»Sehr schön. Aufsetzen!«

Erst als Shirin auf dem Pferd saß, hörte das Geplapper auf.

Zügel locker, gerade sitzen, mitschwingen. Monas Anweisungen waren kurz und prägnant. Shirin konzentrierte sich, ihr Gesicht war ganz starr, aber nicht wegen der körperlichen Anstrengung, die machte ihr nichts aus, es war ihr Bemühen, alles richtig zu machen. Nach der ersten Erfahrung nahm Mona sie jetzt an die Longe. Aber heute gab es am Ende die ersehnte Belohnung. Sie durfte galoppieren.

»Halt dich an dem Sattelknauf vorne fest und versuche einfach weiter mitzuschwingen«, erklärte Mona vorab. »Tu so, als wäre dein Hintern angeklebt.«

»Ich kann Galopp«, sagte Shirin.

»Na klar«, murmelte Mona. Sie schnalzte kurz mit der Zunge und sagte leise: »Galopp!« Chester hatte einen guten Tag, er galoppierte ruhig und gleichmäßig und schnaubte entspannt. Shirin saß auf dem Pferd wie eine stolze Königin, den Kopf so aufrecht wie die Haltung. Und sie hatte recht: Sie *konnte* Galopp. *Sie passen perfekt zusammen*, dachte Mona überrascht.

Das Hallentor wurde ein Stück aufgeschoben. Patrick steckte seinen Kopf herein. »Hallo! Seid ihr schon fertig?« Mona antwortete nicht. Sie folgte dem Pferd und drehte sich, beinah auf der Stelle tretend, im Kreis. Chester galoppierte brav weiter, Shirin lachte. »Guck mal, Patrick, ich galoppiere, ich galoppiere.«

»Super«, lobte er.

»Ja. Ganz super«, sagte Mona. Patrick kam wieder in ihr Blickfeld. Er stand im Hallentor, hinter ihm öffnete sich ein in kräftigen Farben leuchtender Himmel. Rot, orange, lila. *Das Christkind backt Plätzchen*, dachte sie. Sie kannte diese Auslegung, die man kleinen Kindern gerne erzählte, auch wenn sie nicht wusste, woher. Und dann fiel ihr ein, dass Weihnachten vorbei war.

29. Hella

Hella betrat den Friedhof durch die Pforte des Haupteingangs. Grabbesuche waren ihre neue Leidenschaft. Nachdem sie diese Option vor ein paar Tagen zum ersten Mal für sich entdeckt hatte, entwickelte sich nun eine beinah manische Gewohnheit daraus. Endlich hatte sie wieder ein Ziel, einmal am Tag, endlich hatte sie etwas, das ihre öde Langeweile unterbrach.

Sie ging ziemlich flott für ihre Verhältnisse, was an der Kälte lag. Die Temperaturen waren seit ein paar Tagen unter null und die Luft so eisig, dass die Haut in ihrem Gesicht und auch ihre Lungen schmerzten. Ganz zu schweigen von ihrem Knie. Aber Dr. Bruchmeier, ihr Hausarzt, hatte ihr geraten, sich mehr zu bewegen, und tatsächlich bildete Hella sich ein, dass es schon etwas besser war. Nächsten Monat hatte sie wieder einen Termin beim Orthopäden. Fast vier Wochen Wartezeit. Dabei war sie privat versichert.

Ihr Blick wanderte an den Stämmen der großen, kahlen Bäume entlang, die links und rechts des Weges standen. Sie waren sehr rauh und hatten viele Flechten und seltsame Wucherungen, das war ihr schon beim ersten Besuch aufgefallen. Vielleicht lag es daran, dass irgendwer irgendwann dort irgendwelche Äste abgesägt hatte. Natürlich. Alles im Leben wurde beschnitten und in Form gebracht, ohne Rücksicht, sogar hier, mitten im Tod. Und dann wurden die Wunden einfach sich selbst überlassen.

Die Richtung war klar, Hella musste nicht mehr nachdenken, sie hatte bereits eine Art Ritual entwickelt. Zuerst die Eltern, dann ihr Mann. Sie blieb immer ungefähr eine Stunde, manchmal auch länger, und führte lange Dialoge. Oder auch Monologe, es war ja niemand da, der auf ihre Vorwürfe reagierte oder ihre Fragen beantwortete. Den größten Teil der Zeit beanspruchten die Gespräche mit Norbert. Sie hatte ihm so viel zu sagen, so viele gespeicherte Antworten auf all seine Kränkungen, Demütigungen und haltlosen Verdächtigungen in ihrem Kopf, dass sie sich manchmal vorkam wie ein übervolles Wasserfass, das man angestochen hatte und das sich nun langsam, Tropfen für Tropfen, entleerte. Hin und wieder kamen Leute vorbei, dann unterbrach sie ihre Tiraden, es war ihr peinlich. Aber sobald sie wieder allein war, schimpfte sie weiter.

Sie konnte alles, nur ihren Mann in Frieden ruhen lassen, das konnte sie nicht.

Hella bog links ab, steuerte das Grab ihrer Eltern an und schaute dabei auf ihre Armbanduhr. Es war noch vor elf, sie war früh dran heute. Zwischendurch blieb sie stehen und atmete tief durch. Es war ein ordentlicher Marsch bis hierher, und sie war das viele Laufen nicht gewöhnt. Selbst wenn sie den kürzesten Weg nahm, führte er durch die ganze Stadt. Und am Ende durch die Straße, in der Mona wohnte.

Seit diesem unsäglichen Weihnachtsfest vor knapp zwei Wochen, hatte Hella nichts mehr von ihrer Tochter gesehen und auch nichts mehr gehört. Ihre Anrufversuche hatte Mona ignoriert, und mit Besuchen hatten sie es beide nicht so. Sie schob die Gedanken an Mona beiseite und setzte ihren Weg fort. Es half ja nichts. Irgendwann würde sich das auch wieder geben, das wusste sie, bei Mona brauchte man immer viel Geduld.

Das Grab ihrer Eltern war sehr leicht zu finden, keine zwei Minuten vom Haupteingang entfernt. Es war mit dicken weißen Kieseln belegt, in der Mitte befand sich eine kleine Platte aus dunklem Granit. Ganz oben stand in goldenen Lettern: *Für immer in unseren Herzen*, und jeweils links und rechts darunter die Namen und Geburts- und Todestage. Ganz unten war ein kleiner Engel eingraviert.

Ausnahmsweise hatte sie heute ein kleines Gesteck mitgebracht, das sie an der Stelle auf die Platte legte, an der der Name ihrer Mutter stand. Sie wusste es natürlich nicht, aber sie hoffte, dass ihre Mutter genau dort lag. Ob sie sich darüber freute? Hella trat einen Schritt zurück.

Wie ist es da oben?, fragte sie.

Sehr still, antwortete die Mutter.

Auf die meisten Fragen bekam sie allerdings keine Antwort, daran hatte sich nichts geändert, und manchmal bedauerte Hella, nicht hartnäckiger gefragt zu haben, als die Mutter noch lebte. Sie wussten nur so wenig voneinander. Wahrscheinlich war der amerikanische Soldat daran schuld, der sie gezeugt hatte. Vielleicht lag es aber auch daran, dass sie nicht die gute Tochter war, die ihre Mutter sich gewünscht hatte. Sie dachte andere Gedanken, und sie fühlte andere Gefühle. Aber vielleicht war auch daran der Soldat schuld.

Norberts Grab war ein ganzes Stück weiter hinten, sehr versteckt hinter einer kleinen Buchenhecke. Beim ersten Mal hatte sie es noch suchen müssen, sie war nur einmal hier gewesen in diesen sieben Jahren. Zweimal, wenn man den Tag seiner Beerdigung mitrechnete. Bei der Beerdigung hatte sie geweint, nicht aus Trauer, vielleicht aus Erleichterung, sie war sich nicht sicher. Vielleicht auch einfach, weil sie es von sich selbst erwartete, wer konnte das schon wissen.

Um zu seinem Grab zu gelangen, musste sie zuerst einmal zurück zum Hauptweg, dann rechts abbiegen, ein Stück auf das große Kreuz mit Jesus zu, den man dort festgenagelt hatte und der für alle gestorben war. Und dann wieder links.

Schon lange vor dem Jesuskreuz hatte Hella die beiden Frauen entdeckt. Eine war groß und grau und hatte einen dunklen Mantel an, die andere war klein, und ihr kompakter Oberkörper steckte, soviel sich von hier erkennen ließ, in einer weißen Daunenjacke. Sie standen einträchtig nebeneinander an Norberts Grab und drehten sich erst um, als sie Hellas knirschende Schritte hinter sich hörten.

»Frau Lorentz?« Die Grauhaarige sah ihr fragend entgegen.

»Ja?«

»Entschuldigen Sie, dass wir hier stehen. Mein Name ist Gudrun Mahler«, sagte sie, als wäre damit irgendetwas erklärt.

»Ja?«

»Ich kannte Ihren Mann.«

»Ach?« Jetzt sah Hella sich die Frau genauer an. Alles an ihr war grau. Der Mantel, ihre kurzen Haare, sogar ihr faltiges Gesicht.

»Es ist allerdings schon lange her. Als ich ihn das letzte Mal sah, lebte seine Mutter noch.«

»Haben Sie für ihn gearbeitet?«

»Nein, nein. Ich kannte ihn von ganz früher. Ich bin auch aus Wetzlar. Wir waren Nachbarn.«

»Es tut mir leid, ich weiß jetzt nicht ... ich glaube nicht, dass er mir von Ihnen erzählt hat.«

Frau Mahler lächelte, als wollte sie Norberts Versäumnis entschuldigen. »Wie gesagt: Es ist sehr lange her. Ich habe gerade erst erfahren, dass er gestorben ist. Mein Beileid.« Sie reichte Hella eine schmale, behandschuhte Hand.

»Danke! Auch das ist schon lange her.«

»Ja.« Sie zeigte auf ihre Begleiterin. »Das ist übrigens meine Nichte. Meine Schwester liegt dort drüben.« Sie wies mit dem Kopf in die Richtung.

Hella nickte wieder. Irgendetwas war peinlich an dieser Situation, obwohl sie nicht genau sagen konnte, was es war. »Entschuldigen Sie. Es geht mich natürlich nichts an, aber ... kannten Sie meinen Mann gut?«

Wieder lächelte die alte Dame. »Ganz früher, ja. Wir sind praktisch zusammen aufgewachsen. Später haben wir uns dann aus den Augen verloren.« Sie rieb ihre Hände. »Es gab da etwas, was er mir, na ja, in gewisser Weise nachtrug.«

»Aha.«

»Es war wegen dieser Sache mit … seinem Vater.«

Die jüngere Frau zupfte vorsichtig am Ärmel ihrer Tante. »Ich unterbreche dich nur ungern, aber wir müssen los.«

»Ja, natürlich. Entschuldige! Wie gedankenlos von mir.« Sie wandte sich wieder an Hella. »Auf Wiedersehen, Frau Lorentz! Es freut mich, dass wir uns kennengelernt haben.«

»Welche Sache? Was war mit Norberts Vater?«, fragte Hella irritiert.

Frau Mahler warf ihr einen seltsamen Blick zu.

»Hat ihr Mann Ihnen denn nicht erzählt, wie er … wie er gestorben ist?«

»Doch, sicher. Er ist im Krieg gefallen.«

Frau Mahler wandte sich ab. »Ja, natürlich«, sagte sie. »Ich muss jetzt wirklich los, sonst verpasse ich meinen Zug. Auf Wiedersehen!«

Irgendetwas stimmte nicht. »Warten Sie«, rief Hella.

Frau Mahler drehte sich um.

»Sind Sie öfter hier?«

»Hin und wieder.«

»Könnten wir … uns vielleicht einmal treffen?«

Frau Mahler sah sie überrascht an. »Ich wüsste nicht, warum …«

»Bitte.«

Die Frau überlegte einen Moment, dann nickte sie. »Na gut. Warum nicht! Rufen Sie mich einfach an. Meine Telefonnummer finden Sie im Telefonbuch. Gudrun Mahler. In Wetzlar.«

30. Mona

Annette öffnete ihnen die Tür. Sie sah müde aus. Und sie sah aus, als hätte sie gerade geweint. »Kommt rein!«

»Was ist los?«, fragte Shirin. Es klang böse.

Annette lächelte und umarmte sie. »Nichts, mein Schatz. Ich habe nur etwas Trauriges gelesen. Geh nach oben und wasch dir die Hände. Dann kannst du Papa fragen, ob du einen Film anschauen darfst.«

»Egal welchen?«

»Frag Papa.«

Shirin sauste die Treppe hoch, und Annette drehte sich zu Mona und Patrick um. »Habt ihr noch einen Moment?«

Patrick sah Mona fragend an. Sie nickte und folgte den beiden in die Küche. Annette füllte Wasser in die Kaffeemaschine.

»Für mich nicht«, sagte Mona.

»Möchtest du lieber etwas anderes? Tee?«

»Nur ein Glas Wasser, bitte.«

Annette stellte eine Flasche Mineralwasser und drei Gläser auf den Tisch und ließ sich neben Patrick auf einen Stuhl fallen. Der hatte die Beine ausgestreckt und sah sie an. »Also? Was ist wirklich los?«, fragte er.

»Das Jugendamt hat angerufen«, sagte sie, und es klang gleichermaßen resigniert wie auch ärgerlich. »Sie wollen ein Treffen mit Shirins Mutter.«

»Auf einmal? Nach so langer Zeit? Sie hat sich doch seit Jahren nicht gekümmert.«

»Aber jetzt. Wir hatten letzte Woche schon ein Gespräch deswegen.«

»Und warum?«

»Sie hat einen neuen Freund. Und der ist der Meinung, das Kind gehört zu seiner Mutter.«

»Aber das geht doch nicht so einfach, oder?«, fragte Mona.

»So einfach nicht, nein. Aber kein Entzug des Sorgerechts ist dauerhaft festgeschrieben. Solange Shirins Mutter selber kein Interesse zeigte, war das kein Thema. Aber jetzt muss es dem Gericht wieder vorgelegt und neu beurteilt werden.«

»Was gibt es denn da zu beurteilen?«, fragte Patrick.

»Die Frau hat sich seit Jahren nicht gekümmert.«

»Aber jetzt lebt sie in einer festen Beziehung, sie will sogar heiraten. Sie hat einen festen Wohnsitz, sie arbeitet in der Gastronomie, ihr Freund als Monteur«, zählte Annette auf. »Und wenn sich abzeichnet, dass ...«

»Ich verstehe das nicht.« Mona schüttelte fassungslos den Kopf. »Wie kann man eine Tochter haben und sie beinah verbrennen lassen? Und sich dann jahrelang nicht mehr um sie kümmern?«

»Jetzt macht euch mal nicht verrückt«, redete Patrick seiner Schwester beruhigend zu. »Shirin ist Teil eurer Familie. Sie hat ihre Freunde hier, sie ist in der Schule integriert, sie hat so viele Fortschritte gemacht, seit sie bei euch lebt.«

Annette schenkte sich und den anderen Wasser ein und seufzte tief. »Trotzdem werden wir ihr das Treffen nicht ersparen können.«

»Sie wird es schon verkraften. Sie ist viel stabiler als noch vor zwei oder drei Jahren.«

»Ach, Patrick, sie hat sich doch immer noch so oft

nicht im Griff. Und so ein Treffen … das wird sie um Welten zurückwerfen.«

»Kann man ihr denn nicht erklären, was los ist?«, fragte Mona.

»Nein. So etwas kann man nicht einfach erklären. Und schon gar nicht einem Kind wie Shirin«, sagte Annette ungehalten.

»Shirin ist manchmal etwas unbeherrscht, aber sonst macht sie auf mich eigentlich einen ziemlich normalen Eindruck.«

Annette blies Luft durch die Nase, ein kurzes Schnauben. »Ach, Mona.« Sie betrachtete ihr Glas in der Hand. »Shirin war dreieinhalb, als sie zu uns kam. Was in den ersten Jahren ihres Lebens genau passiert ist, wissen wir nur teilweise. Sie sprach damals noch kein Wort, sie war auch noch nicht trocken, sie war mangelernährt und vernachlässigt. Bis heute hat sie kein Vertrauen. Nicht zu uns und nicht zu sich selbst. Sie fühlt sich minderwertig. Ständig glaubt sie, dass sie sich unsere Zuneigung erkaufen muss, und wenn etwas nicht so läuft, wie sie es sich vorstellt, verliert sie die Fassung.« Jetzt kamen ihr die Tränen. »Sie wird denken, dass wir sie nicht mehr wollen.«

»Quatsch! Und so schlimm wird es vielleicht doch auch gar nicht. Jetzt wartet erst einmal ab«, meinte Patrick.

Annette nahm ein Papiertuch und schneuzte sich hörbar. »Etwas anderes bleibt uns sowieso nicht übrig.«

Mona fühlte sich unbehaglich. »Ich muss jetzt wirklich los«, sagte sie und stand auf. Draußen dämmerte es bereits. »Es ist schon spät.«

»Was ist mit Kino?«, fragte Patrick sofort.

Das hatte sie ganz vergessen. »Ach, ich glaube heute nicht. Sei mir nicht böse, aber ich bin wirklich sehr müde.« Sie lächelte ihm kurz und verlegen zu und wandte sich an Annette. »Patrick hat recht. Es wird bestimmt nicht so schlimm werden. Die Leute von der Behörde wissen doch, was sie tun, und sie wissen auch, was ihr für Shirin …«

Annette erhob sich und nahm Mona spontan in den Arm. »Ach, Mona«, sagte sie. »Danke! Für alles.«

Die plötzliche Berührung brachte Mona etwas aus der Fassung. Aber mehr noch Patricks enttäuschter Blick.

Zu Hause fiel ihr Blick wie immer als Erstes auf das blinkende Display des Anrufbeantworters. Sie drückte auf die Abspieltaste. »Ich glaube, ich behalte es«, hörte sie Judith sagen. »Man bekommt Zuschüsse von der Stadt. Ich habe mir auch schon mal einen Mietspiegel besorgt.«

Mona schlang sich die Arme um den Körper. Ihr war kalt, sie sehnte sich nach Wärme. Oder nach irgendeinem Gefühl der Geborgenheit. Sie dachte an Patrick und zog die alte Strickjacke an, die über einer Stuhllehne hing. Im Kühlschank stand eine Flasche Weißwein. Sie goss sich etwas davon ein, sah auf die Uhr und dachte wieder an Patrick. Sie wusste nicht, wann dieser Film anfing, sie wusste noch nicht einmal, um welchen Film es ging, aber es war noch früh. Wahrscheinlich wäre es noch zu schaffen. Sie seufzte. Die einsamsten Momente in ihrem Leben waren immer die, die sie sich selbst eingebrockt hatte. Sie nahm das Glas und ging nach oben. Im Bad drehte sie den Wasserhahn der Badewanne auf. Sie schüttete Badeschaum hinein, trank den Wein in kleinen Schlucken und sah zu, wie sich Schaumberge im Wasser auftürmten. Dann stellte sie das leere Glas ab und band ihre Haare zusammen. Sie dachte immer noch an Patrick.

Im Spiegel sah ihr ein Gesicht mit geröteten Wangen entgegen. *Was willst du eigentlich?*, schimpfte sie in Gedanken mit sich selbst. *Abstand? Oder Nähe?* Sie konnte sich nie entscheiden. Nicht für viel, nicht für wenig, nicht für gut, nicht für schlecht. Ihr ganzes Leben schon hatte sie Probleme, Entscheidungen zu treffen. Und sie nicht selten wieder revidiert. Aus lauter Angst, dass es die falschen waren. *Rin aus die Kartoffeln, raus aus die Kartoffeln*, hatte Wally früher immer zu ihr gesagt.

Sie legte die Strickjacke auf einen Hocker. Blaue und grüne Blockstreifen, dazu große Knöpfe aus Holz, so etwas zog kein Mensch mehr an. Wally hatte sie einmal gestrickt, vor sehr vielen Jahren, noch vor Rosa. Mona hing an der Jacke. Wahrscheinlich deshalb.

Es klingelte. Schon bevor Mona auf Strümpfen zurück in den Flur tappte und auf den Knopf der Sprechanlage drückte, wusste sie, dass es Patrick war. Eigentlich hatte sie es die ganze Zeit gewusst. Vielleicht sogar schon, bevor es überhaupt geklingelt hatte.

»Ja?«

»Ich bin's«

»…«

»Mona?«

»Ja?«

»Du hast deinen Schal bei Annette vergessen.«

Tasche, Schal, ständig vergaß einer von ihnen etwas beim anderen, vielleicht war das Unterbewusstsein schuld daran. Mona drückte auf den Türöffner.

»Komm hoch!« Sie ging zurück ins Bad, zog die Strickjacke wieder an und drehte das Wasser ab.

Patrick stand etwas atemlos vor ihr. Er hatte zwei Stufen auf einmal genommen. Mona griff nach dem Schal, den er ihr entgegenhielt. »Danke!«

»Gern geschehen.« Er lächelte. Plötzlich fuhr er mit den Fingerkuppen über ihre Wange, ganz zart. Es fühlte sich warm an, sehr warm, ihr Gesicht schmiegte sich fast wie von selbst in seine Hand.

»Mona«, sagte er leise und sah sie an. »Du fehlst mir.«

»Patrick, bitte … nicht.« Sie fühlte sich noch dünnhäutiger als sonst.

»Kann ich vielleicht kurz reinkommen?«, fragte er.

Ich bin müde, wollte sie sagen, aber sie nickte.

Sie drehte sich um, lotste ihn in die Küche und ließ sich auf einen Stuhl fallen. Dabei dachte sie an Shirin. Hatte sie jetzt zwei herrenlose Hunde an der Backe, die sich nicht mehr abschütteln ließen?

»Möchtest du etwas trinken?«

Patrick setzte sich ihr gegenüber und sah sie an. Sie wich seinem Blick aus und tippte mit dem Zeigefinger auf einen Brötchenkrümel. Er zerbröselte unter dem Druck ihres Fingers in viele kleine Teile. Dort, wo er sie gestreichelt hatte, kribbelte ihre Haut. Sie hasste dieses Gefühl der Unsicherheit, das sich genauso wenig abschütteln ließ wie die herrenlosen Hunde in ihrem Leben. Nur zweimal war sie sich sicher gewesen.

Bei Rosa und bei Frank. Aber beides war schiefgegangen. Sie schob die Krümel an den Rand des Tisches und wischte alles mit einer kurzen Bewegung auf den Boden.

»Also?«

Er legte seine Hand auf ihre.

Ihre Augen suchten nach neuen Krümeln. Warum redete er nicht? *Das* war es doch, was er wollte. Ihre freie Hand strich ungeduldig über den Tisch. Sein Blick war warm, seine Finger waren warm, alles an ihm war warm, etwas in ihr begann zu schmelzen. Sie zog die Hand weg, und auf einmal war sie es, die redete. Und nicht mehr aufhören konnte. Wieder suchte Patrick ihre Hand, die nicht zur Ruhe kam, während sie ihm sagte, dass sie nicht mit ihm hatte schlafen wollen, dass es ein Fehler gewesen sei und nicht wieder vorkommen würde. Sie wusste, dass seine Sicht auf die Dinge eine andere war, deshalb erzählte sie ihm von ihren Männern, von Frank und von Frederic und den Männern dazwischen und auch davon, dass sie immer gegangen war. Oder fast immer. Sie erzählte ihm sogar von Max.

Irgendwann zog er sie hoch und führte sie ins Wohnzimmer. Sie setzten sich nebeneinander aufs Sofa. Er schwieg noch immer, sie redete weiter. Sie erzählte ihm, dass es nur bei Frank anders gewesen sei. Aber am Ende hatte Frank *sie* verlassen. Weil sie *ihn* betrogen hatte. »Ich bin einfach nicht gut in Beziehungen, ich bin eine ganz schlechte Wahl«, sagte sie. Sie erzählte Patrick auch von Hella und von ihrem Vater und dem ewigen Krieg zwischen den beiden. Und von Wally, neben Daniel der einzigen Konstante in ihrem

Kinderleben. Sie erzählte ihm alles oder beinah alles. Einen Moment war sie sogar versucht, ihm auch von Rosa zu erzählen, aber obwohl nichts Abwertendes in dem Blick seiner goldgesprenkelten Augen zu erkennen war, schien ihr dieses Geheimnis zu groß. Irgendwann hörte sie auf zu reden.

Er legte den Arm um ihre Schulter. Wieder spürte Mona seine Wärme, sein Körper war dicht an ihrer Seite, und plötzlich musste sie weinen. Sie hatte lange nicht mehr geweint, aber jetzt konnte sie nicht mehr aufhören. Sie weinte, bis er vor Erschöpfung einschlief. Dann deckte sie ihn mit einer Wolldecke zu und ging ins Bett.

31. Hella

Das neue Jahr hatte kalten Einzug gehalten, es waren weitere frostige Temperaturen und sogar Schnee gemeldet, aber bis auf den dunstigen Nebelschleier, der den Himmel verdeckte, war nichts in Sicht. Hella packte sich warm ein, verstaute ihren kleinen Schirm in der Tasche und machte sich auf den Weg. Ihre Schritte waren schleppend, sie hatte eine böse Erkältung, irgendwie war es, als würde ihr komplettes Immunsystem aufgeben. Dazu tat ihr ständig etwas weh. Hoffentlich wuchsen keine neuen Knoten in ihrem Körper.

Frau Mahler war schon da. Sie sah ihr entgegen, als Hella ihren Mantel an die Garderobe hängte und an den Tisch kam. »Ich bin etwas spät, entschuldigen Sie.« Sie hustete. »Ich fühle mich heute nicht so besonders.«

»Warum haben Sie nicht angerufen? Wir hätten das doch verschieben können.«

»Nein, nein. Es geht schon. Jetzt bin ich ja da.«

Hella bestellte sich einen Tee und rieb sich die Hände. »Es ist wirklich scheußlich draußen.«

Frau Mahler nickte lächelnd. Sie saßen einander gegenüber, zwei Frauen, die sich nicht kannten und doch ein gemeinsames Thema hatten. Sie beäugten sich vorsichtig, etwas Abwartendes lag in ihren Blicken. Hella sah auf die blaugeäderten Hände, die auf dem Tisch lagen und auf den schlichten Goldring am rechten Ringfinger.

»Sie sind verheiratet?«, fragte sie und ärgerte sich im nächsten Moment darüber. Das war viel zu persönlich.

Frau Mahler schien kein Problem damit zu haben »Ich bin Witwe. Schon seit beinah dreiundzwanzig Jahren.«

»Das tut mir sehr leid«, sagte Hella leise, obwohl es eigentlich zu spät dafür war.

Die Frau zuckte die Achseln. »Er hat mir nichts hinterlassen, noch nicht einmal ein Kind. Nur einen Berg Schulden.«

Hella strich sich die Bluse glatt. Bei ihr war es ganz ähnlich, nur umgekehrt. »Sie sagten, Sie kannten meinen Mann schon seit der Kindheit?« Norbert als Kind. Eine seltsame Vorstellung. »Wie war er denn damals? Ich meine, was war er für ein Kind?« Sie konnte sich so vieles bei ihm nicht vorstellen.

Frau Mahler rührte in ihrer Tasse und schaute sich selbst dabei zu. »Na ja, er war … eher ernst, soweit ich mich erinnere. Ein guter Schüler, ein folgsamer

Sohn.« Sie sah Hella an. »Aber ich glaube ehrlich gesagt nicht, dass er ein sehr glückliches Kind war.«

Ein glückliches Kind. Wer war das schon? Gerade in dieser Zeit? Sie jedenfalls nicht. »Und Sie waren miteinander befreundet?«

»Mehr oder weniger. Ich war knapp zwei Jahre jünger als er, also eigentlich nicht die passende Spielgefährtin, aber ich ließ ihm keine Wahl.« Sie lachte ein kurzes, heiseres Lachen. »Nach dem Tod seines Vaters hat er den Kontakt dann allerdings abgebrochen.«

Hella strich sich die Haare aus der Stirn und nippte verlegen an ihrem Tee. »Es war bestimmt eine schwierige Zeit damals.«

»Ja. Das war es. Wissen Sie, seine Mutter sah unsere Freundschaft nicht so gerne. Mein Vater war nicht in der Partei, wir bewegten uns in anderen Kreisen. Und nach dem Krieg war es dann genau andersherum.«

»War Norberts Vater denn in der Partei?«

»Natürlich.«

»Er war ein Nazi?«

»Ja. Das war er. Mit Parteibuch und Überzeugung.«

»Bis zum Ende? Ich meine, auch dann noch, als er im Krieg war?«

»Im Krieg. Das sagt sich immer so leicht.« Frau Mahler schnaubte verächtlich und rührte ein neues Stück Zucker in ihre Tasse. Es war das dritte. »Er war im Krieg, natürlich, das waren doch alle, aber sein Dienstgrad ersparte ihm die Front.«

»Das stimmt nicht«, meinte Hella. »Er ist gefallen.«

Frau Mahler hörte auf zu rühren. »Ich glaube, da irren Sie sich.«

»Doch. Natürlich. Er liegt auf einem Soldatenfriedhof, irgendwo in der Eifel. Wir waren sogar einmal dort.«

»Stand sein Name denn auf einer Grabtafel?«

»Nein. Aber viele Gräber dort sind namenlos.«

Frau Mahler schüttelte den Kopf.

»Sie glauben, er ist gar nicht gefallen?«, fragte Hella irritiert.

»Ich *weiß*, dass er nicht gefallen ist. Aber tot ist er trotzdem.« Sie nahm die Tasse hoch und sah Hella an. »Er hat sich die Pulsadern aufgeschnitten. Etwa ein halbes Jahr nach dem Krieg.«

»Was? Das verstehe ich nicht.«

»Seine Mutter hatte Norbert verboten, darüber zu reden. Sie erzählte überall, dass ihr Mann im Krieg gefallen sei, das war einfacher. Ich denke, irgendwann hat sie es sogar selbst geglaubt. Nur bei mir konnte sie damit nicht durchkommen. Ich kannte ja die Wahrheit.«

Hella war erschüttert. Aber nicht zu sehr. Dazu passte diese Geschichte zu gut in das Bild, das sie von ihrer Schwiegermutter hatte. »Hat Norbert deshalb den Kontakt zu Ihnen abgebrochen?«

»Gewissermaßen. Aber vor allem, weil seine Mutter es so wollte.«

Hella dachte daran, wie ablehnend ihre Schwiegermutter immer war, selbst in ihrem erbärmlichen Zustand. So, als wäre sie nicht gut genug.

»Wissen Sie denn, warum er …?«

»Ich weiß es natürlich nicht, aber ich kann es mir denken. Sehen Sie, Ihr Schwiegervater bekam nach dem Krieg keinen Fuß mehr auf den Boden. Er hatte an das Reich geglaubt. Dieser totale Zusammenbruch, das war für ihn nicht vorstellbar.«

»Das ging doch sicher vielen so.«

»Ja, schon. Aber er war keiner von diesen Wendehälsen. Ich denke, er kam einfach nicht damit zurecht, sich so getäuscht zu haben. Außerdem fand er auch zu Hause keine Ruhe mehr. Frau Lorentz machte ihm Vorwürfe. Er hatte keine Arbeit, und was das anging, auch wenig Aussichten.«

Frau Mahler trank ihren Tee und nickte der Bedienung zu. »Es tut mir leid, ich muss gleich schon wieder gehen, mein Zug fährt in zwanzig Minuten.« Sie kramte in ihrer Tasche nach dem Portemonnaie. »Ich war ein Kind, ich weiß nur das, woran ich mich erinnern kann. Manches konnte ich den Gesprächen der Erwachsenen entnehmen und mir selbst einen Reim darauf machen. Aber alles in allem sind meine Erinnerungen ziemlich lückenhaft.« Sie sah Hella an. »Aber dass er sich umgebracht hat, das steht außer Frage.«

»Stecken Sie Ihr Portemonnaie bitte wieder weg. Ich übernehme das.«

»Danke!« Frau Mahler schob die leere Tasse zurück und sah Hella an. »Es mag seltsam für Sie klingen, aber ich mochte ihn. Also den Vater. Auch wenn er in der Partei war. Ich habe ihn immer nur freundlich und bescheiden erlebt.«

»Sie sagen, er hat sich die Pulsadern aufgeschnitten. Woher wissen Sie das?«

Gudrun Mahler zuckte mit den Schultern und machte eine wegwerfende Bewegung. »Weil wir ihn gefunden haben, Norbert und ich.«

»Sie haben ihn gefunden?«

»Ja. Ich war sieben. Gerade geworden, es war ein Tag nach meinem Geburtstag, deshalb erinnere ich mich so genau daran. Es war fürchterlich kalt, Norberts Mutter war nicht da, also gingen wir zu ihm nach Hause. Und dann stritten wir uns, ich weiß nicht einmal mehr weswegen, jedenfalls wurde er böse und ließ mich stehen.« Sie stockte. »Ich hörte ihn auf der Treppe, und kurz darauf hörte ich noch etwas. So etwas wie ein kurzes Poltern. Und dann seinen Schrei. Ich hatte Angst, aber ich ging ihm nach. Sein Vater lag auf dem Bett, und er, also Norbert, stand daneben. Er sah aus wie ein Gespenst. Sie sahen beide aus wie Gespenster.« Sie schluckte. »Ich werde dieses Bild nie vergessen, niemals. Das viele Blut, teilweise war es schon getrocknet. Der Mann musste schon seit Stunden tot gewesen sein.«

Hella schloss die Augen. Sie konnte kein Blut sehen, noch nicht einmal in Gedanken.

»Norbert sagte nichts. Er bewegte sich auch nicht. Er stand nur da und starrte seinen toten Vater an. Er reagierte auf nichts, was ich sagte oder tat, und wenn ich mich vor ihn stellte, sah er durch mich durch, als wäre ich nicht da.« Frau Mahler nahm die Tasse und hielt sie mit beiden Händen. »Ich wollte weg, aber ich konnte ihn doch nicht alleine lassen.« Ihre Stimme wurde brüchig. Sie flüsterte fast. »Also bin ich geblieben. Ich weiß nicht mehr wie lange, vielleicht waren es nur Minuten, vielleicht auch Stunden.« Sie sah Hella an. »Zehn Minuten können einem in so einer Situation wahrscheinlich wie Stunden vorkommen.« Sie seufzte. »Irgendwann kam Frau Lorentz zurück. Sie schubste mich aus dem Zimmer und gab ihrem

Sohn eine Ohrfeige. Das mag grausam klingen, aber es half.«

»Wie schrecklich. Es muss ein Schock für ihn gewesen sein.«

»Ja.« Frau Mahler zögerte beinah unmerklich. »Da war noch etwas.«

»Ja?«

»Es gab da diese Gerüchte.«

»Welche Gerüchte?«

»Als Frau Lorentz kam, hatte sie das rote Kleid an.«

»Das rote Kleid?«

»Ich hatte schon vorher ab und zu etwas aufgeschnappt, wenn meine Mutter sich mit anderen Frauen aus unserer Straße unterhielt. *Sie hat wieder ihr rotes Kleid an.*«

»Was wollen Sie mir damit sagen?«

»Es gab da wohl … Herren, die sie gelegentlich abholten.«

»Sie meinen, sie hatte einen Freund?«

Frau Mahler stand auf und zog ihren Mantel an. »Vielleicht auch mehrere«, sagte sie.

»Zieh das aus!«

»Warum? Es ist ein ganz neues Kleid, und es hat ein Vermögen …«

»ZIEH DAS AUS! Ich gebe dir kein Geld, damit du dir rote Hurenkleider kaufst.«

»Es tut mir leid, ich muss jetzt wirklich los.« Sie gab Hella die Hand. Auf dem Weg zur Tür drehte sie sich noch einmal um. »Haben Sie eigentlich noch Kontakt zu Frau Hauser?«

»Sie kennen Wally?«

»Natürlich. In Wetzlar kennt jeder jeden. Zumindest war das früher so. Seit sie wieder in Wetzlar ist, treffen wir uns gelegentlich.«

»Ich habe keinen Kontakt mehr, nein.«

»Wally wohnte damals direkt nebenan. Ihre Mutter hatte sich gegen kleines Geld um Norberts Vater gekümmert, und Wally half ihr dabei.« Sie zuckte mit den Schultern, als wollte sie das gerade Gesagte wieder revidieren. »Jedenfalls bis … also bis zu dieser Geschichte. Ich glaube, Wally hatte das mit dem Kümmern dann auf Norbert übertragen. Ich habe die beiden danach oft zusammen gesehen.«

»Ach ja?«

»Na ja, er hatte ja sonst auch niemanden. Ich denke, Wally könnte Ihnen bestimmt noch eine Menge von damals erzählen.« Frau Mahler knöpfte ihren Mantel zu.

»Wir sind … wir haben uns nicht besonders gut verstanden«, sagte Hella verlegen.

»Wally wirkt nach außen etwas rustikal, aber sie ist ein guter Mensch. Sie mochte Ihren Mann sehr. Und auch Ihre Kinder.«

Hella lachte freudlos. »Ja. Ihre Zuneigung zu meinem Mann war kaum zu übersehen.«

Frau Mahler griff nach ihrem Schirm. »Ich muss jetzt wirklich los. Es hat mich sehr gefreut, auf Wiedersehen, Frau Lorentz!«

»Auf Wiedersehen!«

»Vielleicht überlegen Sie es sich noch einmal. Wegen Wally, meine ich.«

249

32. Mona

Die Wochen verstrichen, und alles ging seinen gewohnten Gang. Herr Eichendorf, ihr neuer Chef, war ein anderer als Christian, aber kein besserer. Auch er legte Wert auf Pünktlichkeit und Effizienz, nur war er unnahbarer. Und älter. Ein seriöser Anzugträger mit schütteren Haaren und dicker Brille. Und abgesehen von seinem Aussehen, das sie immer an eine Eule denken ließ, ihrem Vater noch ähnlicher. Oft sah sie ihn tagelang nicht, was beiden entgegenkam. In der Hauptsache war sie nun damit beschäftigt, Rechnungen zu prüfen. Eine wenig anspruchsvolle, dafür ziemlich langweilige Tätigkeit. Sie musste endlos Zahlen in die Maschine tippen, die sie vorher mit denen auf dem Angebot verglichen hatte, und war jedes Mal froh, wenn am Ende der große Betrag auf der Rechnung mit dem großen Betrag ihrer Rechenmaschine übereinstimmte. Was nur manchmal der Fall war. Wenn nicht, ging das ganze Theater wieder von vorne los. Im günstigsten Fall konnte sie beim ersten Versuch einen Haken machen und sofort den erlösenden Stempel setzen: *Sachlich und rechnerisch geprüft.* Anderenfalls musste der Fehler samt Verursacher gefunden werden. Was viel Zeit kostete. Aber zwanzig bis dreißig Stempel am Tag, je nach Größe der Rechnungen, sollten es bitte schön schon sein.

Pünktlich um 16.30 Uhr packte sie ihre Siebensachen. Sie war nicht der Typ für Überstunden. Außerdem war sie mit Annette und Shirin verabredet. Shirin sollte eine Reithose bekommen, und Annette hatte sie gebeten, als Beraterin dabei zu sein. Der Helm war auch schon wieder kaputt, was kein Wunder war. Es war ein Billigprodukt vom Discounter.

Shirin wartete jetzt sehr oft vor ihrer Tür, wenn Mona von der Arbeit kam. Manchmal, wenn sie keine Zeit hatte, schickte sie das Mädchen wieder nach Hause. Aber Shirin war selbstbewusster geworden. Sie ließ sich nicht mehr so einfach wegschicken.

»Aber Chester wartet auf mich«, hatte sie beim letzten Mal gesagt.

»Der kommt auch mal einen Tag ohne dich aus.«

»Aber er ist dann richtig beleidigt.«

»Quatsch. Pferde sind nicht beleidigt. Außerdem ist Henning da. Er kümmert sich.«

»Pah, Henning.« Henning war keine ernstzunehmende Vertretung für Shirin, das war klar. Sie kam auch nicht mit ihm zurecht. Nach dem ersten missglückten Versuch hatte Daniela den Reitunterricht bei ihr übernommen.

»Ja«, beharrte Mona. »Henning!«

Aber sobald Shirin mit gesenktem Kopf den Rückzug antreten wollte, hatte sie ein schlechtes Gewissen. »Na gut«, sagte sie dann und ärgerte sich gleichzeitig, weil sie ja eigentlich ihre Ruhe hatte haben wollen und weil klar war, dass Shirin ihr keine lassen würde. Etwas an diesem Kind berührte sie auf eigenartige Weise. Immer war Mona hin- und hergerissen zwischen ihrer Zuneigung und diesem latenten lauen Schmerz, den Shirin in ihr auslöste.

Der schrille Ton eines Rettungswagens riss sie aus ihren Gedanken. Mit einer schnellen Bewegung stopfte sie sich die Haare unter die Mütze und warf einen kurzen Blick auf das Handy-Display. Das leise Blin-

251

ken sagte ihr, dass sie eine Nachricht erhalten hatte. Sofort geriet ihr Herz aus dem Takt. Aber es war nicht Patrick, wie sie gehofft hatte, wie sie neuerdings jedes Mal hoffte, wenn das Telefon irgendein Zeichen von sich gab, sondern wieder einmal Hella. Ungeduldig wischte Mona die Nummer zur Seite, ließ das Gerät in ihrer Jackentasche verschwinden und schob die restlichen, noch nicht bearbeiteten Rechnungen auf einen sauberen Stapel.

Patrick würde sich melden, sehr bald, das war eine beruhigende Gewissheit. Er meldete sich immer, meistens mehrere Male am Tag, um ihr wichtige oder unwichtige Dinge zu sagen. Dass er sie vermisste, zum Beispiel. Oder dass er ein Pärchen in Limburg gesehen hatte, und deswegen an sie denken musste. Oder auch einfach, um ihr zu sagen, dass er eingekauft habe und sich um das Abendessen kümmern würde.

Mona hatte immer noch keine Ahnung, wohin die Sache mit ihm führen würde und ob überhaupt. Aber sie hatte aufgehört, sich dagegen zu wehren.

Ihr alter Kombi stand nur wenige Meter entfernt auf dem firmeneigenen Parkplatz und sah schäbig aus. In der Wintersonne sogar noch schäbiger als sonst. Das Einzige, was an diesem Auto glänzte, waren die Stellen an den Frontscheiben, die der Scheibenwischer nach dem letzten Regen erreicht hatte. Mit frostigen Fingern ließ sie das Schloss aufschnappen und sich stöhnend in den Sitz fallen. Seit einiger Zeit gab der Motor immer erst ein kurzes leierndes Geräusch von sich, bevor er ansprang, ein sicheres Zeichen dafür, dass die Batterie schwach wurde. Vielleicht wäre es doch besser, sich nach einem neuen Wagen umzusehen, anstatt immer noch mehr Geld in diese alte Rostlaube zu stecken. Sie dachte an den gepflegten Gelände-BMW, den ihre Mutter fuhr und der die allermeiste Zeit in der Garage stand. Wenn da irgendetwas nicht funktionierte, dann musste Hella einfach nur in der Werkstatt anrufen, und jemand kümmerte sich darum. Und dann fiel Mona ein, wie Hella sie und Chester im letzten Jahr mit genau diesem BMW in die Tierklinik gefahren hatte, als das Pferd eine Kolik hatte, Henning bei der Heuernte und Judith nicht erreichbar war. Ihr schlechtes Gewissen regte sich. Sie zog das Gerät wieder aus der Tasche, um ihre Mutter anzurufen, aber genau in diesem Moment meldete ein leiser Ton das Eingehen einer neuen Nachricht. *Bis heute Abend, freu mich auf dich. P.*

Mona vergaß alles andere, auch Hella, und antwortete mit einem Kuss-Smiley.

»Möchtest du erst noch einen Kaffee, bevor wir fahren?«, fragte Annette, die noch die letzten Teller aus der Spülmaschine räumte.

Shirin stampfte mit dem Fuß auf. »Ich will aber jetzt los!«, maulte sie. »Ich hab schon stundenlang gewartet.«

»Shirin, Mona ist sofort nach der Arbeit gekommen, jetzt sei so lieb und …«

»Schon gut. Wir können direkt starten.« Sie wandte sich dem Mädchen zu. »Aber nur, weil ich wirklich keinen Kaffee will, damit das klar ist.«

Annette stieß einen Seufzer aus. »Dieses Kind macht mich fix und fertig«, sagte sie, aber es klang nicht böse.

»Warte im Auto auf uns. Wir kommen gleich«, sagte Mona und sah Shirin hinterher. Erst nachdem die Haustür ins Schloss gefallen war, wandte sie sich an Annette. »Ich finde, du solltest dir von ihr nicht so auf der Nase herumtanzen lassen. Sie ist ein Kind.«

Annette warf ihr einen beleidigten Blick zu und zog umständlich ihre Schuhe an. »Du verstehst das nicht. Und ich glaube ehrlich gesagt auch gar nicht, dass du das beurteilen kannst.«

»Oh. Entschuldige«, sagte Mona verletzt. »Ich wollte mich nicht einmischen.«

Annette bückte sich, um die Schuhe zu schließen. »Tut mir leid. Ich bin, was Shirin angeht, vielleicht nicht ganz objektiv«, murmelte sie, was Mona für eine ziemliche Untertreibung hielt. Sie fand Annettes Reaktionen auf das teilweise unverschämte Verhalten ihrer Pflegetochter viel zu vage und zu unklar. Shirin nutzte nur die Lücken, die man ihr bot.

»Außerdem …« Annette hangelte nach ihrer Jacke an der Garderobe. Das Wort blieb zwischen ihnen hängen.

»Außerdem?«

»Außerdem … ach, Shirins *Mutter* gibt einfach keine Ruhe.« Das Wort *Mutter* betonte sie auf eigenartige Weise. »Vielleicht liegt es auch an ihrem neuen Partner. Bevor der aufgetaucht ist, haben wir so gut wie nichts von ihr gehört. Jetzt bombardiert sie das Jugendamt mit ihren Anrufen.«

»Was will sie denn?«

»Shirin regelmäßig sehen.«

»Auf einmal?«

»Na ja. Ihr Freund war ja auch *auf einmal* da.«

254

»Wie ist der denn so?«

Annette öffnete die Tür. »Hm, was soll ich sagen? Wenig Haare und die fettig. Wenig Benehmen und das schlecht. Wenig Grips in der Birne und der braun gefärbt. Er findet, dass Shirin zu ihrer leiblichen Mutter gehört. Was ihn aber nicht davon abhält, wie verrückt auf den leiblichen Vater zu schimpfen.«

Draußen drückte Shirin auf die Hupe. »HALLO!! Wann fahren wir endlich?«

»Jetzt«, rief Annette und schloss die Haustür ab. »Beim letzten Treffen hat sie ihr eine Barbiepuppe mitgebracht.«

»Und?«

»Shirin hat sie liegenlassen. Frau Breuer hat mich deshalb angerufen. Ich meine, was soll Shirin damit? Sie hat noch nie mit Barbies gespielt.«

»Und was sagt Shirin so. Zu … alldem?«

»Nichts. Das ist es ja.«

33. Hella

Hella packte und wartete. Seit Wochen sortierte und packte sie, was ihren Tagen immerhin eine gewisse Struktur gab. Und seit Wochen wartete sie, auch wenn sie nicht genau wusste, worauf. Vielleicht auf ein Lebenszeichen ihrer Tochter oder auf eine Eingebung, oder auch einfach darauf, sich selbst wieder zu spüren. Wobei: Sie fühlte ja etwas. Neben unregelmäßig wiederkehrenden Panikattacken und dem Verlangen nach Cognac, das sie immer noch hin und wieder überkam, spürte sie, wie ihr Körper mehr und mehr aufgab. Eine Art sukzessives Versagen. Schmerzen in den Beinen, im Rücken, im Knie. Und gerade tat ihr der Bauch weh. Auf der rechten Seite. War da die Leber? Wie viel Zeit hatte sie noch? Und was machte der Tod überhaupt für einen Sinn, wenn man vorher nicht gelebt hatte? Und warum hatte sie solche Angst davor? Angst vor dem Sterben ist auch Angst vor dem Leben, das hatte sie vor kurzem im Radio gehört. Sie hatte die Wörter verstanden, aber nicht den Sinn.

Norberts Vater war also nicht im Krieg geblieben, sondern hatte sich selbst das Leben genommen. Und die heilige Elfriede ging fremd. Noch mehr Lügen im Leben des Mannes, mit dem sie mehr als vierzig Jahre verheiratet war. Aber sie spürte keine Wut mehr. Ihre jahrelange Begleiterin war verschwunden. Vielleicht schwebte sie auch noch hier, irgendwo zwischen den kahl gewordenen Wänden, aber sie hatte ihr nichts mehr zu sagen.

Hella wickelte eine Vase in Zeitungspapier. Sollte sie Daniel und Mona von dem Gespräch mit Frau Mahler erzählen? Würde es irgendetwas zwischen ihnen klären? Sie war sich nicht sicher.

Wenigstens war das Haus endlich verkauft. Es war sein Haus, immer gewesen, nicht ihres. Der Verkauf selbst war eine unspektakuläre Angelegenheit. Nachdem Daniel sich um alles weitere gekümmert und den Preis noch einmal kräftig in die Höhe getrieben hatte, hatte ihre einzige Aufgabe darin bestanden, ihre Unterschrift an die richtigen Stellen zu setzen. Man hatte ihr gelbe Post-it-Zettel in die Papiere geklebt und kleine Kreuze an den betreffenden Stellen gemacht. Hausverkauf für Dummies.

Auch der Kaufvertrag für die neue Wohnung war unterschrieben. Eine Dachgeschosswohnung in einem neuen Mehrfamilienhaus. Gäste-WC, zwei Dachterrassen, Aufzug und Tiefgaragenstellplatz. Fünfundneunzig Quadratmeter Wohnfläche. War man mit achtundsechzig zu alt, um ein neues Leben zu beginnen? Und brauchte man dazu wirklich eine neue Wohnung? Sie wusste es nicht. Aber sie ahnte, dass es ihre letzte Chance war.

Die Vasen waren alle verpackt. Sie ging nach oben und öffnete den ersten ihrer zahlreichen Kleiderschränke. Warf einen Blick auf die lange Reihe Hosenanzüge, die dort in allen Variationen und Farben hingen. Braune und schwarze, farbige und graue, helle und dunkle, schwere und leichte. Anzüge aus mehr als vier Jahrzehnten. Sie hatte nie etwas weggeworfen. Bis heute nicht. Sie nahm ihre beiden Lieblingsanzüge heraus, den hellblauen Leinenanzug und den dunkelgrünen mit der langen Jacke. Von den anderen würde sie sich trennen. So wie sie sich überhaupt gerade von vielem trennte. Es fiel ihr erstaunlich leicht. Nachdem es, solange sie denken konnte, ihre angenehmste Beschäftigung gewesen war, schöne Dinge zu kaufen, bereitete es ihr jetzt beinah genauso viel Freude, sie wieder loszuwerden. Es war wie eine Befreiung. Auch sie benutzte dafür Post-it-Zettel. Gelb für *weg*, rosa für *vielleicht* und grün für *behalten*. Sie marschierte durch die immer leerer werdenden großen Räume wie eine Königin kurz vor ihrer Abdankung und markierte ihr ehemaliges Reich mit farbigen Zetteln. Und mit jedem Zettel fühlte sie sich ein bisschen leichter.

Auf dem Weg nach unten kam sie an seinem Zimmer vorbei. Das hatte sie als Erstes geräumt. Seine persönlichen Unterlagen, alte Fotos, auch die von seinem Vater, und seine Papiere, alles das hatte sie Daniel gegeben. Sollte er doch entscheiden, was damit geschah. Die antiken Möbel, den großen Büroschrank und den wuchtigen Schreibtisch, hatte er bereits an ein Auktionshaus verkauft. Sie betrat das Zimmer, und das Herz wurde ihr schwer. Noch immer hing etwas zwischen diesen Wänden, das sie an ihn erinnerte. Selbst jetzt, wo es ohne Möbel war, glaubte sie seinen feinen harzigen Geruch noch wahrzunehmen.

Ganz früher, als sie noch miteinander redeten, hatte Hella Norbert manchmal nach seinem Vater gefragt. *Ich kann mich kaum an ihn erinnern, er ist im Krieg gefallen.* Aber wenn es stimmte, was Frau Mahler ihr erzählt hatte, wenn Norbert seinen Vater wirklich mit aufgeschnittenen Pulsadern gefunden hatte, als er neun Jahre alt war, dann stimmte wohl beides nicht.

Vieles war schon erledigt, aber vieles auch noch nicht. Sie saß im Esszimmer am Tisch und packte die Kisten mit dem, was noch übrig war. Das gute Service von Hutschenreuther, jetzt nur noch für sechs Personen statt für vierundzwanzig. Teller für Teller wickelte sie vorsichtig in Zeitungspapier ein, zartes Porzellan war so zerbrechlich, man musste gut aufpassen. Erst gestern war ihr ein Kristallglas zerbrochen, und sie hatte sich an einer Scherbe verletzt. Ein tiefer Schnitt im Daumen. Sie tastete blind mit dem Zeigefinger danach. Ein dickes Pflaster klebte darauf. Das war das Gute an solchen Wunden. Man konnte sie verkleben.

Dass ihre Tochter ihr etwas nachtrug, wegen dieser

Sache damals, hatte Hella schon immer gespürt. Aber erst an Weihnachten hatte Mona den Vorwurf klar ausgesprochen. *Weißt du, wer mir den Spaß verdorben hat?* Als wäre es ihre Schuld gewesen. Natürlich war sie damals gegen diese Schwangerschaft gewesen, jede Mutter hätte in dieser Situation so empfunden. Es machte doch keinen Sinn, ungewollt Kinder in die Welt zu setzen. Insbesondere, wenn die Mutter selbst noch ein Kind war. Aber dann war das Baby einfach so gestorben, dafür konnte sie nichts, so etwas passierte nun einmal, dagegen hätte niemand etwas tun können.

Hella seufzte wieder und stemmte sich die Hände in den Rücken. Eine Massage würde ihr guttun. Am besten, sie rief nachher in der Praxis an und ließ sich einen Termin geben. Diese neue Therapeutin – wie hieß sie noch gleich? Martha? Margit? – hatte wirklich goldene Hände.

Ihr Vater, der nicht ihr wirklicher Vater gewesen war, sondern nur der Mann ihrer Mutter, hatte sie manchmal geschlagen. Mit der flachen Hand ins Gesicht. Wamm! Und manchmal kamen die Schläge unverhofft. Einfach so. Vielleicht weil sie ihn jeden Tag daran erinnerte, dass er es zwar geschafft hatte, ihre Mutter zu heiraten und ihr einen VW-Käfer zu kaufen, aber nicht, selbst ein Kind zu zeugen.

Hella wickelte die letzte Tasse ins Papier. Die Schläge hatten weh getan, sehr weh. Aber noch schlimmer war das stumme Zusehen ihrer Mutter.

34. Mona

Es war Wochenende, ein milder, sonniger Tag im Februar, die Natur begann sich langsam wieder zu regen. Als sie aus dem Haus traten, sah Mona im Vorgarten die ersten Krokusköpfe zwischen braunem Laub. Man konnte sogar die Farben schon erkennen, obwohl die Knospen noch nicht ganz geöffnet waren.

»Ich bin mal gespannt, was Judith jetzt wieder für eine Idee hat«, sagte sie.

Patrick nahm ihre Hand. »Tja. Erbe verpflichtet.«

Ein schönes Gefühl, seine Hand in ihrer, es wäre allerdings noch schöner, wenn sie endlich aufhören könnte, Angst zu haben. Es ging ihr alles zu schnell, er wollte so viel, und das möglichst gleich, sie konnte kaum mit ihm Schritt halten. Nur beim Gehen, da hatten sie das gleiche Tempo.

»Es ist bereits die dritte in dieser Woche«, sagte Mona, um sich von ihrer Angst abzulenken.

Er lächelte, und eine Weile liefen sie schweigend nebeneinander, bis Monas Handy mit einem leisen *Pling* den Eingang einer Nachricht vermeldete. Sie blieb stehen und kniff die Augen angestrengt zusammen. »Oh Mann!«, sagte sie.

Patrick warf ihr einen fragenden Blick zu. »Noch eine neue Idee?«

»Nein.«

»Deine Mutter?« Sie hatte ihm von ihren Schwierigkeiten mit Hella erzählt. Jedenfalls so ungefähr. Und von dem letzten Telefonat mit ihr. *Ich habe etwas über euren Vater erfahren. Ich denke, das solltet ihr auch wissen. Können wir uns nicht mal treffen?* Mona hatte so getan, als würde sie Hella nicht verstehen, und einen leeren Akku vorgeschoben. Zum einen, weil sie keine Lust hatte, Hella zu sehen. Zum anderen aber auch, weil sie einfach nichts *wissen wollte*. Sie fand es nicht mehr wichtig, was ihr Vater irgendwann einmal gesagt oder getan hatte, und darüber zu reden, würde sowieso nur zu Streitereien führen. Aber natürlich ließ Hella nicht locker.

»Nein. Die Nachricht ist von meinem Bruder.« Sie steckte das Handy weg und schnaubte ärgerlich. »Aber das ist in diesem Fall fast das Gleiche. Großes Familientreffen am Samstag.«

Patrick drückte zart ihre Hand. »Hey«, sagte er leise. »So ist es doch auch kein Zustand. Irgendwann müsst ihr miteinander reden und die Dinge zwischen euch klären.«

»Ja. Aber bis dahin hätte ich gerne meine Ruhe«, sagte sie bissig. Im nächsten Moment bedauerte sie ihre Bissigkeit schon wieder. »'tschuldigung«, murmelte sie. »Hat nichts mit dir zu tun.«

»Sie ist nun mal deine Mutter.«

Mona seufzte tief. »Ja, ja. Den Satz kenne ich.«

»Sei froh, dass du noch eine hast.«

»Außerdem habe ich am Samstag sowieso keine Zeit. Da hat Shirin Reitstunde.«

»Ja und? Wo ist das Problem? Daniela ist da, und Annette kann sie bringen.«

Als sie mit fast zehnminütiger Verspätung am Haus ankamen, erwartete Judith sie bereits mit einem Metermaß, einem Block, einem Bleistift und voller ungeduldigem Tatendrang.

»Ich hab's«, sagte sie. »Ich habe eine Spitzenidee! Wir eröffnen hier so eine Art Kulturcafé. Mit Veranstaltungen und Angeboten, speziell für Frauen. Was meint ihr?« Sie sah Mona an, die abwesend an ihrem Daumen nagte. »Mona? Hey! Was ist denn los? Findest du es nicht gut?«

»Was? Nein. Doch. Ach, Entschuldigung. Hat nichts mit deiner Idee zu tun. Ich habe nur gerade an etwas gedacht.« Sie steckte ihre beiden Hände in die Jackentaschen. »Du meinst ein Kulturcafé? Für Frauen?«

»Genau.«

»Hier?« Mona sah sich zweifelnd um. Das ganze Haus hatte höchstens hundert Quadratmeter. Auf zwei Etagen. Und die Räume waren winzig.

»Na ja, unten könnte man vielleicht die Wand zwischen dem Wohnzimmer und dem hinteren Zimmer wegnehmen. Dann hätte man hier doch eine schöne Fläche. Und im Sommer kann man noch den Garten dazunehmen.«

»Glaubst du denn nicht, dass es in Limburg schon genug Cafés gibt?« Normalerweise war sie diejenige, die zuständig war für spontane Ideen und unüberlegte Handlungen und Judith diejenige, die sie davor warnte. Heute schien es umgekehrt.

»Ja. Aber nicht *so* eins.«

So eins. Sie begann weitschweifig zu erklären, was sie damit meinte. Ein Café von Frauen für Frauen. »Sie können hier zusammen reden, essen, trinken, basteln, tüfteln, nähen, lesen, zuhören, Musik machen, spielen, ach, mir fällt da eine Menge ein.«

»Aber du weißt schon, dass das alles eine Menge Geld kostet. Allein die Renovierung …«

»Ja, Mann, ich weiß. Ich dachte, du hilfst mir dabei.«

»Natürlich helfe ich dir. Aber eine ganze Reihe von Arbeiten müsste trotzdem von Fachfirmen übernommen werden, da führt kein Weg dran vorbei. Und es muss ja auch eingerichtet werden. Und du brauchst so was wie eine Konzession. Und wer soll sich denn nachher um alles kümmern?«

»Können wir nicht einfach mit dem ersten Schritt anfangen, bevor wir uns den Kopf über den zehnten zerbrechen?«

»Der zehnte ist vielleicht der, an dem alles scheitert.« Sie sah zu Patrick, der gerade von seinem Rundgang durch das Haus zurückkam. »Patrick, was sagst du denn dazu?«

»Wozu?«

»Na, die Sache mit dem Kultur-Café.«

»Ich finde die Idee gar nicht so schlecht. Man muss noch vieles überdenken und einen soliden Plan machen, wegen der Finanzierung und so, aber grundsätzlich nicht schlecht. Das Haus gibt einiges her.«

»Und was ist mit Henri?«, fragte Mona.

»Was soll mit ihm sein?«

»Na ja, es würde auch sein Geld kosten. Was sagt er denn dazu?«

»Er weiß es noch nicht.«

»So viel zum ersten Schritt.«

Trotz ihrer anfänglichen Vorbehalte freundete Mona sich immer mehr mit Judiths Idee an. Schon auf dem Rückweg malte sie sich das Ergebnis in immer blühenderen Farben aus.

»Unten könnte man eine Art Kommunikationszentrum einrichten und die Küche, und oben zwei Räume für Kurse oder so.« Sie kickte einen Stein weg. »Das Sockelgeschoss ist aus Bruchstein und auch ein Teil von der hinteren Wand. Das könnten wir freilegen.«

»Hmhm.«

»Und bei den restlichen Wänden das Fachwerk rausholen.«

»Hm.«

»Fällt dir nichts ein, außer hm?«

»Na ja, ich würde es an eurer Stelle nicht überstürzen«, warf Patrick vorsichtig ein. »Kümmert euch erst einmal um einen vernünftigen Plan, und klärt genau ab, wer für was aufkommt.«

»Ist doch eigentlich ganz einfach«, sagte Mona. »Judith hat das Haus. Die Renovierungskosten teilen wir uns. Sie ist ganz gut im Organisieren und könnte sich um die Formalitäten kümmern, und ich bin ganz gut bei den praktischen Arbeiten.«

»Hm.« Er zuckte die Achseln.

»Patrick!«

»Was?«

»Findest du die Idee nicht gut?«

»Doch.« Er stellte sich ihr in den Weg und hob ihr Kinn. »Solange ich ebenfalls eine Rolle in deinen Plänen spiele, finde ich so ziemlich jede Idee gut.«

Kaum zu Hause angekommen, knöpfte er ihr die Bluse auf und zog sie nach oben ins Schlafzimmer. Sie ließen sich aufs Bett fallen. »Mona«, flüsterte er ihr ins Ohr, und sie lächelte in seine Hand, die warm auf ihrem Gesicht lag. Sein Daumen berührte ihren

Mundwinkel. »Lächelst du?«, fragte er mit geschlossenen Augen. Sie nickte in die Wölbung seiner Hand.

Etwa eine Stunde später schickte Mona ihrem Bruder eine Nachricht: *Weiß noch nicht, ob ich es am Samstag pünktlich schaffe. Aber ich versuche es.* Noch während sie tippte, pustete Patrick ihr sachte ins Genick. Sie drückte auf *senden*. Das Leben erschien ihr plötzlich ganz einfach.

35. Hella

Sie saßen sich gegenüber und maßen sich mit Blicken. Hella, sehr aufrecht, in ihrem teuren, mit Lammfell gefütterten Mantel, Wally, genauso aufrecht, aber in einer billigen braunen Version aus dem Kaufhaus. Draußen schoben sich Touristen durch die schmalen Limburger Altstadtgassen, für viele begann und endete der Rundgang oben auf dem Berg, beim heiligen Dom.

Die Bedienung kam, sie bestellten Kaffee und Wasser. Hella sah auf ihre Lederhandschuhe, von den Lederhandschuhen zur Armbanduhr und von der Armbanduhr zur Tür, um Wally nicht ansehen zu müssen. Sie schaffte es einfach nicht, ihre Aversionen zu verbergen. Und Wally sah zu Hella und schaffte es wahrscheinlich nicht, sie nicht zu spüren.

Das Schweigen zwischen ihnen war kein gutes Schweigen. Wally schien es nichts auszumachen, aber Hella erinnerte sich sofort wieder an die vielen wortlosen und ungleichen Kämpfe, die sie in all den Jahren ausgefochten hatten. Sie hatte nur selten gewonnen.

Nervös sah sie zur Tür. Ob Mona auch kommen würde? Hella war sich nicht sicher. Verlassen konnte man sich nicht darauf. Bei Daniel war es etwas anderes. Er war verlässlich, er war ganz und gar nicht wie seine Schwester. Er war auch nicht wie sein Vater, obwohl er ihm sehr ähnlich sah und sicher auch ein paar Attribute von ihm geerbt hatte. Zielstrebigkeit zum Beispiel. Fleiß und Ehrgeiz. Aber von wem hatte er die Fähigkeit, mit allen gut auszukommen? Und die Fähigkeit, die Risse in ihrem Familiengefüge zu kitten, immer wieder, ganz egal wie tief und irreparabel sie auch schienen? Bestimmt nicht von Norbert. Aber auch nicht von ihr.

Wally hustete. Der Husten klang ziemlich böse. Überhaupt sah Wally nicht gut aus. Sie war alt geworden in diesen sieben Jahren, sehr alt. Die Haare noch grauer, das Gesicht noch faltiger, der Körper noch gebeugter. Beinah kraftlos kam er ihr vor. Kaum zu glauben, dass diese Frau ihr einmal Angst eingejagt hatte.

»Danke, dass Sie gekommen sind«, sagte Hella freundlich, als der Husten nachließ. Sie tupfte sich mit einem Papiertuch über die Stirn. Es war unerträglich warm hier. Aber vielleicht lag es auch an ihrem lammgefütterten Mantel, den sie sich weigerte auszuziehen.

»Ich bin hier wegen der Kinder«, keuchte Wally und zog eine Schachtel mit Tabletten und einen kleinen weißen Umschlag hervor. »Ich wollte sie sehen.« Nur ihre Stimme klang wie immer. Sie hatte nichts von ihrem rauen, scharfen Ton verloren.

»Natürlich.« Als Wally noch bei ihnen wohnte, war sie Hella immer so gesichts- und alterslos vorgekommen. Immer gleich, jeden Tag. Braune Kleidung, schwarze oder graue, manchmal alles auf einmal. Sie selbst war so viel schöner, so viel stilsicherer, klüger und weltgewandter. Und trotzdem hatte Wally immer auf sie herabgesehen. Daran war natürlich auch Norbert schuld. Wann immer es früher irgendwelche Probleme gegeben hatte oder Entscheidungen getroffen werden mussten, hatte Norbert nicht etwa sie, seine Frau, die Mutter seiner Kinder, um Rat gefragt, sondern Wally. Wally, immer nur Wally. Wäre diese Frau ein paar Jahre jünger und gut aussehend, hätte er sie wahrscheinlich geheiratet.

Hella wandte sich wieder ab. Der alte Ärger machte sich in ihr breit. Sie schaute aus dem Fenster, wo sich eine Gruppe von Touristen platziert hatte. *Das ganze Leben ist eine Anhäufung von Verletzungen*, dachte sie. Es begann schon vor der Geburt, die erste Ladung bekam man bereits im Mutterbauch verpasst. Man konnte einfach nichts dagegen tun.

»Ich habe Frau Mahler getroffen«, sagte sie plötzlich und ohne Überleitung. Sie hatte nicht vorgehabt, darüber zu reden, bevor Daniel und Mona da waren, aber die alten Gefühle hatten sie ganz taub gemacht. Jetzt war es gesagt, sie konnte es nicht mehr zurücknehmen.

Wally war keineswegs überrascht. »Ich weiß«, sagte sie, nahm eine Tablette und spülte sie mit viel Wasser hinunter.

»Ach?«

»Wir wohnen nicht weit voneinander. Man begegnet sich.«

»Sie hat mir einiges erzählt. Über die Familie meines Mannes.«

Wally sah sie schweigend an.

»Wussten Sie, dass mein Schwiegervater …?«

»Natürlich.«

Hella nahm ihren Ehering in Augenschein und begann ihn zu drehen. »Bis heute frage ich mich, weshalb er mich geheiratet hat.«

Wally verzog spöttisch den Mund.

»Das Einzige, was er je von mir wollte, war ein Sohn. Den hätte er auch von jeder anderen Frau haben können.« Hella ärgerte sich über die Tränen, die ihr plötzlich in die Augen schossen. Sie winkte der Bedienung. »Möchten Sie auch noch einen Kaffee?«

Wally schüttelte den Kopf. »Warum haben Sie sich denn von ihm heiraten lassen?«

Hella sah sich selbst, die junge Frau, die sie damals war. Fast noch ein Kind. Die Vorstellung, die sie von ihrem Mann und der Ehe hatte. Sie hatte sich auf das Leben mit ihm gefreut, darauf, an seiner Seite zu glänzen. Aber es war kein Platz neben ihm. Jedenfalls nicht für sie.

»Ich war doch fast noch ein Kind. Was wusste ich schon vom Leben? Oder von der Ehe.«

»Das war es wohl auch, was ihn damals anzog. Ihre lebensfremde Naivität. Ihre Jugend.« Wally schnaufte kurz, es klang ärgerlich. »Jedenfalls am Anfang.«

Hella sah sie überrascht an. »Hat er Ihnen das gesagt?«

»Nein. Jedenfalls nicht direkt. Aber er kannte ja nur die Verbitterung seiner Mutter. Und diese ewige Forderung nach Dankbarkeit. Da kamen Sie ihm mit Ihrer Art gerade recht. So etwas kannte er nicht.«

»Seine Mutter hasste mich. Von Anfang an.«

»Seine Mutter hasste jede und jeden.«

»Sie hassen mich doch auch.«

»Nein. Aber ich finde, Sie sind schwach. Und Sie geben die Schuld für Ihr eigenes Scheitern immer den anderen. Das mag ich nicht.«

»Er hat mich benutzt, von Anfang an. Wenn er wenigstens bereit gewesen wäre … ich meine … wir hätten uns doch irgendwie arrangieren können.«

»Ihr Mann hat Ihnen jeden Monat sehr viel Geld überwiesen. Und Sie haben das Geld genommen. Sie tun es noch immer. Hören Sie doch endlich auf, sich zu beschweren.«

Hella spürte, wie die Wut in ihr hochkroch.

Noch ein Glas Cognac, mein Schatz? Du schnarchst so herrlich, wenn du besoffen bist.

Die Tür ging auf, ein Schwall kalter Winterluft traf ihr erhitztes Gesicht. Dass er ihr die besten Jahre genommen hatte, trug sie ihm nicht mehr nach. Aber dass er ihr die Würde genommen hatte, das konnte sie ihm nicht verzeihen.

»Haben Sie in Ihrer bedingungslosen Loyalität eigentlich niemals bemerkt, wie böse er in Wirklichkeit war?«, fragte sie leise und lächelte dabei ihren Kindern entgegen.

36. Mona

Mona sah Hellas interessierten Blick, als Patrick sich vorstellte und zuerst ihr und dann Wally die Hand reichte. Sie wartete auf den obligatorischen Augenaufschlag, den ihre Mutter in solchen Situationen gerne einsetzte, aber er blieb aus.

»Patrick Döblitz.«

»Hella Lorentz. Es freut mich, Sie kennenzulernen.«

Mona hängte ihre Tasche an den Stuhl, auf den sie sich mit einem leisen Seufzen fallen ließ und warf ein kurzes, allgemeines »Hallo« in die Runde. Nur nicht übertreiben. Nicht wie Anne, die neben ihr stand und der sitzenden Wally gerade von hinten die Arme um den Hals legte. »Wally! Wie geht es dir denn?«, hörte sie ihre Schwägerin sagen.

»Gut.« Wally lächelte. »Danke!«

»Wenn wir es früher gewusst hätten, hätten wir dich abgeholt, aber so spontan konnten wir es jetzt leider nicht mehr einrichten.« Daniel zog bedauernd die Schultern hoch.

Mona beobachtete Wallys graues Gesicht, das sofort etwas Farbe bekam, und ihre Mundwinkel, die jetzt die Andeutung eines Lächelns zeigten. »Ach was«, sagte sie. »Ihr braucht mich doch nicht abholen. Mit dem Zug ist das kein Problem. Nur selbst fahren mag ich nicht mehr.« Auch ihre Stimme veränderte sich. Sie wurde weicher. *Wie immer*, dachte Mona. Und meinte: *Wie immer, wenn sie mit Daniel spricht.*

»Also? Was gibt's denn so Wichtiges? Am besten, wir kommen gleich zur Sache, ich habe nämlich nicht so viel Zeit.«

Daniel warf ihr einen unergründlichen Blick zu.

»Ja. Natürlich«, sagte Hella und riss ihren Blick endlich von Patrick los. »Es ist nur …, also, ich habe da vor kurzem etwas über euren Vater erfahren, und ich dachte, es interessiert euch vielleicht.«

»Hat er jemanden umgebracht?«

»Mona!« Daniels Stimme hatte einen warnenden Ton.

»Ich meine ja nur. Es klingt alles so dramatisch.«

»Mona, bitte«, sagte auch Hella. »Ich weiß, dass euer Verhältnis nicht … das beste war, aber etwas Respekt hat er wohl verdient.« Sie trank einen Schluck Wasser. »Also, wie gesagt, ich habe da etwas erfahren, es betrifft seine Kindheit. Deshalb habe ich Wally gebeten …« Sie veränderte ihre Sitzposition. Ihr Gesicht nahm dabei einen beinah schmerzverzerrten Ausdruck an. »Die kannte euren Vater damals schon, und sie wusste Bescheid.« Sie sah Wally an. »Wally, könnten Sie vielleicht …?«

Wally stellte ihre Tasse ab. Sie schob Mona einen Umschlag zu. »Hier. Ich habe etwas für dich«, sagte sie. »Ich dachte, es könnte dich vielleicht interessieren.« Dann erwiderte sie Hellas Blick. »Sie denken vielleicht, es ändert etwas, wenn man in alten Geschichten wühlt und Dinge ausspricht«, sagte sie mit ihrer tiefen Stimme. »Ich denke, Sie irren sich. Es ändert nichts.«

Aber es hinderte sie auch nicht daran, die Dinge trotzdem auszusprechen. All die Dinge, die wohl ausgesprochen werden mussten.

Kaum zu Hause angekommen, schickte Mona Patrick weg. Er war enttäuscht, das sah sie, aber er ließ sich ohne Widerrede wegschicken, was sie sofort wieder ärgerte. Warum verhielt er sich wie ein dressierter Hund? Warum blieb er nicht einfach und hielt sie fest und streichelte all die schweren Gedanken weg, auch die wütenden, die ihr die Luft zum Atmen nahmen?

»Rufst du mich später an?«, fragte er.

»Ja.«

»Oder soll ich …?«

»Mein Gott, jetzt mach doch kein Drama draus.«

Er hatte den Kopf geschüttelt, sich umgedreht und war gegangen. Und jetzt saß sie hier, allein, auf dem Sofa in ihrer Wohnung. Und fror. Und war wütend, obwohl es dafür objektiv gesehen gar keinen Grund gab. Sie warf den Umschlag auf den Tisch und wickelte sich in eine Decke.

Ich denke, es ist gut, dass wir jetzt wissen, was passiert ist. Und immerhin erklärt es, warum Norbert keine roten Kleider mochte, hatte Hella lakonisch gesagt und sogar gelacht. Aber Mona war nicht darauf eingegangen. Sie hatte die Inszenierung längst durchschaut. Sie würde Hella jetzt nicht die große Hand der Versöhnung reichen. Nur wegen ein paar lächerlicher, längst vergessener Familiengeheimnisse oder weil sie aufgehört hatte, Schnaps zu saufen – das hielt sie sowieso nicht mehr lange durch –, war doch nicht plötzlich alles gut. Nichts war gut, es war nie etwas gut gewesen, und wahrscheinlich würde in ihrem Leben auch nie irgendetwas gut sein.

Sie nahm das Foto aus dem Umschlag und strich mit dem Zeigefinger über die Stirn der Frau; ihre Großmutter, die ihr so ähnlich sah. Jedenfalls in jungen Jahren. *Ihr seht euch ähnlich, aber ihr seid es nicht.*

Sie war keine gute Frau, hatte Wally gesagt, bevor sie ging. Aber wie ein Mensch so aussehen konnte wie man selbst und doch ein ganz anderer gewesen sein sollte, das hatte sie ihr nicht erklärt.

»Glaubst du denn, dass er sich ihretwegen umgebracht hat?«, hatte Anne Wally gefragt. Diese Frage konnte natürlich niemand eindeutig beantworten, auch Wally nicht. Vielleicht hatte er sich ihretwegen umgebracht. Vielleicht auch, weil Deutschland den Krieg verloren hatte. Und weil er nicht akzeptieren konnte, dass alles, woran er geglaubt, und alles, wofür er gekämpft hatte, nun falsch gewesen sein sollte. Es hatten sich schon Menschen wegen geringerer Gründe das Leben genommen. Und spielte das alles für ihr eigenes Leben überhaupt noch irgendeine Rolle? Was änderte es, zu wissen, dass ihr Großvater sich umgebracht hatte? Und dass ihr Vater ihn damals fand? Oder dass ihre Großmutter mit anderen Männern ins Bett ging, sogar als ihr Mann noch lebte und ihr Sohn noch ein Kind war. Es war vorbei, so lange schon. Sie waren alle längst tot.

Mona stand auf, die Decke rutschte auf den Boden. Sie stieg darüber und holte sich ein Glas Wein. Danach ihr Tagebuch und einen Stift. Schon früher hatte es ihr oft geholfen, alles Mögliche aufzuschreiben. Das Aufschreiben von Erlebtem rückte die Dinge ins rechte Licht und baute irgendwie auch ein gewisses Maß an Distanz auf. Distanz war genau das, was sie jetzt brauchte.

Sie las den letzten Eintrag, der mehrere Monate zurücklag und eine der vielen krankheitsbedingten, kostspieligen Ausfälle Chesters beschrieb und blätterte weiter zurück. Ganz früher hatte sie immer mit *Liebes Tagebuch* begonnen und dann weitschweifig erklärt, wo sie war, was sie machte oder weshalb sie etwas aufschrieb. *Liebes Tagebuch. Gestern war ich mit Judith auf einem Turnier in Elz. Da habe ich mein absolutes Traumpferd entdeckt.* So in etwa. Seit der Trennung von Frank hatte sie ihren Stil geändert. Sie schrieb nicht mehr über ihre Gefühle, dieses Stadium hatte sie überwunden. Jetzt schrieb sie immer dann, wenn Gedanken ihren Kopf auf eine Weise füllten, dass er zu platzen drohte. Es gab keinen Anfang und auch kein Ende. Es gab nur dieses Bedürfnis aufzuräumen. Ihren Kopf, ihre Gedanken, ihre Gefühle. Das Tagebuch half ihr dabei. Wenigstens manchmal. Sie hob den Stift.

Mein Vater.
Ich erinnere mich an meinen Vater, Norbert Lorentz, als einen wenig liebevollen Mann, der mich nie anfasste und sich auch nicht anfassen ließ. Nur bei Daniel zeigte er hin und wieder so etwas wie Emotionen. Manchmal legte er ihm die Hand auf den Kopf und lächelte, dann hasste ich meinen Bruder für kurze Zeit, aber das hielt ich nie lange durch, denn Daniel war neben Wally der einzige Mensch, der mir das Gefühl einer Familie gab. Auf meine Eltern war in dieser Hinsicht wenig Verlass.

Auf seinen Sohn war mein Vater immer stolz, das wussten wir alle. Auf mich nicht. Früher dachte ich, es wäre so, weil ich ihm keinen Grund dazu gab, obwohl ich mein Bestes tat. Mein Bestes genügte ihm nicht.

Es genügte ihm nie. Für meine mäßigen Schulnoten, das Einzige, was ihn zwischen meinem sechsten und neunzehnten Lebensjahr an mir überhaupt interessierte, hatte er nur abfällige Bemerkungen, für meine Schwangerschaft nur einen einzigen Kommentar: »Ich würde mir wünschen, dass du nicht jede negative Erwartung erfüllst.«

Nachdem mein Baby gestorben war, gingen wir uns eine Weile aus dem Weg. Erst als ich es immerhin schaffte, ein Abitur abzulegen, und anfing Betriebswirtschaft zu studieren, rückte ich wieder in seinen Fokus. Er bestärkte mich sogar darin und stellte mir eine Arbeit in der Firma in Aussicht. Eine Weile war ich so, wie er mich haben wollte. Ich versuchte es auch, aber natürlich hielt ich es nicht durch. Als ich das Studium aufgab, vielleicht war es auch umgekehrt, gab er auch sein Interesse an mir wieder auf.

So viel zu meiner Kindheit. Aber was war mit seiner?

Welches Leben führte er, was hat ihn zu dem Mann gemacht, den ich als meinen Vater kannte?

Norbert Lorentz wuchs in Wetzlar als Sohn von Elfriede und Hans Lorentz auf. Als er geboren wurde, war Hitler an der Macht, die nationalsozialistische Gesinnung hatte er quasi mit der Muttermilch aufgesogen. Seine Eltern waren in den ersten Jahren seiner Kindheit damit beschäftigt, gute Nationalsozialisten zu sein, und später damit, zu vergessen, dass sie es je waren. Deutschland hatte verloren, nicht nur seinen Zweiten Weltkrieg.

Freunde hatte mein Vater nicht. Es gab nur Gudrun

Mahler und Walburga Hauser, zwei Mädchen aus der Nachbarschaft, mit denen ihn so etwas wie Freundschaft verband. Mit Gudrun durfte er nicht befreundet bleiben. Ihre blühende Phantasie brachte das Kind dazu, sonderliche Dinge zu erzählen, das konnte Elfriede nicht dulden. Blieb Wally.

Wally. Sie war drei Jahre älter als mein Vater und gewohnt, Verantwortung zu tragen. Sie hatte wohl einfach gespürt, dass er jemanden brauchte. Und es war ja sonst niemand da. Er brauchte sie, wenn meine Großmutter ihr rotes Kleid anzog und wegging, oft viele Stunden lang. Er brauchte sie, wenn er das Bild seines toten Vaters nicht loswurde, nicht am Tag und nicht in der Nacht. Er brauchte sie, wenn er nachts allein war und wach wurde, voller Angst, weil sein blutbesudelter Vater ihn wieder besucht hatte und weil sein Laken nass war, was seine Mutter auf keinen Fall mitbekommen durfte.

Mona unterbrach das Schreiben und las die letzten Zeilen noch einmal durch. Wieder einmal zweifelte sie an allem. Wessen Geschichte schrieb sie hier eigentlich auf. Die ihrer Großeltern? Oder die ihres Vaters? Sie hatte ihn nicht gekannt, obwohl sie so viele Jahre mit ihm unter einem Dach gelebt hatte. Sie hatte auch die Großeltern nicht gekannt, die gestorben waren, bevor sie selbst geboren wurde. Vielleicht war es ja auch Wallys Geschichte?

»Warum bist du so wütend auf Wally?«, hatte Daniel sie einmal gefragt. Sie war tatsächlich wütend. Aber nicht, wie sie sich selbst einzureden versuchte, weil Wally immer so militärisch streng auf Ordnung beharrt hatte. Oder weil sie jeden Tag und unnachgiebig ihre Hausaufgaben, die Fingernägel, die geputzten Zähne kontrollierte. Vielleicht war sie wütend wegen Frank. Mona hatte ihr damals die Schuld am Scheitern ihrer Ehe gegeben, obwohl das natürlich objektiv gesehen Unsinn war. Oder war sie immer noch wütend wegen Max? Wally hatte ihn besucht, damals, als Rosa gestorben und sie selbst im Krankenhaus war. Mona musste weit zurückblättern, bis sie die Stelle im Tagebuch fand.

Liebes Tagebuch. Heute hat Max mir geschrieben. Ein kurzer Brief. »Gestern bekam ich unangenehmen Besuch in der Schule. Von eurer Haushälterin. Warum hast du mir nichts gesagt, wir hätten das Problem doch gemeinsam lösen können? Jetzt habe ich sehr viel Ärger wegen dir und muss die Schule wieder verlassen.«

Ich habe ihm zurückgeschrieben, dass er mich in Ruhe lassen soll. Rosa ist kein Problem.

Wally werde ich das nie verzeihen! Und Max auch nicht! Ich hasse sie beide!

Mona klappte die Stelle wieder zu. Sie hatte Max noch einmal gesehen, es musste sechs, vielleicht sieben Jahre her sein. Er hatte sich durch das Gedränge des Altstadtfestes an ihr vorbeigeschoben, es war nur ein kurzer Moment, aber sie hatte ihn sofort erkannt. Trotz seiner etwas schütter gewordenen Haare und dem Ansatz eines Bauchs hatte es noch nicht einmal eine Sekunde gedauert, bis sie wusste, dass er es war. Als er sie anstierte und ihr dann vertraulich zuzwinkerte, glaubte sie sogar einen Moment, auch er hätte sie erkannt, bis sie begriff, dass nicht sie, Mona, es war, die er meinte, sondern einfach eine Frau, die ihm gefiel. Sein altes Muster.

Mona trank einen Schluck Wein und steckte das Foto wieder zurück in den Umschlag. Hatte diese unbekannte Großmutter ihr wirklich nur das Gesicht vererbt? Und sonst nichts?

Sie beugte sich mit dem Stift in der Hand ein weiteres Mal über das Buch. Vielleicht wurde die Vergangenheit dieser Familie erst dann auch zu ihrer eigenen, wenn sie sie besser kannte. Und verstand.

Meine Großeltern.
Mein Großvater war kein schlechter Mensch. Er war nur leicht zu beeindrucken. Er suchte Stärke, weil er selbst nicht stark war. Vielleicht hat er sich deshalb eine Frau wie Elfriede ausgesucht. Und vielleicht fiel er deshalb auch auf die Parolen der Nazis herein. Wie so viele andere in dieser Zeit. Unbegreiflich scheint nur, dass er auch nach dem Zusammenbruch des deutschen Reiches um nichts mehr trauerte als um seine Gesinnung, die ja nun plötzlich nicht mehr erwünscht war. Plötzlich sollte er kein pflichtgetreuer Nationalsozialist mehr sein, sondern ein Vater und Ehemann, der sich in den Dienst des Landes gestellt hatte, ohne Überzeugung und ohne Parteibuch. Damit kam er nicht zurecht. So wenig wie mit den ewigen Vorwürfen meiner Großmutter. Eine Weile hielt er es noch aus, aber irgendwann nicht mehr. Ob er sich selbst erlösen wollte? Oder nur seine Frau?
Meiner Großmutter schien die Umstellung auf jeden

Fall leichter zu fallen. Während sie vorher mit stolzgeschwellter Brust auf ihren Mann und auf sein Parteibuch gezeigt hatte, wollte sie nachher nichts mehr davon wissen. Sie hing ihr Fähnchen in den Wind, und es war ihr egal, aus welcher Richtung der gerade wehte, daran lassen Wallys Ausführungen gar keinen Zweifel.

Meinen Vater erzog sie nicht mit Liebe und nicht zu Vertrauen, Respekt und Achtung, sondern zu bedingungslosem Gehorsam und ewiger Dankbarkeit. Dabei erfüllte sie natürlich ihre erste Pflicht: Ihr Sohn bekam zu essen und Kleidung, und später bekam er Geld, um zu studieren. Er war ihr einziges Kind, und sie hatte gespart. Aber sonst, sonst bekam er nichts.

Als nach dem Krieg das Geld knapp wurde und sie zuerst putzen und dann mit Männern ausging, tat sie es nicht für sich, sondern für ihn. Und sie sorgte dafür, dass er das nie vergaß.

Ansonsten war ihr Weltbild klar und einfach: Hätte ihr Mann im Krieg auf Juden geschossen, sie hätte ihm verziehen. Dass er sich umbrachte, verzieh sie ihm nicht.

Hätte ihr Sohn eine Frau aus gutem Hause geheiratet, eine, die sich ihr untergeordnet und die er mit anderen Frauen, solchen wie Hella, betrogen hätte, hätte sie ihm verziehen. Dass er eine wie Hella geheiratet hatte, verzieh sie ihm nicht.

Wahrscheinlich hatte sie, was Hella anging, sogar recht: Von allen falschen Frauen, die es für meinen Vater gab, war meine Mutter die falscheste.

5. Kapitel
Juli bis August 2017

37. Hella

Hella saß in ihrer neuen kleinen Wohnung, in ihrem neuen kleinen Leben und schaute aus dem geöffneten Fenster in einen makellos blauen Himmel. Seit Stunden saß sie hier, sie hatte die Sonne aufgehen sehen, einen Becher Kaffee neben sich, und gewartet, bis es hell war. Ganz still war es gewesen, beinah unheimlich, nur ab und zu das leise Brummen eines Autos und ihr eigener Atem, sonst nichts. Der Wind hatte geräuschlos den Vorhang gebläht, ihr dabei sanft ins Gesicht geblasen und sie spüren lassen, dass es sie gab. Immerhin.

Erst mit dem Erwachen des Tages hatte sich die Geräuschlosigkeit wieder verabschiedet. Vögel zwitscherten, der Verkehr brummte, Menschen lachten, redeten, schimpften.

Ein Auto hielt an, irgendwo da unten, Türen wurden zugeschlagen. Hella schob den Kopf vor. Neue Stimmen, eine weibliche Stimme und eine männliche, ein helles Frauenlachen. Ganz kurz flackerte etwas auf, eine vage Hoffnung, sie lauschte und biss sich mit ihren teuren Zähnen fest auf die Lippen. Aber da entfernten sich die Stimmen schon wieder.

Sie strich sich über die Stirn und warf einen Blick auf das Thermostat. Zweiundzwanzig Grad. Die Sonne tauchte schon jetzt alles in ein gleißendes Licht, es würde wieder ein sehr heißer Tag werden. Sie seufzte. Vor ihr lag ein langes Wochenende. Wochenenden hatten längst keine Bedeutung mehr für Hella, sie unterschieden sich kaum von dem Rest einer Woche. Sie konnte an einem Samstag die gleichen Dinge tun, wie an einem Montag oder Dienstag.

Sie stand auf, schloss das Fenster und streckte ihr schmerzendes Knie. Ihre Hand, knapp oberhalb der linken Brust, spürte dem rhythmischen Schlagen ihres Herzens nach. Es war ganz ruhig, kein Grund zur Panik. Die Attacken kamen und gingen, in unregelmäßigen, nicht vorhersehbaren Abständen.

Sie begann zu wandern. Vom Wohnzimmer über den Flur, vom Flur ins Schlafzimmer, vom Schlafzimmer wieder in den Flur und in die Küche. Unterwegs besah sie sich zum hundertsten Mal ihr erstes eigenes Heim. Und fühlte sich zum hundertsten Mal wie eine Besucherin. Es hatte sich nichts geändert, gar nichts.

Sie öffnete den Kühlschrank. Butter, Wurst, Käse, Eier, es war alles da. Natürlich, sie hatte Azra gestern selbst zum Einkaufen geschickt, und auf Azra konnte sie sich verlassen. Sie nahm eine Flasche Mineralwasser und goss sich ein Glas ein, sah den winzigen Bläschen nach, die sprudelnd nach oben stiegen, und nahm die Wanderung wieder auf. Möglicherweise lag es an den bilderlosen Wänden. Oder an den nicht vorhandenen Familienfotos in den Regalen.

Sie stellte das leere Glas ab, irgendwo, und sah in den Spiegel. Sie zog sich die Lippen nach und fuhr sich mit der Bürste über die Haare, ordnete die Frisur, wo es nichts zu ordnen gab, öffnete den Schuhschrank und konnte sich nicht entscheiden. Die hellblauen Leinenschuhe mit den weißen Applikationen oder die braunen Sandalen? Sie schlüpfte in die Leinenschuhe. Das helle Blau passte so perfekt zu ihrer weißen Hose.

Es hatte sich doch etwas verändert. Solange sie in der Wohnung war, spürte sie es kaum. Aber sobald sie aus dem Haus trat, war sie in einer anderen Welt. Hier gab es keine vornehme Ruhe mehr. Keine nach Phlox, Sonnenhut und Hortensien duftenden Gärten. Hier gab es Autolärm und Kindergeschrei. Den ganzen Tag der Gestank von Abgasen und am Abend der Geruch von gegrilltem Fleisch. Hella nahm alles gierig auf, das ganze pulsierende Leben um sie herum. Es erinnerte sie an ihre Zeit in Wiesbaden, an ihre Jugend, an ihre Neugier und ihre Erwartungen. Alles schien damals noch möglich.

Zum Friedhof war es von hier aus nur noch ein Katzensprung, aber der Friedhof war nicht ihr Ziel. Sie war seit einigen Monaten nicht mehr dort gewesen. Mit dem Erwachen der Natur waren auch die Hinterbliebenen wieder erwacht, und sie fühlte sich nicht wohl unter all den Witwen, die in kollektiver Einigkeit Stiefmütterchen pflanzten. Außerdem war ihre Wut mit dem Aufdecken von Norberts Geschichte irgendwie verraucht. Sie hatte ihm nichts mehr zu sagen. Dass er es auch nicht leicht gehabt hatte, jedenfalls nicht leichter als sie, stimmte sie auf eigenartige Weise versöhnlich.

Sie wandte sich nach rechts, Richtung Innenstadt. Neben ihr hielt ein Bus, die weißblaue Stadtlinie. Hella sah nach oben, direkt in das Gesicht einer jungen Frau, nur eine schmutzige Scheibe trennte sie. Am Rand des Busfensters waren seltsame Zeichen eingeritzt. Die Frau sah sie traurig an, Hella wandte sich schnell wieder ab. Sie lief zügig und zielstrebig, gerade so, als wäre sie verabredet. Als würde jemand auf sie warten. Dabei folgte sie den immer gleichen, selbstauferlegten Ritualen. Heute war der Dom an der Reihe. Es war wichtig, immer ein Ziel zu haben. Und eine gewisse Struktur. Es machte das Leben spürbarer. Außerdem gab es ihr eine gewisse Berechtigung, den Weg zu gehen, den sie ging. Sie hatte ja einen guten Grund dafür.

In der Altstadt war es im Sommer frühmorgens immer am besten. Da war die Luft noch einigermaßen frisch, und der Betrieb hielt sich in Grenzen, später würde zu viel los sein. Gerade heute, am Samstag, der auch Markttag war, waren noch mehr Menschen unterwegs. Auch mehr Tagestouristen.

Sie ging jetzt langsam. Der Weg war nicht besonders lang, aber er führte bergauf. Außerdem gab es keinen Grund mehr zur Eile. Sie atmete die milde Morgenluft ein und sah dem Dom entgegen, der in gewohnter Gelassenheit über seiner Stadt thronte. Oben begegnete ihr niemand, außer einem jungen japanischen Paar, das auf den Stufen des Eingangsportals stand und sich selbst fotografierte.

Hella beachtete die beiden nicht. Sie schob den Kopf in den Nacken und sah nach oben. Ein Bussard kreiste am stahlblauen Himmel über dem höchsten der sieben

Türme. Er stieß helle, durchdringende Schreie aus und schraubte sich immer höher, ehe er verschwand.

Wenn Hella am Dom war, stattete sie meistens auch dem Limburger Schloss einen Besuch ab. Es stand auf einem großen Kalkfelsen, hoch über der Lahn, direkt hinter dem Kirchengebäude. Eigentlich war es gar kein Schloss, sondern eine Burg, eine Felsenburg, aber alle nannten es Schloss. Es bestand aus mehreren Gebäudeteilen unterschiedlicher Epochen, die einen zur Lahn hin offenen Hof umgaben. Auf der offenen Lahnseite war ein kleiner Garten mit einer Eisenpforte, von hier hätte man einen wunderbaren Blick auf den Fluss, aber leider war die Pforte seit einigen Jahren versperrt.

Das Paar war offensichtlich fertig damit, sich selbst zu fotografieren, und ihr gefolgt. Jetzt fotografierte es alles andere. Das Schloss, den Garten, den Himmel. Hella beobachtete die beiden in ihrer unbeschwerten Jugend. Sie waren so jung, so froh und so einig. Sie hatten sich, sie waren nicht allein. Sie waren alles, was Hella nicht war. Sie kehrte ihnen den Rücken zu.

Schon bevor sie um die Ecke bog, hörte Hella das frohe Lachen. Sie blieb stehen und lauschte. Es war ein Lachen, das nach Sommer klang. Nicht Monas Lachen, das klang anders. Monas Lachen, das waren kleine, dunkle Vokalkaskaden. Hella erinnerte sich genau daran.

Es berührte sie eigenartig, dieses Lachen zu hören. In ihrem Leben hatte es nicht viel davon gegeben. Ihre Eltern hatten nie gelacht, sie konnte sich jedenfalls nicht daran erinnern. Auch ihr Mann nicht. Und wenn

Norbert doch einmal gelacht hatte, dann war es kein frohes Lachen gewesen. Vielleicht verlernte man das Lachen auch. Vielleicht erbte man die Fähigkeit dazu, genauso wie man besondere Begabungen, Vorlieben, Abneigungen oder braune Haare vererbt bekam, und wenn die DNA es nicht hergab, dann konnte man es eben nicht.

Sie bog um die Ecke. Das Lachen war verstummt, jetzt hörte sie Stimmen, die aus einem der geöffneten Fenster kamen. Verstehen konnte Hella nichts, es waren keine Worte, nur Wortgeräusche, aber sie erkannte Monas Stimme.

Sie sah sich das kleine Haus genauer an. Es lag etwas versteckt, ein unscheinbares Gebäude, man konnte leicht daran vorbeigehen, ohne es zu bemerken. Seit Wochen war es eingerüstet, es hatte ein neues Dach und neue Fenster bekommen, nur die Fassade sah noch wüst aus. Einmal hatte Hella einen jungen Mann beobachtet, der hier zu arbeiten schien. Sie kannte ihn nicht, er war nicht Judiths Mann und auch nicht der, mit dem Mona offenbar noch immer zusammen war. Vielleicht ein Arbeiter, der bei der Renovierung half. Sie hatte damals kurz überlegt, ihn nach Mona zu fragen, aber dann hatte sie sich nicht getraut.

Daniel war gerade mit seiner Familie im Urlaub. Auf Sylt. Er hatte sie trotzdem angerufen gestern Abend. Er meldete sich regelmäßig, immer freitags zwischen 18 und 20 Uhr, darauf konnte sie sich verlassen. Von ihm wusste sie, was hier vor sich ging. Vor kurzem hatte sie einmal einen seiner Anrufe verpasst und eine Woche warten müssen, bis sie wieder von ihm hörte, deshalb versuchte sie es immer so einzurichten, dass sie in dieser Zeit zu Hause war. Gestern hatte sie ihm von ihren schmerzenden Knien erzählt und der ersten halbjährlichen Nebenkostenabrechnung ihrer neuen Wohnung. Er hatte versprochen, die Abrechnung zu überprüfen und von den sehr guten Schulnoten seiner Kinder gesprochen und von dem Hotel, in dem sie wohnten.

Als ihre Mutter noch lebte, erst in Wiesbaden, dann im Heim, hatte Hella sich immer die Mühe gemacht, sie zu besuchen. Meistens an Wochenenden. Ihre Mutter war eine freudlose, verhärmte Frau gewesen, es hatte keinen Spaß gemacht, sie zu besuchen, aber sie war die Tochter, da gab es gewisse Pflichten. In ihren Erinnerungen waren es mühsame Gespräche. Ein ewiges Seufzen und leises Jammern. Die Frau hatte sich ein Kind von einem unbekannten Soldaten machen lassen und anschließend einen armen Schlucker geheiratet, der ihr beides übelnahm. Was konnte man da erwarten?

Die Sonne wurde allmählich unangenehm, Hella trat einen Schritt zurück in den Schatten und rückte die Sonnenbrille zurecht. Ein junger Mann kam vorbei. Er grüßte höflich, sie grüßte höflich zurück. Es war ihr unangenehm, es schien so lächerlich, hier zu stehen und zu lauschen, scheinbar ohne Grund.

Plötzlich ging die Tür auf. Es geschah so unerwartet, dass Hella erschrocken zusammenzuckte. Eine Frau und ein Mädchen traten aus dem Haus. Die Frau war ihre Tochter, das Kind kannte sie nicht.

Mona blinzelte verwirrt, als ihre Blicke sich trafen. Sie hatte eine Tüte in der Hand und ein Tuch auf dem Kopf, das irgendwann einmal grün gewesen sein musste. Ihre Jeans und das T-Shirt waren schmutzig, die Turnschuhe an ihren Füßen voller Löcher. Das Mädchen hatte auffallend dunkle Haare und Augen. Einen Augenblick starrten sie sich alle an, bis Mona sich zu dem Kind umdrehte.

»Das ist meine Mutter«, sagte sie.

Das Haus war klein und eine einzige Baustelle, drinnen wie draußen. Der Boden in der Diele war mit einer silbrigen Schutzfolie abgedeckt, links führte eine alte Holztreppe nach oben, und von der Decke hingen jede Menge grauer Kabel. Auf allem lag eine dichte weiße Schicht, Fachwerk- und Bruchsteinwände waren freigelegt, es roch nach Farbe und Staub. Und nach noch etwas, Hella wusste nicht, was es war, vielleicht der Schweiß, der hier seit Monaten vergossen wurde.

»Holst du mich nachher ab?«, fragte das Mädchen, und Hella sah Monas Lächeln, das nicht ihr galt, das noch nie ihr gegolten hatte, jedenfalls nicht so.

»Nee. Komm einfach zurück, wenn du fertig bist, wir starten von hier aus.«

»Och. Dann muss ich zweimal durch die ganze Stadt.«

»Ja. Musst du wohl.«

»Mann!« Die Kleine stampfte mit dem Fuß auf.

»Wir können es auch verschieben, mir passt es heute ohnehin nicht besonders.«

Hella hatte nichts übrig für ungezogene Kinder, aber Mona schien es nichts auszumachen. Sie lächelte immer noch. Ihre Stimme hatte diesen weichen Klang, den Hella so lange nicht mehr gehört hatte.

»Das ist Erpressung«, maulte das Mädchen und verschwand. Das Lächeln nahm sie mit.

Hella sah sich um. Ihr Blick kreuzte sich mit dem ihrer Tochter, und einen Augenblick sah es so aus, als wollte Mona etwas sagen. Aber dann öffnete sie nur eine der Türen und machte eine knappe Handbewegung.

»Das ist das Klo. So ziemlich das Einzige, was hier fertig ist«, sagte sie.

Hella trat ein und sah sich um. Der Raum war schmal, auf dem Boden lagen alte Dielen. Es gab zwei Kabinen mit Toiletten, über ein kleines Fenster am anderen Ende strömte warmes Sonnenlicht hinein. Das Licht tauchte alles in einen goldenen Glanz, es gab dem Boden die Farbe von flüssigem Honig. An einer Seite stand ein alter Holztisch mit einer Waschschüssel, von der Decke hing ein achtarmiger Kronleuchter, und gegenüber nahm ein überdimensionaler Spiegel beinah die ganze Wand ein. Hella gefiel, was sie sah, sie hätte es Mona auch gerne gesagt, aber sie wusste nicht, wie. Ihre Tochter hatte diesen gewissen Blick, den sie so gut kannte. Er ließ sich problemlos dechiffrieren: *Nichts, was du sagst oder tust, hat mich je interessiert oder interessiert mich in diesem Moment oder wird mich je interessieren.*

»Sehr schön«, sagte Hella trotzdem und sah dem Mädchen nach. »Es steckt sicher eine Menge Arbeit drin.«

Mona zuckte mit den Schultern und wandte sich ab. »Ich zeige dir noch den Rest«, sagte sie.

Hella trat an ihr vorbei in die Diele, dabei stieg ihr noch ein anderer Geruch in die Nase, angenehm,

irgendwie fruchtig, er kam ihr bekannt vor. Es dauerte einen Moment, bis sie begriff, dass es ihre Tochter
war, die sie roch.

Neben Toilette und Küche gab es nur noch einen großen Raum auf dieser Etage. Die Wand in der Mitte
hatte man großzügig durchbrochen und zwei schmale,
bodentiefe Fenster nach hinten gesetzt. Ein dunkelhaa-
riger Mann, es war der, den Hella schon einmal hier
gesehen hatte, schraubte Steckdosen fest. Judith stand
auf einer Leiter und strich Balken. Auf dem Boden
saß Judiths Sohn. Er hatte das gleiche kleine, spitze
Gesicht wie seine Mutter und starrte in einen Monitor.
Hella wusste nicht mehr, wie er hieß, sie hatte kein
gutes Namensgedächtnis, aber es war irgendein Name
mit E, daran meinte sie sich zu erinnern.

»Oh, hallo«, sagte Judith überrascht, als sie Hella
erkannte.

»Hallo, Judith«, sagte Hella. Schon wieder hatte
ihre Stimme diesen falschen Klang, irgendwie zu fröh-
lich. »Na, da habt ihr euch ja einiges vorgenommen.«

»Hmm.« Judith tauchte den Pinsel in den Topf und
wandte sich wieder dem Balken zu. Die Farbe war nicht
rot und nicht braun, sie war irgendetwas dazwischen.
Sie verteilte sich mühsam auf dem staubigen Holz.

Mona stellte sich neben den Mann. »Janni, hilfst
du mir gleich mal oben mit den Lampen?«, fragte sie.
Hella beobachtete, wie ihre Hand ganz kurz seinen
Oberschenkel berührte.

»Klar«, nickte der Mann und lächelte breit. »Bin
eine Minute fertig hier.« An seiner Aussprache erkannte Hella, dass er Ausländer war, vielleicht ein Pole.

289

»Was passiert mit dem Haus?«, fragte sie Judith. »Willst du es vermieten?« Sie fragte nicht so sehr aus Interesse als vielmehr in dem Bemühen, etwas zu sagen. Etwas Unverfängliches. Vielleicht auch, um ihrer Beobachtung von eben keine Bedeutung zukommen zu lassen.

»Wir eröffnen ein Café«, sagte Judith.

»Ach?« Hella sah ihre Tochter überrascht an. »Ihr? Du auch?«

»Ja.«

Das *ja* kam unmittelbar. Es war diese Art von *ja*, die keine weiteren Fragen mehr zuließ. Sie fragte trotzdem. »Und was wird dann mit deiner Arbeit?«

Mona zuckte mit den Schultern und wandte sich ab. Hella öffnete den Mund. Sie würde gern noch mehr Fragen stellen, Fragen, die sich ungefragt nach oben drängten, aber dann schloss sie ihn wieder.

»Ich geh dann mal wieder«, sagte sie und nickte Judith zu.

»Wiedersehen, Frau Lorentz«, rief Judith.

Mona sagte nichts. Sie schnaubte nur.

38. Mona

»Was?«, fragte Mona.

»Ich habe nichts gesagt«, erwiderte Judith, ohne ihre Tätigkeit zu unterbrechen.

»Aber du willst etwas sagen, das sehe ich doch.«

»Die Farbe ist gleich alle. Wir brauchen Nachschub.«

»Ich kümmere mich nachher drum. Erst mal die Lampen.«

»Ja. Klar. Erst mal die Lampen.«

Mona warf ihr einen wütenden Blick zu und schmetterte die Tür hinter sich zu.

»Was los?«, fragte Janni. »Ärger mit Freundin?«

»Pfhh«, meinte Mona undeutlich und packte die erste Lampe aus. Janni stellte sich hinter sie und strich zart über ihren Hintern. »Lass das«, sagte sie mürrisch.

»Ärger wegen mir?«

»Nein. Lass uns einfach diese Scheißlampen aufhängen.«

Eine Viertelstunde mit Hella, und schon fühlte sich ihr ganzes Leben an wie ein einziger großer Fehler. Das mit Janni war so eine Sache. Sie war da irgendwie reingerutscht, sie würde da auch wieder rauskommen. Er war charmant, er sah gut aus, und er schien sie aus irgendeinem Grund zu bewundern. Es war ja auch nichts weiter passiert. Nur ein paar Küsse. Vom Knutschen ging die Welt nicht unter.

Als die Lampen hingen, packte Mona das Werkzeug weg. »Kannst du hier aufräumen, ich muss noch Farbe besorgen?«

Er nickte gekränkt. Noch einer.

»Ich kann es auch selber machen, wenn ich zurück bin«, sagte sie.

»Nein. Kein Problem«, murmelte er.

Judith saß unten an dem kleinen Tisch, der für alles herhalten musste. Als Ablage, als Esstisch oder als Steighilfe, je nachdem. Jetzt lagen jede Menge Papiere darauf. Judiths Finger tippten in bemerkenswerter Geschwindigkeit Zahlen in den Taschenrechner

»Wir sind am Limit«, sagte sie.

»Das sagst du jedes Mal.«

»Ja, aber dieses Mal sind wir eigentlich schon drüber. Ich habe sogar meinen Dispo ausgeschöpft.«

»Reicht es wenigstens noch für die Farbe?«, fragte Mona.

Judith hob den Kopf und sah sie an. »Ich habe dich nie gezwungen …«

»Ja. Schon gut. Tut mir leid. Ich fahr jetzt.«

»Allein?«

»Natürlich. Oder willst du mit?«

»Du solltest Janni nicht dazu benutzen, dein kleines Ego zu füttern. Das hat er nicht verdient. Und Patrick im Übrigen auch nicht.«

»Ich benutze niemanden, es …«

»Hat nichts zu bedeuten, schon klar.«

»Hat es auch nicht. Wir haben uns nur einmal geküsst. Es wird sich nicht wiederholen.«

»Weiß er das?«

Mona seufzte genervt. »Ich rede mit ihm.«

»Und Patrick?«

»…«

»Mona, solange ich dich kenne, bist du wütend auf Hella, weil sie … so war. Aber weißt du was? Du bist genauso. Ganz genauso.«

Im Auto musste Mona aufpassen, ihre Wut im Zaum zu halten. Patrick, Janni, Judith, das Café. Und jetzt noch Hellas Besuch.

Die Sache mit Janni war dumm. Sie musste mit ihm reden, heute noch. *Du, Janni, es tut mir leid. Ich hatte ein, zwei Bier zu viel. Bitte nimm es nicht persönlich.* Wirklich sehr dumm. Sie konnte es nicht mehr rückgängig machen. Nur dafür sorgen, dass es sich nicht wiederholte.

Das Café war ein größeres Problem. Ihr ganzes verdammtes Geld steckte in diesem Projekt. Judiths natürlich auch, aber das war etwas anderes, was sollte ihr schon passieren, sie hatte immer noch Henri. Dabei hatte sich zuerst alles so gut angefühlt. Aber ständig passierte irgendetwas Unvorhersehbares. Es fing damit an, dass sich laut Statiker die Decke gesenkt hatte, was den Einbau eines Stahlträgers unumgänglich machte, und es ging weiter mit den Wasserleitungen, die komplett ausgetauscht werden mussten. Alles war kompliziert, die alten Leitungen mussten abgeklemmt und neue eingezogen werden. Ein Riesenaufwand. Vor ungefähr vier Wochen hatte sich dann abgezeichnet, dass das Geld nicht mehr für die Einrichtung reichen würde. Gut, sie hatten Möglichkeiten, Shabby war in, und es gab Flohmärkte und ebay. Aber sie brauchten eine vernünftige Küche und so etwas wie eine Theke. Das ganze Projekt schien schon vom Scheitern bedroht, bevor es überhaupt losging. Und dann tauchte auch noch Hella hier auf. Ihre Blicke, ihr leises Seufzen. *Was ist mit deiner Arbeit?* Kein Wort darüber, was sie in diesem Haus geleistet hatten, nur Zweifel und unausgesprochene Vorurteile. Sie trat wirklich nahtlos in die Fußstapfen von Monas Vater. Und als wäre das alles nicht schon schlimm genug, hatte Patrick vor zwei Wochen zum ersten Mal die gefürchtete Frage gestellt.

»*Verhütest du eigentlich?*«

»*Bisschen spät, mich das zu fragen, findest du nicht?*«, antwortete sie lapidar.

»Vielleicht. Und?«

»Nein.«

»Gut.«

Was das bedeutete, war klar. Sie fragte trotzdem.
»Was meinst du mit ›gut‹?«

»Wir haben nie darüber gesprochen, aber ich … na
ja, ich fände es ganz schön.«

»Du willst Kinder?«

»Du nicht?«

»Ich bin vierzig.«

»Ein guter Freund von mir ist gerade Vater geworden. Mit sechsundvierzig. Seine Frau ist zweiundvier-
zig.«

»Oje! Und wenn das Kind Abi macht, ich meine,
nur falls, dann sind seine Eltern über sechzig.«

»Na und? Wo ist das Problem?«

»Ich finde es bescheuert. Erst passt es nicht in die
Planung, und dann, wenn die Wechseljahre vor der
Tür stehen, kommt plötzlich die Panik, vielleicht doch
was verpasst zu haben.«

»Heißt das, wir müssen warten, bis du in die Wechseljahre kommst?«

Sie schnaufte genervt. »Nein! Das heißt, wir müssen gar nicht warten.«

»Wolltest du denn nie …?«

»Patrick! Ich muss jetzt los. Judith wartet. Kannst
du die Farbe im Baumarkt für mich abholen?«

Schon am gleichen Abend konnte sie seine Zärtlich-
keiten nicht mehr ertragen. Beim ersten Mal war es
noch okay, sie hatte schlechte Laune, ihre Tage oder
war einfach überarbeitet. Aber mittlerweile war die

Schonfrist abgelaufen. Patrick lief nur noch mit be-
leidigtem Gesicht durch die Gegend, der Beziehungs-
segen hing schief.

Sie kuppelte und schaltete einen Gang zurück. Da
vorn war schon wieder eine Ampel. Der Stadtverkehr
war heute Morgen mörderisch, sie stand an jeder Ampel, manchmal brauchte es drei oder vier Umschalt-
phasen, bis sie endlich durch war. Die Ampel schaltete auf Grün, sie hielt die Luft an und wartete, bis
die Karawane ins Rollen kam. Aber kaum hatte sie
den Fuß auf dem Gaspedal, wurde es schon wieder
rot. Sie fluchte und trat auf die Bremse. So ging das
die ganze Zeit. Der Vormittag war sowieso gelaufen,
es war schon kurz vor elf. Dabei gab es noch so unendlich viel zu erledigen. Einkaufen, streichen, essen,
umziehen, Chester und Shirin, duschen, wieder essen,
Wäsche zusammenlegen, Überweisungen schreiben.
Der Tag war einfach viel zu kurz.

Das Handy summte leise. Eine Nachricht von wem
auch immer, sie machte sich nicht die Mühe, sie zu
lesen.

Die Menschen, mit denen sie zusammen war, die
Menschen, mit denen sie nicht zusammen war, der
Verkehr, die verstopften Straßen, das Geld, das sie
nicht hatte, die Arbeit, die sie nicht mochte, die grünen Ampeln, die roten Ampeln, der Lärm, die Hektik,
irgendwie war ihr gerade alles zu viel.

39. Hella

Hella hatte keine Richtung und keinen Plan, nur zurück in die bilderlose Wohnung, das wollte sie nicht. Sie ließ sich treiben, hatte keine Lust mehr, so zu tun, als würde sie erwartet, hatte zu gar nichts mehr Lust. Ein Mann rempelte sie von der Seite an. »Können Sie nicht aufpassen?«, fragte sie ärgerlich. Er entschuldigte sich nicht einmal. Zwei Kinder rannten laut schreiend an ihr vorbei. Nein, um diese Uhrzeit machte es keinen Spaß mehr, hier zu sein. Vorbei mit der Ruhe. Nur Lärm und Hitze. Und natürlich waren in ihrem Lieblingscafé schon alle Tische besetzt.

Sie sah sich suchend nach einem freien Platz um, und ihr Blick traf auf den eines Mannes. Er lächelte ihr freundlich zu.

»Sie können sich gerne hierher setzen, ich bin gleich weg«, sagte er.

»Danke«, sagte Hella. Sie setzte sich und streckte ihr Knie. Der Mann war schon alt und nicht sehr attraktiv. Sein Hemd war von miserabler Qualität, die Bügelfalten darin ebenfalls.

»Sie sind von hier?«, fragte er.

»Ja.«

»Eine schöne Stadt.«

»Ja.«

»Ich kenne mich hier nicht aus, vielleicht können Sie mir etwas empfehlen?«

»Der Dom ist da oben«, sagte Hella. Sie zeigte mit einer Hand die Richtung und griff mit der anderen nach der Karte.

»Da war ich schon.«

Sie seufzte und heftete ihren Blick auf die Teesorten. *Golden Nepal, Blue Earl Grey, Assam Bio.*

Der Mann hatte endlich begriffen. Er rief die Bedienung. »Zahlen«, sagte er.

Die Bedienung war sehr jung, das konnte Hella an den schönen, glatten Händen erkennen, die den Geldschein entgegennahmen, dafür musste sie noch nicht einmal den Kopf heben. Hellas Hände waren nicht mehr glatt, sie waren runzlig und voller Altersflecken. Sie seufzte ärgerlich.

»Haben Sie sich entschieden?«

»Einen Kaffee. Schwarz, bitte«, sagte Hella und klappte die Karte zu.

Ein kleines Mädchen am Nachbartisch fing an zu quengeln. Es hatte blonde lange Locken, und seine Eltern sahen es so hingerissen an, als wäre es ein besonderes Verdienst, ein Kind gezeugt zu haben.

Das Paar war gut aussehend und auch gut gekleidet. Eine Vorzeigefamilie. So wie sie selbst früher. Da hatte sie jeder beneidet. Zwei gesunde Kinder, ein attraktiver Ehemann, ein schönes Haus, zwei Autos, eine große Firma und Geld. Und sie war so wunderschön. Das haben alle gesagt.

Es war nicht viel davon übriggeblieben. Ein Anruf pro Woche von ihrem Sohn, hin und wieder ein kurzer Besuch samt Vorzeige-Ehefrau und Kindern. Eiszeit bei ihrer Tochter. Und so würde es vermutlich für den kurzen Rest ihres Lebens auch bleiben.

Die Bedienung brachte den Kaffee. Hella nahm einen Schluck und setzte die Sonnenbrille auf. Nur nicht so genau hinschauen. Sonst sah man Hella Niemandskind, die immer noch allein unter dem Tisch saß, ihre

297

Hausaufgaben nicht gemacht, heimlich Lippenstift aufgetragen und der Rock viel zu kurz, es würde noch ein böses Ende nehmen mit ihr, sie trieb die arme Mutter in den Wahnsinn und den Vater gleich mit. »Du hast nur den richtigen Mann geheiratet, sonst nichts. Schlaues Luder, du«, hatte der einmal gesagt, als er noch seine Sinne beisammenhatte.

Ihr Leben lang hatte Hella etwas gesucht, aber nichts gefunden. Und sie war so müde. Sie wusste auch gar nicht mehr, wo sie noch suchen sollte.

Das Rumoren kam von oben, unten war alles still, die Tür zum großen Raum geschlossen. Hella stieg die Treppe hoch. Der Mann, Janni, war da. Er zerriss Schachteln und stapelte das Papier. Es waren die Schachteln von den Lampen, die jetzt von der Decke über dem Treppenhaus hingen. Seltsame Gebilde aus Draht. Er sah sie verblüfft an.

»Wissen Sie, wo meine Tochter ist?«

Er lächelte und zeigte ein makelloses Gebiss. »Farbe kaufen. Kommt gleich.«

»Danke! Dann warte ich unten.«

»Haben Sie etwas vergessen?«, fragte Judith überrascht, als Hella die Tür öffnete und zögernd eintrat.

»Nein. Ich wollte nur …, eh, ich würde gerne auf Monique warten, wenn ich darf.«

»Klar. Da drüben steht noch ein Stuhl.« Judith nickte ihr zu. Ihr Sohn saß immer noch auf dem Boden, er schaute einen Zeichentrickfilm an, irgendetwas mit einem Drachen. Zwischendurch wischte er sich mit dem Ärmel über das Gesicht oder – noch schlimmer – zog es lautstark die Nase hoch.

»Emil, ich glaube, es reicht für heute. Und hol dir mal ein Taschentuch«, besann sich Judith auf ihre Mutterpflichten. *Emil*, das war der Name, der ihr vorhin nicht eingefallen war.

»Bitte Mama, bittebittebitte, das dauert nicht mehr lang, nur noch die eine Folge.«

»Dann gibt's aber heute kein Fernsehen mehr. Und kein Gemecker.« Judith drückte ihm ein Papiertuch ins Gesicht. »Hast du eigentlich keinen Hunger?« Das Kind starrte geistesabwesend auf den Monitor.

»Emil? Hast du Hunger? Du kannst ein Brot haben.«

Er wandte den Blick nicht von dem Bildschirm und schüttelte den Kopf. Judith schüttelte auch den Kopf und kehrte seufzend zurück zu den Papieren.

Hella stand auf. Sie war zu unruhig, um bewegungslos auf dem Stuhl sitzen zu bleiben. »Darf ich dich etwas fragen?« Sie kannte Monas Freundin von Kindesbeinen an, kein Grund, zum förmlichen *Sie* zu wechseln.

»Nur zu.«

»Ist Monique noch mit diesem Mann zusammen? Ich weiß nicht mehr, wie er heißt, er dürfte etwa in Moniques Alter sein.«

»Patrick. Ja. Sie sind zusammen.«

»Etwas Ernstes?«

»Das fragen Sie Ihre Tochter am besten selbst.«

»Er macht einen netten Eindruck.«

»Er ist nett. Sehr nett sogar.«

»Was macht er denn beruflich?«

»Frau Lorentz, ich möchte wirklich nicht …«

»Schon gut. Ich will dich ja nicht ausfragen.« Judith schüttelte unbehaglich den Kopf.

»Dieses Café ... war das Moniques Idee?«, nahm Hella das Gespräch wieder auf.

»Eher meine.«

»Und sie will tatsächlich hier arbeiten?«

»Es sieht so aus, ja.«

»Kann man denn davon leben?«

Judith seufzte und drückte ihren Rücken durch. »Das wissen wir noch nicht, aber wir hoffen es.«

Hella drehte den Ring am Mittelfinger ihrer rechten Hand. »Ich finde es, na ja, ziemlich gewagt. Ich meine, ihre Stelle wieder aufzugeben ... so ganz ohne Sicherheiten. Und das ganze Geld ...«

»Es ist ihre Entscheidung.«

»Ich frage mich nur, ob sie sich das alles gut überlegt hat.«

»Mona hasst die Arbeit im Büro. Sie entspricht auch meiner Meinung nach überhaupt nicht ihren Fähigkeiten. Ich könnte mir vorstellen, dass die Sache mit dem Café genau das Richtige für sie ist.«

»Ach? Du denkst, Leute zu bedienen, entspricht eher ihrer Begabung?«

Judith bedachte sie mit einem seltsamen Blick. »Sie halten nicht viel von Ihrer Tochter, stimmt's?«

»Ich traue ihr jedenfalls mehr zu als das.«

»Wissen Sie eigentlich, was für ein besonderer Mensch Mona ist?«

»Darum geht es doch gar nicht.«

»Doch. Genau darum geht es. Sie hat unendlich viele Begabungen. Und außerdem ...«

Die Tür wurde geöffnet. Judith unterbrach sich. Es war wieder dieses Kind. Mit Reithosen und Stiefeln. Daher die Anhänglichkeit.

300

»Ist Mona noch nicht da?«, fragte es enttäuscht.

»Hey, Shirin! Nein. Aber sie kommt bestimmt gleich. Setz dich zu Emil. Ihr könnt zusammen den Film anschauen.« Judith wandte sich wieder Hella zu.

»Und außerdem ist Mona die beste Freundin, die man sich wünschen kann«, beendete sie ihren Satz.

Hella sah die Kinder, die halbgestrichenen Balken, die abgeklebten Fenster, die Rechnungen auf dem Tisch. »Es ist genau umgekehrt«, sagte sie.

»Was?«

»Monique hält nichts von mir.«

»Hören Sie, das ist eine Sache zwischen Mona und Ihnen, ich will mich da nicht einmischen.«

Hella seufzte. »Natürlich«, sagte sie. »Habt ihr noch einen Pinsel?«

»Was?«, fragte Judith überrascht.

»Einen Pinsel.«

»Sie wollen streichen?«

»Ich habe sowieso nichts Besseres vor.«

»Aber Ihre Kleider …«

»Ach, davon habe ich genug. Auch Zeit.« Es kostete Hella einiges an Überwindung, aber als sie die Schuhe auszog und barfuß über die schmutzige Folie an den Tisch tappte, fühlte es sich trotzdem richtig an. »Also?«

»Na ja, einen Pinsel haben wir schon. Aber keine Farbe mehr.« Sie sahen sich an.

»Was soll das?« Mona stand in der Tür, einen Farbeimer in der linken Hand, das Telefon in der rechten. Sie starrte Hella böse an.

»Ach, ich dachte, ich helfe euch ein bisschen.« Hella versuchte zu lachen, ein kurzer, nervöser Ton.

»Wir brauchen deine Hilfe nicht«, sagte Mona.

Judith stöhnte. Sie nahm Mona den Farbeimer ab. Hella lächelte dünn und schlüpfte wieder in ihre Schuhe.

»Es war ja nur ein Angebot.«

»Außerdem hat Daniel gerade angerufen.«

»Daniel? Der ist doch auf Sylt.«

»Wally hatte einen Schlaganfall.«

»Oje! Schlimm?«, fragte Judith.

»Das weiß ich noch nicht.«

Hella griff nach ihrer Handtasche, die auf einem der beiden Stühle stand. »Ist sie im Krankenhaus?«

»Ja. Natürlich.«

»Du musst zu ihr!«, sagte Judith.

Hella sah, wie Mona die Schultern zuckte und den Farbeimer neben die Tür stellte.

»Aber wir wollten doch jetzt zu Chester«, mischte sich das Mädchen von der Seite ein.

»Das müsst ihr eben verschieben«, sagte Judith sehr bestimmt.

»Aber Mona hat gesagt …«

»Manchmal passieren eben unvorhergesehene Dinge.«

Mona sagte nichts.

»Mona?« Judith ließ sie nicht aus den Augen.

»Ja.«

»Du fährst jetzt ins Krankenhaus.«

Ihre Tochter sagte immer noch nichts. Aber sie nickte.

40. Mona

Daniel saß auf der Bettkante. Er schaute überrascht auf, als sie mit Hella das Zimmer betrat. »Oh, hallo«, sagte er und erhob sich. »Das ist ja eine Überraschung.«

»Was?«, fragte Mona und meinte: *Bist du überrascht, dass ich gekommen bin oder dass Hella gekommen ist oder dass wir zusammen gekommen sind oder was?* Aber Daniel sah sie nur irritiert an und küsste Hella auf die Wange.

»Wie geht's dir? Willst du dich setzen?«, fragte er und schob ihr, ohne eine Antwort abzuwarten, einen Stuhl vor die Füße. Dann wandte er sich Mona zu und machte Anstalten, sie ebenfalls zu küssen. Schnell drehte Mona den Kopf zur Seite. Sie wollte nicht von ihrem Bruder geküsst werden. Irgendwie war sie gerade nicht besonders gut auf ihn zu sprechen, obwohl es keinen Grund dafür gab. Vielleicht, weil er *sie* nicht gefragt hatte, wie es ihr gehe und ob sie sich setzen wolle. Oder weil er immer für alle Partei ergriff, außer für seine Schwester. Vielleicht auch einfach, weil ihm immer alles gelang und jeder ihn mochte und weil er eine Familie hatte und sie nicht und weil natürlich er es war, der als Erster von Wallys Schlaganfall erfahren hatte und an ihr Bett geeilt war. Sie seien sofort und noch mitten in der Nacht losgefahren, hatte er ihr am Telefon gesagt. Von Sylt bis Limburg, beinah achthundert Kilometer.

Mona sah vorsichtig in Wallys Richtung und seufzte. Sie war bis obenhin voll mit etwas, das sich nicht gut anfühlte. Die Frau, die wie Wally aussah und auch wieder nicht, saß mehr oder weniger aufrecht im Bett. Der rechte Mundwinkel hing herab, der Mund selbst war leicht geöffnet, das rechte Augenlid irgendwie verschoben. Eine Hand lag nutzlos auf der Decke, die andere knüllte mit immer gleichbleibenden Bewegungen ein Papiertaschentuch. Mona stellte sich auf die Fensterseite des Bettes und wusste nicht, wo sie hinschauen und was sie tun sollte. Wally umarmen? Wohl kaum. Mit ihr reden? Vielleicht. Aber worüber? Sie schien ihr so fremd.

»Wie geht's dir denn?«, fragte sie verlegen und bereute die Frage im nächsten Moment wieder. »Entschuldigung. Blöde Frage.« Wally lächelte schief. Etwas Speichel lief ihr über das Kinn, sie wischte ihn mit dem Papiertaschentuch weg. Mona tat, als hätte sie es nicht bemerkt, und sah sich im Zimmer um. Es war klein und spartanisch. Zwei Betten, eines davon leer, zwei Nachttische mit Blumen, ein grauer, zweiflügliger Schrank, zwei Stühle. Die Blumen an Wallys Bett waren wahrscheinlich von Daniel, sie selbst hatte überhaupt nicht an so etwas gedacht. So wenig wie Hella.

Die stand auf der anderen Seite des Bettes, unbeweglich und aufrecht wie eine Statue. Ihre Haare waren etwas dunkler als sonst, ohne eine Spur von Grau, und natürlich glänzten sie. Allerdings hatten sich um ihre dezent geschminkten Lippen lauter kleine Fältchen in die Haut gegraben, was der Lippenfarbe ein etwas verschwommenes Aussehen gab.

»Warum bist du zurückgekommen?«, hatte Mona sie im Auto gefragt. *Und warum sitzt du hier, in meinem Auto? Und was, um alles in der Welt, wolltest du mit dem Scheißpinsel?*

»Es war einfach so eine spontane Idee.«

»Eine spontane Idee? Du hast doch nie spontane Ideen. Jedenfalls nicht solche.«

»In diesem Fall schon.«

Von draußen hörte Mona Vogelstimmen, das leise Raunen von Autos und das Geräusch eines Flugzeugs. Trotz des geöffneten Fensters war es warm und stickig im Zimmer, das T-Shirt klebte ihr am Rücken. Sie strich mit den Händen unruhig über die Decke, vorbei an Wallys Händen, darauf bedacht, sie nicht zu berühren und sie nicht anzusehen. Bis sie nicht mehr länger ausweichen konnte und direkt in ihre graubraunen Augen sah.

Und dann war es auf einmal Wally, die ihre Hand auf Monas Hand legte. So als wäre Mona krank und müsste getröstet werden und nicht umgekehrt. Plötzlich hatte Mona einen Kloß im Hals. Sie musste an die Wally denken, die in richtigen Momenten zur richtigen Stelle war. An die Wally, auf die man sich verlassen konnte, auch wenn es manchmal weh tat. Irgendetwas in ihr begann zu rumoren. Sie zog die Hand schnell wieder weg. Es schmerzte, Wally so zu sehen, damit hatte sie nicht gerechnet.

Daniel schob auch den zweiten Stuhl vor das Bett und setzte sich. Sein Augenlid zuckte leicht, er sah müde aus, aber er hatte diesen *Das wird schon wieder*-Ausdruck im Gesicht, den Mona so gut kannte. Er hatte immer und für alle Situationen ein passendes Gesicht. Sie selbst dagegen hatte nur zwei Gesichter: eins für schlechte Laune und eins für gute.

»Wie lange muss sie denn hierbleiben? Weiß man

das schon?«, brach Hella das Schweigen. Sie sprach über Wallys Kopf hinweg, als wäre die gar nicht da.

»Ein paar Tage. Und dann geht's direkt zur Reha. Die Ärzte meinen, dass man mit den richtigen Übungen noch ganz viel machen kann.« Wieder lächelte Daniel aufmunternd. »Wenn du wieder zu Hause bist, dann helfen wir dir. Wir besorgen dir jemanden. So eine Wally, die sich zur Abwechslung mal um dich kümmert.«

Hella lächelte, Wally stöhnte, und Mona drehte sich zum Fenster.

Die Tür ging auf. Es waren Anne und die Kinder. »Ja, sag mal, Wally. Was machst du denn für Sachen?«, fragte Anne. Sie stellte sich neben ihren Mann und übernahm seinen Gesichtsausdruck.

Wally verzog das schiefe Gesicht und sah in die Runde. *Immerhin*, dachte Mona. *Das hat sie geschafft. Wir alle in einem Raum.*

Sie verabschiedete sich als Erste. Shirin und Chester warteten.

Im Auto öffnete Mona sämtliche Fenster und griff nach dem Strohhut auf dem Beifahrersitz. Es war immer noch heiß, der Schweiß sickerte ihr aus allen Poren, und eine Fliege schwirrte ihr penetrant um den Kopf. Sie schlug mit dem Hut danach und steckte den Schlüssel ins Schloss. Einen Moment starrte sie regungslos auf das Lenkrad. Krankenhäuser hatten immer so etwas Deprimierendes, jedenfalls wenn man nicht gerade auf der Geburtenstation unterwegs war. Und selbst das konnte deprimierend sein, wie sie aus eigener Erfahrung wusste.

Sie war unfähig, sich zu rühren, unfähig, irgendeine Entscheidung zu treffen, unfähig, auch nur einen einzigen klaren Gedanken zu fassen. Sie wollte auch gar nicht denken und schon gar nicht an Wally, die dort oben in einem der Zimmer lag und nicht mehr viel bewegen konnte. Oder an ihre Mutter, die ihren gutfrisierten Kopf geschüttelt hatte, als Mona sie fragte, ob sie sie nach Hause fahren solle, oder an das Café und die unbezahlten Rechnungen oder an Patrick, den sie eigentlich zurückrufen müsste.

Um ihren Gedanken zu entfliehen, lauschte sie der Stimme einer Radiosprecherin, die gerade etwas von einer Rockband und einem Open-Air-Konzert in Wiesbaden erzählte. Man konnte anrufen, wenn man irgendetwas wusste, und Karten für das Konzert gewinnen. Mona überlegte kurz, aber sie wusste es natürlich nicht.

Und schon schob sich Wallys hilfloser Anblick wieder in ihren Kopf. Sie schüttelte ihn, als könnte sie die ungewollten Bilder herausschütteln. Sie versuchte an alles *andere* zu denken. Zum Beispiel an die Arbeit, die heute liegengeblieben war. Und daran, dass in knapp drei Wochen Eröffnung war. Sie dachte auch an Shirin und Chester, die beide auf sie warteten.

Auf der Ablage war eine Rolle mit Pfefferminzbonbons, Patrick hatte sie dort liegenlassen. Sie schob sich einen Bonbon in den Mund. Patrick hatte schon zweimal versucht, sie zu erreichen, das letzte Mal vor einer Stunde, aber sie war nicht drangegangen. Es hatte immer gerade Wichtigeres gegeben. Ihre Fußnägel lugten aus den Sandalen, der helle rosa Nagellack war an vielen Stellen abgeblättert. Ihr fiel ein, wie Patrick ihre Fußnägel lackiert hatte. Sie wollten ins Kino, und sie selbst war so müde, dass sie ihn aus Spaß gefragt hatte, ob er es nicht für sie erledigen könnte. Sie dachte daran, wie er, als der Nagellack trocken und sie gar nicht mehr müde war, zuerst ihre Füße geküsst hatte und dann alles andere.

Manchmal hatte sie mit dem Gedanken gespielt, ihm alles zu sagen. Ihm von Rosa zu erzählen und den Folgen ihrer Schwangerschaft. Aber jetzt hatte er ihr diese Frage gestellt. *Verhütest du eigentlich?* Damit war klar, was seine Vorstellung von einer Beziehung war. Beziehung plus Kinder gleich Familie. Das war die Gleichung. Sie würden nie auf einen gemeinsamen Nenner kommen, weil sie selbst ein schiefer Bruch war. Er dagegen war eine saubere Eins. Oder eine Zwei. Andererseits hatte Patrick für einen Mann tatsächlich ziemlich viele gute Eigenschaften, und vielleicht war ja eine davon, sich auch mit einer verkorksten und unnatürlichen Zahl zufriedenzugeben. Vielleicht war ihm eine glatte Lösung gar nicht so wichtig. Vielleicht lohnte es sich, doch einmal ein Risiko einzugehen.

Er hat nur selten schlechte Laune, er lehnt nie etwas kategorisch oder grundlos ab, er kann gut kochen, zählte sie in Gedanken auf. *Außerdem ist er immer für alles offen, sogar für seltsame Familiengeschichten.* Sie seufzte tief. Damit waren ihre Gedanken wieder bei Wally gelandet, obwohl sie genau das doch vermeiden wollte. Aber es war jetzt nicht die hilflose Wally aus dem Krankenhaus, an die Mona dachte, sondern die *alte* Wally, die strenge, gerechte, zuverlässige, aber auch immer irgendwie unnahbare Wally. Die Wally, die Max von Rosa erzählt hatte. Und damit kam sie zurecht.

Sie schloss das Fenster und startete den Motor. Eines hatte das Leben sie gelehrt: Es nutzte nichts, sich in dämlichen Hoffnungen zu verlieren, denn dann war die Enttäuschung vorprogrammiert. Deshalb gab es genau zwei Möglichkeiten: Entweder würde sie Patrick die Wahrheit sagen und riskieren, dass *er* Schluss machte. Oder sie würde ihm zuvorkommen und *selbst* Schluss machen. Sie seufzte. Bei dieser überschaubaren Auswahl an Optionen fiel die Entscheidung wenigstens nicht so schwer.

Annette öffnete die Tür und sah sie überrascht an. »Wo ist denn Shirin?«, fragte sie.

Mona stutzte. »Na hier, denke ich.«

»Wieso? Sie wollte doch mit dir zum Stall?«

»Nein, also ja, aber mir ist etwas dazwischengekommen. Ich habe ihr gesagt, dass ich sie später hier abhole.«

»Ach? Wann war das?«

»So vor knapp drei Stunden.« Mona nahm das Handy und wählte Judiths Nummer.

Thorsten kam dazu. »Was ist denn los?«

»Wir wissen nicht, wo Shirin ist«, erklärte seine Frau nervös.

»Hallo, Mona«, meldete sich Judith. »Was ist mit Wally? Wie geht es ihr?«

»Geht so. Ich erzähl es dir später. Ist Shirin noch bei dir?«

»Nein. Sie wollte nach Hause.«

»Da bin ich gerade, hier ist sie nicht.«

»Na ja, vielleicht ist sie noch bei einer Freundin oder …«

»Was hat sie denn gesagt?«

»Nichts weiter. Erst hat sie noch ein bisschen gemosert, aber dann war es okay.«

»Und wann genau war das?«

»Kurz nachdem du gegangen bist.«

»Also vor drei Stunden?«

»Ich habe nicht auf die Uhr gesehen, aber das kommt ungefähr hin.«

»Okay. Danke! Ich melde mich wieder.« Mona steckte das Gerät in die Hosentasche und zuckte mit den Achseln.

Annette drehte sich in einer hilflosen Geste zu ihrem Mann um. »Sie müsste längst hier sein.«

»Ich fahre jetzt zum Stall«, sagte Mona. »Das sind knapp acht Kilometer, die kann sie in zwei Stunden geschafft haben.«

»Warte! Ich komme mit.« Annette schlüpfte schnell in ihre Sandalen. »Ruf an, wenn sie auftaucht«, rief sie Thorsten zu.

Die Fahrt zum Hof verlief in angespannter Schweigsamkeit. Einerseits war nichts passiert, Shirin war elf Jahre alt, und sie kannte sich aus. Andererseits gab es eine klare Ansage. Sie sollte nach Hause gehen. Und da war sie nicht angekommen.

Sie erreichten den Hof, wo um diese Zeit geschäftiges Treiben herrschte.

»Henning«, rief Mona dem Besitzer zu, der auf dem Reitplatz stand und ein Pferd longierte. »Hast du Shirin gesehen?«

310

»Nein? Sollte sie hier sein?«

Mona antwortete nicht und rannte zu einer der hinteren Weiden. Dort stand Chester mit seiner Gruppe und graste friedlich am Rand. Er ließ sich nicht dabei stören und schenkte weder Mona noch der ganzen Aufregung irgendeine Beachtung. Daniela kam ihr mit ihrer neuen kleinen Fuchsstute entgegen.

»Ist Shirin hier?«, fragte Mona.

»Nicht, dass ich wüsste. Du hast doch selbst die Stunde abgesagt.«

Annette war zur Straße gelaufen. Die Sonne blendete, sie hielt sich eine Hand an die Stirn und versuchte etwas zu erkennen. Aber da war nichts. Gar nichts.

»Sie ist nicht da. Lass uns zurückfahren«, sagte Mona.

Im Auto schwiegen sie beide. Sechs Kilometer lang. Dann brach Annette das Schweigen. »Manchmal denke ich, es hört nie auf«, sagte sie.

»Ach komm, jetzt mach mal kein Drama draus. Wahrscheinlich ist sie schon daheim.«

»Dann hätte Thorsten Bescheid gesagt.«

»Na ja, dann strolcht sie halt durch Limburg. Das macht sie doch gern. Oder sie ist bei einer Freundin?«

Annette sah sie an. »Welche Freundin?«, fragte sie und begann nervös auf ihrem Fingernagel zu kauen. »Gestern war wieder so ein Termin.«

»Was für ein Termin?«

»Mit ihrer Mutter. Und dieser Typ war auch wieder dabei. Nach so einem Treffen ist Shirin jedes Mal neben der Spur.«

Mona bog auf eine kleine Nebenstraße ab, eine

Abkürzung, und legte den Arm ins offene Fenster. Sie spürte den warmen Wind auf ihrer Haut.

»Vor zwei Wochen haben sich die beiden gestritten, also die Mutter und ihr Freund«, nahm Annette das Gespräch wieder auf. »Das weiß ich nicht von Shirin, die erzählt ja nichts, sondern von Frau Breuer. Sie hat gesagt, wenn das noch mal vorkommt, würde sie die Treffen in dieser Konstellation erst einmal unterbinden. Es sei nicht gut für Shirin.«

»Na ja, das stimmt ja wahrscheinlich auch.«

Annette nahm eine leere CD-Hülle und fächelte sich Luft zu. »Wir hatten immer unsere Probleme, aber in letzter Zeit … Vor zwei Wochen hat sie nach so einem Treffen die Scheibe von der Glasvitrine im Wohnzimmer eingetreten. Nur weil ich gesagt habe, sie soll erst Hausaufgaben machen, bevor sie fernsehen darf.«

»Was? Das darfst du ihr aber nicht durchgehen lassen.«

»Du verstehst das nicht. Danach hat sie geweint. Nicht, weil etwas zu Bruch gegangen ist, sondern vor lauter Angst, dass wir sie nicht mehr liebhaben.«

»So ein Quatsch, das hat doch damit nichts zu tun.«

Annette lächelte schief. »Tja. Sag das mal Shirin.«

»Was sagt denn diese Frau Breuer dazu?«

Annette lachte nervös auf. »Ach, alles Mögliche. Unter anderem, dass auch leibliche Eltern Rechte haben.«

Mona sah aus dem Fenster. Die Sonne stand hoch, ein Bussard drehte seine Runden am Himmel.

»Vielleicht braucht ihr professionelle Hilfe.«

»Die haben wir. Wir gehen seit Jahren zu einer Kindertherapeutin. Allein hätten wir das doch nie geschafft. Shirin ist kein Härtefall, weißt du. Ihre Mutter hat sie manchmal vernachlässigt, aber dann auch wieder nicht. Die Therapeutin meint, dass dieses ambivalente Verhalten bei Shirin zu einer ambivalenten Gefühlslage geführt hat. Und die wird jetzt durch diese Treffen wieder verstärkt.«

Annette zupfte an ihrem verschwitzten Shirt. »Na ja, im Grunde haben wir sogar noch Glück. Ich kenne Pflegeeltern, die überhaupt nicht zurechtkommen. Eine Frau aus dem Pflegeelternkreis musste ihren kleinen Pflegesohn letzte Woche wieder abgeben, weil er so aggressiv war, dass er zur Gefahr wurde. Sie hat gemeint, sie wären nicht die richtigen Eltern für ihn gewesen. Das stelle ich mir schlimm vor. Ich könnte Shirin nicht mehr abgeben. Nicht freiwillig.«

»Was ist denn mit Shirins Geschwistern?«

»Die sind adoptiert.«

»Könnt ihr Shirin nicht auch adoptieren?«

»Leider nein. Bei ihr stellt diese Frau sich quer. Frau Breuer meint, zu den Zwillingen hätte sie noch keine Bindung aufgebaut, zu Shirin schon. Sie ist ja kein wirklich schlechter Mensch.« Annette seufzte. »Nur sehr schwach. Mit ihr könnten wir uns auch noch arrangieren, aber nicht mit diesem Typen. Der macht mir Angst.«

»Inwiefern?«

»Er ist gleichzeitig dumm und berechnend.« Sie sah Mona an. »Weißt du, was ich meine?«

Mona setzte den Blinker. »Denkst du, er ist pädophil?«

313

Annette wand sich. »Keine Ahnung. Mit solchen Vermutungen muss man auch vorsichtig sein.«

»Klar.« Mona bog ab und sah sie an. »Aber wir sind hier unter uns. Es geht nur um dein Bauchgefühl.«

Annette zuckte mit den Schultern und schob die CD-Hülle zurück zwischen die anderen. »Ach, ich weiß es nicht«, sagte sie vage. »Er ist …« Ihr Handy gab einen quäkenden Ton von sich. »Thorsten!«

Annette lauschte angestrengt und gab Mona gleichzeitig ein Zeichen der Entwarnung.

»Okay. Wir sind gleich da.« Sie steckte das Gerät zurück in die Tasche.

»Und?«, fragte Mona.

»Sie ist zu Hause.«

»Na bitte. Viel Aufregung um nichts. Wo war sie denn?«

»An der Lahn. Spazieren. Das war alles, was Thorsten aus ihr herausbekommen hat.« Annette atmete tief auf. »Eigentlich war es ziemlich typisch: Etwas läuft nicht, wie Shirin es sich vorstellt, und sie taucht erst einmal ab. Sie weiß ganz genau, dass wir uns Sorgen machen.«

»Du meinst, sie wollte, dass ihr euch sorgt.«

Annette nickte. »Ich denke schon.«

»Aber warum?«

»Ich weiß es nicht. Vielleicht kompensiert sie damit irgendetwas, keine Ahnung.« Sie schaute aus dem Fenster. »Weißt du, was mir immer wieder auffällt?«

»Nein. Ich meine: Was?«

»Wenn Shirin mit dir verabredet ist, ist sie immer wie ausgewechselt.«

»Was meinst du?«

»Na ja, dann hat sie gute Laune, dann macht sie ihre Hausaufgaben ohne Gemecker, so was halt.«

»Das liegt wahrscheinlich weniger an mir als an Chester.«

»Sie hat so großen Spaß am Reiten.«

»Sie macht auch ganz gute Fortschritte. Für die paar Stunden.«

»Und es gibt dort keine Probleme mit ihr?«

»Nein. Nur beim allerersten Mal. Sie kommt auch ziemlich gut mit Daniela zurecht.«

Vom Westen zog jetzt endlich die angekündigte Gewitterfront auf. Als wäre die Welt plötzlich zweigeteilt. Auf der einen Seite schien die Sonne vom blauen Himmel, und auf der anderen türmte sich eine schwere graue Wolkenwand.

»Wir können ihr leider kein Pferd kaufen«, sagte Annette.

»Natürlich nicht. So weit ist sie auch noch lange nicht. Außerdem kostet ein Pferd eine ganze Menge. Geld, Zeit, Geduld. Ich kann mir eigentlich auch keins leisten.«

»Meinst du, eine Reitbeteiligung wäre vielleicht etwas für Shirin? Oder ist das noch zu früh?«

»Das kommt darauf an«, sagte Mona vorsichtig. »Mit einem braven Pferd und guter Unterstützung käme sie sicher zurecht.«

»Und mit deinem Pferd?«

»Chester? Ich weiß nicht. Er ist nicht so berechenbar.«

»Sie liebt ihn.«

»Glaub mir, Mädchen in diesem Alter lieben alle Pferde. Ich spreche aus Erfahrung.«

Erste Tropfen klatschten auf die Windschutzscheibe. Annette schloss das Fenster. »Shirin ist nicht wie Mädchen in ihrem Alter.«

Mona sagte nichts mehr. Sie konzentrierte sich auf die Straße und das bisschen Gegenverkehr.

»Wir würden es natürlich auch bezahlen.«

»Ich kann mich im Stall ja mal umhören.« Sie hielt vor Annettes Haus.

»Kommst du nicht mehr mit rein?«

Mona sah zu Patricks Auto, das auf der anderen Straßenseite stand. »Nein«, sagte sie ruhiger, als sie sich fühlte. »Ich bin zu müde. Richte Shirin einen Gruß aus, wir holen das nach.«

»Shirin liebt Chester wirklich. Genauso wie sie dich liebt«, sagte Annette, die ihrem Blick gefolgt war. »Und übrigens nicht nur Shirin …«

Mona strich sich mit einer fahrigen Bewegung die Haare aus der Stirn. »Versteh mich bitte nicht falsch. Chester hat seine Tücken. Mir fehlt auch irgendwie die Zeit.« Sie seufzte tief.

»Schon gut.« Annette stieg aus, blieb aber noch an der Seite stehen. »Du musst dich nicht rechtfertigen. Nicht vor mir.«

Mona sagte jetzt nichts mehr. Sie sah an Annette vorbei, als sie den Wagen in die Einfahrt setzte und wendete. Der Scheibenwischer quietschte. Sie fühlte sich, als wäre irgendetwas in ihr drin falsch zusammengebaut. Was in gewisser Weise ja auch stimmte.

41. Hella

So lange hatte Hella es noch nie geschafft. Natürlich war sie stolz, aber das Verlangen war immer noch da, es war in ihrem Kopf, auch jetzt, als sie durch die lange Reihe mit alkoholischen Getränken schritt. Und als sie dann auf Höhe der Cognacflaschen war, griff sie ins Regal, es ging ganz automatisch, sie hatte es nicht geplant oder darüber nachgedacht, sie nahm einfach die Flasche und verstaute sie schnell und unauffällig hinter allem anderen, dem Obst, dem Stück Käse, frisch von der Theke, und dem Joghurt. Ihr Herz klopfte taktlos. Eine dicke Frau mit ausgelatschten Sandalen kam ihr entgegen, Hella wich ihr aus und sah auf den Boden. Sie ließ die Süßigkeiten links liegen, auch die Gewürze und Öle und reihte sich vor der Kasse in die kleine Schlange ein. Die fettgedruckte Überschrift einer Zeitung fiel ihr ins Auge: *Al-Anon bietet Angehörigen und Freunden von suchtkranken Personen ...*, sie nahm die Zeitung aus dem Ständer und schlug sie auf ... *wirkliche Hilfe*. Sie las auch das, was unter der Überschrift stand. Dass nämlich nicht nur die Suchtkranken selbst Probleme mit ihrer Sucht hatten, sondern auch ihre Familien und Freunde.

Ihre Handflächen begannen zu schwitzen, sie spürte die feuchte Wärme am Griff des Wagens und legte die Zeitschrift in den Wagen. Dann brachte sie die Flasche zurück auf ihren Platz.

Zuhause googelte Hella. Nicht aus Notwendigkeit, eher aus Neugier. Al-Anon gab es auch in Limburg. Sie wählte die angegebene Telefonnummer.

»Guten Tag! Hier ist Dorothea«, meldete sich eine hohe Frauenstimme.

»Guten Tag! Ich bin … äh, ich rufe an, also, wegen einer guten Freundin«, stotterte Hella. »Sie ist nicht alkoholkrank oder so, sie trinkt eigentlich nicht. Nur manchmal eben, und dann kann sie nicht mehr aufhören und …«

»Kommen Sie doch heute Abend zu unserem Treffen. Wir treffen uns immer montags.«

»Heute Abend? Ich weiß nicht, ob …«

»Sie können es sich ja noch überlegen«, sagte Dorothea und nannte ihr eine Adresse und die Uhrzeit. Hella legte auf. Ihr Herz pochte, während sie überlegte.

Manchmal, wenn es ganz schlimm war, hatte sie schon mal darüber nachgedacht, es mit den Anonymen Alkoholikern zu versuchen, man sagte ihnen immerhin eine gewisse Erfolgsquote nach. Das Wort *anonym* gefiel ihr, das Wort *Alkoholiker* weniger. Vielleicht hatte sie es deshalb nie getan. Oder vielleicht auch, weil sie sich jedes Mal, wenn sie darüber nachdachte, automatisch aufgedunsene Gesichter und ungepflegte Haare und Kleider vorstellte. *Ich heiße Hella Lorentz und bin Alkoholikerin.* Nein. Es ging nicht. Nie im Leben. So war sie nicht.

Das Treffen fand in einem privaten Haus statt, das von außen aussah wie jedes andere Haus in dieser Straße. Sie parkte auf der anderen Straßenseite. Nichts deutete auf das hin, was sich hinter einem dieser Fenster jeden Montagabend abspielte.

Hella klingelte. Augenblicklich ertönte ein weiches, melodisches Summen. Im Flur roch es unappetitlich

318

nach Essen, hier müsste dringend einmal gelüftet werden. Sie hängte ihre Jacke an die Garderobe und hoffte darauf, dass der Geruch nachher nicht an ihrer Jacke haften würde. Vor dem kleinen Spiegel neben der Garderobe fuhr Hella mit beiden Händen über ihre Frisur. Eine automatische Geste, die Haare saßen tadellos.

In dem Zeitungsbericht hatte eine Tochter von ihrem alkoholkranken Vater gesprochen. Er habe viele Entziehungen gemacht, auch stationär, aber er sei immer wieder rückfällig geworden, seit vielen Jahren gehe das so. Sie liebe ihn trotzdem, er sei nun einmal ihr Vater. Al-Anon helfe ihr dabei, diese Liebe zu erhalten.

Eine Tür stand weit und einladend auf, sie hörte Stimmen und trat ein. Der Raum war schlicht und unauffällig. Ein einfacher Holztisch in der Mitte, Laminatboden, eine runde Papierlampe an der Decke. Um den Tisch saßen ein paar Männer und Frauen. Niemand, den sie kannte. Das war ihre größte Angst gewesen.

Die Leute hatten alle ein Wasserglas vor sich stehen und hörten auf zu reden, als Hella den Raum betrat.

»Hallo! Ich bin Georg«, unterbrach ein Mann die Stille. Er zeigte auf einen freien Stuhl an seiner Seite. »Sie können sich hierhin setzen.«

»Hallo! Ich bin He...« Sie räusperte sich. »Hella.«

»Ich weiß nicht, was ich noch machen soll. Er hat sich doch selbst schon längst aufgegeben«, nahm eine füllige Frau, die rechts von Georg saß, das angefangene Gespräch wieder auf. Hella griff nach einer der Broschüren auf dem Tisch. *Al-Anon Familiengruppen* stand auf dem Deckblatt. Aus den Augenwinkeln beobachtete sie, wie Georg verständnisvoll nickte. »So war es bei Niklas auch«, sagte er.

Sie registrierte das *war* und sah hoch. Alles an Georg war groß, auch seine Hände. Die Haare waren grau meliert, aber voll, sie schätzte ihn auf Mitte bis Ende sechzig. Ein sehr attraktiver Mann.

»Niklas war mein Sohn«, sagte er leise in ihre Richtung. »Er ist tot.«

Eine Frau mit pechschwarzen Haaren betrat den Raum und eröffnete die Sitzung mit dem, was die Teilnehmer *Präambel* nannten. Alles hier hatte mit Gott zu tun: die Präambel am Anfang, die zwölf Schritte dazwischen und das Gelassenheitsgebet am Ende. Hella hatte schon lange aufgehört, sich auf Gott zu verlassen, aber sie sprach das Gebet mit.

Gott, gib mir die Gelassenheit, Dinge hinzunehmen, die ich nicht ändern kann, den Mut, Dinge zu ändern, die ich ändern kann, und die Weisheit, das eine vom anderen zu unterscheiden.

Sie schloss die Augen. *Gib mir Mut*, wiederholte sie in Gedanken. *Bitte*. Vielleicht half es ja.

Als Hella wieder zu Hause war und die Tür aufschloss, schlug ihr warme Wohnungsluft entgegen. Sie hängte den Schlüssel in das Kästchen neben der Tür, zog ihre Schuhe aus, roch an der Jacke, die nur nach ihrem Parfüm duftete, und hängte sie auf einen Bügel. Dann holte sie die Kiste mit den Familienfotos aus dem Schrank, außerdem Papier und Stift und setzte sich an den Küchentisch. Es war, als wäre sie jemand anders. Als würde sie sich selbst von außen beobachten.

Kurz vor Mitternacht legte Hella den Stift zur Seite und faltete die dünnen Blätter. Einmal quer, einmal längs. Vier Seiten. Sie strich mit dem Daumen über eines der alten Fotos, die neben den beschriebenen Blättern lagen. Sie hatte sich alle Fotos angesehen, auf diesem war sie mit Daniel. Er war noch so klein, fast ein Baby, und sie eine ganz junge Frau, beinah selbst noch ein Kind. Das Seltsame war, dass sie in ihm schon den Mann erkannte, der er heute war. Aber sie wusste nicht, was dieses Mädchen auf dem Bild noch mit ihr zu tun hatte.

Hella seufzte und steckte die Seiten in einen Umschlag. Es war ein langer Brief geworden, sie hatte nicht viel Übung mit so etwas. Sie wollte sich auch gar nicht rechtfertigen, sie hatte nur versucht, Unerklärliches zu erklären. Viele Worte für etwas, wofür es eigentlich keine Worte gab.

Menschen machten Fehler, auch wenn es die eigenen Eltern waren. Hella hatte schon früh gewusst, dass sie keine gute Mutter sein konnte, ein tiefverankertes Wissen, ohne begründete Erklärung. Trotzdem hatte sie Kinder bekommen.

Georgs Sohn hatte nach dem von ihm verschuldeten Unfalltod seiner Frau angefangen zu trinken und aufgehört, sich um seine kleine Tochter zu kümmern. Jetzt war er ebenfalls tot und die Tochter fast erwachsen. Sie lebte bei den Großeltern mütterlicherseits und fing gerade an, mit Drogen zu experimentieren.

Hella schob die Fotos zusammen. Es gab nicht viele, die sie als komplette Familie zeigten. Auch keine dicken Alben, wie das bei den meisten Familien der Fall war. Ein einziges Foto ihrer standesamtlichen Trauung und eine Handvoll Schnappschüsse, das war die Ausbeute aus mehr als vierzig Jahren. Auch ihre Schwiegermutter war auf einigen der Bilder zu sehen. Meist unscharf und im Hintergrund, immer alt, faltig und böse. So hatte sie Elfriede gekannt. Es war ein Schreck gewesen, als Wally mit diesem Foto plötzlich eine junge und schöne Elfriede präsentierte.

Alle hatten immer gedacht, sie und Mona sähen sich ähnlich, weil sie die gleiche Haarfarbe hatten und die gleiche Größe. Aber Mona hatte Elfriedes Gesicht. Die gleichen hohen Wangenknochen, die gleichen großen Augen, sogar den gleichen Schwung des Kinns. Es war bloß niemandem aufgefallen. Nur Wally. Und natürlich Norbert.

Hella hätte gerne gewusst, ob sie selbst ihrer Großmutter ähnlich sah. Vielleicht liefen in Amerika Menschen mit ihrem Gesicht herum. Vielleicht hatte sie eine Familie dort. Die meisten Menschen hatten zwei Familien. Eine, in die sie hineingeboren wurden, dafür konnten sie nichts, und eine, die sie sich selbst aussuchten. Sie würde immer die Tochter ihrer Mutter bleiben und ihrer Väter. Auch wenn die längst unter der Erde lagen und auch wenn sie einen Teil ihrer Väter nie kennengelernt hatte. Und gleichzeitig würden sie und Norbert immer die Eltern ihrer Kinder sein. Auch dann noch, wenn sie selbst beide unter der Erde lagen. Sie legte die Fotos zurück in die Kiste und drückte den schmerzenden Rücken durch.

Jahrelang hatte sie für ihren Mann nichts anderes mehr übrig gehabt als Verachtung. Plötzlich tat er ihr leid. Weil er so unversöhnlich gestorben war, wie er gelebt hatte. So wollte sie nicht sterben. Aber konnte man Fehler, die schon sehr lange zurücklagen, noch revidieren?

42. Mona

Tag fünf ohne Patrick. Er hatte aufgehört, sie anzurufen, und sie hatte aufgehört, ständig auf ihr Handy zu starren.

»Ich denke, es passt nicht mit uns beiden.«
»Ach? Seit wann denkst du das?«
»Seit … Ist doch egal. Es ist eben einfach so.«
»Einfach so?«
»Mensch, Patrick, mach es uns doch nicht so schwer.«
»Aber ich liebe dich. Und eigentlich dachte ich, du liebst mich auch. Habe ich mich geirrt?«

Mona hatte nicht geantwortet. Sie hatte den Kopf geschüttelt und war gegangen. Aber er hatte natürlich recht. Nichts war *einfach so*. Sonst würde sie sich wahrscheinlich nicht so mies fühlen. »Machen wir Schluss für heute«, sagte sie zu Judith und begann die Fenster zu schließen.

»Nur noch die paar Balken«, murmelte Judith. Sie stand auf der Leiter, die Zunge zwischen den Lippen und pinselte konzentriert eine Ecke aus.

»Die paar Balken? Judith, das dauert noch mindestens zwei Stunden.« Jeder Rand musste sorgfältig abgeklebt werden, was schon vor dem ersten Pinselstrich viel Zeit kostete.

Judith ließ den Pinsel sinken. »Wie viel Uhr ist es denn?

»Gleich halb acht. Morgen ist auch noch ein Tag.«

»So spät schon?« Sie stieg von der Leiter.

»Komm, ich lade dich noch auf ein Bier ein.«

Judith wand sich. »Lieber nicht, Henri hat mich seit Tagen nicht …«, begann sie zu erklären. Aber dann fing sie Monas Blick auf. »Na gut«, sagte sie. »Kümmere du dich um den Pinsel, ich zieh mich schnell um.«

In der Strandbar herrschte Hochbetrieb, allein der Weg zur Theke war eine Herausforderung.

»Und das alles für ein Bier«, stöhnte Judith. Sie hatte gerade mit Henri telefoniert, der nicht glücklich darüber war, dass seine Frau nicht nur den Tag, sondern auch noch den Abend ohne ihn verbringen wollte. Oder zumindest einen Teil davon. Mona hatte den kurzen Disput mitbekommen und ein schlechtes Gewissen.

»Wenn du doch lieber …«, fing sie an, aber Judith unterbrach sie.

»Nein. Wir trinken jetzt ein Bier. Und dann gehe ich nach Hause.«

Sie kämpften sich durch und bestellten zwei Bier. Ein junger vollbärtiger Typ hinter der Theke flirtete mit Judith. Sie prosteten sich zu und lächelten. »Wie in alten Zeiten«, sagte Mona. Eine Weile verharrten sie in einträchtigem Schweigen. Dann nahm Judith einen großen Schluck, wischte sich den Schaum von der Lippe und sah sie an.

»Also?«, fragte sie. »Was ist los?«

»Wieso? Was soll denn los sein?«

»Komm, Mona. Ich sehe doch, dass irgendetwas nicht stimmt.«

»Ach, nix weiter.«

»Habt ihr Probleme, du und Patrick?«

»Nein. Nicht mehr.«

»Hast du Schluss gemacht?« Judith war fassungslos.

Mona zuckte die Schultern.

»Aber warum?«

»Weil … er hat mich gefragt, ob ich verhüte.«

»Ja und? Ist doch eine berechtigte Frage.«

Mona stierte in ihr Glas. »Ja. Ist klar.«

»Mona, Mona. Mach doch nicht immer wieder den gleichen Fehler! Sag ihm, was los ist! Das hat er verdient.«

Sie knallte das Glas auf die Ablage. »Und dann? Judith, der Mann ist achtunddreißig. Er will Kinder.«

Judith zeigte sich unbeeindruckt. »Wenn das seine oberste Priorität wäre, dann hätte er sich eine Achtundzwanzigjährige gesucht«, sagte sie. Sie winkte der Bedienung und zog ihr Portemonnaie aus der Hosentasche.

»Lass. Ich mach das. Ich hab dich schließlich eingeladen.«

»Vielen Dank«, sagte Judith freundlich.

»Vier achtzig«, sagte die Bedienung.

Judith leerte ihr Glas und strich sich die Haare aus der Stirn. »Sehen wir uns morgen?«

»Weiß nicht. Vielleicht bleibe ich einfach mal einen Tag im Bett«, sagte Mona mürrisch.

»Okay. Ist vielleicht auch besser so.« Judith steckte das Portemonnaie wieder ein. »Wegen Janni, meine ich. Ich finde, ein gebrochenes Männerherz reicht.«

Als Mona nach Hause kam, starrte sie in das dämmrige Licht und sondierte die Lage. Ein weißer Renault, den sie nicht kannte, und die Nachbarin von gegenüber im hellerleuchteten Fenster. Sonst nichts.

Im Briefkasten waren Werbung und ein Brief. Er war von Hella, das erkannte sie sofort an der pedantisch-schnörkellosen Schrift. Hella hatte ihr noch nie einen Brief geschrieben, was war das jetzt wieder für eine neue Masche? Sie warf alles in die Papiertonne und ging zwei Stockwerke hoch. Dann wieder zwei Stockwerke runter.

Jetzt lag der Brief auf dem Wohnzimmertisch, ein unauffälliger grauer Umschlag. Sie konnte ihn nicht einfach wegwerfen. Aber auch nicht öffnen. Sie wollte nicht lesen, dass Hella es doch immer nur gut gemeint habe und alle anderen an allem schuld waren. Sie hatte auch keine Lust mehr auf neue Familiengeheimnisse.

Es klingelte. Sie sprang auf, während ihr das Herz in die Hose rutschte. Aber es war nicht Patrick. Es war Daniel. »Wally ist vor einer Stunde gestorben«, sagte er. »Sie hatte einen zweiten Schlaganfall.« Es war das erste Mal, dass Mona ihren Bruder weinen sah.

Die nächsten Tage waren angefüllt mit hektischer Betriebsamkeit. Nicht nur wegen der Café-Eröffnung, die jetzt unmittelbar bevorstand, auch wegen Wallys Beerdigung. Alles musste organisiert werden, sie hatte keine andere Familie. Anne hatte einen teuren Sarg aus Wildeiche ausgesucht, mit Metallbeschlägen und einer aufwendigen Innenausstattung. Sie zeigte ihnen das Prachtstück im Prospekt.

Mona hatte sich vorher nie Gedanken darüber gemacht, was *danach* sein würde, noch nicht einmal, als ihr Vater starb, aber plötzlich wusste sie, dass sie niemals in einem Holzsarg vor sich hin rotten wollte. »Wenn ich sterbe, dann will ich verbrannt werden. Und meine Urne vergrabt ihr im Wald.« Es gab Waldfriedhöfe. Vogelgezwitscher und Rehe, die an der Rinde ihres Baumes nagten. Das stellte sie sich schön vor.

Daniel rollte die Augen und tippte sich an die Stirn. »Kannst du uns in vierzig Jahren noch mal dran erinnern?«

Anne war in ihrem Element. Sie wies auf die Intarsien hin und auf die Beschläge. »Es gibt auch billige Beschläge aus Kunststoff, aber das finde ich irgendwie unwürdig«, sagte sie.

»Es ist nett von dir, dass du dich kümmerst, Anne, aber ganz ehrlich, Wally kriegt es nicht mehr mit«, meinte Hella lapidar. Mona sagte nichts dazu. Sie war damit beschäftigt, Hellas Blick zu meiden. Der Brief lag immer noch ungeöffnet auf ihrem Küchentisch.

Außerdem, wer wusste es schon? Vielleicht fühlte Wally sich tatsächlich wohler zwischen Satin-Polstern, Wildeiche und Kunstbeschlägen. Mit Grabplatte und Inschrift. Am Ende konnten sie froh sein, wenn Anne sich um alles kümmerte. Die Beerdigung war schon am Freitag, und sie hatte weiß Gott genug anderes zu tun.

Am Abend ging es Mona schlecht. Sie hatte Bauchkrämpfe, außerdem war sie müde und fror. Und sie war wütend auf Judith, die ihr heute schon wieder eine ihrer nachgebesserten Kostenaufstellungen unter die Nase gehalten hatte, als würde das etwas ändern. Sie zog die Füße auf das Sofa, wickelte sich in eine flauschige Decke und schaltete den Fernseher an. Ein heißer Tee wäre gut, aber sie konnte sich nicht dazu aufraffen, in die Küche zu gehen, also blieb sie sitzen und starrte auf den Bildschirm. Im Fernsehen dozierte ein Sprecher mit ernstem Gesicht über etwas, das offenbar Probleme bereitete. Es dauerte eine Weile, bis Mona verstand, dass es bei der Sendung um die Folgen der verfehlten Plastik-Politik ging. Und dass die Kälte in ihrem Körper etwas mit Trauer zu tun hatte. Trauer. Traurigkeit. Alleine traurig zu sein, das tat noch weher, als die Trauer mit jemandem zu teilen.

Zum hundertsten Mal nahm Mona das Telefon in die Hand. Patricks Nummer war eingespeichert, aber was sollte sie ihm sagen? Dass Wally gestorben war? Abgesehen von den paar Krankenhausbesuchen hatte sie in den letzten Jahren kaum nach ihr gefragt. Dass sie keine schöne Kindheit gehabt hatte? Wer hatte das schon? Dass ihre Mutter soff und ihr Vater sie ignoriert hatte, mehr als dreißig Jahre lang? So etwas kam vor. Dass ihr Großvater ein Nazi war und sich lieber aus dem Leben stahl, als sich seiner Verantwortung zu stellen? Sie hatte ihn noch nicht einmal gekannt. Was davon war wichtig, was sollte womit gerechtfertigt werden? Sie wusste es nicht. Und das Wichtigste wäre damit auch immer noch nicht gesagt. Das Wichtigste konnte sie ihm nicht sagen. Das Wichtigste konnte sie ihm auch nicht geben.

Sie schaltete den Fernseher aus und wählte Judiths

Nummer. Es tat sehr weh, aber es ging vorbei. So wie bei Frank, der jetzt ein glücklicher Vater war. So wie bei Max, den sie längst vergessen hatte. Und so wie bei ihrem Vater.

Das Freizeichen ertönte, einmal, zweimal, dreimal, aber Judith nahm nicht ab. Sie hatten sich oft gestritten in den letzten Tagen, seit diesem blöden Besuch von Hella fast ständig. Wegen Geld, wegen des Eröffnungstermins, wegen Janni und Patrick. Einmal sogar wegen Rosa. »Begrab dieses Kind endlich«, hatte ihre beste Freundin vor zwei Tagen gesagt. Judith hatte gut reden. Sie hatte Emil. Und Henri.

»Hallo?«, brüllte Judith endlich ins Telefon, gerade in dem Moment als Mona wieder auflegen wollte. Sie klang gehetzt.

»Judith? Gott sei Dank!«

»Was ist los?«

»Ich wollte … Judith?«

»Ja?«

»Es tut mir leid. Wegen vorhin und …« Sie fing an zu weinen.

»Soll ich kommen?«

»Ja«, heulte sie. »Bitte komm!«

Sie saßen auf der Couch, und Judith hatte ihre Arme um sie gelegt. Monas Kopf lag auf ihrer Schulter. Keine starke, nur eine sehr schmale Schulter, aber eine erprobte. Auf dem Tisch lag Hellas Brief. Judith hatte ihn geöffnet und vorgelesen, nachdem Mona ihr den Brief in die Hand gedrückt und »Bitte« gesagt hatte.

»Du musst mit ihr reden.«

»Warum?«

»Jeder Mensch hat eine zweite Chance verdient.«

»Eine *zweite* Chance? Pah!«

»Ja, Mensch, eine Chance halt. Sie ist deine Mutter.«

»Weißt du eigentlich wie das war? Meine ganze beschissene Kindheit?«

»Wir sind lange genug befreundet.«

Jeder Rückfall ihrer Mutter, jede Zurückweisung ihres Vaters war für sie wie ein Messerstich gewesen. Mitten ins Herz. Sie war unendlich viele Tode gestorben. Bis sie sich irgendwann *entliebt* hatte. Damit das ewige Sterben endlich aufhörte.

»Ich will das nicht mehr. Ich will auch ihr Scheißgeld nicht«, schluchzte sie.

»Es würde uns aber echt helfen«, sagte Judith.

»Ich will es trotzdem nicht.«

»Okay. Rede mit ihr, und sag ihr das.« Judith überlegte einen Moment. »Aber vielleicht kannst du auch einfach nur *Geld* sagen.«

43. Hella

Die wenigen Trauergäste passten mühelos auf die wenigen Stühle in der Trauerhalle. Die Predigt des Pfarrers war kurz und wurde mit sicherer, sonorer Stimme vorgetragen, nur im Chor gab es ein paar wacklige Töne. *Großer Gott, wir loben dich.*

Hella senkte den Kopf. Sie saß in der ersten Reihe, Daniel, ziemlich blass und unausgeschlafen neben ihr, Mona genauso blass in der letzten der vier Stuhlreihen. Vermutlich, um den größtmöglichen Abstand zu ihrer

Familie herzustellen. Hella stöhnte leise. Die Sommerhitze machte ihr zu schaffen, sie schwitzte schon jetzt in der leichten schwarzen Sommerhose, die sie extra für diese Beerdigung gekauft hatte. Dazu eine graue Bluse mit schwarzen, ungleichmäßigen Streifen, ein angemessenes, aber nicht zu steifes Ensemble.

»Ist alles in Ordnung?«, flüsterte Daniel.

Sie nickte wortlos und lauschte in sich hinein. Hoffentlich machte ihr Kreislauf nicht schlapp.

Walburga Hauser sei eine gute Christin gewesen, eine Stütze für die Familie Lorentz, aufopferungsvoll habe sie sich viele Jahre um sie gekümmert, erzählte der Pfarrer. Sie sei in Tilsit geboren, einer Stadt in Ostpreußen, die heute russisch war und Kaliningrad hieß, und als sehr kleines Kind mit ihren Eltern geflohen, wie so viele Menschen damals. Ihr Vater hatte diese Flucht nicht überlebt. Das war Hella neu. Sie hatte mehr als dreißig Jahre mit dieser Frau unter einem Dach gelebt, aber nichts von ihr gewusst.

Die weißen Lilien in Hellas Hand zeigten erste Anzeichen von Mattigkeit. Sie ließen ihre edlen Köpfe hängen. Nachher würde sie die Blumen in das Grab werfen, weiße Lilien auf hellem Eichenholz, so lange mussten sie noch durchhalten.

Aus der Erde sind wir gekommen, zur Erde sollen wir wieder werden, Erde zu Erde, Asche zu Asche, Staub zu Staub.

Der Freund von Mona war auch gekommen. Sie hatte seinen Namen schon wieder vergessen, und Anne danach gefragt. *Patrick*, hatte Anne sofort gesagt. Anne vergaß nie einen Namen, ihre Schwiegertochter vergaß überhaupt nie irgendetwas.

Mit den beiden stimmte etwas nicht, das hatte Hella vorhin sofort erkannt. Mona hatte diese Blickvermeidungsstrategie, und Patrick sah aus wie ein liebeskranker Hund.

Der Chor hatte ausgesungen, der Pfarrer fertiggepredigt, sie hörte ein leises Stühlerücken und sah aus den Augenwinkeln, wie Mona aufstand und sich auf die Seite stellte. Hella machte Anstalten, sich ebenfalls zu erheben, aber Anne beugte sich leicht in ihre Richtung. »Noch nicht. Sie singt noch das Ave Maria«, flüsterte sie.

Das ist typisch, dachte Hella. *Sie spricht nicht mit den Lebenden, aber sie singt für die Toten.*

Ave Maria, gratia plena
Maria, gratia plena

Monas warme Stimme füllte den Raum augenblicklich und mühelos. Und anders als die Damen im Chor traf sie alle Töne, die hohen und die tiefen.

Maria, gratia plena
Ave Ave Dominus Dominus tecum
In mulieribus
Et benedictus et benedictus fructus ventris

Hella hatte ihre Tochter lange nicht mehr singen hören. Etwas in ihrer Herzgegend zog sich schmerzhaft zusammen, sie atmete tief durch und konzentrierte sich auf die Schmerzen im Knie. Arthrose, hatte der Orthopäde gesagt.

Ventris tui Jésus
Ave Maria

Das Lied war zu Ende, jemand hüstelte verlegen. Hella konnte nicht erkennen, wer es war. Daniel stand auf und bat die Gäste mit belegter Stimme, nach der Beerdigung zum Streuselkuchen ins Café am Dom zu kommen.

Die Totenträger nahmen den Sarg, der Rest lief im Gänsemarsch hinterher. Wahrscheinlich das erste und ganz sicher das letzte Mal in ihrem Leben als Frau, wurde Wally auf Händen getragen. Und das gleich von vier Männern.

Daniel griff nach Annes Hand. Sie waren so ein schönes Paar, ihr Sohn in seinem schwarzen Anzug und ihre Schwiegertochter in hochhackigen schwarzen Pumps und mit ihrem geraden, schmalen Rücken. Ein Paar, wie sie und Norbert auch hätten sein können. Hella zog die Bluse glatt und richtete sich auf.

»Möchtest du?«, fragte sie, als sie Mona eingeholt hatte. Sie hielt ihr die Hälfte der Lilien hin. Mona zog eine heraus und lächelte vorsichtig. Die Andeutung eines Lächelns. »Danke!«

»Du hast sehr schön gesungen.«

»Danke!«

Am Grab beobachtete Hella, wie Patrick nach Monas Hand griff. Und wie ihre Tochter die Hand schnell zurückzog. Eine kleine, unauffällige Bewegung. Den Blick hielt sie dabei starr auf das Grab gerichtet. Hella seufzte. Wie wurde man eine gute Mutter? Sie hatte keine Ahnung, niemand hatte es ihr je erklärt.

»Hast du meinen Brief gelesen?«

»Du brauchst mir kein Geld zu geben«, flüsterte Mona.

»Ich dachte …«

»Ich möchte es nicht.«

»Früher oder später bekommst du es doch sowieso.«

»So lange warte ich.«

Hella ließ sich nichts anmerken. Die Trauergemeinschaft setzte sich wieder in Bewegung, Hella blieb an Monas Seite. Jede für sich gefangen in ihren Gedanken und dem Gefühl des Verlusts.

»Mona. Wir sind eine Familie. Ich bin deine Mutter«, startete sie noch einen Versuch.

Mona sah auf den Boden, auf den Weg, auf ihre Füße. Nur nicht zu Hella. »Warum hast du mir einen Brief geschrieben?«, fragte sie.

»Ich weiß nicht. Es schien mir richtig zu sein.«

»Du hast mir doch früher nie Briefe geschrieben.«

»Da wusste ich auch noch nicht, dass ich es kann.«

44. Mona

Eiche rustikal, nicht nur die Möbel, auch die Bedienung. Das Café war schlicht und passte mit seiner altmodischen, kargen Ausstattung gut zu Wally. Mona saß mit dem Rücken zur Wand, an einem der kleinen Vierertische, zusammen mit Patrick und Judith. Insgesamt waren es sechs Tische, größere und kleinere, aber es waren längst nicht alle Plätze besetzt. Daniel saß mit Anne und Hella am Nachbartisch, daneben Konrad, Paul und Sofie und gegenüber vier Damen, die sie nicht kannte, wahrscheinlich Nachbarinnen.

Seit sie hier waren, hatte Mona es vermieden, in Hellas Richtung zu sehen. Wenn man dem Inhalt des Briefes glauben konnte, und aus irgendwelchen unerfindlichen Gründen tat sie das, hatte Hella seit acht Monaten nichts mehr getrunken, also nichts mit Alkohol. Mona traute dem Frieden trotzdem nicht. Vor allem ihrem eigenen.

Als sie ein Kind war, hatte sie sich jedes Mal große Hoffnungen gemacht, wenn Hella eine Zeitlang nichts trank. In der Schule hatten sie gelernt, dass jedes Jahr allein in Deutschland zwischen fünfzig- und sechzigtausend Menschen an den Folgen ihres Alkoholkonsums starben. Einmal hatte Hellas Abstinenz vierundachtzig Tage gedauert, es war ihre längste, und Mona hatte die Tage im Kalender mit Zahlen markiert. Aber dann, nach dem fünfundachtzigsten Tag, hatte sie Hellas Schnarchen gehört, als sie nachts aufs Klo musste. Und die Tür war abgeschlossen.

Ihr Vater schnarchte nie, aber wenn man das Ohr fest genug an seine Tür presste, dann hörte man auch ihn. Sein leises Stöhnen. Manchmal hatte er gewimmert. Wie ein kleines Kind.

»Ist noch genug Kaffee da?«, fragte Anne.

»Bei der Hitze«, sagte Hella.

Früher hatte Mona es nicht begriffen, erst jetzt verstand sie es. Norbert Lorentz hatte seinen toten Vater noch oft gefunden.

Patrick schenkte Kaffee aus. »Du auch?«, fragte er.

»Ja. Danke«, murmelte sie und sah sich verstohlen um. Es gab nur kleine Döschen mit Kaffeesahne, aber keine vernünftige Milch.

Er konnte nichts dafür, stand in dem Brief, *aber ich*

auch nicht. Wenn sie früher geweint hatte, dann hatte ihr Vater von Kindern in armen Ländern gesprochen. Von Kindern aus Kriegsgebieten. Von Kindern, die nichts zu essen hatten oder deren Eltern gestorben waren. Die absoluten Totschlagargumente. *Was fällt dir ein zu heulen, nur weil die kleine Katze von nebenan überfahren wurde?* Er konnte ihr nichts lassen, noch nicht einmal den kleinsten Schmerz.

Judith leerte ihre Tasse. »Ich kann nicht länger bleiben. Emil ist allein zu Hause«, sagte sie.

Ob er heute geweint hätte? Mona konnte sich ihren Vater einfach nicht weinend vorstellen. Fast sah sie ihn hier sitzen, mit versteinerter Miene und auf dem am weitesten von Hella entfernten Platz. Sie atmete tief durch und zählte die Trauergäste. Genau dreizehn. Mit ihm wären es vierzehn gewesen. War das ein schlechtes Omen?

Judith war schon aufgestanden, der Autoschlüssel klapperte in ihrer Hand. »Du kannst sicher mit Patrick fahren. Oder mit Daniel.«

»Klar.«

»Kommst du morgen? Die Fenster müssten noch geputzt werden und wegen der Küche …«

»Jaaa. Ich bin um elf da«, sagte sie unfreundlich.

»Immer gleichbleibend gut gelaunt. Wie machst du das nur?«, fragte Judith sarkastisch.

»Mach's gut«, rief Patrick ihr hinterher.

Judith drehte sich zu ihm um und hob die Hand.

Mona suchte eine bequemere Stellung auf dem harten Holzstuhl, aber sie fand keine. Patrick saß neben ihr, viel zu dicht. Er war der dreizehnte Gast. Dabei hatte er Wally noch nicht einmal gekannt.

»Woher wusstest du es?«

»Ich habe die Anzeige gelesen.«

»Aha.«

»Ich hätte es lieber von dir erfahren.«

»Warum? Ich meine, du kanntest Wally doch gar nicht. Du hast sie nur ein einziges Mal getroffen.«

Er nahm ihre Hand, fest und ohne Zweifel. »Ich wollte dich sehen. Und bei dir sein.«

Mona seufzte. »Patrick, ich weiß nicht …«

»Ich vermisse dich. Sehr sogar.«

Sie wand sich. »Ich denke, wir beide … das passt einfach nicht.«

»Da hatte ich aber einen anderen Eindruck.«

»Was haben wir denn? Ich meine, außer dass es im Bett ganz gut klappt.« Sie stippte mit der freien Hand ein Stück trockenen Kuchen in den Kaffee. »Du kennst mich doch gar nicht.«

»Dann gib mir die Chance, dich kennenzulernen.«

»Ich würde uns lieber die Chance geben, die Zeit, die wir zusammen hatten in schöner Erinnerung zu behalten«, sagte sie würdevoll. Ein guter Satz, fand sie. Er nahm jetzt auch die andere Hand und wischte zart die Kuchenkrümel ab. Ihr Puls spielte verrückt.

»Wovor hast du eigentlich Angst?«, fragte er.

»Ich habe keine Angst, ich bin nur …«

»Wenn du mich nicht liebst, dann sag mir das, damit komme ich klar.«

»Liebe, hach, hör doch auf. Liebe wird doch völlig überbewertet.« Sie zog die Hand weg und stieß dabei ein Wasserglas um. »Mist!«

Er nahm eine Serviette und tupfte geduldig auf dem Tisch herum. »Aber so wie es zwischen uns war …

und jetzt ist … damit komme ich nicht klar«, sagte er. »Ich komme vor allem nicht damit klar, dass du etwas sagst, dein Körper mir aber ganz andere Signale sendet.«

In diesem Augenblick nahm sie wahr, dass sie nur eine Hand weggezogen hatte, die andere lag in seiner und klammerte sich fest, als wären sie auf der Titanic. Sie ließ sie noch ein paar Sekunden liegen. Dann stand sie auf.

»Ich muss mal«, sagte sie und ging. Ihr Gang war wackelig, was an den ungewohnt hohen Absätzen lag. Aber sie hatte nur dieses eine Paar schwarzer Schuhe.

Als sie zurückkam, war er weg.

Am nächsten Tag, es war ein Samstag, war sie schon in aller Herrgottsfrühe auf den Beinen. Die Eröffnung ihres Traumobjektes rückte näher. Die Konzession lag vor, mit den Lieferanten hatte Judith verhandelt. Was ihnen immer noch fehlte, war ein Name, oder die Einigung darauf. *Frauen(t)raum*, wie Judith vorgeschlagen hatte, gefiel Mona nicht. Für ihren Vorschlag, *Kunterbunt*, konnte Judith sich nicht erwärmen. Aber bis jetzt hatten sie beide auch keine bessere Idee. Außerdem brauchten sie unbedingt und ganz dringend eine Küche. Und gerade bei der Küche war Judith nicht bereit, allzu große Kompromisse einzugehen.

Mona nahm sich die Erledigungsliste vor. Tische, Stühle, Kissen, Dekoration waren da. Ziemlich bunt zusammengewürfelt, aber vorhanden. Die Einrichtung machte sich auch ganz gut, schon deshalb, weil sie nicht aus dem Prospekt war. Es sah alles sehr gemütlich aus. Heimelig. Das war das Wort, das Mona

338

dazu einfiel. Besonders gelungen fand sie die an den Wänden entlanglaufenden Bänke, alle mit Unmengen bunter Blumenkissen darauf. Es waren alte, ausrangierte Kirchenbänke, die ein Freund von Daniel irgendwann aufgehoben und dann jahrelang in seiner Scheune gebunkert hatte. Nutzloses Zeug, hatte Daniel gesagt, als er die Bänke sah, und zuerst sahen sie auch so aus. Alt, verschrammt, hässlich. Aber nach einer Woche intensiver Aufarbeitung hatte sogar Daniel seine Meinung geändert.

Ja, hier war alles irgendwie improvisiert, auch die Theke, aber immerhin gab es eine. Nur die Küche fehlte und ohne Küche keine Eröffnung. Mona setzte sich vor das Tablet und fing an zu suchen. Die Angebote variierten, das Geldproblem blieb. Selbst gebraucht müssten sie für das, was Judith vorschwebte, mindestens fünf- bis zehntausend Euro in die Hand nehmen. Um halb elf gab sie auf und zog sich Arbeitskleider an. Da waren noch ein paar Stühle, die bearbeitet werden mussten, und auch die fertigen Vorhänge warteten darauf, vor geputzte Fenster gehängt zu werden.

Auf den Stufen vor der Haustür saß Shirin. Sie hatte das Mädchen über die ganzen Ereignisse in der letzten Woche völlig vergessen. Heute war Samstag, und Samstag war Reitstundentag. Sie seufzte. »Hallo, Shirin«, sagte sie. »Du bist früh dran heute. Wissen deine Eltern, wo du bist?« Das Mädchen hatte sich in letzter Zeit angewöhnt, einfach zu verschwinden, manchmal stundenlang.

Shirin nickte und sah zu ihr hoch.

»Ich muss noch ins Café. Kommst du mit?«

Erneutes Nicken. Sie stand auf und tappte still neben Mona zum Auto. Das Schweigen war ungewöhnlich.

»Was macht die Schule?« Die großen Ferien waren gerade vorbei.

»Gut.« Eine für Shirins Verhältnisse ziemlich wortkarge Antwort.

Mona legte die Vorhänge vorsichtig auf die Rückbank und sah sie von der Seite an. Etwas stimmte nicht.

Sie stiegen ein, und Mona fuhr los. Nach zwei weiteren schweigenden Minuten, wandte sie den Kopf in Shirins Richtung. »Hey«, sagte sie. »Was ist denn? Ist alles klar bei dir?«

Shirin zuckte die Schultern. Sie sah irgendwie verloren aus, und Mona bekam ein schlechtes Gewissen.

»Du, es tut mir leid, wenn ich in den letzten Tagen nur wenig Zeit hatte. Aber weißt du, es ist jemand gestorben, den ich sehr gut kannte und …«

»Wer? Rosa?«, fragte Shirin unvermittelt.

Die Ampel vor ihr sprang auf Gelb, Mona bremste und vergaß vor Schreck, die Kupplung zu treten. Das Auto machte einen Satz, der Motor gab ein unwilliges Geräusch von sich, und Mona fluchte. »Scheiße! Wie kommst du denn auf Rosa?«

Sie sah, wie Shirin die Achseln zuckte und ihre Hände betrachtete, die brav gefaltet auf dem Schoß lagen.

»Woher …?«

»Warum hast du sie nicht begraben?«, murmelte Shirin.

Die Ampel wurde grün, ein Autofahrer hinter ihr hupte. »Ja, ja, schon gut, du Idiot.« Sie spürte, wie

340

ihre Hände am Lenkrad ganz feucht wurden. »Was meinst du?«

»Judith hat gesagt, du sollst Rosa endlich begraben, das habe ich gehört.«

»Ach das. Das war nur so gesagt. Rosa ist ...« Sie unterbrach sich. »Rosa war mein Baby. Aber sie ist schon sehr lange tot. Sie ist in meinem Bauch gestorben, verstehst du? Deshalb konnte ich sie nicht begraben.«

»Weil sie nur ein Embryo war?«

»Genau.«

Eine Weile waren sie beide ganz still. »Embryos sind noch keine richtigen Babys«, nahm Shirin das Gespräch wieder auf.

Mona parkte ein und öffnete die Autotür. »Sie war klein, aber ein richtiges Baby. Willst du mit rein oder draußen warten?«

Als sie einige Stunden später wieder aus dem Auto stiegen, hatte die Sonne den Zenit gerade überschritten. Ihre Schatten bewegten sich beinah synchron auf das Haus zu, in dem Shirin seit beinah neun Jahren lebte.

Annette öffnete die Tür. »Hallo«, sagte sie. »Da seid ihr ja.« Sie strich ihrer Tochter über den Kopf. Eine vertraut wirkende Geste. »War's schön?«

Shirin nickte. »Chester wollte heute überhaupt nicht arbeiten, stimmt's, Mona? Er war total faul.«

»Es war ihm wohl zu heiß.«

»Ich hab Hunger. Gibt's Kuchen?«

Annette lachte. »Ja. Erdbeerkuchen mit Sahne. Der Tisch ist auch schon gedeckt.« Sie sah Mona an. »Magst du auch?«

Mona stand unentschlossen in der Haustür. »Ich weiß nicht, ich habe …«

»Es ist genug da«, sagte Annette.

»… noch jede Menge zu tun. Aber so ein Stück Erdbeerkuchen …« Sie lächelte. »Das wäre wirklich nicht schlecht.«

Annette drückte Mona die Kaffeekanne und Milch in die Hand, stellte den Rest auf ein großes Tablett und ging in Richtung Terrasse. Auf den Holzklappstühlen lagen grün-weiß gestreifte Kissen, den Tisch bedeckte eine grüne Decke. Der Rasen war sehr kurz, in der Luft lag der Geruch von frisch gemähtem Gras. Mona zog Schuhe und Strümpfe aus und setzte sich auf einen Stuhl. Sie spürte die Wärme der Steinplatten unter ihren Füßen.

»Rosa konnte nicht begraben werden, weil sie schon in Monas Bauch gestorben ist«, klärte Shirin ihre Mutter auf und nahm sich ein Stück Kuchen. Mona spürte, wie ihr die Hitze jetzt auch in den Kopf stieg. Sie senkte den Blick.

Annette hörte auf, Kaffee auszuschenken, und sah sie an. »Tut mir leid«, sagte sie. »Shirin hat da letzte Woche etwas mitbekommen …«

»Schon …«, krächzte sie und räusperte sich. »Schon gut.«

»Ich … mir ist es auch passiert«, flüsterte Annette mit einem vorsichtigen Blick auf Shirin, die sich mit ihrem Teller gerade in die Hollywoodschaukel fläzte. »Viermal.«

»Vier Fehlgeburten?«

»Ja. Immer in der achten Woche.«

342

»Ich war schon im fünften Monat«, sagte Mona. Sie stand auf und setzte sich neben Shirin auf die Schaukel. »Du, das mit Rosa ...« Sie zog die Füße hoch und schlang die Arme um die Knie. »Ich möchte nicht so gerne ...«

»Ich finde, Rosa ist ein schöner Name. So könnte doch unser Café heißen?«, sagte Shirin und leckte sich Sahne vom Finger. »Kann ich noch ein Stück haben?«

Annette stand auf. »Kannst du. Aber ich finde es doof, alleine hier am Tisch zu sitzen«, sagte sie. »Rück mal!«

»Au ja«, freute sich Shirin. »Aber warte, ich hol mir erst noch ein Stück Kuchen.«

Die beiden Frauen vermieden es, sich anzusehen. Stattdessen sahen sie Shirin zu, die sich ordentlich Sahne auf den Teller schaufelte, und nippten verlegen an ihren Tassen. Und plötzlich erkannte Mona, dass sie kein Bild mehr von ihrer Tochter finden konnte. Wenn sie die Augen schloss und es versuchte, sah sie Shirin. Dabei war Rosa immer so präsent gewesen, sie hatte sie aufwachsen sehen, die Tür war nie verschlossen. Rosa war immer so viel mehr gewesen als ein Name oder die Erinnerung an eine schlimme Zeit. Aber zum ersten Mal in all den Jahren zweifelte Mona daran, dass Rosa der engelsgleiche Mensch geworden wäre, den sie sich über all die Jahre geschaffen hatte. Sie hätten irgendwann angefangen, sich zu streiten, weil es nun einmal in der Natur der Sache lag, ganz besonders, wenn Töchter aufhörten, die Welt mit den Augen ihrer Mütter zu betrachten.

»Ich habe Durst«, sagte Shirin.

»Dann hol dir was in der Küche.«

»Aber ihr bleibt hier sitzen!«

»Ja«, lachte Annette und sah ihrer Pflegetochter nach. »Hast du es dir noch mal überlegt?«, fragte sie, als Shirin im Haus verschwunden war.

»Was meinst du?«, fragte Mona beunruhigt.

»Wegen der Reitbeteiligung.«

»Ach so, ja«, sagte sie spontan. »Geht klar.«

»Wie schön. Da wird Shirin sich freuen. Aber sag ihr noch nichts. Sie hat nächste Woche Geburtstag. Es könnte unser Geburtstagsgeschenk sein.«

»Okay.«

Die beiden Frauen stießen sich in synchroner Bewegung mit den Füßen vom Boden ab und ließen sich sanft hin- und herschwingen. Das Fenster stand auf, sie hörten Thorsten und Shirin in der Küche miteinander reden.

»Man fühlt sich so schuldig«, sagte Mona.

Annette verstand sofort, was sie meinte. »Ja. Bei jedem Mal wurde ich vorsichtiger, aber am Ende gab es immer irgendetwas, was ich vielleicht nicht hätte tun sollen.«

»Und so wütend.«

»Wütend war ich eigentlich nie. Nur sehr, sehr traurig«, sagte Annette.

»Meine Mutter gab mir das Gefühl, keinen Grund zur Trauer zu haben. Vielleicht hat mich das wütend gemacht.«

»Wut ist ein schlechter Berater.«

»Ich bin es noch.«

»Hast du einmal mit ihr darüber gesprochen?«

»Nein.«

Annette sah sie an. »Warum nicht?«

»Ich glaube, für sie waren wir Kinder immer eher Belastung. Sie fand es wahrscheinlich besser, dass Rosa gar nicht erst geboren wurde.«

»Was erwartest du von ihr?«

Mona überlegte. »Ich weiß nicht. Weniger Egozentrik vielleicht. Sie war schon immer ziemlich mit sich selbst beschäftigt. Und außerdem … sie ist Alkoholikerin. Seit ein paar Monaten trinkt sie nicht mehr, aber ich … sie hatte schon öfter trockene Phasen und …«

»Was ist denn mit dem Vater?«

»Mein Vater lebt nicht mehr.«

»Nicht deiner. Der von dem Kind.«

»Ach so.« Mona zuckte die Schultern. »Der ist nicht wichtig. Schon lange nicht mehr.«

»Für mich war Thorsten sehr wichtig. Wir haben zusammen getrauert, das hat uns geholfen.«

Sie saßen Seite an Seite, Mona spürte die Wärme, die Annette ausstrahlte. In der achten Woche war ein Embryo noch nicht viel größer als ein Daumennagel und noch nicht als menschliches Wesen erkennbar, aber Annette hatte genauso gelitten. Zum ersten Mal hatte Mona das Gefühl, ihren Schmerz mit jemandem teilen zu können.

Patrick bog um die Hausecke. Mona sah ihm entgegen. Sie hatte immer noch Angst, aber da war auch die Freude, ihn zu sehen. Trotz allem.

»Hallo«, sagte er und schaute unsicher in ihre Richtung.

»Hallo«, sagte Annette. »Am besten holst du dir drinnen ein Gedeck; wenn du dich beeilst, kriegst du noch ein Stück Kuchen.«

Er erwiderte erleichtert Monas Lächeln und nickte. »Okay.«

»Wann war das?«, fragte Annette nach einer Weile leise.

Mona blinzelte irritiert. »Was meinst du?«

»Deine Frühgeburt. Wann ist es passiert?«

»Ach so. Das ist schon sehr lange her.«

»Wie lange?«

Patrick trat aus dem Haus, Shirin an seiner Seite. Mona erwiderte seinen Blick und rückte zur Seite, um beiden Platz zu machen.

»Rosa ist vor zweiundzwanzig Jahren, acht Monaten und zwölf Tagen gestorben«, sagte sie laut. »An meinem achtzehnten Geburtstag.«

Und dann erzählte sie alles. Von Anfang an.

45. Hella

Hella schielte unauffällig zur Seite. Georg war ein stattlicher Mann. Er war einen halben Kopf größer als sie, nicht dünn, nicht dick, und hatte volles, graues Haar. Seine Haut hatte diese selbstverständliche Bräune, die auch im Winter nicht ganz verlorenging.

»Da vorne ist es«, sagte sie. Ihr Finger zeigte die Richtung. »Es scheint schon einiges los zu sein.«

»Von außen sieht es sehr ansprechend aus«, sagte er mit seiner tiefen, wohlklingenden Stimme.

Sie näherten sich dem Gebäude, das so frisch renoviert aussah, wie es auch war. Das Erdgeschoss war fein verputzt, an einigen Stellen waren Teile des Bruchsteinmauerwerks freigelegt. Neben der Tür stand auf einer großen Schiefertafel *Herzlich willkommen!* Darüber ein nostalgisches Schild aus Blech, das an einer schmiedeeisernen Stange befestigt war und auf dem *CAFÉ ROSA* zu lesen war, und an der alten, aufgearbeiteten Holztür hatte jemand einen Kranz rosa Luftballons angebracht. Heute war Eröffnung, Mona hatte vor zwei Tagen angerufen und sie persönlich eingeladen.

»Von innen wird es Ihnen auch gefallen. Meine Tochter hat Geschmack.«

Mona und sie hatten sich nicht ausgesprochen oder großartig versöhnt, aber das große Kriegsbeil schien vorerst begraben. Zwei Tage nach Wallys Beerdigung hatte Mona sie angerufen und um einen kleinen Kredit gebeten. *Ich möchte dein Geld nicht geschenkt haben, ich bezahle es zurück.* Hella wusste, dass jede Diskussion zwecklos wäre, also hatte sie ein Sparkonto für die Rückzahlungsraten angelegt, obwohl das bei der derzeitigen Nullzinspolitik eigentlich nichts brachte.

Georg hielt ihr die Tür auf. Er war ein höflicher Mensch. Ein Kavalier der alten Schule. Das gefiel ihr. Sie ging nicht mehr zu Al-Anon, aber sie traf sich hin und wieder mit ihm. Es tat gut, mit ihm zu reden. Ganz ehrlich. Sie wunderte sich selbst, dass sie es konnte, sie hatte noch nie zuvor mit jemandem über all das gesprochen. Über ihre Eltern, ihr Ehe, ihre Kinder und über Wally. Und auch über ihr Trinken. Alles hing mit allem zusammen.

Im Haus waren viele Menschen, die Hella nicht kannte, junge und ältere, viele Frauen, auch einige Männer. Und Kinder. Sie erkannte Shirin. Dazwischen liefen Mona und Judith geschäftig umher, begrüßten

Gäste und boten Sekt an. Immer öfter dachte Hella jetzt nicht mehr automatisch *Monique*, sondern Mona, sie hatte keine Ahnung, warum. Ihre Tochter entdeckte sie und kam auf sie zu.

»Hallo, Hella«, begrüßte sie ihre Mutter. Dann wandte sie sich mit fragendem Blick Georg zu. »Ich bin ...«

»Das ist Mona, meine Tochter«, kam Hella ihr zuvor.

»*Mona*? Hast du gerade *Mona* gesagt?«, fragte Mona überrascht. »Sie hat noch nie *Mona* gesagt, für meine Mutter war ich mein ganzes Leben immer nur *Monique*.«

Hella lächelte verlegen. »Ich weiß selbst nicht. Vielleicht sollte ich doch lieber wieder ...«

»Nein, bitte nicht. Also, ich meine, ich würde mich sehr freuen, wenn du bei Mona bleibst. *Monique* konnte ich noch nie ausstehen.«

»Ich bin Georg«, sagte ihr Begleiter mit sonorer Stimme.

Hella sah sich um. »Es ist sehr schön geworden.«

An den Wänden standen lange Bänke mit Unmengen an bunten Kissen und davor kleine quadratische Holztische mit kleinen Sträußen aus Sonnenhut, Astern oder Goldwedel. In einer Ecke war ein Regal mit Gesellschaftsspielen, in einer anderen standen zwei Nähmaschinen.

»Danke!«

»Was möchtet ihr trinken? Es gibt Säfte und Wasser, natürlich auch Kaffee oder Tee.« Mona zeigte zur Theke, wo Judith gerade neue Sektgläser füllte.

»Ein Cappuccino wäre wunderbar«, sagte Hella.

348

»Gebt mir eine Minute, dann kümmere ich mich drum.«

Hella sah sich die große, kompliziert aussehende Kaffeemaschine an. »Schön, dass noch alles geklappt hat.«

»Ja. Oh, hallo, da seid ihr ja.« Mona wandte sich an ein junges Paar, das gerade gekommen war. Cowboystiefel, Jeans und karierte Hemden. Die beiden sahen aus wie aus einem Westernfilm. »Möchtet ihr etwas trinken?«, fragte Mona. Sie sah sich suchend um. »Shirin? Judith, hast du Shirin gesehen?«

»Da. Bei Annette.« Judith zeigte mit dem Finger auf das Mädchen und winkte ihnen zu.

Hella und Georg sahen sich an. »Kennen Sie sich mit Kaffeemaschinen aus?«, fragte Hella.

Er zog zweifelnd die Brauen zusammen. »Einigermaßen.«

»Dann versuchen wir unser Glück.«

Der Automat war tatsächlich nicht sehr schwer zu bedienen. Nach dem Mahlen der Bohnen und einer kurzen, hektischen Begrüßung von Judith, waren die technischen Details schnell geklärt.

»Und jetzt?«

»Für die Milch müsst ihr den Aufschäumer benutzen.« Judith schüttete Milch in eine kleine Kanne aus Chrom. »So, seht ihr. Und jetzt zaubere ich euch noch ein Herz, Mona und ich haben das gestern extra geübt, wir sind bald die perfekten Baristas.« Sie lachte und ließ die aufgeschäumte Milch in die Tasse fließen. »Und jetzt …« Sie zog die Kanne mit einer geraden Bewegung zu sich. »Voilà!«

»Darf ich das auch einmal versuchen?«, fragte Hella.

»Ja klar.« Judith drückte ihr die Kanne in die Hand.

Hella versuchte Judiths Bewegungen zu kopieren. Das Herz in Georgs Tasse wurde etwas schief, aber es wurde ein Herz. Sie lächelte unsicher. Georg lächelte auch.

»Frau Lorentz! Das war super für das erste Mal. Wollen Sie vielleicht bei uns arbeiten?«, fragte Judith

»Bitte, sag doch endlich Hella. Wir kennen uns weiß Gott lange genug.« Sie tauchte die Lippen in das schaumige Herz.

»Sehr gerne.«

»Du glaubst also, dass ich nichts kann außer Leute bedienen?«

»Oh, das habe ich nicht …«, begann Judith, aber dann sah sie das leichte Zwinkern in Hellas Gesicht und brach ab. Sie lächelten sich in stillem Einvernehmen zu.

»Ihr seid schon versorgt, wie ich sehe.« Mona stellte das Tablett ab. »Judith, wir brauchen noch Sekt. Kannst du schnell zwei, drei Flaschen im Keller holen?«

»Könnte ich auch einen Cappuccino haben?«, fragte eine junge Frau mit sehr roten Haaren.

»Klar, warte einen Moment, ich verteile nur schnell die Gläser, dann kümmere ich mich …«

»Lass nur«, sagte Hella. »Ich mach das schon.«

»*Wir* machen das«, verbesserte Georg.

Hella hatte bereits ein paar Kaffeebohnen in die Mühle geschüttet, aber dann stand sie doch ratlos davor. »Wie geht die noch mal an?«

Georg drückte auf einen Knopf. »So«, sagte er.

6. Kapitel

27. November 2017

46. Mona und Hella

Hella klingelte und wartete auf das Summen des Türöffners. Die Tür klemmte etwas, man musste sich dagegenstemmen, erst dann gab sie mit einem gedämpften Knirschen nach. Als Hella in das dunkle, muffige Treppenhaus eintrat, hörte sie leises Gelächter. Es kam von oben. Vier Stockwerke. Sie griff mit der linken Hand nach dem Handlauf des Geländers, mit der anderen hielt sie die in goldene Folie eingewickelte Pflanze. Ein rotleuchtender Weihnachtsstern.

Mona hatte zum Adventkaffee nach Hause eingeladen, eine echte Premiere. Und seit Monaten hatte ihre Tochter nicht mehr mit ihr gestritten, ebenfalls eine Premiere. Sie gingen sehr vorsichtig miteinander um, keine wollte den neugewonnenen Frieden stören, über den Hella sich freute, dem sie aber auch nicht wirklich traute. Weil Mona bisher immer einen Grund gefunden hatte, irgendwann wieder wütend zu sein. Und weil sie bisher wahrscheinlich auch jeden guten Grund dazu gehabt hatte. Es war jedenfalls der längste Frieden seit vielen Jahren, und letztlich lag es ja auch an ihr, ob er anhielt.

Die Hälfte der Treppen war geschafft. Vier Stockwerke und kein Aufzug, altersgerecht war diese Wohnung nicht, aber Mona war vermutlich auch noch zu jung, um sich darüber Gedanken zu machen.

Hella nahm die letzte Stufe. Der Freund ihrer Tochter stand in der Wohnungstür. Er begrüßte sie mit einem Lächeln.

Es hatte geklingelt, Mona warf Patrick einen Blick zu und schob den Würfelbecher über den Tisch. »Machst du auf? Shirin, du fängst an.«

Shirin nahm den Becher, und Patrick warf Mona einen Luftkuss zu. Sie sah ihm nach. Seine Bewegungen hatten etwas sehr Zielstrebiges und Kraftvolles, genau das, was ihr fehlte. Außerdem fand sie seinen Hintern ziemlich sexy.

»Kann eine von euch am Mittwoch den Dienst für mich übernehmen?«, fragte Judith und fuhr dabei ihrem Sohn durch das dunkle Haar. »Emil hat Aufführung.«

»Aufführung?«, fragte Annette.

»Ja. In der Schule. Sie führen die Weihnachtsgeschichte auf, und er ist der Engel Gabriel.« Sie lachte. »Keine Ahnung, wer auf die Idee kam, meinen Sohn einen Engel spielen zu lassen.«

»Hey, Mama!« Emil knuffte seine Mutter beleidigt in die Seite.

»War nur ein Scherz, mein Engel.«

Mona warf einen Blick in ihren digitalen Kalender. »Mittwoch ist schlecht«, sagte sie. »Da haben wir Karten für ein Krimi-Dinner.«

»Ich könnte am Mittwoch«, sagte Annette. »Ist denn noch jemand da? Alleine möchte ich nicht so gern …«

»Nein. Aber mittwochs ist normalerweise nie viel los, das schafft man locker allein. Und es wäre ja auch nur für zwei oder drei Stunden.«

Shirin schob die Unterlippe vor. Die Würfel zeigten zwei Dreien, zwei Vieren und eine Fünf. »Was soll ich denn damit machen?«

»Könnte ein Full House draus werden«, sagte Mona.

»Hm, also ich habe noch keinen Tag erlebt, wo nicht viel los war«, sagte Annette zweifelnd und sah sich das zweite Würfelergebnis ihrer Tochter an. »Vielleicht eine Straße?«

Shirin würfelte ein drittes Mal. »Och, eine Sechs. Das ist Mist«, maulte sie.

»Mach doch Chance«, sagte Emil.

»Selber Chance, du Versager.«

»Hallo?« Mona sah sie an. »Was genau verstehst du unter einem Versager?«

»Einer, der überall gute Ratschläge verteilt, ohne selbst was auf die Reihe zu kriegen.«

»Gut. Dann kannst du ja unmöglich Emil gemeint haben.«

Shirin rechnete. »Zwanzig. Gar nicht so schlecht für eine Chance.« Sie klatschte sich mit Emil ab.

Hella und Patrick betraten den Raum.

»Hallo, Hella«, sagte Mona abgelenkt und würfelte. Vier Zweien, daraus ließ sich doch etwas machen.

»Setz dich!« Patrick schob ihr einen Stuhl zurecht. »Kaffee?«

»Danke, Patrick! Gerne.« Vor ein paar Wochen hatte Hella ihm das *Du* angeboten, schließlich gehörte er ja jetzt gewissermaßen zur Familie, und sie war die Ältere.

Neben ihr saßen Judith und Emil, auf der anderen Tischseite das Mädchen mit diesem seltsamen Namen und ihre Mutter, und am Kopf saß Mona. Sie hatte einen Würfelbecher in der Hand und stülpte ihn auf die Tischplatte. Vier Zweien lagen bereits dort, dazu kam eine Fünf. Hella kannte sich nicht aus, aber den lauten *Ahs* und *Ohs* nach zu urteilen, lag eine gewisse Spannung in der Luft. Mona ließ die Zweien liegen und steckte die Fünf wieder in den Becher.

»Wir könnten wegen Mittwoch auch Karina oder Suse fragen. Ich meine nur, wenn Annette nicht alleine ...«, meinte Judith.

»Nein, die können nur an Wochenenden. Außerdem sind sie zu teuer, das macht für normale Wochentage keinen Sinn, da bleibt ja fast nichts mehr übrig« sagte Mona. Sie würfelte noch eine Zwei.

»Kniffel!«, schrie das Mädchen. »Du hast einen Kniffel gewürfelt.«

»Richtig.« Mona lächelte und schrieb etwas auf das Blatt, das vor ihr lag. Sie zeigte auf mehrere Schalen mit Plätzchen. »Greif zu! Die haben Judith und Annette gebacken.«

Patrick stellte eine Tasse dampfenden schwarzen Kaffee vor sie hin und setzte sich ans andere Tischende. Sie nahm ein Plätzchen und sah sich beiläufig um. Überall brannten Kerzen, an der Wand hingen Unmengen von Fotos, es duftete nach Kaffee und irgendwie auch nach Zufriedenheit.

Patrick würfelte einen Dreierpasch. »Möchtest du mitspielen?«, fragte er. »Wir haben gerade erst angefangen.«

»Ich? Eh, ich kenne mich nicht gut aus mit so etwas«, sagte sie unsicher.

»Ist ganz einfach. Wir erklären dir, wie's geht«, sagte Judith.

Hella fing Monas Blick auf und zögerte. »Na gut«, sagte sie und nahm den Becher.

Mona verglich alle Ergebnisse und stand auf. Es war dämmrig geworden. »Judith hat gewonnen«, stellte sie fest. Sie streckte sich, machte Licht, räumte das Kaffeegeschirr zusammen und stellte ein paar Gläser und zwei Flaschen Mineralwasser auf den Tisch.

»Und was machen wir jetzt?«, fragte Shirin.

»Die Frage ist: Was machen wir am Mittwoch?«, meinte Judith. »Das ist immer noch nicht geklärt.«

»Na ja, wenn Annette sich das nicht alleine zutraut, dann geben wir die Karten halt zurück. So wichtig ist das nicht«, meinte Mona.

»Nein, nein. Das möchte ich nicht. Ich schaffe das schon«, sagte Annette verlegen.

»Ich kann dir ja helfen!«, meldete Shirin sich zu Wort.

»Nix da. Du hast Schule.«

»Geht es um das *Rosa*?« Hella sah Mona fragend an. »Ich bin … also, ich hätte am Mittwochabend Zeit.«

Mona verschluckte sich beinah. »Was redest du da?«

»Warum? Ist doch keine schlechte Idee«, meinte Judith. »Deine Mutter hat bei unserer Eröffnung auf Anhieb ein Milchschaum-Herz auf den Cappuccino gezaubert.«

»Es ist ja auch nur ein Angebot«, sagte Hella schnell

und wandte sich an Annette. »Und natürlich auch nur, wenn es Ihnen recht ist.«

»Ich würde mich freuen«, antwortete Annette.

»Schön!«, sagte Judith und schenkte Wasser aus. »Dann ist das ja geklärt.«

Mona knetete unbehaglich ihre Finger und mied den Blick ihrer Mutter.

»Ich hab Sekt mitgebracht. Kannst du den mal aus dem Kühlschrank holen?«, rief Annette ihr von der anderen Tischseite aus zu. »Ich möchte gerne mit euch darauf anstoßen, dass Shirin bei uns bleiben darf.«

Hella stand auf. »Lass nur. Ich mache das schon.«

»Nein.« Das *Nein* kam so unmittelbar, dass ihre Mutter erschrocken zusammenzuckte. »Brauchst du nicht«, murmelte Mona. Hella im *Café Rosa*, ausgerechnet, eine bessere Möglichkeit, den Bock zum Gärtner zu machen, gab es wohl nicht. Sie ignorierte Judiths hochgezogene Augenbraue und brachte die Tassen zur Spülmaschine.

»Hey, was ist denn los?«, fragte Annette ahnungslos.

Hella tat unbeeindruckt. Sie war schon am Kühlschrank und schnappte sich die Sektflasche. »Wo sind denn die Gläser?«

Mona klappte die Spülmaschine auf und räumte scheppernd die schmutzigen Tassen ein.

»Hey! Im *Rosa* gibt's noch genug Tassen. Nur, falls du hier bald keine mehr hast«, meinte Judith lakonisch.

Mona warf ihr einen bösen Blick zu. Hella seufzte. Sie stellte die Sektflasche auf den Tisch und fixierte ihre Tochter mit festem Blick.

»Hör zu, Mona. Ich kann dir keine Garantien für irgendetwas geben. Ich kann dir auch nichts versprechen ...«

»Ach? Seit wann? Das war doch noch nie dein Problem.«

»Also gut.« Hella atmete tief durch »Nur zur allgemeinen Erläuterung: Ich bin Alkoholikerin, für mich ist der Sekt tabu, ich trinke Wasser. So, und jetzt sag mir bitte, wo die verdammten Sektgläser sind.«

»Da oben, links.« Mona zeigte mit dem Kopf auf den Küchenschrank. Hella nahm die Gläser und setzte sich neben ihre Tochter. Ihre Zweifel standen zwischen ihnen wie eine Mauer, und die Angst war so viel spürbarer, auch ihre eigene, seit sie aufgehört hatte, sie mit Alkohol wegzuspülen. Sie schluckte.

»Mona, ich weiß nicht, was ich dir sagen kann. Aber ich habe seit fast einem Jahr nicht getrunken. Und ich werde heute nichts trinken. Und morgen früh nehme ich mir wieder vor, nichts zu trinken.« Sie drehte den Zipfel eines Papiertaschentuchs zwischen ihren Fingern. »Das tue ich jeden Tag, an manchen fällt es mir leicht und an anderen nicht.« Es war Georgs Idee gewesen, aus dem *nie wieder* ein *heute nicht* werden zu lassen, und seitdem war es leichter.

Mona stützte die Ellbogen auf den Tisch und massierte mit den Fingerspitzen ihre Stirn. »Ich will das nicht mehr, verstehst du. Erst die Hoffnung, dann die Enttäuschung.« Sie sah ihre Mutter nicht an. »Ich will das nicht mehr.«

Hella nickte. »Ich weiß. Ich versuche es auch wirklich. Aber es braucht Mut, auch den von dir und Daniel.«

357

Ihre Tochter schwieg.

»Bitte, Mona!«

Judith ließ den Sektkorken in die plötzlich einge-
tretene Stille knallen »Also, ich kann jetzt wirklich ein
Glas Sekt brauchen. Und, wenn wir schon dabei sind:
Ich finde, wir sollten auch auf Hella anstoßen. Fast ein
Jahr. Das ist echt eine Leistung.«

Sie schob ihrer Freundin den ersten Sekt zu. »Überleg mal, Mona. Fast ein Jahr.«

Endlich sah Mona in Hellas Richtung. »Dreihun-
dertachtunddreißig Tage«, sagte sie leise und hob das
Glas.

Es war spät geworden, die Flasche Sekt längst geleert,
sie hatten Pizza bestellt. Mona beobachtete die kleine Gruppe, die an ihrem Küchentisch saß und lustig
durcheinanderplapperte. Da war Patrick, der in ruhiger Klarheit ihren Blick erwiderte und dabei Hella
irgendetwas erklärte. Judith, die zärtlich ihren Arm
um Emil legte und den Kopf neigte, um zu hören, was
er ihr ins Ohr flüsterte. Annette, die jetzt aufstand und
»So, wir müssen dann mal« in die Runde rief und Shirin, die sofort ein »Nein, ich will noch nicht gehen«
hinterherschob. Und natürlich Hella, ihre Mutter, die
Patrick zuhörte, die Stirn konzentriert in Falten gelegt. *Mama*, hatte Mona sie früher genannt. Eine nicht
mehr junge, aber schöne Frau, die einerseits aussah
wie immer und andererseits auch wieder nicht. Da war
eine neue Stärke, ihre aufrechte Haltung schien Mona
zum ersten Mal auch eine wirkliche Haltung zu sein.
Ja, Hella hatte sich verändert in diesem Jahr. Wahrscheinlich hatten sie sich alle verändert, irgendwie, die

einen mehr, die anderen weniger. Weil die Welt nun einmal nicht stillstand und weil stetige Veränderung das einzig Unveränderliche im Leben war.

Ihr Handy meldete sich. Mona las die Nachricht. Sie war von ihrem Bruder. *Sind auf dem Weihnachtsmarkt, fängt gerade an zu regnen. Bist du im* Rosa?

Nein, schrieb sie zurück. *Heute ist Montag. Ruhetag. Wir sind bei mir zu Hause und essen gleich Pizza. Würden uns freuen, wenn ihr dazukommt!*

Epilog
3. Dezember 2017

Mona klemmte sich die Kiste unter den Arm. Sie lief neben Patrick die Treppe hinunter und öffnete leise die Tür. Draußen war es kalt und dunkel, die Dunkelheit lag wie eine schwere Decke über der Stadt. Schweigend liefen sie nebeneinander, Hand in Hand. Sie spürte die Wärme seiner Finger durch ihre Handschuhe.

Das Krankenhaus lag oben, auf der Kuppe des Schafsbergs, umgeben von Bäumen, nicht weit von ihrer Wohnung. Sie suchten sich einen Weg zwischen den Bäumen, da wo kein Weg war. Er hatte die Taschenlampe auf den Boden gerichtet und ließ sie die ganze Zeit nicht los, auch nicht, als sie über eine Baumwurzel stolperte.

»Hier?«, fragte er und zeigte mit dem Licht auf eine kleine freie Stelle. Mona nickte. Sie hörte das leise Knacken der Äste, auf die sie traten.

Patrick nahm den kleinen Spaten aus seinem Rucksack und begann zu graben. Er hatte Mühe, das Eisen in die harte Erde zu schieben, aber irgendwann war es geschafft, und er trat einen Schritt zurück.

»So. Jetzt du«, sagte er und nahm ihr die Taschenlampe wieder ab.

Sie kniete sich vor das Loch und stellte die kleine Schachtel hinein. Sie passte genau. Es war alles, was von Rosa übrig war: Der rosa Strampelanzug mit den kleinen gelben Sternen, den sie ihr damals gekauft hatte. Das Ultraschallbild, auf dem man nur Konturen sah und kein Gesicht. Die CDs mit all den Liedern, die sie damals ununterbrochen gehört hatte und danach nie wieder. Auch ein Bild. Rosa, die über ihnen allen schwebte, als Schutzengel im Himmel. Shirin hatte es gemalt.

Als sie vor ein paar Wochen mit Hella auf dem Friedhof war, erst am Grab ihrer Großeltern, dann an dem ihres Vaters, hatte Hella ihr viel über sich erzählt, über ihre eigene Kindheit und über die ersten Jahre ihrer Ehe.

Ich habe mich immer nur zurückgewiesen gefühlt. Das macht das Trauern so viel schwerer, hatte sie gesagt.

Mona schob die kalte Erde auf alles, klopfte sie fest und stand auf. Eine Weile standen sie schweigend nebeneinander. Sie berührten sich nicht, aber sie spürte ihn, seine Wärme und seine Nähe. Sie und Patrick waren jetzt ein Paar, das Thema Kinderlosigkeit geklärt, aber die größte Hürde stand ihnen noch bevor: der Alltag, mit allem, was dazugehörte. Monas Unsicherheit und ihre Angst standen immer noch zwischen ihnen, mal mehr und mal weniger, es waren ihre treuen unsichtbaren Begleiter.

Sie sah ihn an. Mondlicht fiel durch die Bäume auf sein Gesicht. Eine Turmuhr läutete. Zwölfmal. Patrick drehte den Kopf. Er erwiderte ihren Blick, seine Augen lächelten. »Alles Liebe zum Geburtstag«, sagte er. Er nahm ihre Hand und küsste sie ganz zart auf den Mund. Sie schloss die Augen.

Immer hatte sie sich so etwas wie ein Happy End gewünscht. Eine Familie, Kinder, einen Mann, der sie liebte, ein warmes Zuhause. So war es nicht gekommen, aber konnte sie deshalb nicht trotzdem glücklich sein? Vielleicht konnte das Leben nur gelingen, wenn man bereit war zu verzeihen. Auch sich selbst. Und wenn man lernte, sich sicher und geborgen zu fühlen. Auch in der Unsicherheit.

Sie spürte den leichten, schon so vertrauten Druck seiner Finger. Nein. Das hier war kein Ende. Es war ein Anfang. Vielleicht wurde irgendwann ein *Happy End* daraus, sie wusste es nicht. Aber sie hatte es in der Hand.

ENDE

Danksagung

Ich sage danke!

Danke an meine Agentur Keil & Keil, die mich unter ihre behutsamen Fittiche nahm, danke ganz besonders an Sabine Langohr – besser geht's nicht!

Danke meinen Lektorinnen Heide Kloth, Kristine Kress und vor allem Ingola Lammers, die es mit kleinen Kommentaren am Manuskriptrand immer verstand, meinen Motivationspegel ganz oben zu halten!

Danke meinem lieben Mann für das klaglose Aushalten und danke meinen Töchtern für viele gute Gespräche und gemeinsames Abwägen!

Danke an Karin fürs Zuhören!

Danke an Liv. Sie weiß schon, wofür!

Barbara Kunrath

Schwestern bleiben wir immer

Roman.
Taschenbuch.
Auch als E-Book erhältlich.
www.ullstein-taschenbuch.de

»Katja ist meine kleine Schwester, aber sie war immer schon die Selbstbewusstere von uns beiden. Sie ist es bis heute. Die Leute denken, ich sei die Stärkere, weil ich älter bin, größer und kräftiger. Aber das stimmt nicht.«

Alexa hat sich immer gekümmert. Um ihre beiden Kinder, ihren Mann Martin, um den Haushalt und den Garten. Und nebenbei um das Grab ihrer Tochter Clara, die so früh sterben musste, und um das ihrer Mutter. Ihre Schwester Katja dagegen ist ganz anders: schön, selbstbewusst und unabhängig. Dann stellt sich heraus, dass die Mutter den Schwestern ihr Leben lang die Wahrheit über ihre Vergangenheit verschwiegen hat. Gemeinsam machen sich Alexa und Katja auf die Reise ...

Zwei Schwestern. Zwei Leben. Eine Reise in die Vergangenheit.

J.P. Monninger

Liebe findet uns

Roman.
Aus dem Amerikanischen von
Andrea Fischer.
Taschenbuch.
Auch als E-Book erhältlich.
www.ullstein-buchverlage.de

Liebe sucht, Liebe träumt, Liebe findet uns

Es ist der eine letzte Sommer nach der Uni, bevor das echte Leben beginnt. Heather reist mit ihren zwei besten Freundinnen durch Europa. Sie liest Hemingway, lässt sich durch die Gassen der Altstädte treiben. Dass sie Jack begegnet, hätte sie nicht erwartet. Und schon gar nicht, dass sie sich unsterblich in ihn verliebt. Er folgt Stationen aus dem alten Reisetagebuch seines Großvaters. Es ist sein Ein und Alles, und Jack beginnt die Schätze daraus mit Heather zu teilen. Die beiden besuchen die unglaublichsten Orte und verbringen die schönste Zeit ihres Lebens. Bis Jack völlig unerwartet verschwindet. Heather ist verzweifelt, wütend. Was ist sein Geheimnis? Sie weiß: Sie muss ihn wiederfinden.

»Ich habe mich wieder und wieder in diese Geschichte verliebt.«
Jamie McGuire